Holly Black

COLDTOWN

Stadt der Unsterblichkeit

HOLLY BLACK

coldtown

STADT DER UNSTERBLICHKEIT

Aus dem Englischen
von Anne Brauner

cbt

Bei diesem Buch wurden die durch das verwendete Material und die Produktion entstandenen CO_2-Emissionen ausgeglichen, indem der cbj Verlag ein Projekt zur Aufforstung in Brasilien unterstützt.
Weitere Informationen zu dem Projekt unter:
www.ClimatePartner.com/14044-1912-1001

FSC www.fsc.org
MIX
Papier aus verantwortungsvollen Quellen
FSC® C014496

Penguin Random House Verlagsgruppe
FSC® N001967

Wir produzieren
Klimaneutral
ClimatePartner.com/14044-1912-1001
Druckprodukt

1. Auflage 2022
Erstmals als cbt Taschenbuch Oktober 2022

Die amerikanische Originalausgabe erschien 2013
unter dem Titel »The Coldest Girl in Coldtown«
bei Little, Brown and Company, New York.
Aus dem Englischen von Anne Brauner
Lektorat: Carola Henke
Umschlaggestaltung: Carolin Liepins, München
unter Verwendung mehrerer Motive von Shutterstock
(Christos Georghiou, Photosani)
sh · Herstellung: LW
Satz: KCFG–Medienagentur, Neuss
Druck: GGP Media GmbH, Pößneck
ISBN 978-3-570-31516-3
Printed in Germany

www.cbj-verlag.de

Für Steve Berman,
der mich zu der Kurzgeschichte inspiriert hat,
die wiederum die Inspiration für diesen Roman war.

Erstes Kapitel

Uns kann nichts
Schöneres zustoßen als der Tod.
– Walt Whitman

Tana erwachte in einer Badewanne. Sie hatte die Knie an die Brust gezogen und die Wange an das kalte Metall des langsam tropfenden Wasserhahns gelehnt. Der Stoff an ihrer Schulter und einige Strähnen waren nass, doch zum Glück waren ihr übriger Körper und die anderen Anziehsachen trocken geblieben. Mit steifem Hals und verspannten Schultern sah sie verschlafen zur Decke hoch und betrachtete die Schimmelflecken, die zu einem Rorschachmuster verflossen waren. Einen Augenblick lang wusste sie nicht, wo sie war. Dann stützte sie sich auf die Knie, rutschte mit der Haut über die Emaille und zog den Duschvorhang auf.

Im Waschbecken türmten sich Plastikbecher, Bierflaschen und benutzte Handtücher. Durch ein kleines Fenster über der Toilette strömte helles buttergelbes Spätsommerlicht, getüpfelt vom Schatten der schwingenden Knoblauchkette.

Eine Party, genau. Sie war auf eine Sonnenuntergangsparty gegangen.

»Bah.« Als sie die Finger um den Vorhang schloss, um die Balance zu halten, riss sie durch ihr Gewicht drei Gardinenringe von der Duschstange. Ihre Schläfen pochten.

Sie erinnerte sich daran, wie sie sich fertig gemacht hatte. Sie hatte die dünnen Armreifen, die immer noch bei jeder Bewegung klimperten, und die dunkelroten Stahlkappenstiefel angezogen, die man ewig schnüren musste und die sie eigenartigerweise nicht mehr trug. Und sie erinnerte sich daran, wie sie ihre blassen blauen Augen schimmernd schwarz geschminkt und den Spiegel geküsst hatte, damit es ihr Glück brachte. Danach war alles etwas verschwommen.

Tana stand mühsam auf und wankte zum Waschbecken, um sich Wasser ins Gesicht zu spritzen. Ihr Make-up war verschmiert, ein Streifen Lippenstift zog sich über ihre Wange und die Mascara hatte sich zu einem großen Fleck ausgebreitet. Das weiße Babydollkleid, das sie sich aus dem Schrank ihrer Mutter geborgt hatte, war am Ärmel gerissen, und ihr schwarzes Haar war so verwuschelt, dass sie mit den Fingern kaum durchkam. Sie sah aus wie ein abgewrackter Pantomime.

Ehrlich gesagt, war sie ziemlich sicher, dass sie im Badezimmer weggetreten war, nachdem sie vor ihrem Exfreund Aidan geflüchtet war. Davor hatte sie sich an einem Trinkspiel namens *Dame oder Tiger* beteiligt, bei dem man darauf wetten sollte, ob eine geworfene Münze mit Kopf (Dame) oder Zahl (Tiger) aufkam. Wer auf das falsche Pferd gesetzt hatte, musste einen kippen. Danach war Tanzen angesagt gewesen, wobei die Whiskeyflasche kreiste. Aidan hatte Tana bedrängt, mit seiner neuen Freundin rumzumachen, einem Mädchen mit Schmollmund, rotblonden Haaren und einem Hundehalsband, das sie am Hintereingang gefunden hatte. Er hatte gesagt, es wäre wie eine Sonnenfinsternis mit dem Mond am Himmel, die Vermählung alles Hellen und Dunklen. *Du meinst eine Sonnenfinsternis mit Mond in deiner Hose,* hatte Tana dazu gesagt, aber er hatte auf eine schräge, zähe Weise nicht lockergelassen.

Und da der Whiskey in ihrem Blut sang und Schweiß über ihre Haut leckte, überkam sie ein gefährlich vertrauter Übermut. Es war ihr immer schon schwergefallen, bei Aidan mit seinem bösen Engelsgesicht Nein zu sagen, und was noch schlimmer war, er wusste es.

Mit einem Seufzer öffnete Tana die Badezimmertür – die nicht einmal abgeschlossen war, sodass die ganze Nacht alle hatten hereinkommen können, während sie da drin war, hinter dem Duschvorhang, wie peinlich war das denn? – und ging langsam in den Hausflur. Es roch nach verschüttetem Bier und etwas anderem, nach Metall und süß nach Leichenhalle. Nebenan lief der Fernseher, auf dem Weg in die Küche hörte sie die leise Stimme eines Nachrichtensprechers. Da Lances Eltern nichts gegen seine Sonnenuntergangspartys einzuwenden hatten, lud er fast jedes Wochenende zu sich in das alte Farmhaus ein, schloss die Türen in der Dämmerung und verrammelte sie bis zum Morgen. Sie war schon oft dabei gewesen. Am nächsten Tag gab's immer ein großes Durcheinander, sie redeten über den vergangenen Abend, tranken Kaffee und brutzelten ein Frühstück aus ein paar Eiern und Toastscheiben.

Dazu gehörten auch lange Schlangen vor den beiden kleinen Badezimmern und lautes Klopfen, wenn einer zu lange brauchte. Alle wollten pinkeln, duschen und sich umziehen. Das hätte sie doch wecken müssen.

Wenn sie trotz allem weitergeschlafen hatte und alle schon zum zweiten Frühstück im Diner waren, würden sie sich über sie lustig machen. Sie würden Witze darüber reißen, dass sie bewusstlos in der Badewanne gelegen hatte, und was sie in dem Badezimmer alles veranstaltet hatten, während sie schlief. Womöglich hatten sie Fotos gemacht. Sie müsste sich jede Menge Blödsinn anhören, und zwar nicht nur einmal, sobald die Schule wieder angefangen hatte. Tana konnte von Glück sagen, dass ihr keiner einen Schnurrbart aufgemalt hatte.

Wäre Pauline auf der Party gewesen, wäre das alles nicht passiert. Wenn sie genug hatten, legten sie sich unter den Esstisch, Arme und Beine übereinander wie Kätzchen im Körbchen, und kein Junge auf der ganzen Welt, nicht einmal Aidan, wagte es, sich den Zorn von Paulines spitzer Zunge zuzuziehen. Doch Pauline war in einem Theater-Camp, und Tana hatte sich so gelangweilt, dass sie allein auf die Party gegangen war.

In der Küche war niemand. Auf den Arbeitsflächen wurden Pfützen aus verschüttetem Schnaps und Orangenlimonade von Chips aufgesogen. Tana wollte sich gerade Kaffee einschenken, als sie auf der anderen Seite des schwarz-weißen Linoleums, direkt an der Tür zum Wohnzimmer, eine Hand entdeckte, die Finger wie im Schlaf gespreizt. Sie entspannte sich. Die anderen waren noch gar nicht wach – das war alles. Vielleicht war sie die Erste – obwohl die Sonne, die durch das Badezimmerfenster geschienen hatte, hoch am Himmel gestanden hatte.

Je länger sie die Hand ansah, umso bewusster wurde ihr, dass sie sonderbar blass war und die Haut an den Fingernägeln bläulich schimmerte. Tanas Herz schlug schneller, ihr Körper reagierte, bevor sie begriff, was los war. Langsam stellte sie die Kaffeekanne wieder ab und zwang sich, vorsichtig Schritt für Schritt über den Küchenboden ins Wohnzimmer zu gehen.

Dann hätte sie beinahe geschrien.

Der braune Teppichboden war hart und schwarz von getrockneten Blutstreifen und sah aus wie ein Bild von Jackson Pollock. Die Wände waren von oben bis unten blutverschmiert, die schmuddelige beigefarbene Tapete war mit Handabdrücken übersät. Und die Leichen. Dutzende von Leichen. Menschen, die sie seit dem Kindergarten täglich getroffen hatte, Menschen, mit denen sie Fangen gespielt hatte, derentwegen sie geweint, die sie geküsst hatte, lagen seltsam verdreht da, ihre Körper bleich und kalt, ihre starrenden Augen wie die von Puppen in einem Schaufenster.

Die Hand neben Tanas Fuß gehörte Imogen, einem hübschen, kräftigen Mädchen mit pinkfarbenem Haar, das im nächsten Jahr auf die Kunsthochschule gehen wollte. Ihre Lippen waren leicht geöffnet, und ihr Sommerkleid mit dem blauen Ankermuster war hochgerutscht, sodass man ihre Oberschenkel sehen konnte. Anscheinend hatte es sie erwischt, als sie wegkriechen wollte, denn sie hatte einen Arm ausgestreckt und krallte sich mit der anderen Hand am Teppichboden fest.

Ottas, Ilainas und Jons Leichen lagen übereinander. Sie waren gerade erst aus dem Sommerlager zurückgekehrt und hatten kurz vor Sonnenuntergang am Anfang der Party im

Hof noch Saltos vorgeführt, während die Mücken im warmen Wind flogen. Jetzt klebte verkrustetes Blut wie Rost an ihren Sachen, färbte ihr Haar und sprenkelte ihre Haut wie Sommersprossen. Ihre Augen standen offen, die Pupillen waren milchig.

Tana fand Lance auf einem Sofa, die Arme über die Schultern eines Mädchens auf seiner linken und eines Jungen auf seiner rechten Seite gelegt – alle drei Hälse waren zerbissen und zerfetzt. Ihre Bierflaschen standen neben ihnen, als wäre die Party noch im Gange. Als würden sie gleich mit ihren weißblauen Lippen Hi, Tana sagen.

Tana war schwindelig. Der Raum drehte sich. Sie sank auf den blutgetränkten Teppichboden, während das Pochen in ihrem Kopf immer lauter wurde. Im Fernsehen sprühte jemand orangefarbenes Putzmittel auf eine Arbeitsfläche aus Granit, während ein grinsendes Kind die Marmelade vom Brot lutschte.

Plötzlich merkte Tana, dass ein Fenster offen stand, weil der Vorhang flatterte. Wahrscheinlich war es auf der Party zu warm geworden, alle waren in dem kleinen Haus ins Schwitzen geraten und sehnten sich nach der kühlen Brise direkt vor ihrer Nase. Und als das Fenster erst mal offen war, hatte keiner daran gedacht, es wieder zuzumachen. Schließlich gab es ja noch den Knoblauch und das Weihwasser auf den Simsen.

So etwas kannte man aus Europa, etwa aus Belgien, wo es auf den Straßen nur so von Vampiren wimmelte und die Geschäfte erst nach Einbruch der Dunkelheit öffneten. Aber hier doch nicht. Nicht in Tanas Stadt, wo es seit über fünf Jahren keinen Überfall mehr gegeben hatte.

Und doch war es passiert. Jemand hatte nachts ein Fenster aufgelassen und ein Vampir war hereingekrochen.

Sie sollte ihr Handy holen und anrufen – irgendwen. Auf keinen Fall ihren Vater; der konnte damit nicht umgehen. Die Polizei? Oder einen Vampirjäger, zum Beispiel Hemlok, diesen riesigen Kahlkopf aus dem Fernsehen, einen ehemaligen Ringer, der immer ganz in Leder auftrat. Er wüsste, was zu tun wäre. Tanas kleine Schwester hatte ein Poster von Hemlok in ihrem Schließfach, direkt neben Bildern des goldhaarigen Lucien, ihrem Lieblingsvampir aus Coldtown. Pearl fände es total spannend, wenn Hemlok käme; dann würde sie endlich ein Autogramm von ihm ergattern.

Tana musste kichern, das war voll daneben. Sie schlug die Hände vor den Mund, um das Geräusch zu ersticken. Es war nicht richtig, vor toten Menschen zu lachen. Als ob man bei einer Beerdigung lachte.

Die starren Augen ihrer Freunde beobachteten sie.

Der Nachrichtensprecher im Fernsehen sagte diverse Schauer für die Woche voraus. Der Nasdaq war gesunken.

Als Tana noch einmal daran dachte, dass Pauline nicht zur Party gekommen war, war sie so leidenschaftlich, so egoistisch dankbar, weil Pauline lebte, obwohl alle anderen tot waren, dass sie sich nicht einmal zu einem schlechten Gewissen aufraffen konnte.

Irgendwo weit weg klingelte ein Handy in einem der Gästezimmer. Der Klingelton war ein blecherner Remix von »Tainted Love«. Es hörte wieder auf. Dann gingen beinahe gleichzeitig zwei Handys in ihrer unmittelbaren Nähe los und vereinten sich zu einem schrägen Refrain.

Nach den Nachrichten kam eine Show über drei Männer, die mit einem Witze reißenden Schädel unter einem Dach lebten. Jedes Mal wenn der Schädel sprach, wurde die Lachkonserve eingespielt. Tana wusste nicht genau, ob es die Show wirklich gab oder ob sie sich das einbildete. Sie verlor die Zeit aus dem Auge.

Dann schimpfte sie mit sich: Sie sollte gefälligst aufstehen und in das Gästezimmer gehen, in dem alle die Jacken aufs Bett geworfen hatten, und so lange suchen, bis sie ihre Handtasche, ihre Stiefel und ihren Autoschlüssel gefunden hatte. Da war auch ihr Handy. Ohne konnte sie niemanden anrufen.

Sie musste das sofort tun – Schluss mit Rumsitzen.

Ihr war klar, dass andere Handys in ihrer unmittelbaren Nähe waren, in der Hosentasche einer Leiche oder zwischen kalter toter Haut und einem Spitzen-BH. Doch die Vorstellung, die Leichen zu durchsuchen, war unerträglich.

Steh auf, befahl sie sich selbst.

Sie kam auf die Beine und ging im Slalom zur Tür, wobei sie versuchte, das Knirschen des Teppichbodens unter ihren nackten Füßen zu ignorieren und den Verwesungsgestank im Esszimmer zu verdrängen. Dann fiel ihr etwas ein, das sie in der Zehnten in Sozialwissenschaften gelernt hatte – der Lehrer hatte ihnen von der berühmten Razzia in Corpus Christi erzählt, als die Regierung von Texas versucht hatte, die staatliche Coldtown zu schließen und am helllichten Tag mit Panzern angerückt war. Alle Menschen in der Stadt, die möglicherweise infiziert waren, wurden erschossen. Sogar die Tochter des Bürgermeisters wurde getötet. Gleichzeitig wurden viele schlafende Vampire umgebracht, aus ihrem Versteck gezerrt, geköpft oder dem Sonnenlicht ausgesetzt. Als die Nacht hereinbrach, gelang es den übrig gebliebenen Vampiren, die Wachposten am Stadttor zu töten und das Weite zu suchen. Im Zuge ihrer Flucht hinterließen sie zahllose ausgesaugte Infizierte und noch heute gaben die Vampire von Corpus Christi ein beliebtes Ziel für Kopfgeldjäger im Fernsehen ab.

Für diese Unterrichtsreihe musste jeder Schüler ein anderes Projekt übernehmen. Tana hatte ein Diorama aus einem Schuhkarton und viel roter Plakatfarbe gebastelt – als Präsentationsfläche für einen Zeitungsartikel, den sie ausgeschnitten hatte. Es war ein Bericht über drei Vampire, die aus Corpus Christi geflohen und irgendwo eingebrochen waren, alle töteten und dann zwischen den Leichen auf die Abenddämmerung warteten.

Da fiel ihr ein, dass eventuell auch in diesem Haus noch ein Vampir sein könnte, der Vampir, der all ihre Freunde abgeschlachtet hatte. Und der sie irgendwie übersehen hatte, zu sehr mit Blut und Gemetzel beschäftigt, um auch noch alle Türen zu Flurschränken und Badezimmern aufzureißen – einer, der den Duschvorhang nicht zur Seite geschoben hatte. Doch jetzt würde er auch sie ermorden, wenn er hörte, wie sie sich bewegte.

Ihr Herz raste, es klopfte fest an ihren Brustkorb, und jeder Schlag fühlte sich an, als würde sie jemand auf die Brust boxen. *Dumm, dumm, dumm.*

Tana war schwindelig, sie atmete flach und hastig. Sie wusste, dass sie sich eigentlich wieder setzen und den Kopf zwischen die Beine legen sollte – was man so tun sollte, wenn man hyperventilierte –, doch wenn sie sich jetzt setzte, stand sie vielleicht nie wieder auf. Stattdessen zwang sie sich, tief einzuatmen und die Luft so langsam wie möglich aus ihrer Lunge wieder herauszulassen.

Am liebsten hätte sie die Haustür aufgerissen und wäre über den Rasen gerannt, um bei den Nachbarn so lange an die Tür zu hämmern, bis man sie einließ.

Doch ohne ihre Stiefel, ihr Handy und den Autoschlüssel würde sie große Probleme bekommen, wenn niemand zu Hause war. Das Farmhaus von Lances Eltern lag auf dem Land und hinter dem Haus begann direkt ein Naturschutzgebiet. Es gab kaum Nachbarn in der Nähe. Und Tana wusste genau, dass keine Macht der Erde sie dazu bringen konnte, dieses Haus noch einmal zu betreten, wenn sie erst aus der Tür war.

Sie war hin- und hergerissen zwischen dem Wunsch, wegzulaufen, und dem Bedürfnis, sich wie ein Mistkäfer zusammenzurollen, die Augen zu schließen, die Arme über den Kopf zu legen und »Wenn ich die Ungeheuer nicht sehen kann, können sie mich auch nicht sehen« zu spielen. Doch weder der eine noch der andere Impuls würde sie retten. Sie musste *nachdenken.*

Das Sonnenlicht warf durch die Blätter an den Bäumen helle Sprenkel ins Wohnzimmer – Spätnachmittagssonne, aber immerhin Sonne. Daran klammerte sie sich. Selbst wenn im Keller eine Horde Vampire hauste, würden sie nicht – *könnten sie nicht* – vor Einbruch der Nacht herauskommen. Es war das Beste, sich an ihren Plan zu halten: ins Gästezimmer zu gehen und ihre Stiefel, das Handy und den Autoschlüssel zu holen. Dann das Haus zu verlassen und so total wahnsinnig und grauenhaft auszuflippen wie noch nie. Sie würde sich erlauben, zu brüllen oder in Ohnmacht zu fallen, Hauptsache, sie tat es in ihrem Auto, weit weg von hier, mit hochgedrehten Fenstern und abgeschlossenen Türen.

Vorsichtig, ganz vorsichtig streifte sie jeden glänzenden Armreifen einzeln ab und legte sie auf den Teppich, damit sie nicht klimperten, wenn sie gleich zum Gästezimmer lief.

Als sie diesmal durchs Zimmer ging, hörte sie jede knarrende Diele, jeden ihrer abgerissenen Atemzüge. Sie witterte in allen Schatten Mäuler mit Reißzähnen; sie witterte kalte Hände, die durch das Linoleum in der Küche brachen und mit langen Fingernägeln ihren Knöchel aufkratzten, wenn sie in die Dunkelheit hinuntergezogen würde. Es kam ihr wie eine Ewigkeit vor, bis sie die Tür des leeren Gästezimmers erreicht hatte und die Klinke drückte.

Obwohl sie sich fest vorgenommen hatte, sich zusammenzureißen, schnappte sie hörbar nach Luft.

Aidan war ans Bett gefesselt. Handgelenke und Knöchel waren mit Gummiseilen an die Bettpfosten gebunden, und der Mund mit silbernem Isolierband zugeklebt, aber er *lebte*. Sie konnte ihn erst nur anstarren, weil der Schock nun in einer gewaltigen Welle über sie hereinbrach. Jemand hatte Müllbeutel über die Fenster geklebt und die Sonne ausgeschlossen. Und neben dem Bett, geknebelt und in Ketten, lag zwischen den Jacken, die jemand auf den Boden geworfen hatte, noch ein Junge, mit Haaren so schwarz wie verschüttete Tinte. Er blickte zu ihr hoch. Seine Augen strahlten wie Rubine und ebenso rot.

Zweites Kapitel

Wir kämpfen deshalb alle gegen unsere Heilung an, weil es der Tod ist, der alle Krankheiten heilt.

– Sir Thomas Browne

Als Tana sechs gewesen war, waren Vampire Muppets, die gerne zählten, oder in einem Cartoon die Bösen in schwarzen, rot gesäumten Mänteln. Die Kinder verkleideten sich an Halloween als Vampire, trugen Kunststoffzähne, die schlecht über ihre eigenen passten, und schmierten sich süßen Sirup ins Gesicht, der wie Rinnsale kirschroten Blutes aussehen sollte.

Mit Caspar Morales wurde alles anders. Im Laufe des vergangenen Jahrhunderts waren Vampire in zahlreichen Büchern und Filmen romantisch verklärt worden, und es war nur eine Frage der Zeit gewesen, bis ein Vampir sich selbst in romantischem Licht sah.

Der verrückte, romantische Caspar beschloss, im Gegensatz zu den Vampiren aus alter Zeit, die sich über Jahrzehnte hinweg hatten verstecken müssen, seine Opfer nicht zu *töten*. Er wollte sie verführen, ein bisschen Blut saugen und dann weiterziehen, von Stadt zu Stadt. Als die alten Vampire ihn endlich eingeholt und in Stücke gerissen hatten, hatte er längst Hunderte von Menschen angesteckt. Und diese neuen Vampire, die gar keine Ahnung hatten, wie sie es hätten verhindern sollen, infizierten Tausende andere.

Der erste Ausbruch ereignete sich an Caspars Geburtsort, der Kleinstadt Springfield, Massachusetts, als Tana ungefähr sieben war. Da Springfield nur fünfzig Meilen entfernt lag, kam es zuerst in den Lokalnachrichten, bevor es landesweit bekannt wurde. Zunächst dachte man an einen Journalistenstreich. Doch dann kam es in Chicago, San Francisco und schließlich in Las Vegas zu weiteren Ausbrüchen. Ein Mädchen, das auf frischer Tat ertappt worden war, als es einen Croupier beißen wollte, ging in Flammen auf, als die Polizisten es aus dem Casino zum Streifenwagen bringen wollten. Ein Geschäftsmann wurde in seinem Penthouse-Versteck aufgespürt, umgeben von abgenagten Leichen. In einer nebligen Nacht stand ein kleines Mädchen am Fisherman's Wharf, streckte allen Erwachsenen die Arme entgegen, die helfen wollten, ihren Vater zu finden, und rammte ihnen dann die Zähne in den Hals. Eine Varietétänzerin integrierte blutige Spielchen in ihre Show und ließ die Besucher Einverständniserklärungen unterschreiben. Wenn sie das Theater verließen, gingen sie hungrig von dannen.

Die Armee errichtete Barrikaden um die Stadtteile, in denen sich die Menschen ansteckten. So entstanden die ersten Coldtowns.

Vampirismus ist ein amerikanisches Problem, erklärte die BBC. Doch der nächste Ausbruch fand in Hongkong statt, dann in Yokohama, dann in Marseille, in Brecht und schließlich in Liverpool. Danach breitete der Vampirismus sich wie ein Flächenbrand in Europa aus.

Mit zehn Jahren sah Tana ihrer Mutter zu, die sich an ihrem Schminktisch für die Party eines Kunsthändlers schön machte, der ihrer Galerie einige Werke überlassen wollte. Sie trug einen Bleistiftrock mit einem smaragdfarbenen Seidentop und hatte ihr kurzes schwarzes Haar straff zurückgegelt. Zum Schluss legte sie noch ihre Perlenohrringe an.

»Hast du keine Angst vor Vampiren?«, hatte Tana gefragt und sich an die Beine ihrer Mutter geschmiegt, das feine Kratzen der Strumpfhose an ihrer Wange gespürt und das Parfüm ihrer Mutter geschnuppert. Normalerweise waren beide Eltern zu Hause, bevor es dunkel wurde.

Tanas Mutter hatte nur gelacht, doch sie kam krank von der Party zurück. *Kalt,* hieß es, was sich erst ganz harmlos anhörte, als hätte man sich erkältet. Doch das war eine andere Kälte, bei der die Körpertemperatur sank, die Sinne geschärft wurden und die Gier nach Blut ins Unermessliche wuchs.

Wenn jemand, der Kalt geworden war, Menschenblut trank, mutierte die Infektion. Sie tötete den Wirt und ließ ihn wiederauferstehen, Kälter als je zuvor. Durch und durch Kalt, bis in alle Ewigkeit.

Wenn man den Zentren für Krankheitskontrolle und Vorbeugung Glauben schenken durfte, gab es nur ein Heilmittel. Man musste das Opfer davon abhalten, Menschenblut zu trinken, bis die Infektion aus dem System geschwemmt war, was bis zu achtundachtzig Tage dauern konnte. Keine Klinik der Welt bot einen solchen Service an. Anfangs hatte man Kalte Patienten in den Krankenhäusern mit Betäubungsmitteln vollgepumpt, bis eine sehr vermögende Frau mittleren Alters aus ihrem künstlichen Koma erwachte und einen Arzt angriff. Es gelang hin und wieder, die Blutgelüste mit Schnaps oder Drogen in Schach zu halten, doch bei vielen Opfern half auch das nicht. Wenn jedoch die Polizei herausfand, dass jemand potenziell infiziert war, wurde diese Person unter Quarantäne gestellt und in eine Coldtown verbannt. Tanas Mutter hatte schreckliche Angst. Deshalb hatte sie sich nach zwei Tagen, in denen das Zittern richtig schlimm geworden und sie vor Hunger die Wände hochgegangen war, in dem einzigen Teil des Hauses einschließen lassen, aus dem sie nicht herauskommen konnte.

Tana erinnerte sich an die Schreie, die nach einer Woche aus dem Keller hochgellten, Schreie, den ganzen Tag, während ihr Vater arbeiten war, und dann die ganze Nacht, sodass ihr Vater den Fernseher so laut stellte, dass man nichts anderes mehr hörte, und sich in den Schlaf trank. Nachmittags nach der Schule rief Tanas Mutter zwischen ihren Schreianfällen ihren Namen und flehte sie an, sie herauszulassen. Sie versprach ihr nichts zu tun. Sie behauptete, es ginge ihr besser, sie wäre nicht mehr krank.

Bitte, Tana. Du weißt, ich würde dir nie etwas antun, mein hübsches kleines Mädchen. Ich liebe dich über alles in der Welt, mehr als mein Leben, das weißt du. Dein Vater versteht nicht, dass es mir besser geht. Er glaubt mir nicht und ich fürchte mich vor ihm, Tana. Er wird mich hier gefangen halten bis ans Ende meiner Tage. Der lässt mich hier nie wieder raus. Er wollte immer die Kontrolle haben, meine Unabhängigkeit hat ihm noch nie gefallen. Bitte, Tana, bitte. Es ist kalt hier unten, und es kriecht und krabbelt über mich drüber, wenn es dunkel ist, und du weißt, wie sehr ich mich vor Spinnen fürchte. Du bist mein Kind, mein süßes Kind, mein Liebling, und du musst mir helfen. Du hast Angst, aber wenn du mich rauslässt, bleiben wir für immer zusammen, Tana, du und ich und Pearl. Wir gehen in den Park und kaufen uns ein Eis und füttern die Eichhörnchen. Wir graben Würmer im Garten aus. Dann sind wir wieder glücklich. Du holst jetzt den Schlüssel, ja? Hol den Schlüssel. Bitte hol den Schlüssel. Bitte, Tana, bitte. Hol den Schlüssel. Hol den Schlüssel.

Und Tana saß dann an der Kellertür, steckte die Finger in die Ohren und heulte Rotz und Wasser. Sie weinte und weinte und weinte. Und die kleine Pearl kam angewackelt, auch sie weinte. Sie weinten, während sie ihr Müsli aßen, weinten, während sie Zeichentrickfilme sahen, und weinten sich in den Schlaf, dicht aneinandergeschmiegt in Tanas schmalem Bett. *Mach was, sie soll aufhören,* sagte Pearl, aber das konnte Tana nicht.

Und wenn ihr Vater abends die Handschuhe aus Stahlgeflecht anzog, wie ein Küchenchef zum Austernöffnen, und schwere Arbeiterstiefel, um ihrer Mutter etwas zu essen zu bringen, weinten sie besonders herzzerreißend. Sie hatten fürchterliche Angst, er würde sich ebenfalls anstecken, obwohl er ihnen erklärte, dass nur ein Vampir jemanden infizieren konnte und dass ihre Mutter immer noch ein Mensch war und ihre Krankheit deshalb nicht weitergeben konnte. Er erklärte, dass ihr Verlangen nach Blut nichts anderes war, als wenn jemand mit Pikazismus am liebsten Kreide oder Lehm oder Metallfeilen essen würde. Er erklärte, alles würde wieder gut werden, vorausgesetzt, dass Mom nicht bekam, was sie wollte, vorausgesetzt, dass Tana und Pearl sich ganz normal verhielten und niemandem erzählten, was sie hatte, weder den Lehrern noch ihren Freunden, und auch nicht ihren Großeltern, die das nicht verstehen würden.

Er sprach ruhig und überzeugend. Dann ging er ins Nebenzimmer und kippte eine halbe Flasche Jack Daniels. Und das Schreien hörte nicht auf.

Nach vierunddreißig Tagen konnte Tana es nicht mehr ertragen und versprach ihrer Mutter, sie freizulassen. Nach siebenunddreißig Tagen hatte sie es geschafft, den Schlüsselbund aus der Hosentasche der braunen Dockers ihres Vaters zu stehlen. Nachdem Dad zur Arbeit gegangen war, löste sie die Riegel, einen nach dem anderen.

Als sie die knarrende Holztreppe hinunterging, stieg ihr vom Keller der Geruch von Schimmel und Mineralien in die Nase. Ihre Mutter hatte sofort aufgehört zu schreien, als sie die Kellertür aufgemacht hatte. Es war sehr still, nur Tanas Schuhe quietschten auf dem Holz. Auf der letzten Stufe zögerte sie.

Dann wurde sie niedergeschlagen.

Tana wusste noch, wie es sich angefühlt hatte, dieses endlose Brennen von Zähnen auf ihrer Haut. Obwohl sie noch nicht vollständig ausgebildet waren, hatten die Fangzähne sich wie Zwillingsdorne oder die Zangen einer Riesenspinne tief in ihr Fleisch gebohrt. Sie hatte den weichen Druck eines Mundes gespürt, und es hatte wehgetan, und dann war da noch dieses Gefühl, als würde alles schnell aus ihr herausfließen.

Sie hatte sich gewehrt, hatte geschrien und geweint, mit

ihren plumpen Kinderbeinen ausgetreten und mit den rosa Kindernägeln gekratzt. Das hatte nur dazu geführt, dass ihre Mutter sie noch fester an sich riss und das Fleisch an der Innenseite ihres Arms aufgeplatzt war. Das Blut spritzte wie aus einer Wasserpistole.

Seitdem waren sieben Jahre vergangen. Die Ärzte hatten ihrem Vater versichert, die Erinnerung würde verblassen wie die große wulstige Narbe an ihrem Arm, doch beides hatte sich nicht bewahrheitet.

Drittes Kapitel

Fällt im Tod die Blüte ab,
möge die Frucht wachsen.
– Henry Ward Beecher

Aidan blickte sie entsetzt aus weit aufgerissenen Augen an. Er stemmte sich gegen die Gummiseile und versuchte, durch das Klebeband zu sprechen. Tana konnte die Worte nicht verstehen, aber durch seinen Tonfall forderte er sie deutlich genug auf, ihn loszubinden, und flehte sie an, ihn nicht allein zu lassen. Wahrscheinlich bereute er jetzt, dass er ihren Geburtstag vergessen und sie über Twitter verlassen hatte, und bedauerte mit einiger Sicherheit alles, was er am Vorabend gesagt hatte. Beinahe hätte Tana wieder gekichert. Hysterie blubberte hoch, doch sie schluckte sie herunter.

Sie schob einen Fingernagel unter den Rand des Klebebands und begann, es möglichst schonend abzuziehen. Aidan zuckte zusammen und blinzelte schnell hintereinander mit seinen karamellfarbenen Augen. Als auf der anderen Seite des Zimmers Ketten rasselten, hielt sie inne und hob den Blick.

Es war der Vampirjunge. Er zog an seinem Halsband, schüttelte den Kopf und starrte sie eindringlich an, als wollte er ihr etwas Wichtiges mitteilen. Lebendig hatte er offensichtlich gut ausgesehen, denn er war immer noch attraktiv, obwohl seine Blässe und ihr Wissen, was er war, ihn als Monster auswiesen. Sein Mund war weich, die Wangenknochen spitz wie Messerklingen und sein Kiefer geschwungen – all das verlieh ihm eine schräge Schönheit. Sein schwarzes Haar war ein irrer Wust aus schmutzigen Locken. Als sie ihn anstarrte, trat er an einen Bettpfosten, sodass das Gestell ächzte, und schüttelte wieder den Kopf.

Na klar, als ob sie Aidan hier sterben ließe, nur weil der hübsche Vampir seinen Snack behalten wollte.

»Lass das«, sagte sie vor Angst lauter als beabsichtigt. Es wäre das Beste, wenn sie über das Bett stieg und die Müllsäcke von den Fenstern riss. Dann würde er in der Sonne verbrennen und wie ein sterbender Stern schwarz werden und zu glühenden Scheiten zersplittern. Doch sie hatte so etwas noch nie mit eigenen Augen gesehen, nur auf den YouTube-Videos, wie alle anderen auch, und bei der Vorstellung, etwas zu töten, während es gefesselt und geknebelt war, und dabei auch noch *zuzusehen*, wurde ihr übel. Sie glaubte nicht, dass sie das schaffen würde.

Doof, doof, doof, sagte ihr Herz.

Tana wandte sich wieder Aidan zu. Ihre Hände zitterten. »Ganz ruhig bleiben, verstanden?«

Als er nickte, zog sie mit Schwung das Klebeband ab.

»Aua«, sagte Aidan. Dann warf er sich mit gebleckten Zähnen auf sie.

Tana hatte sich gerade an dem Seil an seinem Handgelenk zu schaffen gemacht. Seine unvermutete Attacke überrumpelte sie so, dass sie rückwärts taumelte, das Gleichgewicht verlor und mit einem Aufschrei auf den Jackenhaufen fiel. Seine stumpfen Fangzähne hatten ihren Arm gestreift, nah an der Narbe.

Aidan wollte sie beißen.

Aidan war infiziert.

Der Lärm, den sie gemacht hatte, würde ein wahres Nest schlafender Vampire wecken.

»Arschloch«, sagte sie. Nur ihre Wut hielt sie davon ab, in Panik zu verfallen. Sie stand auf und boxte Aidan, so fest sie konnte, in die Schulter.

Er zischte vor Schmerzen und lächelte dann sein schiefes, verlegenes Lächeln, das er immer aufsetzte, wenn er bei irgendwas erwischt wurde. »Sorry. Ich … ich habe es nicht so gemeint. Ich … also, ich liege hier nur schon seit Stunden und kann an nichts anderes denken als an Blut.«

Sie erschauerte. Sein glatter Hals zeigte keine Bisswunden, doch es gab genug andere Stellen, wo man gebissen werden konnte.

Bitte, Tana, bitte.

Sie hatte Aidan nie von ihrer Mutter erzählt, aber er wusste Bescheid. In der Schule wussten es alle. Außerdem hatte er die Narbe gesehen, eine Schweinerei aus wulstiger, glänzender Haut, bleich mit einem roten Schimmer an den Rändern. Sie hatte ihm erzählt, dass es sich manchmal anfühlte, als stecke ein Eissplitter in dem darunterliegenden Knochen.

»Wenn du mir nur ein bisschen gibst, dann …«, setzte Aidan an.

»Dann stirbst du, Blödmann. Dann würdest du ein Vampir

werden.« Obwohl sie ihn am liebsten noch mal geschlagen hätte, bückte sie sich und kramte in den Jacken, bis sie ihre Handtasche mit dem Autoschlüssel gefunden hatte. »Wenn wir hier raus sind, darfst du um Gnade betteln wie noch nie in deinem Leben.«

Unter Kettengerassel trat der Vampirjunge noch mal gegen das Bett. Sie warf ihm einen Blick zu. Er sah von ihr zur Tür und zurück. Dann riss er voller Ungeduld die Augen auf.

Diesmal verstand sie ihn. Da kam etwas. Etwas, das wahrscheinlich gehört hatte, wie sie hingefallen war. Sie watete durch die verstreuten Jacken zur Kommode und schob sie vor die Tür, damit keiner hereinkommen konnte. Kalter Schweiß bildete sich zwischen ihren Schulterblättern. Ihre Beine waren bleischwer, und sie wusste nicht, wie lange sie noch durchhielt, ehe der Wunsch, sich klein zu machen und zu verkriechen, die Oberhand gewann.

Nach einem Blick auf den rotäugigen Jungen überlegte sie, ob er vielleicht vor wenigen Stunden noch zu den Feiernden gehört und Bier getrunken, getanzt und gelacht hatte. Sie erinnerte sich nicht daran, ihn gesehen zu haben, doch das hatte nichts zu sagen. Es waren einige auf der Party gewesen, die sie nicht kannte und die sie sich auch nicht gemerkt hatte, Teenager aus Conway oder Meredith. Gestern war er vielleicht noch ein Mensch gewesen. Andererseits konnte er auch seit über hundert Jahren kein Mensch mehr sein. Was spielte das für eine Rolle – jetzt war er auf jeden Fall ein Ungeheuer.

Tana nahm einen Hockeypokal von der Kommode. Er wog schwer in ihrer Hand, als sie durchs Zimmer dorthin ging, wo der Junge angekettet war. Ihr Herz schlug wie ein Fensterladen bei Gewitter. »Ich befreie dich jetzt von dem Knebel. Aber wenn du versuchst, mich zu beißen oder anzufassen, haue ich dir den hier über den Schädel, so fest und so oft ich kann, kapiert?«

Er nickte, die roten Augen ruhig.

Seine wachsweiße Haut fühlte sich kalt an, als sie seinen Hals streifte, um den Knoten des Knebels zu finden. So nah war sie einem Vampir noch nie gekommen und hatte noch nie darüber nachgedacht, wie es sein würde, jemandem so nah zu sein, der nicht atmete, der starr war wie eine Statue. Seine Brust hob sich nicht, sie senkte sich nicht. Dagegen zitterten ihre Hände wie Espenlaub.

Dann glaubte sie plötzlich, irgendwo im Haus etwas gehört zu haben, ein Knarren, als würde eine Tür geöffnet. Tana konzentrierte sich darauf, den Knoten schneller zu lösen, auch wenn es mit einer Hand schwierig war. Sie sehnte sich verzweifelt nach einem Messer und wünschte, sie wäre so schlau gewesen, aus der Küche eins mitzunehmen. Sie wünschte, sie hätte etwas Besseres als einen Silberpokal mit goldener Schrift.

»Tut mir leid wegen eben«, meldete sich Aidan vom Bett. »Ich bin total fertig, verstehst du das nicht? Aber ich tu's nie wieder – ich würde dir nie wehtun.«

»Als ob du gut darin wärst, einer Versuchung zu widerstehen«, sagte Tana.

Er lachte leise, bis das Lachen in Husten überging. »Ich bin eher der Typ, der sich ihr in die Arme wirft, stimmt schon. Aber ganz ehrlich, mir hat das auch Angst gemacht und ich werde so etwas nicht wieder tun.«

Ständig ließen Infizierte alle Schranken fallen und griffen ihre Familien an. Solche Geschichten kamen nicht einmal mehr in die Schlagzeilen.

Doch die Experten bestanden darauf, dass nicht alle Vampire Monster waren. *Rein theoretisch sind sie dieselben Menschen wie zuvor, vorausgesetzt, ihr Hunger ist gestillt. Sie haben immer noch dieselben Erinnerungen und sind weiterhin fähig zu moralischen Entscheidungen.*

Theoretisch.

Endlich löste sich der Knoten in Tanas Fingern. Sie krabbelte schnell rückwärts, doch der Junge mit den roten Augen spuckte nur den Stoffknebel aus.

»Durchs Fenster«, sagte er mit einem leichten Akzent, den sie nicht deuten konnte – aber daraus schloss sie, dass er wahrscheinlich doch nicht aus der Gegend war und sich gestern angesteckt hatte. »Mach. Sie sind schnell wie Schatten. Wenn sie durch die Tür kommen, ist es aus.«

»Aber du …«

»Leg eine Decke auf mich – oder besser zwei –, dann bin ich gut verpackt, und die Sonne kann mir nichts anhaben.« Obwohl er nur wenig älter aussah als Aidan, strahlte seine ruhige Stimme viel Erfahrung aus. Tana war richtig erleichtert. Wenigstens einer, der wusste, was getan werden sollte, auch wenn sie es nicht war. Auch wenn derjenige kein Mensch war.

Da sie für ihn nicht mehr in Reichweite war, stellte sie die Hockeytrophäe wieder auf die Kommode, wohin sie gehörte, wo Lances Eltern sie wiederfinden konnten und – Tana brach hier ab, weil sie sich auf das unmögliche Hier und Jetzt konzentrieren musste. »Wieso bist du hier angekettet?«, fragte sie den Vampir.

»Ich bin in schlechte Gesellschaft geraten«, sagte er, ohne eine Miene zu verziehen. Einen Augenblick lang wusste sie nicht, ob er sich lustig machte. Die Vorstellung, er könne Humor haben, verstörte sie.

»Pass auf«, rief Aidan vom Bett. »Du weißt nicht, wozu er fähig ist.«

»Aber wir wissen alle, wozu du fähig wärst, oder?«, konterte der Vampir aalglatt.

Draußen näherte sich die Sonne sicher bereits dem Waldrand. Sie hatte keine Zeit, zu überlegen, was am besten war.

Sie musste ihr Glück versuchen.

Auf dem Bett, unter Aidan, lag eine Tagesdecke. Tana zerrte daran. »Ich gehe zum Auto«, erklärte sie allen beiden. »Ich schiebe das Fenster hoch und dann steigt ihr zusammen in den Kofferraum. Ich habe einen Montierhebel, hoffentlich kann ich damit die Kette knacken.«

Der Vampir sah sie verwirrt an. Dann sah er zur Tür und warf ihr einen verschlagenen Blick zu. »Wenn du mich befreist, kann ich sie aufhalten.«

Tana schüttelte den Kopf. Vampire waren stärker als Menschen, doch mit Eisen konnte man sie in Schach halten. »Ich glaube, es ist für uns alle das Beste, wenn du weiter in Ketten bleibst, nur eben nicht hier.«

»Bist du sicher?«, fragte Aidan. »Gavriel ist immer noch ein Vampir.«

»Er hat mich vor dir und vor ihnen gewarnt. Das hätte er nicht tun müssen. Ich werde mich kaum dadurch revanchieren, dass ich …« Sie zögerte und runzelte die Stirn. »Wie hast du ihn genannt?«

»So heißt er.« Aidan seufzte. »Gavriel. Die anderen Vampire haben das gesagt – als sie mich ans Bett gefesselt haben.«

»Oh.« Mit einem letzten Ruck riss sie die Decke los und warf sie über *Gavriel.*

Ihr Herz raste, doch nicht nur vor Angst, sondern auch vor Aufregung und Adrenalin. Sie würde sie retten. Das musste sie schaffen.

Auf einmal kratzte es an der Tür und der Knauf drehte sich langsam. Kreischend sprang Tana aufs Bett und über Aidan hinweg zum Fenster. Mit einem Ruck riss sie den Müllbeutel ab und ließ das goldene Licht des frühen Abends herein.

Gavriel atmete vor Schmerz scharf ein, schlang die Decke enger und versuchte, möglichst viel von seinem Körper hinter der Kommode in Sicherheit zu bringen.

»Noch volle Sonne!«, rief er zwischen zwei hastigen Atemzügen. »Kommt lieber nicht rein!«

Vor der Tür wurde es still.

»Du kannst mich nicht hierlassen«, sagte Aidan, als Tana das alte Fenster des Farmhauses hochschob, das über die Jahre vom Regen aufgequollen war. Es hakte.

Ihre Muskeln brannten, als sie noch einmal mit voller Kraft dagegen drückte. Laut ächzend ruckelte die Fensterscheibe ein Stück nach oben. Das musste reichen, um drunter durchzukriechen, hoffte sie. Der kühle süße Wind wehte den Duft von Geißblatt und frisch gemähtem Gras ins Zimmer.

Nach einem Blick auf die Tagesdecke inmitten der Jacken und Taschen, unter der Gavriel sich versteckte, holte sie tief

Luft. »Ich lasse dich nicht hier«, sagte sie zu Aidan. »Versprochen.«

Heute sollte niemand mehr umgebracht werden, wenn sie es verhindern konnte. Erst recht niemand, den sie einmal geliebt hatte, auch wenn er ein Arschloch war. Auch kein toter Junge mit verdammt guten Ratschlägen. Und sie selbst hoffentlich auch nicht.

Sie beugte sich vor und steckte den Kopf unter den Fensterrahmen, ohne die verrotteten grauen Holzsplitter und die abblätternde Farbe zu beachten. Sie warf ihre Handtasche nach draußen. Dann rutschte sie langsam vorwärts, schob ihre Brüste über das Sims und verkantete ihre Hüften, sodass sie sich an der Außenwand weiter nach unten ziehen konnte, bis sie kopfüber ins Gebüsch fiel. Der Fall war heftig und schmerzhaft, das Licht zu grell und das Gras zu grün. Es dauerte, bis sie sich auf den Rücken drehen und tief Luft holen konnte.

Sie war in Sicherheit. Wolken wehten über den Himmel, auseinandergezogen wie Zuckerwatte. Sie schoben sich zu Bergen zusammen, zu eingemauerten Städten, formten sich zu aufgerissenen Mäulern mit spitzen Zahnreihen, zu Armen, die sich vom Himmel nach unten ausstreckten, zu Flammen und …

Ein plötzlicher Windstoß fuhr in die Äste, die zitternd einige leuchtend grüne Blätter abwarfen. An Tanas Schulter summte eine Fliege und erinnerte sie an die Leichen im Haus, auf denen Fliegen landeten, an die schillernden Maden, die brüteten, schlüpften, sich ohne Ende vermehrten und wie eine Entzündung ausbreiten würden, bis schwarze Fliegen den Raum in einen wogenden Teppich verwandelten. Bis man nichts mehr hören konnte außer dem Flirren ihrer durchsichtigen Flügel.

Tana zitterte jetzt wie die Äste eben, ihr ganzer Körper bebte, und eine Woge der Übelkeit überwältigte sie mit solcher Wucht, dass sie sich gerade noch umdrehen konnte, bevor sie sich im Gras erbrach.

Du hast gesagt, du dürftest ausflippen, meldete sich eine innere Stimme.

Noch nicht, noch nicht, ermahnte sie sich, obwohl allein die Tatsache, dass sie mit ihrem eigenen Verstand verhandelte, bewies, wie schlecht es um sie bestellt war. Sie rappelte sich auf und versuchte, sich zu erinnern, wo sie geparkt hatte. Dann ging sie über den abschüssigen Rasen zu den Autos und an ihnen vorbei, strich über die Motorhauben und fürchtete, jedes Mal wieder brechen zu müssen, wenn sie im Inneren etwas entdeckte – Bücher, Pullover, Perlengehänge am Rückspiegel –, kleine Andenken an das Leben der Menschen, Dinge, die sie nie wiedersehen würden.

Schließlich erreichte sie ihren Crown Vic, öffnete die quietschende Tür, stieg ein und inhalierte den schwachen, vertrauten Geruch von Benzin und Öl.

Tana hatte das Auto an ihrem siebzehnten Geburtstag für einen Tausender gekauft und die Kratzer mit hellgrünem Rostschutzmittel besprüht, sodass es wie ein demoliertes Polizeiauto aussah. Dann hatte sie den Motor mithilfe ihres Vaters wieder zusammengesetzt, als er gerade mal wieder kurz aus dem Nebel seines Unglücks aufgetaucht war und sich daran erinnert hatte, dass er zwei Töchter hatte.

Der Wagen war groß und robust und schluckte unersättlich Benzin. Als sie die Tür zuknallte, hatte sie zum ersten Mal, seit sie das Badezimmer verlassen hatte, vielleicht sogar erstmals, seit sie auf die Party gegangen war, das Gefühl, die Dinge im Griff zu haben.

Sie fragte sich, wie lange es dauern würde, bevor ihr auch das durch die Finger glitt.

Viertes Kapitel

Warum den Tod fürchten?
Er ist das schönste Abenteuer
des Lebens.
– Charles Frohman

Tana hatte ein Geheimnis, ein Geheimnis, das sie niemandem erzählte – einen Traum, der immer wiederkam. Zeitweise vergingen Monate zwischen diesen Träumen; manchmal träumte sie ihn eine Woche lang jede Nacht. In diesem Traum war sie mit ihrer Mutter zusammen, untot, in bauschende weiße Gewänder gekleidet, mit Rüschen am Kragen und am Saum. Sie liefen gemeinsam in einem dunklen Märchen aus Blut, Wäldern und Schnee durch die Nacht, mit Mädchen, die Haare wie aus Rabenschwingen und rosenrote Lippen und scharfe Zähne hatten, so weiß wie Milch.

Die Art und Weise, wie sie sich ansteckten, variierte, doch normalerweise passierte es wie folgt: Tana wurde als Erste Kalt. Die Details wurden ausgelassen, das Wie und Warum des Angriffs stand nicht zur Debatte und wurde nicht erwähnt. Der Traum begann meist damit, dass ihr Vater sie zur Kellertür schleppte und erklärte, er würde sie nie, nie, nie wieder rauslassen. Tana konnte noch so viel heulen und weinen und außer sich vor Kummer flehen und betteln, sie konnte ihn mit Tränen überschütten, sein Herz blieb hart wie Stein. Am Ende hatte er genug von ihren Tränen und warf sie die Treppe hinunter.

Sie stieß sich den Kopf an den Holzlatten und wollte sich am Geländer festhalten, doch obwohl sie schon mit den Nägeln darüber kratzte, entglitt es ihr. Als sie unten aufschlug, bekam sie keine Luft mehr.

Dann saß sie dort auf dem kalten Kellerboden, während Spinnen über ihre Hände krochen und Käfer knackten, während Mäuse aus dem Dunkel flitzten und piepsend Haarsträhnen für ihre Nester stahlen, während ihre Mutter bat, sie freizulassen, und ihre Schwester weinte. Doch jedes Mal wenn ihre Mutter Tanas Vater vorwarf, grausam zu sein, hängte er noch ein Schloss an die Kellertür, bis dort dreißig Messingschlösser hingen, für die er dreißig Messingschlüssel hatte. Tag für Tag musste er all diese Schlösser aufschließen, um für Tana eine Schüssel Wasser und eine Schüssel Haferbrei auf die oberste Stufe zu stellen. Und dann musste er sie alle wieder abschließen.

Schließlich kannte Tana den Klang der Schlösser und schlich die Treppe hinauf, wenn er begann, die Schlüssel darin zu drehen. Sie wartete auf ihn. Er war vorsichtig, aber nicht vorsichtig genug. Als er die Tür öffnete, sprang sie auf und biss ihn. Gemeinsam fielen sie in einem verschwommenen Wirrwarr die Treppe herunter. Und wenn sie aufwachte, war sie ein Vampir, und ihr Vater lag bewusstlos neben ihr.

Dann kam immer ihre Mutter nach unten, schloss Tana

in ihre weichen Arme und sagte, dass alles gut werden würde. Sie würden bald zusammen fortgehen, aber erst müsste Tana sie beißen. Ihre Mutter bestand darauf und sagte immer wieder, dass sie es nicht ertragen könnte, wenn Tana allein in die Welt hinausginge, und dass sie immer bei ihr sein wollte. Manchmal verlegte sich ihre Mutter sogar aufs Betteln.

Bitte, Tana, bitte.

Tana biss sie immer. Als Tana noch jünger war, hatte das Blut in ihren Träumen wie Erdbeerbrause oder Erdbeereis geschmeckt. Wenn man zu schnell trank, bekam man von der Kälte Kopfschmerzen. Als sie älter wurde und schon einmal an einem verletzten Finger geleckt hatte, schmeckte es in ihren Träumen entsprechend nach Kupfer und Tränen.

Nachdem dann im Traum auch Tanas Mutter infiziert war, biss sie ihren bewusstlosen Mann, weil sie für ihre eigene Verwandlung Menschenblut brauchte und es ihm nicht schadete, da man von einem Biss durch einen Infizierten nicht Kalt werden konnte. Danach brachten sie ihn ins Bett, weil er wahrscheinlich müde wäre.

Er schlief ganz friedlich, während Tana und ihre Mutter Pearl versprachen, sie zu holen, wenn sie älter war. Dann zogen sie lange Kleider an und gingen in die Nacht hinaus, Mutter Vampir und Kind Vampir, um zu jagen und gemeinsam die Straßen unsicher zu machen.

Sie würden natürlich zu den Guten gehören, wie die aufopferungsvollen Wissenschaftler, die sich infizierten, um die Krankheit besser zu verstehen; wie die Kopfgeldjäger unter den Vampiren, die andere Vampire zur Strecke brachten; wie die Vampirfrau in Griechenland, die immer noch mit ihrem

Mann zusammenlebte und ihm nachts das Essen kochte, das er sich aufwärmen konnte, wenn sie den Tag in einem Grab frisch umgegrabener Erde unter dem Rübenkeller verschlief. So würden auch Tana und ihre Mutter sein und niemals würden sie jemanden töten, nicht einmal aus Versehen.

Im Traum passte alles, alles war perfekt, alles war für immer gut.

Im Traum liebte Tanas Mutter sie über alles. Sie hatte sie lieber als den Tod.

Ich will kein Vampir sein, redete Tana sich immer wieder ein. Aber in ihren Träumen wollte sie es irgendwie doch.

Fünftes Kapitel

Jung stirbt, wen die Götter lieben.
— Menander

Auf der Fahrt über den Rasen überfuhr Tana einen zusammengerollten Schlauch und zerstörte das Narzissenbeet von Lances Mutter. Dann legte sie den Rückwärtsgang ein und fuhr den Crown Vic möglichst nah ans Fenster. Als sie mit der Stoßstange die Mauer berührte, stieg sie aus, kletterte aufs Autodach und schlängelte sich unter der Scheibe hindurch zurück in das Gästezimmer – diesmal mit einem Montierhebel in der Hand.

Sie brauchte mehrere Versuche und schaffte es nur mit Hängen und Würgen. Als sie endlich wieder drin war, mit zerkratzten Armen und Beinen, stellte sie fest, dass es dunkler geworden war. Die Schatten wurden länger, da der Nachmittag unerbittlich in den Abend überging. Wahrscheinlich war es schon nach sechs oder gar sieben. Es stank penetrant nach Tod.

»Tana«, sagte Aidan, sobald er sie am Fenster sah. »Tana, die kommen rein, wenn es dunkel ist. Das haben sie schon angekündigt.« Er sah blass und verzweifelt aus, viel schlimmer als vorher. »Wir müssen sterben, Tana.«

»*Condamné à mort*«, sagte eine raue Stimme von der anderen Seite der Tür. Tana hörte, wie die fremden Wesen im Flur flüsterten, wie sie hungrig auf der Stelle traten und auf den Sonnenuntergang warteten.

Ihre Hände zitterten.

Sie drehte sich rasch zu Gavriel um, der wie eine Krähe in der Ecke kauerte und sie mit seinen unheimlichen Granataugen beobachtete. »Was bedeutet das?«

»Hier sind so viele eigenartige Sonnensprenkel«, rief er ihnen zu, ohne auf Tana einzugehen. »Kommt ruhig rein. Ich freue mich schon drauf, dass eure Haut Blasen wirft. Ich freue mich …«

»Sag das nicht!« In ihrer Panik schnitt sie ihm das Wort ab. Sollten die Vampire ins Zimmer gelangen, wüsste sie nicht, wie sie reagieren sollte.

Abhauen, schätzungsweise. Die anderen im Stich lassen.

Aidan wölbte den Rücken gegen die Fesseln. »Die reden in tausend Sprachen. Gerne Französisch. Irgendwas über den Dorn von Istra. Ich glaube, er hat ein Problem.«

»Und, stimmt das?«, fragte Tana.

»Nicht ganz«, antwortete Gavriel.

Tana blickte erschauernd und sehnsüchtig zum Fenster und zu ihrem Auto. *Der Dorn von Istra?* Vor einiger Zeit hatte sie im Spätprogramm die Sendung *Wir lüften den Schleier: Vampirgeheimnisse aus der Zeit, bevor die Welt Kalt wurde* gesehen. Zwei Wissenschaftler in Tweedjackets hatten über ihre Forschungen zum Thema, warum Vampire so lange im Verborgenen gelebt hatten, gesprochen. Früher hatten anscheinend einige Vampire aus alter Zeit wie gruselige Kriegsherren über weite Gebiete geherrscht und die anderen Vampire wie Sklaven gehalten. Vampire suchten sich Opfer, die nicht vermisst würden, und töteten sie nach jeder Nahrungsaufnahme. Doch wenn aus Versehen jemand lange genug überlebte, um selbst Blut zu saugen, war es Aufgabe des Dorn, diesen frisch verwandelten Vampir zu jagen und alle zu töten, die er in seinem kurzen, wilden Leben gebissen hatte. Offenbar war es zugleich eine Strafe und eine Ehre, einem der ehrwürdigen Vampire als Dorn zu dienen.

In der Sendung hatten die Tweedanzugträger sich darüber amüsiert, wie verzweifelt diese Dorne gewesen sein mussten, nachdem Caspar Morales auf Weltreise gegangen war, und wie sie sich abrackern mussten, um eine Infektionskrankheit auszurotten, die sich bereits unkontrolliert ausbreitete.

Anscheinend hatte der Dorn von Istra darüber den Verstand verloren. Die Sondersendung zeigte ein unscharfes Video von einem Treffen unter dem Friedhof Père Lachaise in Paris. Während elegant gekleidete Vampire um ihn herum ihren Verpflichtungen nachgingen, steckte der Dorn von Istra, Gesicht und Körper blutverschmiert, in einem Käfig und lachte. Er lachte sich kaputt, als sie den Videofilmer aufgetrieben und vor den Käfig geschleppt hatten, und heulte wie ein Irrer, bevor er dem Mann die Kehle durchbiss. Tana hatte gesehen, wie blass die anderen Vampire geworden waren. Sogar sie hatten Angst vor ihm.

»Der Dorn von Istra ist *hinter dir her?*«, fragte Tana. Die Vorstellung, dass der Dorn ausgebrochen war, lähmte sie. »Und das soll kein Problem sein?«

Gavriel schwieg.

Vielleicht wäre es doch besser, ihn dazulassen. Aidans Fesseln zu lösen und abzuhauen, auch wenn das hieß, einen angeketteten Vampir seinen Feinden auszuliefern, die in unbekannter Anzahl vor der Tür lauerten. Auch wenn das unfair war.

Tana holte tief Luft. »Das ist deine letzte Chance. Musst du gerettet werden?«

Er setzte eine eigenartige Miene auf – man hätte meinen können, sie hätte ihn geschlagen. »Ja«, sagte er schließlich.

Vielleicht lag es daran, dass fast alle tot waren und sie sich selbst ein bisschen tot fühlte, doch sie war der Meinung, dass auch ein Vampir es verdient hatte, gerettet zu werden. Möglicherweise wäre es sinnvoller, ihn im Stich zu lassen, aber sie würde es trotzdem nicht tun.

Als sie zu Gavriel ging, prüfte sie mit einem Blick die Anordnung der schweren Ketten. Eine war um den Bettpfosten geschlungen. Die Handgelenke waren mit massiven Handschellen vor seinen Körper gefesselt und mit weiteren Handschellen an seinen Füßen verbunden worden.

Man könnte ihn am besten befreien, indem man das Bett hochhob, was er vielleicht sogar selbst hätte schaffen können, wenn seine Hände nicht gefesselt gewesen wären. Tana bezweifelte, dass es ihr gelingen konnte. Jedenfalls nicht, solange Aidan auf der Matratze lag.

»Meinst du, du schaffst es, mich nicht zu beißen?«, fragte sie ihn.

Aidan schwieg lange. »Weiß nicht.«

Wenigstens war er ehrlich.

Sie holte Gavriels Knebel von einem Kleiderhaufen auf

dem Boden und stieg auf den Rand des Bettgestells. »So schlimm ist es doch noch gar nicht bei dir. Probier's.« Sie beugte sich vor und befestigte den Knebel, so schnell es ging, mit einem Doppelknoten im Nacken, damit er ihn nicht so schnell lösen konnte. Das hoffte sie zumindest.

Er rührte sich nicht und ließ sie gewähren. Als sie mit dem Knebel fertig war, hakte sie die Gummiseile an seinen Beinen aus. Das ging immerhin schnell, weil es keine Knoten gab. Allerdings musste sie dazu auf dem Bett über ihn steigen, und obwohl er Kalt war, obwohl sie in Gefahr schwebten, war Aidan noch dazu zumute, sie anzusehen und eine Augenbraue provozierend hochzuziehen.

Sie wollte ihm gerade das Maul stopfen, als sie an seinem Knöchel zwei Bisswunden entdeckte, die bereits leicht geschwollen waren. Und das Blut hatte einen bläulichen Farbton angenommen. Sie holte scharf Luft, sagte jedoch nichts und fasste sie nicht an. Das war so was von grauenhaft privat.

Dann, da kein Weg daran vorbeiführte, löste sie die Fesseln an Aidans Armen. Er setzte sich auf, rutschte ans Kopfende zurück und massierte seine Handgelenke. Sein dunkelbraunes Haar hing ihm verwuschelt ins Gesicht, als wäre er gerade aufgewacht.

Schaff sie ins Auto, ermahnte sie sich. *Pack sie in den Kofferraum und fahr los – alles andere kannst du dir dann überlegen.*

»Wenn du versuchst, den Knebel abzumachen, schlage ich dich mit dem Montierhebel!«, warnte sie Aidan, hob das Werkzeug auf und schwenkte es drohend.

Da Aidan nichts sagen konnte, deutete Tana das Geräusch, das er von sich gab, als Zustimmung.

»So, und jetzt hilfst du mir, Gavriels Ketten vom Bett loszumachen«, fuhr Tana fort.

Aidan schüttelte wild den Kopf.

»Wir haben keine Zeit, uns zu streiten«, sagte sie.

Er ließ die Schultern sinken und seufzte durch die Nase. Nach einem langen Blick von ihr stand er langsam auf und legte die Hände an das Fußende. Tana ging in die Hocke und zog an der schweren Kette, als Aidan das Bett hochhob. Dann krabbelte sie hektisch rückwärts und Aidan ließ das Gestell wieder los. Es krachte auf die Dielen und ließ sie erbeben.

Als der Vampir sich bewegte, klirrten die Ketten, die er hinter sich herzog, so unheimlich, dass Tana an die mittelalterlichen Verliese in Spätfilmen denken musste.

Er hob die Arme mit den Handschellen.

Aidan wollte sich zu Wort melden, doch wegen des Knebels kam nur unverständliches Gestammel heraus. Tana konnte sich denken, wie sein ironischer Kommentar gelautet hatte.

»Hier sind noch mehr von den Müllbeuteln, mit denen sie die Fenster zugeklebt haben«, sagte sie und kramte auf dem Boden in den Sachen, die die Vampire dagelassen hatten. »Wir könnten dich darin einwickeln, damit du nicht verbrennst, falls die Decke abrutscht, und die Beutel mit Isolierband festkleben – natürlich nur, wenn es dir nichts ausmacht, so bescheuert rumzulaufen.«

Der Vampir lächelte mit geschlossenem Mund.

Tana gab Aidan die Rolle mit Müllbeuteln und das Klebeband. Er hockte sich in den Schatten und bastelte eine Art Kunststoffrüstung für Gavriel, die genauso albern aussah, wie Tana vorausgesagt hatte – schon ohne Decken.

»Falls ich verletzt werde«, sagte Gavriel, »müsst ihr höllisch aufpassen.«

»Machen wir«, antwortete sie. »Keine Sorge.«

»Nein, Tana, hör zu«, sagte er. »Ihr müsst euch vor mir in Acht nehmen.«

Das war das erste Mal, dass er sie mit Namen anredete, und wegen seines sonderbaren Akzents hörte er sich anders an, fremd.

»Wir lassen es nicht so weit kommen, dass du dich verbrennst«, sagte sie und wandte sich ab, um Handtaschen zu öffnen und mit den Fingern in Jackentaschen zu kramen, weil sie wider besseres Wissen hoffte, einer ihrer Freunde hätte ein Messer mitgenommen. »Auch wenn du ein Vampir bist und es wahrscheinlich nicht besser verdient hast.«

Entschuldigung, sagte sie zu jedem einzelnen Toten, als sie ihre Sachen aufknöpfte und aufriss. *Tut mir leid, Courtney. Tut mir leid, Marcus. Tut mir leid, Rachel. Tut mir leid, Jon. Entschuldigt, dass ich noch lebe und ihr schon tot seid. Tut mir leid, dass ich alles verschlafen habe. Tut mir leid, dass ich euch nicht retten konnte und jetzt auch noch eure Sachen durchwühle. Entschuldigung.* Sie fand keine Messer oder Pflöcke. Es gab nur eine Schnur mit eingeflochtenen religiösen Symbolen aus aller Welt, darunter ein großes Evil Eye, das kristallen funkelte, und ein verkorktes Fläschchen mit Rosenwasser, in dem eine dornige Ranke trieb.

Tana konnte nicht vorsichtig genug sein. Sie stopfte das Fläschchen und die Schnur in ihre Handtasche. Dann nahm sie Rachel Meltzers Handy, wählte 911 und warf es aufs Bett.

Im Flur knarrte eine Diele.

»Kleine Maus«, sagte eine Stimme durchs Schlüsselloch.

»Weißt du nicht, dass die Katze mehr Spaß hat, wenn du so zappelst?«

Aidan heulte fast hinter seinem Knebel. Tana wurde von Angst geschüttelt. Es war eine tierische Furcht, die alles andere ausblendete, endlos und unfassbar. Es gab Wesen, die denken und sprechen konnten und die sie *trotzdem* töten und fressen wollten. Sie war lange wie gelähmt.

Dann kämpfte sie sich durch die Woge ihrer Angst und blickte durchs Fenster nach draußen, wo die ersten orangefarbenen Strahlen des Sonnenuntergangs die Bäume in goldenes Licht tauchten. Es wurde dunkel.

»Wir müssen los«, sagte sie zu Aidan. Er war mit dem Einpacken von Gavriel noch nicht so weit, wie sie es gern gehabt hätte, doch ihnen lief die Zeit davon. Sie holte mit dem Montierhebel aus, schlug die Scheibe ein und entfernte hastig die hölzernen Querstreben.

Glasscherben fielen schimmernd zu Boden.

»Wir verschwinden jetzt!«, brüllte sie. »Los, Aidan, komm. Bring Gavriel hier rüber.«

Aus dem Handy kam wie aus weiter Ferne die dünne Stimme aus der Telefonzentrale. »*Welchen Notfall wollen Sie melden? Hallo, hier ist 911. Welchen Notfall melden Sie?*«

»Vampire!«, rief Tana und warf ihre Stiefel aus dem Fenster und das Werkzeug hinterher.

Aidan half Gavriel auf die Beine. So verpackt, sah er aus wie eine moderne Mumie. Das glänzende Klebeband hielt die Kombination aus Müllbeuteln und Decken zusammen, während er zum Fenster hoppelte. Tana hatte keine Ahnung, ob es ausreichte, damit er sich nicht verbrannte, doch es musste eben reichen. Sie hätte auch so schon am liebsten alle Pläne in den Wind geschlagen und wäre allein abgehauen, raus auf den Rasen, nur weg.

»Aidan, du steigst zuerst aus dem Fenster«, sagte Tana, nachdem sie ihre Angst heruntergeschluckt und sich alle anderen Gedanken verboten hatte. »Wir brauchen draußen jemanden, der Gavriels Füße nimmt.«

Aidan nickte und schwang die Beine übers Fenstersims. Er sah sie noch einmal an, als müsste er eine Entscheidung treffen. Dann sprang er und landete ungeschickt auf dem Dach des Crown Vic.

Tana hörte, wie das Holz der Tür splitterte, als würde ein großer Rammbock dagegen geschlagen. »Nein«, sagte sie leise. »Oh nein. Nein.«

»Lass mich zurück«, sagte Gavriel.

Beim nächsten Schlag an die Tür fiel die Kommode um und krachte an das Bett. Tana zwang sich, nach vorn zu sehen, und schob den verpackten Körper zum Fenster.

»Schnauze, sonst tu ich's wirklich«, antwortete sie. »Setz dich, dann rüber mit den Beinen und fallen lassen.«

Er schob sich über das Sims, und Tana hielt ihn fest, damit er nicht auf der falschen Seite herunterfiel. Aidan stand unter dem Fenster und packte seine Füße. In der Hoffnung, das Isolierband würde nicht reißen, ließ Tana los.

Aidan half Gavriel auf den Kofferraum.

Hinter ihr wurde die Tür eingeschlagen.

Weiter, redete sie sich zu. *Nicht umsehen.* Doch sie tat es trotzdem.

Zwei Wesen standen in dem zersplitterten Türrahmen –

ein männliches und ein weibliches. Ihre Gesichter waren verschwollen und rosa, aufgedunsen von dem vielen Blut, das sie getrunken hatten. Ihre Münder und die spitzen Zähne waren rot, die Augen hohl, die Kleidung steif mit dunklen Flecken. Das waren nicht die schicken Vampire aus dem Fernsehen; dies waren Albträume, die sich auf sie stürzten, sich durch die Jacken wühlten und vor den letzten Lichtstrahlen zurückzuckten.

Tana schwang sich bebend auf das Sims, doch ihre Hände zitterten so, dass sie fast vom Fensterrahmen abgerutscht wäre. Sie kam auf die Knie und warf sich ins Freie, aber sie verfehlte das Auto und landete auf dem Rasen.

Finger schlossen sich um ihre Wade und wollten sie zurückziehen. Nach einem brutalen Tritt zog sie sich mit den Armen vorwärts. Zähne streiften ihre Kniekehle, als sie sich losriss und vom Fenster fort krabbelte. Hinter ihr gellte ein schriller Schmerzensschrei. Tana fiel vor Schreck auf den Rücken und bekam keine Luft mehr. Benommen drehte sie sich auf die Seite und betrachtete den Rasen, auf dem Glasscherben glänzten, als hätte jemand nach einem Juwelenraub mit vollen Händen Diamanten in die Luft geworfen.

Aidan schaffte es, den Knebel auszuspucken, und raufte sich die Haare. »Du hättest sehen sollen, wie der Arm von dem versengt ist. Beinahe hätte er dich gehabt.«

Sie rappelte sich mühsam auf. Der Kratzer an ihrem Bein brannte und sie zitterte schon wieder von Kopf bis Fuß. »Ich glaube, er hat mich erwischt.«

»Was?« Aidan machte einen Schritt auf sie zu, doch Tana schüttelte den Kopf.

»Nicht jetzt«, sagte sie. Sie standen am Auto. Sie hatten es fast geschafft. »Hilf mir, ihn in den Kofferraum zu tragen.«

In die Decke gewickelt, sah Gavriel wie eine Leiche aus, die von ihren Mördern beseitigt wurde. Er lag gekrümmt auf der Seite, damit er der Sonne den Rücken zuwandte. Gemeinsam hoben Tana und Aidan ihn hoch und zerrten ihn vom Autodach runter. Doch Tana stolperte unter seinem Gewicht und zog in die falsche Richtung. Die Müllbeutel rissen und die Decke fiel ab. Sie rutschte aus und fiel ins Gras. Einen Augenblick lang sah sie zu, wie seine Flanke und seine Hand in der Sonne schwarz wurden und das Licht das Fleisch verschlang. Bevor sie etwas tun konnte, drehte Gavriel sich herum, die verletzlichen Körperteile zur Erde, wohin kein Licht kam.

»Gavriel?«, fragte Tana, stand auf und schlug die Decke wieder um ihn.

Er versuchte aufzustehen.

Taumelnd und erschöpft, öffneten sie den Kofferraum und wälzten Gavriel schwerfällig hinein. Aidan knallte die Haube zu und setzte sein Böser-Junge-tut-gleich-was-Böses-Grinsen auf.

»*Aidan*«, sagte Tana und ging rückwärts. Ihrer Stimme hörte man an, dass sie sauer auf ihn war und Angst vor ihm hatte. »Aidan, lass das. Du musst auch in den Kofferraum. Ich kann nicht fahren, wenn du dich die ganze Zeit auf mich stürzen willst.«

»Weißt du, wie du aussiehst?«, fragte er mit einem sonderbaren, fast verträumten Unterton. »Du bist von oben bis unten voll Blut.«

Sie sah an sich herunter und musste ihm recht geben. Ihre

Haut war mit kleinen Kratzern übersät, aus denen Blut über ihre Arme und Beine rann. Ein roter Streifen auf ihrer Hand, mit der sie sich das Gesicht abgewischt hatte. Anscheinend hatte sie sich an den Glasscherben geschnitten.

»Wir müssen fahren, Aidan.«

»Ich will nicht mit einem Vampir in den Kofferraum«, sagte er und sah sie hungrig an. Seine Augen waren schwarz vor Verlangen, die Pupillen geweitet. »Du siehst doch, dass ich mich beherrschen kann. Du blutest und ich tu dir nichts.«

»Meinetwegen.« Sie gab vor, ihm zu glauben.

Als er zur Beifahrertür ging, hob sie den Montierhebel und ihre Stiefel auf. Sie wusste, was sie tun sollte – ihm von hinten über den Schädel schlagen, in der Hoffnung, dass er das Bewusstsein verlieren würde –, aber das konnte sie nicht tun. Nicht vor dem Haus voller toter Jugendlicher. Nicht, wenn sie nicht sicher sein konnte, dass er den Schlag überlebte. Nicht, wenn sie so stark zitterte, dass es sie fast zerriss.

Tana holte tief Luft und traf eine Entscheidung.

»Nein, auf der anderen Seite«, befahl sie Aidan. »Du fährst.«

Er wandte sich ihr zu und runzelte verständnislos die Stirn.

»Dann kannst du dich auf etwas anderes konzentrieren als darauf, mich beißen zu wollen.« Sie schwenkte den Montierhebel. »Und ich bestimme, wo es langgeht, kapiert?«

»Ich habe mich gut benommen«, klagte er.

»Steig ein!«, rief sie, und ausgerechnet das funktionierte. Seufzend ging er zur Fahrertür. Sie stieg auf der Beifahrerseite ein und gab ihm den Schlüssel, während sie das Eisenwerkzeug mit der anderen Hand hochhielt, um ihm zu zeigen, dass sie gegebenenfalls zuschlagen würde. Es war schwer, roch nach Öl und war angenehm griffig.

Nach einem schnellen Blick in ihr Gesicht drehte Aidan den Schlüssel.

»Fahr«, sagte sie leise, als würde sie beten. »Fahr, fahr, fahr, fahr.«

Er wendete auf dem Rasen und fuhr zur Straße. Im Rückspiegel wirkte das Haus wie ein x-beliebiges Schindelhaus – bis auf das eingeschlagene Fenster und den Gardinenzipfel, der wie ein einsamer, verlassener Geist hinauswehte.

Sechstes Kapitel

*Der Vorteil ist, dass der Tod
zu den wenigen Dingen zählt,
die einem auch im Liegen gelingen.
– Woody Allen*

Einen schlimmeren Freund als Aidan konnte man sich nicht vorstellen.

Sie hatten sich im Kunstkurs kennengelernt, den Tana nur belegt hatte, weil ihre Freundin Pauline ihr eingeredet hatte, er wäre anspruchslos und würde nur von faulen Schülern besucht. Damit hatte Pauline grundsätzlich richtig gelegen. Ihr Lehrer malte die ganze Zeit Trompe-l'Œils von Bogenfenstern in düsteren Zimmern oder grässliche Stillleben mit faulendem Obst, Fliegen und zerflossenem Honig. Die Gemälde verkaufte er in einer Galerie, die drei Städte entfernt war, und berichtete dem Kurs in schöner Ausführlichkeit, er bräuchte das Geld, weil man als Lehrer schlecht verdiente, schon gar in diesen finsteren Zeiten.

Dementsprechend ließ er sie meistens in Ruhe, Hauptsache, jeder beschäftigte sich einigermaßen ruhig mit einem irgendwie gearteten Projekt.

Pauline hatte Jahrbücher zerschnippelt und kleine Ausschnitte auf gesteiftes Leinen geklebt, um aus den Köpfen der Jungen in diesem Kurs einen BH zu basteln, den sie später in einen Setzkasten legen und heimlich in die Vitrine mit den Schultrophäen schmuggeln wollte.

Tana machte die ganze Zeit so gut wie nichts, malte ein wenig mit Kohlestiften und unterhielt sich mit Aidan.

Damals war er einfach ein süßer Junge in ihrem Kurs, mit braunem Wuschelhaar, das ihm beim Reden in die Augen fiel. Er trug saubere Band-T-Shirts mit Kapuze, dazu knallrote Chucks und einen schwarz-weiß karierten Gürtel. Er lächelte dauernd, lachte über seine eigenen Witze und erzählte Tana eine Geschichte nach der anderen über die abgründigen Mädchen, mit denen er so seine Dates hatte. Er schien gutmütig und vom Pech verfolgt. Er war ständig verliebt. Er roch nach Niveaseife.

Wenn Pauline sie mit ihm aufzog, lachte Tana nur. Sie verstand, warum sich Mädchen mit ihm verabredeten. Er war *charmant*, aber er war so superdirekt charmant zu ihr, so vordergründig, dass sie sicher war, dagegen immun zu sein.

Aidans Projekt war ein lebensgroßes Selbstporträt aus Pappmaschee in einer Pose, als würde er im Kurs schlafen. Er nervte Tana, sie sollte seine Maße nehmen, und sie verdrehte die Augen, als sie schließlich das Maßband um seine Oberarme und seinen Brustkorb legte.

Als er sie von oben angrinste und die Augenbrauen hochzog, als würden sie heimlich über den gleichen Witz lachen, merkte sie plötzlich, dass sie kein bisschen immun war.

Kurz darauf fragte er sie, ob sie abends was mit ihm machen

wollte, also kein echtes Date oder so, einfach mit ein paar Freunden abhängen. Sie ging mit und trank ein paar Flaschen Bier. Als er sie küsste, hatte sie nichts dagegen.

»Du bist nicht wie die anderen«, hatte Aidan gesagt und sie in die Sofakissen gedrückt. »Du bist cool.«

Tana gab sich alle Mühe, cool zu sein und so zu tun, als würde es ihr nichts ausmachen, dass er mit allen flirtete, die nicht schnell genug auf dem Baum waren – einmal, als er volltrunken war, sogar mit einem Garderobenständer. Sie hatte oft genug von ihm gehört, wie besitzergreifende Mädchen ihn mit Nachrichten genervt hatten, obwohl er nur mit seiner Cousine weg war, oder das eine Mal, als ein Mädchen total Theater gemacht und ihm zehn Seiten lange Briefe geschickt hatte, die feucht von Tränen und kaum noch leserlich gewesen waren. Sie hatte keine Lust, sich in die Galerie seiner »durchgeknallten Mädchen« einzureihen.

Es machte ihr auch wirklich nichts aus, jedenfalls nicht so, wie Aidan es zu erwarten schien. Klar, manchmal tat es weh, ihn mit einer anderen zu sehen, doch so richtig störte sie vor allem, dass er nur darauf zu warten schien, endlich von ihr beschimpft zu werden. Sie ging nicht gern auf Partys mit peinlichen Gesprächen, wo sie trank wie ein Loch und verdrängte, dass alle nur auf einen Riesenstreit mit Aidan warteten. Und es störte sie, dass sie die Spielregeln nicht kannte, denn jedes Mal wenn sie danach fragte, stotterte er nur endlose Entschuldigungen, die jede ernsthafte Unterhaltung im Keim erstickten.

Als sie vorschlug, er solle allein auf Partys gehen, machte er ein übertrieben trauriges Gesicht. »Nein, Tana«, sagte er.

»Du musst mitkommen. Ich hasse es, allein irgendwohin zu gehen.«

»Geh doch mit deinen Freunden«, hatte sie ihn ausgelacht. Als ob er je allein gewesen wäre. Er kannte alle und jeden. Er hatte überall Freunde.

»Ich will aber mit *dir* gehen«, hatte er mit einem absoluten Hundeblick und einem Lächeln gesagt, als wüsste er genau, wie albern das ankam. Und es hatte funktioniert. Es funktionierte immer, wenn er ihr gleichzeitig schmeichelte und auf dummer Junge machte, erst recht, weil Tana schreckliche Angst davor hatte, nicht so cool zu wirken, wie er sie haben wollte.

Also ging sie weiter auf Partys und tat so, als würde ihr das alles nichts ausmachen. Und je weniger sie dazu sagte, umso unglaublicher benahm sich Aidan Er knutschte vor ihren Augen mit anderen Mädchen. Er knutschte vor ihren Augen mit Jungen. Er zwinkerte ihr noch zu, als wollte er sie herausfordern, ihn zu kritisieren.

Und dann wurde es wirklich allmählich lustig.

Tana erzog sich zu noch mehr Nonchalance. Wenn sie das Gefühl hatte, Aidan habe genug vom Küssen, ging sie schon mal zu ihm, legte ihm den Arm um die Schultern und bat darum, sie vorzustellen. Sie verteilte Punkte für guten Stil und zog welche ab, wenn er schlechten Geschmack zeigte. Er konnte tun, was er wollte, sie ließ sich nichts anmerken.

»Du spielst eine Art Sex-Chicken-Vorspiel bis zum Umfallen mit ihm«, sagte Pauline und schob ihre vielen Zöpfchen aus der Stirn. »Als ob es nicht allen egal wäre, wer von euch beiden zuerst einknickt.«

»Sex Chicken«, kicherte Tana. »Schade, dass wir keine Leute in einer Band kennen. Das wäre ein toller Name.«

Pauline gab ihr einen Klaps mit der Zeitschrift, die sie gerade las. »Es ist mir ernst. Du weißt genau, was ich meine.«

Tana hatte keine Erklärung parat, warum sie immer so weitermachte, und konnte den nihilistischen Kick nicht in Worte fassen, den ein bisschen Leiden ebenso bei ihr auslöste, wie wenn sie Aidans mieses Spiel nach seinen miesen Regeln mitspielte und trotzdem gewann. Sie war *cool* und würde im Leben nicht uncool werden, und wenn er sie noch so oft auf die Probe stellte. Während Aidan zwar zeitweise enttäuscht war, dass sie ihn nicht zur Rede stellte, versicherte er ihr gleichzeitig, dass kein Mädchen so war wie sie. Kein Mädchen auf der großen, weiten Welt.

»Man kann nicht gewinnen, wenn man sich immer an die Regeln eines anderen halten muss«, warnte Pauline. Tana hörte nicht auf sie.

Doch dann winkte Aidan sie plötzlich abends zu sich und stellte sie dem Jungen vor, der sich neben ihm auf dem Sofa lümmelte. Sein Mund war rosa, und er wirkte berauscht von der Flasche Tequila, die vor ihm stand, und von der trägen Knutscherei mit Aidan.

»Das ist meine Freundin Tana«, sagte Aidan. »Willst du sie küssen?«

»Deine *Freundin?*« Der Junge schien das nicht so gut zu finden, doch er kaschierte seine Gefühle gut. »Klar«, sagte er. »Warum nicht?«

»Und was ist mit dir?«, fragte Aidan Tana herausfordernd. »Machst du mit?«

»Natürlich.« Tana hatte sich bereits so in ihren ewigen Plan verstrickt, dass sie nicht mehr wusste, warum sie damit einverstanden war. Ihr Herz raste. Es machte ihr Angst, als überschritte sie eine unsichtbare Grenze, als wüsste sie möglicherweise nachher nicht mehr, wer sie war. Als würde sie sich in die Tana verwandeln, die sie direkt unter ihrer Haut vermutete. Die coolste Tana, die es geben konnte.

Der Junge hatte sehr weiche Lippen.

Als sie zu Aidan hochblickte, gab ihr sein schockierter Blick einen Kick, als hätte sie Schnaps getrunken. Ihre Macht brachte sie aus dem Gleichgewicht. Und als der Junge sie leidenschaftlich zurückküsste, wurde ihr auch davon schwindelig.

Als Aidan sich vorbeugte, hatte sich seine Miene verändert – er lächelte, als ginge es um einen Witz, den nur sie beide kannten, als hätte er kapiert, dass all die Partys nur Katz-und-Maus-Spiele gewesen waren – als wüsste Aidan, dass sie beide spielten, weil sie hofften, das Adrenalin würde allen Mist ausblenden, der ihnen im Leben schon widerfahren war, und als wäre er froh, dass sie bei ihm war, dass sie zusammen waren.

Es erinnerte sie an das vergangene Jahr, als sie allein auf den Schienen gestanden und gewartet hatte, bis der Zug auf sie zugedonnert kam, bis sie seine Hitze spürte, ihr Blut vor Angst schäumte und sie gerade noch zur Seite sprang.

Es erinnerte sie an einen anderen Tag, an dem sie das Gaspedal durchgedrückt hatte und durch die nächtlichen Straßen gerast war wie ein Messer durch Eisregen.

Er lächelte sie an, als würde er sie wirklich für etwas Besonderes halten. Als hätte sie als Einzige jemals verstanden, dass man eine Herausforderung auch einfach nur annehmen konnte, um sich ihr zu stellen.

Doch das stimmte alles nicht, denn Aidan machte drei Wochen und sechs Partys später Schluss, einfach so, mit einer Nachricht: Ich glaube, es wird zu ernst & ich brauche eine Pause.

Danach war sie nicht mehr sicher, um welches Spiel es gegangen war oder ob sie es sich nur eingebildet hatte. Sie wusste nur, dass sie verloren hatte.

Siebtes Kapitel

Der Tod ist ein ewiger Schatten
auf der Spur des Körpers.
– Englisches Sprichwort

Eine Stunde nach ihrer Abfahrt bei Lances Haus bat Tana Aidan, an einer Tankstelle abzufahren. Andere Autos waren nicht in Sicht und mittlerweile hatten alle Shops, die vierundzwanzig Stunden geöffnet hatten, kugelsichere Kassen. Sie hatte das Gefühl, in Sicherheit zu sein, wenn sie hier anhielten. Es war jetzt richtig dunkel, und ihr Arm schmerzte, weil sie die ganze Zeit den Montierhebel hochhielt. Außerdem hatte sie das Gefühl, sich nicht mehr lange zusammenreißen zu können. Sie war total erschöpft, ihre Wunden brannten und sie hatte furchtbare Kopfschmerzen. An diesem Tag hatte sie überhaupt noch nichts gegessen – hatte nicht einmal daran gedacht –, und jedes Mal wenn ihr Magen knurrte, warf Aidan ihr einen Blick zu, als erinnerte ihr Hunger ihn an seinen eigenen.

Es fiel ihr sehr schwer, wachsam zu bleiben und nicht an die Bilder aus dem Farmhaus zu denken, an die Leichen, die bei jedem Blinzeln unter ihren Lidern erschienen, bis alles in

Rot verschwamm. Dazu kam die Erinnerung an die Zähne des Vampirs hinten an ihrem Bein, seine Hand, mit der er ihre Wade umklammerte.

Sie hatte in Biologie Filme über die Verbreitung der Infektion gesehen und erinnerte sich an eine Illustration, auf der ein Menschenmund mit einem Vampirmund verglichen wurde – in Blau und Gelb, Rosa und Rot. Die Eckzähne von Vampiren wurden länger als die der Menschen und waren mit dünnen Kanälen versehen, durch die diese Wesen Blut durch die Zähne in den Rachen saugen konnten. Wenn ein Vampir zubiss, geriet ein wenig von seinem verseuchten Blut in den menschlichen Blutkreislauf und verursachte dort die Ansteckung. Fälle wie ihren gab es häufiger, Fälle, bei denen die Zähne die Haut nicht wirklich durchbohrten. Manchmal ging es den Opfern weiterhin gut, manchmal nicht. Wenn sie nicht innerhalb von achtundvierzig Stunden Kalt wurde, konnte sie von Glück sagen.

Aidan fuhr an eine Zapfsäule. »Wir können nicht so planlos weiterfahren. Wir müssen *irgendwohin* fahren.«

»Ich weiß.« Tanas von Panik benebelter Verstand drehte sich im Kreis. Jeder neue Plan erschien ihr schlechter als der davor. Sie hatte keine Ahnung, wie sie vorgehen sollten. Sie wusste nur, dass sie kurz davor war, total auszuflippen.

Als Aidan die Autotür öffnete, fiel ihm eine Strähne in die Stirn. Er wischte sie fort, so wie immer. Eine normale Handbewegung, obwohl nichts mehr normal war, obwohl er nicht mehr normal war – Tana hatte einen Kloß im Hals und musste schlucken.

Er nahm den Zapfhahn und tankte bleifrei.

Tana hatte das Gefühl, als geschähe alles gleichzeitig zu langsam und zu schnell. Auf der Fahrt hatte sie Angst gehabt zu sprechen, denn wenn sie einmal angefangen hätte, hätte sie ihren Gefühlen freien Lauf gelassen. Dann hätte sie Aidan nicht mehr vormachen können, dass sie alles im Griff hatte.

»Wir kaufen eine Karte und überlegen uns was«, sagte sie. Hoffentlich merkte er nicht, wie müde sie war. Wenn sie Schwäche zeigte, würde er sie eher als Beute ansehen. Sie versuchte, mit möglichst fester Stimme zu sprechen. »Aber ich gehe jetzt erst mal auf die Toilette und wasche mich. Wenn du fertig getankt hast, treffen wir uns im Shop.«

Vom Kofferraum hörte sie ein leises Klopfen. Gavriel steckte darin und erwartete, freigelassen zu werden. Doch was würde er dann tun? Sollten sie ihn etwa einfach am Straßenrand aussetzen und das Beste hoffen?

»Wir sind gleich wieder da!«, rief Tana mit zittriger Stimme, obwohl sie alles gab, um sie unter Kontrolle zu bringen.

Sie hängte die Handtasche über die Schulter, nahm die Stiefel mit und entfernte sich festen Schrittes von Aidan und dem Wagen, bis sie an die Ecke des Shops gelangte. Dann rannte sie den restlichen Weg zur Toilette, knallte die Tür zu und schloss ab. Es ging nicht mehr, sie konnte sich nicht mehr länger zusammenreißen und begann zu schluchzen. Sie weinte und weinte, bis sie sich an ihren Tränen verschluckte. Tana glitt an der Wand auf den Boden und heulte so laut, dass sie kaum noch Luft bekam. Sie schlug mit den Fäusten auf die losen Linoleumfliesen und hoffte, der schockartige Schmerz würde sie beruhigen.

Schock, dachte Tana. *Ich habe einen Schock*. Doch eigentlich wusste sie gar nicht, was das genau heißen sollte, außer dass es etwas Schlimmes war und ständig in Filmen vorkam. Im Film erholten sich die Leute aber auch schnell wieder, meistens weil ihnen jemand eine Ohrfeige gab.

Tana stellte sich vor den Spiegel über dem schmutzigen Waschbecken, knallte sich eine und sah zu, wie die Wange rosig wurde. Sie spürte keinen Unterschied.

Nachdem sie lange dort gestanden und ihr Spiegelbild betrachtet hatte, fiel ihr wieder ein, dass sie gesagt hatte, sie würde sich waschen. Sie hielt die Arme unter den Wasserhahn und spritzte Wasser auf ihre Beine, um das Blut abzuwischen. In dem trüben Licht konnte sie die Kratzer in ihrer Kniekehle nicht gut sehen, doch anscheinend waren sie auch nicht schlimmer als die anderen. Sie sahen weder geschwollen noch verfärbt aus und tief schienen sie auch nicht zu sein. Sie schienen überhaupt nichts Besonderes zu sein, und schon gar nicht etwas, das sie in ein Ungeheuer verwandeln konnte. Tana wusch die Kniekehle zitternd mit der antibakteriellen Seife und hoffte, so die Infektion im Keim zu ersticken. Dann stand sie auf, lehnte sich an die abgeschlossene Tür und schnürte ihre Stiefel fest zu.

Als sie das geschafft hatte, rief sie Pauline an.

Sie wählte die Nummer ganz automatisch und erlaubte sich diese kurze Flucht aus der Wirklichkeit. Sie dachte an nichts, als es klingelte; ihr Kopf war leer, aber sie hatte das Gefühl, es würde ihr eine Zeit lang besser gehen, wenn Pauline nur dranging. Tana hatte sich nicht überlegt, was sie sagen würde oder wie sie überhaupt die Worte finden sollte, um zu erklären, wo sie war und was geschehen war. In Lances Farmhaus hatte sie instinktiv das Kommando übernommen und sie spontan alle rausgeholt. Nachdenken konnte man später immer noch. Doch später war jetzt. Es wartete draußen vor der Tür, sie konnte es nur noch hinauszögern.

»Hallo?« Paulines Stimme war laut und eher im Hintergrund. Tana hörte Musik.

»Hey«, sagte sie, als wäre alles normal. So zu tun, fühlte sich gut an. Ihre Schultermuskeln entspannten sich minimal. »Was machst du gerade?«

»Moment, ich muss kurz hier raus. Zu viel los.«

Tana hörte, wie am anderen Ende eine Tür geschlossen und die Musik leiser wurde. Dann berichtete Pauline das Neueste von David, ihrem, äh, Freund oder so beim Theater-Camp. Er hatte zu Hause eine Freundin – seit der Mittelstufe –, aber er hatte schon den ganzen Sommer über unklare Signale an Pauline gesendet. Intensive Gespräche und dämliche Ausreden, um sich bei den Impro-Übungen anfassen zu können, dann wieder händeringende Rückzüge. Am Dienstag sollte seine Freundin zu Besuch kommen, aber ausgerechnet am Abend zuvor hatte David Pauline endlich geküsst. Sie drehte fast durch.

Tana war ungeheuer erleichtert, als ihr dieses vertraute Drama aufgetischt wurde. Sie ließ sich an die Toilettentür sinken, legte den Kopf in den Nacken und schloss die Augen. Natürlich hätte sie Pauline unterbrechen und ihr von der albtraumhaften Fahrt durch die Dunkelheit erzählen können, immer mit dem Montierhebel in der Hand, von den Vampiren und dem Massaker und dem Kratzer ihrer Zähne. Doch dann müsste sie auch selbst wieder an all das denken.

Deshalb hörte sie lieber zu und kaute dann mit Pauline die ganze Geschichte noch mal durch, und als sie Tana fragte, wie es ihr ging, sagte sie, gut.

Es ging ihr gut, es war eine schöne Party gewesen und alles war bestens, bestens, bestens.

»Du hörst dich irgendwie komisch an«, bemerkte Pauline. »Hast du geweint?«

Ob sie Pauline bitten sollte, einen einsamen Ort mit einer Tür zu suchen, die man verriegeln und verrammeln konnte und wo man sie mit genügend Wasser und Müsliriegeln einschließen konnte? Pauline würde das für sie tun, das wusste Tana. Und wenn sie nach einer Woche heulte und bettelte und schreiend flehte, herausgelassen zu werden, würde Pauline das vielleicht auch tun. Das Risiko war zu hoch.

Deshalb beharrte sie darauf, dass es ihr wirklich gut ging, echt. Und dann musste Pauline aufhören, weil um neun überall Schluss war und sie vom Gemeinschaftsraum in ihren Schlafsaal gehen musste.

Tana versuchte noch Minuten, nachdem sie aufgelegt und das Handy weggesteckt hatte, das Gefühl von Normalität zu bewahren. Doch je länger sie dort stand, umso mehr zog sich vor Angst ihr Magen zusammen, je mehr spürte sie, wie sich ihre Haut zugleich warm und kalt anfühlte.

Es durfte einfach nicht sein, dass sie sich angesteckt hatte. Sie durfte nicht infiziert sein, damit sie wie geplant nach der Schule mit Pauline nach Kalifornien ziehen konnte. Dort wollten sie eine kleine Wohnung mieten, Tana würde sich einen langweiligen Brotjob besorgen – zum Beispiel als Kellnerin oder am Empfang eines Tattoo-Studios oder in einem

Copy-Shop, wo es Rabatt auf Bewerbungsfotos gab –, und Pauline würde überall vorsprechen. Sie würden sich gegenseitig wie Pin-up-Girls aus den Fünfzigern schminken und alle Anziehsachen teilen. Und sie würden im Pazifik schwimmen und unter Palmen sitzen, wo die warme Meeresbrise ihr salzverkrustetes Haar zerzauste.

Schließlich konnte Tana nicht länger auf der Toilette bleiben. Sie öffnete vorsichtig die Tür, gegen etwaige Angriffe gewappnet, darauf gefasst, dass einer der Vampire ihr von Lances Haus bis hierher gefolgt war, doch weit und breit war nichts und niemand in Sicht – nur ein Betonparkplatz im Schein des Flutlichts über den Zapfsäulen und dahinter Wald. Es war eine schwülwarme Nacht, in der Ferne hörte sie Grillen zirpen. Auch wenn sie ein Weichei war, weil sie sich vor der Dunkelheit fürchtete, preschte sie zu dem hell erleuchteten Shop und wurde erst langsamer, als sie fast an der Tür war. Sie riss sie auf und wünschte, sie hätte den Montierhebel nicht im Auto gelassen, obwohl man sie damit wahrscheinlich gar nicht hereingelassen hätte.

Aus dem schusssicheren Kassenhäuschen grinste sie der Tankwart an wie ein Mann, der sich um seine Sicherheit keine Sorgen machte. Sein üppiges Haar stand in rot gegelten Stacheln vom Kopf ab.

Ein kleiner Fernseher hing oben an einer Wand und sendete live aus der Coldtown von Springfield, wo Demonia den Zuschauern die neu eingetroffenen Gäste auf dem Ewigen Ball vorstellte, einer rauschenden Party, die seit 2004 ohne Unterbrechung gefeiert wurde.

Im Hintergrund schwebten Mädchen und Jungen in

Gummigeschirren von der Decke. Die Kamera machte einen Schwenk über die Tanzfläche und filmte die Menge. Einige Gäste hatten medizinische Zugänge auf der Innenseite ihrer Arme. Die Kamera verweilte auf einem Jungen, der höchstens neun Jahre alt war und einem dünnen blonden Mädchen einen Pappbecher reichte. Sie beugte sich darüber, drehte an ihrem Zugang und spritzte einen dünnen Blutstrahl in den Becher, der so rot war wie die Augen des Jungen und seine Zunge, die blitzschnell über den Becherrand schleckte. Dann wurde wieder aus einem anderen Winkel gefilmt und ein Schwenk nach oben präsentierte den Zuschauern die gewaltige Höhe des prunkvollen Gebäudes. Ganz oben hatte man statt Fensterscheiben schwarzes Glas eingesetzt, das zwar glänzte, gleichzeitig jedoch jenes Licht abhielt, das gewisse Gäste versengen könnte.

Als Tanas Narbe pochte, kratzte sie sich unwillkürlich.

»Hey«, sagte Aidan. Sie zuckte zusammen, als er ihre Schulter berührte. Er hatte eine Wasserflasche in der Hand, doch er starrte auf den Bildschirm, als hätte er alles andere vergessen. »Sieh dir das an.«

»Das ist wie das Hotel California«, sagte Tana. »Oder eine Kakerlakenfalle. Man kann einchecken, aber nicht auschecken.«

Infizierte Menschen und verhaftete Vampire wurden ohne Ausnahme in die Coldtowns geschickt und kranke, traurige und verblendete Menschen zogen freiwillig hinterher. Angeblich war es eine einzige Party, zu der gegen eine kleine Blutspende alle zugelassen wurden. Doch sobald man erst mal drin war, kam kein Mensch – nicht einmal Kinder oder Babys, die in der Coldtown geboren wurden – jemals wieder hinaus. Die Nationalgarde lief an der mit Stacheldraht und heiligen Symbolen bewehrten Mauer Streife und sorgte dafür, dass niemandem die Flucht aus den Coldtowns gelang.

Springfield war die bekannteste und größte Coldtown mit mehr Liveschaltungen, Videos und Blogs als andere Coldtowns in sehr viel größeren Städten. Denn hier war die erste Coldtown entstanden, und die Regierung von Massachusetts hatte die Menschen, die dort gefangen waren, früher als andere an der Macht beteiligt und stellte ihnen moderne Kommunikationsmittel zur Verfügung. Der Ausbruch in Chicago war so schnell niedergeschlagen worden, dass das Quarantänegebiet sich gar nicht zu einer eingemauerten Stadt in der Stadt entwickeln konnte. Las Vegas konkurrierte mit Springfield in der Live-Stream-Unterhaltung, doch dort fiel oft der Strom aus, sodass die Übertragungen lückenhaft und regelmäßige Sendungen nicht garantiert waren. New Orleans und Las Cruces waren klein, und die Coldtown in San Francisco war nach der Gründung nur ein Jahr auf Sendung gewesen, seitdem herrschte Funkstille, obwohl dort noch gelebt wurde, wie man aus den nächtlichen Wärmesignaturen schließen konnte, die über Satellit empfangen wurden. Das war allgemein bekannt, mehr wusste man aber nicht. Doch Springfield war nicht nur die bekannteste und größte Coldtown, dachte Tana mit Blick auf den Fernseher. Sie lag auch in der Nähe.

»Da könnten wir uns gut verstecken«, sagte Aidan mit einem verstohlenen Blick zum Auto und dem Kofferraum.

»Willst du Gavriel etwa gegen einen *Chip* tauschen?«, fragte Tana. Es gab eine Ausnahme von dem Verbot, eine

Coldtown zu verlassen, einen Ausweg, wenn man noch ein Mensch war – die Familie musste reich genug sein, um einen Vampirjäger zu engagieren, der einen Vampir einlieferte, um einen freizukaufen. Vampirjäger bekamen von der Regierung Kopfgeld für jeden eingelieferten Vampir, doch sie konnten die Summe in einen Chip umtauschen, mit dem ein menschliches Wesen die Coldtown verlassen durfte. Ein Vampir rein, ein Mensch raus.

Auch Amateurjäger konnten einen Chip bekommen, wenn sie einen Vampir ablieferten. Damit konnte Aidan in die Coldtown ziehen und sie wieder verlassen, falls er ein Mensch bliebe und die Infektion überwand.

»Nicht gegen einen Chip«, antwortete Aidan, ohne den Blick vom Bildschirm zu wenden. »Gegen *Geld*. Das Kopfgeld für einen Vampir ist nicht ohne. Es würde sicher reichen, um mich in einem schäbigen Hotel einzuschließen und dort die Monate abzusitzen, bis ich es hinter mir habe.«

»Ich glaube, sie haben mich, gebissen trifft es nicht ganz«, platzte sie mit dem heraus, das sie Pauline nicht hatte erzählen können, das sie nicht laut auszusprechen gewagt hatte. Doch Aidan musste Bescheid wissen, wenn sie ernst zu nehmende Pläne schmieden wollten. »Gekratzt. Mit Zähnen.«

Jetzt sah er sie endlich an, sah sie richtig an, mit besorgt gerunzelter Stirn. »Und du weißt nicht, ob du Kalt wirst.«

»Aber ich muss davon ausgehen.« Er sollte nicht merken, dass sie große Angst hatte, dass ihr Herz bei diesen Worten raste. »*Wir* müssen davon ausgehen.«

Er nickte. »Das Geld müsste reichen, um uns beide eine Zeit lang aus dem Verkehr zu ziehen. Zwei Zimmer, zwei

Schlüssel. Wir könnten sie zum jeweils anderen unter der Tür durchschieben, wenn es vorbei wäre. Aber wir müssen bald etwas unternehmen, Tana. Ich habe Hunger.«

»Gavriel hat uns geholfen …« Sie brach ab, weil sie nicht wusste, was sie damit sagen wollte. Je weiter sie sich von dem Farmhaus entfernten, umso monströser erschien ihr Gavriel. Sie dachte an seine Augen, so rot wie verschüttetes Granat, rot wie Mohnblumen, rot wie glühende Scheite. Sie dachte daran, was sie in der Schule gelernt hatte: *kalte Hände, totes Herz.* Viele Vampire hatten vergessen, dass es noch etwas anderes außer Hunger gab. Gut, er hatte ihnen geholfen, doch deshalb konnte sie noch lange nicht erwarten, dass er sich jetzt, da sie der unmittelbaren Gefahr entronnen waren, nicht gegen sie wandte. Vampire waren unberechenbar. »Wenigstens haben wir jetzt ein Ziel. Ich kaufe noch schnell etwas zu essen. Du solltest auch versuchen, etwas zu dir zu nehmen, vielleicht ist der Hunger dann nicht mehr ganz so schlimm.«

Sie erwartete eine Antwort, doch er wandte sich nur wieder dem kleinen Fernseher zu, um mit leicht geöffnetem Mund und rot angelaufenen Wangen mehr Bilder aus der Coldtown zu sehen.

Wäre sie ein guter Mensch, würde sie ihn dorthin bringen. Falls ihn der Hunger übermannte. Das könnte passieren. Dann wäre er alterslos, ewig. Er würde alle mit seiner Superfrisur betören, bis die Erde mit der Sonne zusammenstieß.

Wäre sie ein guter Mensch, würde sie sich selbst auch dorthin bringen.

Tana lief durch den Shop und griff mit tauben Fingern nach einer Landkarte. In der Nähe der Kühlschränke hingen

Nachrichten an einem Schwarzen Brett: Fotos von Jugendlichen mit dem Hinweis VERMISST und Telefonnummern darunter, Werbung für homöopathische Mittel mit Wirkungsgarantie gegen Vampire, Kätzchen, die in gute Hände abzugeben waren, und ein Zettel, auf dem nur stand: RUF AN MATILDA MACHT DICH FERTIG.

Tana packte noch ein Root Beer und eine Flasche Wasser ein. Bei den Snacks nahm sie von dem Sandwich, das am ungefährlichsten aussah – Putenbrust mit gelbem Käse auf Weißbrot –, gleich zwei, dazu sechs Päckchen Senf, einen Apfel und eine Packung Ibuprofen. Dann holte sie sich noch einen supergroßen Kaffee und schüttete zu allem Überfluss ein Tütchen Kakao hinein.

Nachdem sie ihr Festmahl vor dem Mann in der schusssicheren Kabine ausgebreitet hatte, bezahlte sie die Lebensmittel und das Benzin. Damit blieben ihr noch vierzig Dollar, der Rest des letzten Lohns für ihren Teilzeitjob am Büfett im Kino. Vierzig Dollar und ein vager Plan.

Tana hatte keine Ahnung, wie gut Aidan darüber Bescheid wusste, wie es war, Kalt zu werden, doch wenn er sich selbst in einem Hotelzimmer vor dem Fernseher sah und sich vorstellte, es hinter sich zu bringen wie eine Art Drogenentzug, dann lag er komplett falsch. Sobald der Hunger ihn in seinen Klauen hatte, würde er die Tür eintreten, wenn er könnte. Sie würden übereinander herfallen. Sie würden andere Menschen angreifen und möglicherweise töten. Sie würden die Infektion weiter verbreiten.

Doch wenn sie nicht nach Coldtown führen oder sich irgendwo einbunkerten, blieb ihnen nichts anderes übrig, als nach Hause zu fahren. Sie müsste Aidan heimbringen und mit seiner Mutter reden, einer kleinen, stillen Frau in einem Hauskleid, die Tana bei jedem Besuch eine Tasse Tee angeboten hatte und sich nie beschwert hatte, egal wie Tana oder Aidan angezogen waren. Tana müsste ihr erklären, dass ihr Sohn Kalt geworden war, sie müsste mit seinem Vater sprechen, den sie noch nie gesehen hatte. Tana müsste es ihnen sagen – und dann? Würden sie Aidan wirklich einschließen und sein Geschrei ignorieren, weil sie wüssten, dass er jemanden verletzen und sie ins Gefängnis bringen würde, wenn er sich befreien könnte? Oder würden sie ihn sowieso in eine Coldtown verfrachten und so tun, als gäbe es keine Alternative?

Und was war mit ihr? Wohin könnte sie gehen, um die Infektion auszuheilen? Jedenfalls nicht in den Keller, wo ihre Schreie als Echo um die Mauern hallten, so wie bei ihrer Mutter. Auf keinen Fall im Keller, wo Pearl sie hören konnte.

»Okay«, sagte Tana mit einem Seufzer zu sich selbst und trank einen großen Schluck Mocha. »Gehen wir.«

Draußen wehte der kühle Wind ihr die Haare aus dem Gesicht und die Tüte mit den Lebensmitteln schwang in ihrer Hand hin und her. Sie freute sich darauf, sich hinzusetzen und etwas zu essen. Wenn ihr danach nicht mehr so schwindelig wäre, konnte sie entscheiden, wohin sie fahren würden.

Als sie über die Tankstelle zu ihrem Auto gingen, fiel ihr auf, dass der Kofferraum des Crown Vic offen stand.

»Aidan«, sagte sie mit gedämpfter Stimme.

Langsam, zögerlich in ihrer Vorahnung, ging sie über den Asphalt.

Das Schloss war herausgerissen und ein Scharnier war lose,

als hätte jemand es verbogen. Die Ketten lagen auf einem Haufen, wo Gavriel hätte sein sollen, direkt neben den Resten der Decken und Müllsäcke.

»Wie hat er ...«, setzte Aidan an und brach dann ab.

»Er hat sie zerrissen«, antwortete Tana und zeigte auf ein Kettenglied, das verformt und an einem Ende kaputt war. »Wenn er das getan hat, war es nie ... war es nie ein Problem für ihn, sich zu befreien. Er hätte es auch im Haus tun können. Er hat uns reingelegt.«

»Vielleicht sind sie tagsüber schwächer«, meinte Aidan. »So wie eine Fledermaus, die ich mal gefunden habe. Sie saß am helllichten Nachmittag in der Stadt am Ufer und sah klein und unglücklich aus. Ich hab sie in meinen Schuh gesteckt und mitgenommen, weil ich es toll fand, eine Fledermaus als Haustier zu halten. Dann habe ich sie in einen alten Vogelkäfig gesteckt, wo sie sich ausgeruht hat. Bis es dunkel wurde. Dann war sie überhaupt nicht mehr zahm. Irgendwie hat sie sich aus dem Käfig befreit und ist wie wild rumgeflogen. Mit ausgebreiteten Flügeln sah sie aus wie ein riesiger, wahnsinnig großer ...«

»*Aidan*«, sagte Tana. »Er ist keine Fledermaus.« Sie starrte auf das verbogene Metall des Kofferraums und die Ketten, die er zerrissen hatte, als wären sie aus Alufolie und nicht aus Stahl.

Das durfte er eigentlich nicht können. Vampire waren stärker als Menschen, aber so stark nun auch wieder nicht.

»Es hat einen Sinn, dass man früher sagte, sie hätten sich in Fledermäuse verwandelt«, sagte Aidan geheimnisvoll.

Tana seufzte. Vielleicht hatte er recht – auf eine Art. Vielleicht hatte Gavriel wie die Fledermaus im Vogelkäfig auf die

Dunkelheit gewartet, um seine Ketten zu sprengen, Aidans Blut zu trinken und zu entkommen. Und als sie dann aufgetaucht war, hatte er sich gedacht, dass er tagsüber mitfahren konnte, vorausgesetzt, er erschien so harmlos, dass sie ihn mitnahmen. Ein Schauer lief ihr über den Rücken.

»Egal, jetzt ist er weg. Bleiben nur wir beide.« Aidan grinste sie träge an. So sah er sie immer an, wenn er sie zu irgendetwas bequatschen wollte.

»Jep.« Er sah sie weiterhin unverwandt an, aber anders. Sie hatte das Gefühl, dass er in ihr nicht mehr sie selbst sah, sondern Haut, Knochen, Blut. Sie machte einen Schritt rückwärts. Der Montierhebel lag noch auf dem Beifahrersitz, an den würde sie nicht rechtzeitig herankommen. »Komm, steig ein, wir fahren weiter. Vielleicht suchen wir uns wirklich ein Hotel, so wie du es vorgeschlagen hast.« Sie redete einfach immer weiter und hoffte, ihn dadurch abzulenken. »Und dann schließen wir uns ein, wie du gesagt hast.«

»Oder wir lassen uns drauf ein.« Er schüttelte nachdenklich den Kopf und ging auf sie zu. »Überleg's dir.«

»Das meinst du nicht ernst«, antwortete sie.

»Warum nicht?« Er kam immer näher. »Könnte doch Spaß machen. Andere Leute würden alles dafür geben, in unserer Lage zu sein.«

»Ich will aber kein Monster sein.« Sie stolperte aus seiner Reichweite. Aus dem Augenwinkel sah sie den metallischen Glanz einer Überwachungskamera, die an der mit Aluminium verkleideten Mauer über dem Shop hing. »Los, steig ein. Unterwegs kannst du ja weiter versuchen, mich zu überzeugen. Ich verspreche dir, ich lasse es mir durch den Kopf gehen.«

»Ja, super«, sagte Aidan und stürzte sich auf sie.

Sie war eigentlich schon darauf gefasst gewesen, nach dem, was er gesagt hatte, und trotzdem erwischte er sie auf dem falschen Fuß. Er war ihr Freund, und obwohl sie wusste, dass damit zu rechnen war, vertraute sie ihm instinktiv. Sie schüttete ihm den Mocha ins Gesicht, hoffte, dass er Aidan verbrühte, und lief weg. Doch er hatte längere Beine und konnte schneller rennen. Er bekam sie zu fassen und warf sie mit seinem Gewicht auf den Asphalt. Sie spürte seinen kalten Atem im Nacken, ihre Knie und Hände brannten, wo sie sie im Fallen aufgeschürft hatte. Die Tüte mit Lebensmitteln fiel neben sie, aus der kaputten Root-Beer-Flasche schoss der Schaum, und die Flüssigkeit mischte sich mit verschüttetem Benzin, schwemmte Zigarettenkippen weg und tränkte den Rock ihres Babydollkleids.

Das war's, dachte sie, *hier sterbe ich also*. Und das Ganze würde auch noch gefilmt, von dem Typen in seiner Kabine gesehen, aufgenommen und später vielleicht ihrem Vater und ihrer Schwester vorgespielt.

Aidan schrie gurgelnd auf, und Tana zuckte zusammen, wartete auf den unvermeidlichen Schmerz. Doch statt des krassen Brennens seines Bisses fühlte sie, dass er sie losließ, und hörte ihn brüllen. Sie drehte sich rasch auf den Rücken und griff mit einer Hand nach der zerbrochenen Flasche, der einzigen Waffe in Reichweite. In der Hoffnung, ihn zu treffen, holte sie weit aus.

Dann blieb ihr die Luft weg.

Gavriel stand vor ihr. Er hielt Aidan von hinten umklammert und drückte mit geschlossenen Augen den Mund auf seinen Hals. Sein Gesicht strahlte fürchterlichen Frieden aus, als er Aidan vom Boden hob, grausigen Genuss, während seine Kehle zuckte und er Schluck für Schluck sein Blut trank. Aidans Augen waren halb geschlossen, die Lider schwer, ins Nichts blickend. Er wehrte sich nicht mehr, sein Mund stand in sinnlichem Glück offen, sein Körper zitterte vor Freude.

Tana war zunächst wie gelähmt. Es war nicht nur die Angst, auf sich aufmerksam zu machen, oder die Furcht, verletzt zu werden. Sie hätte entsetzt sein müssen und war doch verzaubert.

Aidan stöhnte kehlig. Gavriel packte fester zu und zog Aidan an sich.

Langsam, unter Schmerzen stand Tana auf. An ihren Händen und Knien klebten Blut und Schmutz. Ihr ehemals weißes Kleid sah schlimm aus.

»Gavriel«, sagte sie so bestimmt, wie es ihr möglich war. Sie betete, dass ihre Stimme nicht bebte, und stellte sich vor, wie man mit wilden Tieren redete und ihnen vorgaukelte, dass man keine Angst vor ihnen hatte. »Gavriel! Lass ihn los.«

Er rührte sich nicht. Hatte er sie überhaupt gehört?

Als Tana seinen Arm packte, erwartete sie fast, dass er auch sie angriff. »Bitte lass Aidan los. Sonst stirbt er!«

Der Vampir legte den Kopf in den Nacken, mit geschlossenen Augen und roten Reißzähnen, und grinste breit. Als er die Augen öffnete, loderte sein Blick wie eine Fackel, und Tana wankte panisch rückwärts. Aidans Körper glitt aus seinen Armen auf den Asphalt.

Gavriel sah sie an, und sie fragte sich, ob er an das Blut dachte, das in ihren Wangen floss, daran, wie es im Einklang mit ihrem rasenden Herzen pochte, ihre Haut dunkel färbte und ihre Lippen rötete.

Und auf einmal fiel ihr wieder ein, was er noch in Lances Haus gesagt hatte.

Falls ich verletzt werde, müsst ihr höllisch aufpassen. Nein, Tana, hör zu. Ihr müsst euch vor mir in Acht nehmen.

Er hatte keine Angst davor gehabt, verletzt zu werden. Er hatte Angst, jemand anderem wehzutun.

»Nicht«, sagte sie und wich zurück. Sie umklammerte immer noch die schartige Flasche, die als Waffe so hoffnungslos unnütz war, ein glänzendes Stück Glas, sonst nichts. »Bitte.«

Gavriel wischte sich mit dem Handrücken das Blut vom Mund. »Komm, Tana, die Nacht ist jung und dein Freund ist sehr müde. Wir sollten ihm ein Bett bereiten – *Kopfputz aus Blumen, einen Rock mit Myrtenzweiglein hübsch besteckt.*« Seine Stimme klang sonderbar entrückt.

Tana beugte sich über Aidan und legte die Hand auf seine Brust. Sie hob und senkte sich, als würde er tatsächlich nur schlafen. »Wird er … bleibt er am Leben?«

»Nein«, antwortete Gavriel. »Sicher nicht. Er will sterben, also tut er es auch. Aber nicht heute und nicht meinetwegen.«

»Oh«, sagte Tana. »Heißt das, es geht ihm gut?«

Im Flutlicht wirkte Gavriels Haut beinahe weiß, und sein Mund blieb rot verschmiert, so oft er ihn auch abwischte. Es war das erste Mal, dass sie ihn aufrecht stehend sah, und wieder fand sie, dass das alles nicht zusammenpasste: seine Größe, die nackten Füße, ein auf links gezogenes schwarzes T-Shirt, ungekämmtes schwarzes Haar, keine Ketten. Er sah aus wie der Schatten eines normalen Jungen, eines gleichaltrigen Jungen, der ganz und gar kein Junge war.

Und zu seinen Füßen lag ein regloser Mensch.

»Ja«, antwortete er auf ihre Frage. »Aber du hast dir wehgetan.«

Sie sah an sich herab und begutachtete die Sauerei auf ihrem Kleid, die Sauerei an ihren Knien, die allgemeine Schweinerei. »Das war nicht mein Tag. Ich glaube, ich habe immer noch einen Kater, und alle sind tot, und mein Root Beer ist ausgelaufen.« Zu ihrem Entsetzen brannten plötzlich Tränen in ihren Augen.

Gavriel bückte sich, zog Aidan hoch und legte ihn über seine Schulter. »Wir besorgen dir einen neuen Tag«, sagte er so ernst, dass sie lächeln musste.

Achtes Kapitel

Unsere Toten sind niemals wirklich tot
für uns, solange wir sie nicht vergessen.
– George Eliot

Manchmal wird in den Nachrichten über Kinder berichtet, die etwas angestellt haben, weil sie es nicht besser wussten. Wenn sie zum Beispiel mit Pistolen spielen, die dann losgehen und Brüder töten, oder mit Streichhölzern, bis das ganze Haus in Flammen steht.

Das ist nicht die Schuld der Kinder.

Und sie ist es doch, nur will das niemand laut sagen. Wer sollte sonst dafür verantwortlich sein? Das Kind hat nicht gehorcht, das Kind hat die Schlüssel gestohlen, überall aufgeschlossen und das Böse beinahe herausgelassen.

Das, was wirklich in Tanas Keller geschehen war, entsprach nicht den glücklichen Träumen, in denen sie und ihre Mutter Spaß hatten. Nachdem sie die Treppe hinuntergegangen war, hatte sich ein Ungeheuer auf sie gestürzt und so wild die Zähne in ihr Fleisch geschlagen, dass die Vene zerfetzt war und Fleischklumpen durch seine Kehle glitten.

Sie hatte geschrien und laut nach ihrer Mutter gerufen,

doch ihre Mutter war schon da gewesen. Ihre Mutter war das Ungeheuer.

Als Tana aufwachte, erfuhr sie, dass ihr Vater sie gerettet hatte. Mit einem Spaten hatte er seiner Frau den Kopf abgehackt. Dann hatte er aus einem Streifen seines Hemdes der ungehorsamen Tochter den Arm abgebunden und sie ins Krankenhaus gebracht, wo die Ärzte sie wieder zusammengeflickt hatten.

Niemand hatte gesagt, es wäre ihre Schuld. Niemand hatte gesagt, dass man sie hasste. Niemand hatte gesagt, dass ihre Mutter ihretwegen tot war.

Das war nicht nötig.

Neuntes Kapitel

Wofür die Toten keine Worte hatten,
solange sie lebendig waren,
erzählen sie, wenn sie gestorben sind:
Die Totensprache kennt ein Zungen-
reden, viel feuriger als das der Lebenden.
– T. S. Eliot

Tana wären beinahe die Augen zugefallen. Gavriel saß am Steuer, nachdem er Aidan auf den Rücksitz verfrachtet und ihm die Schlüssel abgenommen hatte. Tana hätte protestieren sollen, doch sie hatte es zugelassen, dass er auf der Fahrerseite eingestiegen war und den Motor gestartet hatte. Sie hatte die Wasserflasche und die beiden Sandwiches, deren Plastikverpackung noch intakt war, aufgesammelt, den Dreck abgewischt und sie gegessen, während das Auto über die Straße schoss und die Scheinwerfer dunkle Umrisse von Bäumen und Häusern aus der Dunkelheit schälten. Die Fenster waren offen und Gavriels Haare wehten wie ausgefranste schwarze Bänder um sein Gesicht.

Sie wusste nicht, wohin sie fuhren, wusste nur, dass sie von ihrem früheren Leben fortfuhren, hinein in eine verzerrte Jahrmarktsspiegel-Version.

Nach dem Essen wurde sie so müde, als hätte ihr jemand Drogen gegeben. Ihr Adrenalinspiegel sank. Sicher lag es daran, dass der Schrecken erträglich geworden war. Sie kämpfte gegen dieses falsche Gefühl der Sicherheit an und sagte sich, dass sie mit einem Vampir im Auto saß, der nicht nur ein *Vampir* war, sondern sich wie ein Wahnsinniger benahm, doch ihr Körper konnte keinen Kampf mehr gewinnen.

Blinzelnd versuchte sie, wach zu bleiben. »Was war in dem Haus eigentlich los? Diese Ketten – warum hast du sie nicht eher zerrissen, wenn du es doch die ganze Zeit konntest?«

»Ich habe jemanden umgebracht – einen Vampir – und war erschöpft und …« Er brach ab und sah lange geradeaus auf die Straße. Sie betrachtete sein Gesicht, die androgyne Schönheit seines breiten Mundes und der Wimpern, die so dicht waren, als hätte er Eyeliner benutzt. »Mein Verstand ist – nicht mehr, was er mal war. Es gibt einen Irrsinn, der uns erfasst, wenn wir hungrig und verletzt sind, einen Irrsinn, der nur durch Saugen geheilt werden kann – aber nach dem, was man mir angetan hat, könnten nur Ströme von Blut meine Wunden reinwaschen. Ich kämpfe um meine klaren Momente. Ich hätte mich aus den Ketten befreien können, richtig, aber es hätte mich viel gekostet.«

Das hieß, es hatte ihn später im Kofferraum viel gekostet, als er sich noch dazu verbrannt hatte.

»So irre kommst du mir gar nicht vor«, sagte sie. »Also, jedenfalls nicht total irre.«

Er lächelte sie schief an. »Bin ich zeitweise auch wirklich

nicht. Aber der Rest der Zeit ist die meiste Zeit. Und wenn ich es dann bin, habe ich nur eins im Sinn: Hunger.

Sie haben mich mit dem gefesselten Jungen allein gelassen und für die nächste Nacht aufgespart wie eine Süßigkeit auf dem Kopfkissen. Ich wartete darauf, dass es dunkler wurde, aber dann kamst du.«

Tana beobachtete, wie im Schein der Lichter Schatten über sein Gesicht glitten, und fragte sich, ob er ihr Blut riechen konnte, das mit dem Schweiß aus ihren Poren drang.

Wahrscheinlich hatte es zu seinem Plan gehört, vor seiner Flucht Aidan leer zu saugen, selbst wenn er es nicht ausdrücklich erwähnt hatte, weil es irgendwie schlecht erzogen gewirkt hätte.

Tana überlegte auch, ob Gavriel erwog, sie zu beißen – sein Gesicht, das immer noch der Straße zugewandt war, war reglos wie das einer Heiligenstatue im Dom, doch sie hatte ihn mit Aidan gesehen. Sie hatte genau beobachtet, wie er die Finger in Aidans Haut gebohrt hatte, wie er die Halsmuskeln angespannt hatte und wie abwesend sein Blick gewesen war, als er sie mit blutverschmiertem Mund angesehen hatte. Wie wäre es wohl, wenn man infiziert war und aufgab, wenn man sich verwandeln ließe und ewig jung, eiskalt, magisch und monströs wurde.

So viele Mädchen und Jungen rissen aus, um in eine Coldtown zu ziehen. Sie würden alles dafür geben, wie Aidan das Feuer der Infektion in ihren Adern zu spüren. Die Vampire in den Coldtowns hielten sich mit dem Beißen sehr zurück. Man sah sie auf allen gesendeten Bildern nur durch Zugänge oder Shunts saugen. Noch mehr Vampire wären eine Belastung für die Nahrungskette. Das, was Aidan hatte – und sie möglicherweise auch –, war selten und begehrt. Tana hatte einmal ein Mädchen getroffen, eine Freundin von Pauline, die sich, bevor sie in einen Club ging, mit Rasierklingen dünne Schnitte an den Oberschenkeln beibrachte, um Vampire anzulocken.

Gavriels Mund war an der Unterlippe immer noch rot verschmiert. Sie fand diesen Mund, der so sündhaft lächelte, einfach faszinierend, vielleicht weil sie ihm dankbar war, dass er sie an der Tankstelle verschont hatte, oder weil sie so müde war. Tana merkte selbst, dass sie ihn wie einen normalen Jungen ansah, einen hinreißenden Jungen mit einem fantastischen Lächeln, und das war gefährlich und dumm. Sie wusste nicht mal, ob er sie als Mädchen interessant fand.

Sie musste aufhören, auf diese Weise an ihn zu denken. Bestenfalls sollte es ihr gelingen, gar nicht mehr an ihn zu denken und nur im Kopf zu behalten, wie gefährlich er war. »Warum waren sie hinter dir her? Diese Männer und der Dorn? War es sehr böse, was du getan hast?«

»Unfassbar böse«, gestand er. »Es war ein Gnadenakt, den ich bereue – bis in alle Ewigkeit. Früher wollte mich einmal ein Lehrer davon überzeugen, dass Gnade eine Art des Leidens wäre, und da das Böse der Beweggrund für das Leiden sei, das Böse ebenfalls ein Beweggrund für die Gnade wäre. Damals fand ich den Lehrer alt und grausam, war er vielleicht sogar – aber mittlerweile finde ich, dass er recht hat.«

»Das ergibt doch überhaupt keinen Sinn«, widersprach Tana und lehnte den Kopf an die gepolsterte Stütze. »Gnade kann nichts Böses sein. Sie ist eine Tugend – wie Freundlichkeit oder Mut oder …« Ihre Stimme verklang.

Er wandte den Kopf und sah sie an. »Das ist die Welt, die ich mit meiner grässlichen Gnade geschaffen habe.«

Sie schüttelte den Kopf. »Das verstehe ich auch nicht.« Und dann konnte sie nicht mehr und gähnte.

Als er lachte, klang es genauso wie bei den Jungen aus ihrer Schule. Träge fragte sie sich, welche Augenfarbe er wohl früher gehabt hatte. »Schlaf, Tana. Schieb deinen Sitz zurück. Wenn du mir heute Nacht dein Auto leihst, tu ich dir auch einen Gefallen, versprochen.«

»Ach, ja?« Sie sah ihn an, seine nackten Füße und seine schlichte dunkle Kleidung. »Wie denn?«

Er hörte nicht auf zu lächeln. »Edelsteine, Lügen, Zettel, getrocknete Blumen, lang vergessene Erinnerungen, nutzlose Zitate, Müßiggang, Perlen, Knöpfe und Unfug.«

Er machte Witze, oder? »Okay«, sagte sie. »Und wohin fahren wir?« Sie lehnte den Kopf an die Scheibe.

»Coldtown«, sagte er leise.

»Oh.« Sie musste wieder blinzeln, durfte nicht einschlafen.

»Ich habe keine andere Wahl. Und wenn Aidan mit mir durchs Tor geht, ist er keine Gefahr mehr für dich. Für ihn ist es sicherer, denn sie werden überall nach ihm suchen und ihn jagen. Und wahrscheinlich wird er selbst bald auf die Jagd gehen.«

»Und wenn er kein Vampir sein möchte?«, fragte Tana. Kaum hatte sie das gesagt, begriff sie, dass er genau das wollte – *und wie*. Hatte er es nicht gesagt, bevor er sie angefallen hatte? Als Vampir würde er so viel Ruhm erringen, wie er sich nur erträumen konnte – er wäre nicht mehr nur der Junge, der dafür bekannt war, auf jeder Party mit der Freundin eines anderen rumzumachen, kein Landei mehr, das lieber in der Großstadt leben würde. In einer Coldtown würde er mit Aufmerksamkeiten überschüttet – und das Massaker im Farmhaus schmückte seine Geschichte noch tragisch aus. Romantisch.

Außerdem hatte Aidan Hunger.

Sie war es, die kein Vampir sein wollte. Und sie befürchtete, dass auch sie mit der Zeit ins Grübeln geraten würde.

»Er hat das Fieber im Blut«, erklärte Gavriel. »Er will eigentlich nicht geheilt werden, glaube ich, das hat er innerlich längst beschlossen. Aber wer beichtet schon so eine Entscheidung?«

»Es ist hart, gegen die Infektion anzukämpfen«, sagte Tana barscher und verzweifelter als beabsichtigt. Sie wollte nicht über ihre Mutter reden. Sie wollte ihm nicht erzählen, dass auch sie möglicherweise das Fieber im Blut hatte. In wenigen Stunden ging es ihr vielleicht schon so schlecht wie Aidan. »Es geht nicht. Du verstehst das nicht. Man wird davon überrollt und kann nicht mehr klar denken.«

Er schwieg. In der Stille merkte sie, wie dumm sie gewesen war. Auch er musste sich schließlich irgendwann infiziert haben, musste sich damit abgefunden haben und wusste sicher besser, wie es sich anfühlte.

»Wenn du nach Coldtown fährst«, wechselte sie das Thema, »kommst du nicht wieder raus. Bist du sicher, dass es sich lohnt, egal, was du dort vorhast?«

»Was ist das?«, fragte er auf einmal und ließ das Lenkrad los, um ihren Arm zu berühren.

»Was?« Sie senkte den Blick.

Mit seinen langen Fingern strich er über die Narbe unterm Ellbogen. Seine Miene verriet nichts. Ihre Haut fühlte sich unter seiner kalten Berührung zu warm an, als hätte sie Fieber. »Das ist eine alte Narbe«, fuhr er fort. »Da warst du noch ein Kind.«

»Und was spielt das für eine Rolle?«, fragte Tana. Normalerweise war sie sehr vorsichtig, aber offenbar hatte sie versehentlich die Ärmel hochgekrempelt.

»Warum der Tod sich um Alter und Jugend scheren sollte, meinst du?«, fragte er ruhig. »Der Tod hat seine Lieblinge, wie alle anderen auch. Wen der Tod liebt, den lässt er nicht sterben.«

Tana war erleichtert, dass er ihr keine dieser schrecklichen und dämlichen Fragen gestellt hatte, mit denen sie sich andauernd herumschlagen musste: *Wer hat dich gebissen? Ich habe gehört, es tut nicht weh, wenn man gebissen wird – stimmt das? Hat es dir gefallen? Jetzt lügst du aber, es hat dir gefallen, nicht wahr?* Doch die meisten Antworten kannte er wahrscheinlich bereits. »Wie es aussieht, ist der Tod noch mal zu mir zurückgekommen.«

Er grinste ein merkwürdiges Grinsen, das sie unwillkürlich erwidern musste. »Und du hast ihn wieder vertrieben. Schlaf jetzt, Tana. Ich beschütze dich vor dem Tod, denn ich fürchte ihn nicht. Wir kämpfen schon so lange gegeneinander, dass wir uns näher sind als gute Freunde.«

»Ich mache nur kurz die Augen zu«, sagte sie. »So spät ist es ja noch gar nicht.«

Sie wollte eigentlich noch etwas sagen, es lag ihr auf der Zunge, aber die Nacht verschlang ihre Worte.

Tana wurde wach, weil sie Stimmen hörte. Sie war allein im Auto und lag quer über der Vorderbank, den Kopf auf den Arm gebettet und einen Stiefel ans Fahrerfenster gedrückt. Köstlicher Kaffeeduft mischte sich mit Abgasen. Außerdem war ihr kalt, als hätte sie mitten im Winter die Decke abgestreift.

Für einen kurzen Moment erschien es ihr angenehm aufzuwachen. Sie erinnerte sich an eine Party und daran, dass sie nicht gern allein dorthin gegangen war, weil Aidan mit Sicherheit auch da wäre. Doch neben dem Wagen hörte sie seine Stimme, also war wohl alles gut gegangen. Bis auf die anderen Erinnerungen, die offenbar zu einem Albtraum gehörten – so was konnte einfach nicht wahr sein. Blut, leere Augen und glänzende Glasscherben.

Dann fiel ihr alles auf einmal wieder ein und ihre Muskeln verspannten sich vor Schreck. Ihr Herz schlug schneller, und als sie sich hastig aufrichtete, trat sie in der Eile gegen das Lenkrad.

Ihr Crown Vic stand auf einem Parkplatz weit weg von den anderen Autos und LKWs. In der Ferne entdeckte sie ein großes, ausuferndes Gebäude, blinkende Lichter und grelles Flutlicht mit der Werbung: ALLERLETZTE RASTSTÄTTE 24 STUNDEN GEÖFFNET. Durch das knallige Farbgewitter wirkten die äußeren Ränder des Parkplatzes noch viel dunkler.

Sie war noch nie an diesem Ort gewesen, doch sie wusste, wo sie war, so wie sie auch *Südlich der Grenze* kannte. Das Logo trugen ihre Mitschüler auf T-Shirts oder als Sticker an ihren Autos. Die Allerletzte Raststätte war deshalb so berühmt und protzig, weil sie direkt vor der ältesten Coldtown lag.

Sie waren meilenweit gefahren, während sie geschlafen hatte.

Gavriel saß auf der Motorhaube, neben sich eine Papiertüte und einen dampfenden Becher. Er hatte den Kopf gesenkt und sein Gesicht lag im Schatten. So sah er wie ein blasser menschlicher Junge aus, kein bisschen wie ein Ungeheuer. Aidan stand mit den Händen in den Hosentaschen in der Nähe und redete mit zwei Leuten, die Tana nicht kannte. Die Infektion musste ihn voll im Griff haben, doch er verbarg es gut, nur seine Stimme zitterte ein wenig. Die beiden Fremden waren ein Mädchen und ein Junge, die ihre Haare in dem knalligen Blau von Schmetterlingsflügeln und Kaugummikugeln gefärbt hatten. Sie sahen sich so ähnlich, dass Tana sie für Zwillinge hielt.

»Ihr würdet uns echt mitnehmen? Ich meine, das ist natürlich toll, vielen Dank, ich will einfach nur sichergehen, dass das ernst gemeint ist«, sagte der Junge. Seine Frisur war im Nacken kurz rasiert und im Übrigen zu einem zotteligen Mop gesprüht, mit längeren Strähnen um einen stacheligen Pony. Er hatte die Augen mit Kajal geschminkt und trug ein kleines Piercing direkt rechts über der Lippe, einem Schönheitsfleck ähnlich. »Hier in dieser trübsinnigen Welt sind wir nur zwei Teenager ohne Kohle, aber drinnen läuft alles über Tauschgeschäfte, gegenseitige Gefallen und darüber, die richtigen Leute zu kennen. Midnight hat durch ihren Blog echt gute Kontakte, deshalb werden wir prima zurechtkommen, wenn wir erst mal drin sind. Wir haben viel zum Tauschen mitgenommen und wir haben einen Plan. Wir könnten uns also revanchieren.«

Aidan lächelte. »Aber klar.« Er warf einen Blick nach hinten zum Auto, zu Tana. Sie wusste nicht, ob es gut wäre, jetzt auszusteigen. Schlimm genug, dass er die beiden mitnehmen wollte. »Wir sind eher so aus dem Bauch raus nach Coldtown gefahren«, sagte er. »Wär nicht schlecht, jemanden dabeizuhaben, der sich auskennt.«

Das Mädchen, Midnight, fasste seine Schulter. »Gewagt«, sagte sie, als gäbe es kein größeres Kompliment. Sie trug ihr Haar viel länger als ihr Bruder, mit Seitenscheitel, sodass es ihr ins Gesicht fiel und ein Auge kaum noch zu sehen war. Ihre Kleidung bestand aus einer Skinny-Jeans, einem blauen Samttop und schäbigen selbst gefärbten dunkelblauen Ballettschühchen. In ihrer Unterlippe steckten zwei Ringe und ihr Zungen-Piercing schlug beim Sprechen gegen ihre Zähne. »Wir sind bei einem Onlinenetzwerk für Leute, die nach Coldtown wollen, und haben immer Posts geschrieben, dass es unser Schicksal ist, so 'n Zeug, das normale Menschen alles nicht wollen. Wir haben geredet und geredet und geredet, aber wer von uns tut schon wirklich was? Wir sagen, man muss schon bereit sein zu sterben, wenn man anders sein will. Wetten, dass ihr das auch glaubt?«

Der Junge zeigte mit einem lackierten Fingernagel auf Aidan. »Du kennst ihn doch gar nicht, Midnight. Er könnte das auch alles nur aus einer Laune heraus tun. Vielleicht meint er es gar nicht ernst. Oder ist auf Droge. Er kann uns alles kaputtmachen. Sieh ihn dir mal genauer an. Irgendwas stimmt mit seinen Augen nicht, und guck, wie er schwitzt.«

Midnight verdrehte die Augen und sagte voller Ironie: »Das ist ja eine nette Bemerkung über jemanden, der uns gerade angeboten hat, uns mitzunehmen.« Sie sah Aidan an. »Mach dir nichts draus. Winter will mich nur beschützen.«

»Seid ihr denn wirklich bereit zu sterben, nur um anders zu sein?«, fragte Aidan. Tana hörte den Hunger in seiner Stimme.

»Absolut«, antwortete Midnight. »Ich wollte letztes Jahr schon gehen, aber Winter wollte nicht ewig sechzehn sein, und da hatte er ja irgendwie auch recht. Also haben wir einen Kompromiss geschlossen. In einem Monat werden wir achtzehn und das ist ja wohl alt genug.«

Midnight und Winter, dachte Tana. Klar, die Namen hatten sie sich ausgedacht, sie sahen ja schon voll getrickst aus, und doch trugen sie ihre seltsame Schönheit wie Kriegsbemalung zur Schau. Gemeinsam waren sie ganz schön einschüchternd.

Winter blickte auf seine wadenhohen, über und über mit Schnallen verzierten Stiefel hinunter und runzelte die Stirn, als wünschte er, Midnight hätte Aidan eine andere Antwort gegeben. So nervös wie seine Schwester auf ihrem Lippenpiercing kaute, schlang er ein Stück der langen Metallkette, die seine Gürtelschlaufe hinten mit seiner Jeanstasche verband, um einen Finger.

»Ich bringe das alles in meinem Blog«, fuhr Midnight fort. »Dadurch können wir auch noch bezahlen, wenn wir nichts mehr zum Tauschen haben. Ich habe eine Spendenbox auf der Seite und Werbung und so – den Blog haben vorher schon viele gelesen, aber seit wir abgehauen sind, geht es total ab. Hunderttausend Besucher verfolgen unser Abenteuer. Wir haben uns etwas versprochen – und ihnen auch.«

»Keine Geburtstage mehr«, deklamierten sie fast einstimmig, wurden rot und lachten verlegen. Es war ein Schwur, ein gesungenes Gelöbnis, ihre Bibel, etwas, das sie so ernst meinten, dass es ihnen peinlich war, es laut auszusprechen.

»Weil ihr sterben und wieder auferstehen wollt?«, fragte Gavriel von der Motorhaube. Sie sahen ihn erstaunt an, offenbar hatten sie ihn ganz vergessen. Auch wenn seine Augen im Schatten lagen, seine Reglosigkeit müsste den Zwillingen doch auffallen.

»Ich habe gerade einen Post über unser Letztes Abendmahl reingestellt«, sagte Midnight, zückte ihr Handy und hielt es Aidan hin. Dabei kam sie ihm näher als nötig. »Das ist so eine Tradition. Bevor man durchs Tor geht, nimmt man eine letzte Mahlzeit zu sich. Dann gibt es alles, was man am liebsten isst. Bei Winter waren es zum Beispiel Olivenpizza, Pommes frites mit Ketchup und Bubble Tea. Und hier ist ein Foto von meinem Essen – Steak, Eier und ein Stück Apfelkuchen. Ich war so aufgeregt, dass ich jeweils nur einen Bissen essen konnte. Echt, es war ein bisschen so wie bei diesem letzten besonderen Essen vor dem elektrischen Stuhl.«

Letztes Abendmahl. Weil sie hofften, dass sie drinnen sterben würden. Endlich hatte Tana es kapiert.

Sie konnte genau sehen, wie Aidans Blick über Midnights Haut wanderte. Sie war wirklich eine Schönheit mit ihren großen schwarzen Augen und den langen blauen Haaren; ihre Ohrringe glichen schwingenden Dolchen. Aidan grinste, als hätte sie etwas sehr Witziges gesagt.

Er würde sie beißen.

Tana stieg aus und knallte die Wagentür zu. Alle drehten sich zu ihr um, und Midnight zog die Stirn kraus, weil sie ihr Gespräch unterbrach.

»Aidan«, sagte Tana mit einem warnenden Unterton. »Alles okay?«

Er sah sie an, und sein etwas gestresstes Lächeln wurde lockerer, als sie zu ihm trat. Er zuckte die Achseln und legte ihr lässig einen Arm um die Schultern. »Midnight, Winter, das ist Tana. Wir sind zusammen.«

Midnight trat einen Schritt zurück. Winter warf ihr einen Blick zu, in dem sie genau sehen konnte, wie beschissen sie in ihrem zerfetzten, dreckigen Kleid aussah. Ihre Haare standen in alle Richtungen.

»Ich bin nicht …« Tana löste sich von ihm.

Doch Aidan hörte nicht auf zu lächeln. »Sie macht sich Sorgen, weil ich krank bin. Ich bin Kalt. Sie hat Angst, dass ich euch beiße, und recht hat sie. Ich möchte euch beißen, sehr gern sogar.«

Bei diesen Worten blickte Gavriel wieder auf und sah Tana direkt in die Augen. Sie konnte seine Miene nicht deuten, aber toll fand er das alles nicht. Midnight schlug eine Hand mit Onyx-Ringen vor den Mund, ihr silberner Nagellack blätterte ab.

Winter sah Aidan forschend an. »Das stimmt echt, was?«

»Er wurde letzte Nacht gebissen«, sagte Gavriel und beugte sich so weit vor, dass ihm die schwarzen Haare ins Gesicht fielen. »Im Moment hat er seinen Hunger noch unter Kontrolle, mehr oder weniger. Aber es kann nur schlimmer werden. Ihm bleiben ein, zwei Tage, bevor er weggesperrt werden sollte.«

Tana hätte erwartet, dass Aidan dazu etwas sagte, doch er schwieg. Vielleicht hatte er noch nicht kapiert, dass es schlimmer werden würde. Bei der Erinnerung an ihre Mutter, wie sie im Keller geschrien hatte, erschauerte Tana.

Ihre Haut hatte sich beim Aufwachen ziemlich kalt angefühlt. Warum Aidan jetzt nicht erwähnt hatte, dass auch sie möglicherweise Kalt war, wusste sie nicht – wollte er einfach nur nett sein oder wollte er lieber der einzige Gefährliche in der Runde sein? Jedenfalls war sie ihm dankbar.

»Darf ich dich interviewen?«, fragte Midnight Aidan und holte wieder ihr Handy heraus, um eine App zu öffnen. »Du weißt schon, für den Blog? Kannst du beschreiben, wie es sich anfühlt, also der Hunger?«

»Vorsicht«, sagte Winter und legte eine Hand auf den Arm seiner Schwester.

Und wieder konnte Tana genau sehen, wie egal es Midnight war. Sie war so fasziniert, ihr Mund war halb geöffnet, eine Maus, die sich in eine Schlange verliebt hatte.

»Bitte«, sagte Midnight zu Aidan und warf ihre Coolness in den Wind. Sie tänzelte auf ihren schmutzigen Ballerinas herum. »Bitte, ich habe noch nie mit jemandem geredet, der solche Erfahrungen gemacht hat wie du. Ich bin so neugierig und meine Leser erst recht. Es muss doch toll sein, so viel Power in den Adern zu haben.«

»Man fühlt sich hohl«, sagte Aidan in die Kamera, als wollte er alle Zuschauer auf einmal verschlingen, als vertrete er einen der berühmten Onlinevampire. »Hohl und leer und es geht nur noch um das Eine.«

»Das glaube ich einfach nicht.« Tana ging zu Gavriel.

Er reichte ihr den Becher, den sie schon beim Aufwachen auf der Motorhaube gesehen hatte. Sein schwarzes T-Shirt spannte über der Brust und neben ihm lag eine zerknüllte Papiertüte. »Angeblich kann man sich gesund schlafen.«

Sie trank einen großen Schluck Kaffee, in dem zu viel Zucker und zu viel Milch waren, als hätte jemand, der keine Ahnung hatte, wonach es schmeckte, alles zusammenkippt. Jemand, der lange kein Essen probiert hatte. Sie streckte die Hand nach der Tüte aus. »Ist da noch was drin? Donuts?«

Gavriel wandte sich ab, als wollte er nicht sehen, wie sie die Tüte öffnete. »Nimm, das ist auch für dich.«

In der Tüte fand sie eine Kette aus böhmischem Granat, das zu einem Granatapfelkernmuster gefügt war, mit einem feigengroßen, granatbesetzten Medaillon in der Mitte. Die goldene Schließe war kaputt, als hätte man jemandem die Kette vom Hals gerissen, und das Medaillon war leer. Die Kette lag auf einem unübersichtlichen Haufen Scheine, die mit Tintenflecken oder etwas Braunrotem beschmiert waren, darunter Ein-Dollar- und Zwanzig-Dollar-Scheine und einige wenige Euros.

»Woher hast du das?«, fragte Tana.

In diesem Moment schrie Midnight. Als Tana sich erschrocken umdrehte, spürte sie Gavriels kalte Hände, die sie festhielten. Eiskalte Finger bohrten sich direkt unter den Rippen in ihre Haut. Sein Griff war fest wie der einer Bronzestatue.

Midnight lag am Boden, hatte das Handy fortgeworfen und versuchte mit beiden Händen, Aidan abzuwehren. Er hockte über ihr und riss das Samttop von ihrer Schulter. Winter hatte einen seiner Arme gepackt und zog ihn nach hinten weg.

Tana trat vergeblich gegen die Stoßstange, als sie hochgehoben wurde. Gavriels Brust drückte sich in ihren Rücken, glatt und kühl wie Stein. Sein eisiges Kinn ruhte auf ihrem Scheitel.

»Psst, Tana«, sagte Gavriel und ließ seine Wange über ihr Haar gleiten, damit er ihr leise ins Ohr flüstern konnte. Sie erschrak fürchterlich im tiefsten Inneren. Ihr Körper übernahm das Kommando, sie wand sich, kratzte und trat um sich. Sie fühlte sich in den dunklen Keller zurückversetzt, in dem ihre Mutter ihr mit kaltem Mund einen letzten Kuss gab.

»Psst«, sagte er. »Gleich ist es vorbei.«

»Nein!«, rief Tana und kämpfte weiter, ohne etwas auszurichten. »Nein, nein, nein. Ich muss ihm helfen. Lass mich los!«

Dann nahm er unvermutet seine Hände fort. Sie taumelte und wäre beinahe hingefallen.

Winter hatte Aidans Arm losgelassen und riss stattdessen an seinen Haaren, um Midnight von ihm zu befreien. Aidans Kopf wurde vor- und zurückgerissen, während Midnight mit einer Hand sein Kinn fortschieben wollte. Doch er war ganz nah an ihr dran, nah genug, dass er mit den Zähnen knapp über die nackte Haut ihres Arms streifen konnte. Mit den Fingernägeln kratzte er über ihre Schulter und schürfte blutige Furchen.

Ihre Schreie gellten hoch in die Nachtluft.

Tana konnte keinen klaren Gedanken fassen. Dann stürmte sie los, bückte sich und packte Midnight unter den Achseln, um sie hochzureißen.

Als Aidan Tana ansah, dachte er offensichtlich im ersten Moment, sie wollte ihm helfen. Doch sie zog Midnight mit letzter Kraft von ihm weg. Mit einem wütenden Knurren stürzte sich Aidan auf Midnights Beine, mit denen sie jedoch schnell ausschlug und ihn hart an der Brust trat. Obwohl sie nur dünne Ballerinas trug, ging er in die Knie, rang nach Luft und riss abwehrend eine Hand hoch.

Winter schlang einen Arm um Aidans Hals und hielt ihn fest. Aidan sackte kurz in sich zusammen und hob dann seine blutverschmierten Finger, um sie abzulecken. Doch Tana sprang vor, packte seine Handgelenke und wischte sie an ihrem Kleid ab. Da sie nicht wusste, wie viel Menschenblut für eine Verwandlung nötig war, wollte sie kein Risiko eingehen.

Als Aidan lachte, kam nur ein ersticktes Würgen heraus, weil Winter ihm immer noch die Kehle zudrückte.

Midnight schluchzte leise, während Rot ihr zerrissenes Top tränkte und den blauen Samt schwarz färbte.

Tana drehte sich zu Gavriel um. Er beobachtete sie aus halb geschlossenen Augen, die in einem konzentrierten, begehrlichen Blick tiefrot funkelten.

»Du hast nichts unternommen«, sagte sie anklagend und zeigte mit einem zitternden Finger auf ihn.

Er beugte sich leicht schwankend zu der blutigen Szene vor wie ein Baum im Wind, als hätte sie ihn zu sich gewunken. »Du hättest ihn aufhalten können und hast ihn einfach machen lassen.«

»Es ist gefährlich, wenn man nach Coldtown kommt und nur infiziert, aber noch nicht verwandelt ist.« Seine Stimme kam wie aus weiter Ferne, doch die Art seiner Mundbewegung, eine gewisse wohlige Trägheit, ließ erkennen, dass der Blutgeruch und ihre Gegenwehr sein Verlangen zu saugen geweckt hatten. »Es wäre besser für ihn gewesen, wenn du dich nicht eingemischt hättest. Jeder neue Vampir, der in Coldtown geboren wird, gefährdet die Blutversorgung. Die Zahl der Spender ist begrenzt.«

»Es ist überall gefährlich, infiziert zu sein«, erklärte Tana. »Ich will nur nicht, dass er stirbt.«

»So oder so, sterben müssen wir alle«, sagte Gavriel, ohne den Blick von Aidan zu wenden.

Doch dann bückte er sich, hob den Kaffeebecher auf und goss den Rest über Aidans Finger, um das Blut abzuwaschen. Tana kniete auf dem Parkplatz und kratzte mit ihren Fingernägeln sorgfältig Midnights Haut unter seinen fort.

»Spielverderber«, sagte Aidan leise. Sein Pony hing ihm schweißnass in die Stirn. Er lehnte seinen Kopf an Winters Arm, als wäre er zu schwach, um weiterzukämpfen, und grinste Gavriel an.

»Du bist mir was schuldig«, sagte Tana zu Aidan. »Hoffentlich weißt du, wie viel du mir verdankst.«

Gavriel ragte über ihnen auf und hielt sein Gesicht nicht länger im Schatten, sodass ihm die Blinklichter der Rastplatz-Werbung in die Augen schienen und jeder sah, dass seine Haut zu bleich war, um einem Lebenden zu gehören.

Winter stand ruckartig auf, ließ Aidan los und wich vor dem Vampir zurück.

»Ist was?«, fragte Gavriel.

Aidan streckte alle viere von sich und blickte zum Himmel.

Midnight kam schwankend auf die Beine, wischte die Tränen ab und verschmierte ihre schwarze Mascara. Als sie Gavriel ansah, erstarrte sie ebenso wie ihr Bruder.

»Rot wie Rosen – ja, das sind meine wahren Augen. Verkörpere ich nicht all das, was ihr sucht?« Gavriel zeigte lächelnd Zähne. »Ich warte schon die ganze Zeit darauf, dass ihr es endlich merkt. Ich kann euch geben, was ihr haben wollt. Ich kann euch ewiges Vergessen schenken.«

»Lass das«, sagte Tana, schlug ihm auf die Schulter, als wäre er ein ganz normaler Typ, vor dem man keine Angst haben musste. Indem sie gleichzeitig so tat, als hätte sie hier irgendetwas zu sagen, hoffte sie, dass er es auch vergaß. »Hör *sofort* damit auf. Für heute reicht's mir mit den Überfällen.«

Ihre Worte brachen den Zauber, den er auf Winter ausübte, der seiner Schwester nun eine Hand auf die unverletzte Schulter legte. »Komm, wir bringen dich in eine Notaufnahme.«

»Aber nicht ins Krankenhaus«, widersprach Midnight angeschlagen. »Ich brauche nur Verbandszeug, das kann ich auch da hinten kaufen.«

»*Jenny*«, sagte Winter. »Bitte. Komm mit nach Hause.«

Sie funkelte ihn mit großen schwarzen Augen an. »Hier gibt es alles, was wir brauchen. Und sag diesen Namen nie wieder, kapiert?«

Tana sah auf Aidan hinab, der immer noch verträumt in die Sterne blickte. Er atmete hastiger, vielleicht bekam er nicht genug Luft. Eine Hand hielt er auf sein Herz gedrückt. Als sie leise seinen Namen sagte, nahm er sie gar nicht zur Kenntnis.

»Geh mit ihnen rüber«, sagte Gavriel zu Tana. Er hockte sich neben Aidan und schob den Ärmel seines schwarzen T-Shirts hoch. »Da du es nicht möchtest, lasse ich nicht zu, dass er bei den Lebenden saugt, aber nichts spricht dagegen, dass er es bei einem Toten tut. Es hält seinen Hunger in Grenzen. Geh, Tana. Wir warten hier, bis du wiederkommst.«

Sie ging.

Zehntes Kapitel

Wenn das Leben weh
Und Hoffnung dumm,
Sagt die Welt: »Geh!«
Und das Grab: »Komm!«
– Arthur Guiterman

In dem Winter vor der Sonnenuntergangsparty – bevor Tana vermisst gemeldet und möglicherweise infiziert wurde, bevor Pearl Angst bekam und wütend wurde, je mehr Tage vergingen, ohne dass Tana auch nur anrief – war an ihrer Highschool eine Schülervollversammlung zum Thema Vampirismus einberufen worden. Obwohl die Siebt- und Achtklässler eigentlich in einem anderen Gebäude unterrichtet wurden, mussten alle, auch Pearl, in die Aula gehen und direkt vor dem Podium Platz nehmen.

Als Pearl die Treppe hinunterging hielt sie Ausschau nach ihrer Schwester. Die Oberstufenschüler sahen viel älter aus und waren einschüchternd laut. Einige Schüler aus der Oberstufe hatten schon Bartstoppeln und die Mädchen zogen sich an wie im College. In ihrem Jeansrock mit Leggins, neuen

Converse in Glitzerpink und seitlichem Pferdeschwanz hatte Pearl sich morgens beim Anziehen total hübsch gefunden. Jetzt fühlte sie sich wie ein kleines Kind.

»*Pearl!*«, rief jemand im Stimmengewirr der Schüler, die Plätze suchten und sich lautstark unterhielten. Als sie sich umdrehte, entdeckte Pearl Tana und Pauline, die ihr auf halbem Weg nach unten zuwinkten.

Tana legte die Hände zu einer Sprechmuschel um den Mund und rief: »Komm zu uns!«

Pearl warf einen Blick auf ihre Mitschüler, die gehorsam ganz nach vorne marschierten. Dann drehte sie sich zu ihrer winkenden Schwester um. Schließlich schlängelte sie sich doch durch die älteren Schüler zu dem Platz, den Tana ihr frei gehalten hatte.

»Ich soll eigentlich da sitzen.« Pearl zeigte auf ihren Lehrer.

»Aber hier wird es viel lustiger«, versprach Pauline und lächelte ihr Komm-wir-machen-zusammen-ein-bisschen-Ärger-Grinsen. Sie trug ein schwarz-weiß gestreiftes Kleid, knallorangefarbene Stiefel und einen alten rosafarbenen Hut mit Schleier. Es war komisch, sie und Tana in der Schule zu treffen – als sähe sie eine Seite ihrer Schwester, die ihr bisher verborgen war.

Zu Hause war Tana die, die Abendessen kochte, wenn Dad es vergaß (was häufig vorkam), die nur drei Gerichte draufhatte (Spaghetti, Salat mit Hähnchenbrust und Burritos), die gut Zöpfe flechten konnte, sodass es nicht so ziepte (außer beim französischen Zopf); und die fast alles reparieren konnte (Waschbecken, Toiletten, Lieblingsbecher). In der Schule war sie ganz offensichtlich anders. Diese andere Tana stolzierte in ihren weiten Stiefeln und der schwarzen Lederjacke herum, belegte den Autowerkstattkurs mit den Jungen und hielt alle außer Pearl und Pauline mit bösen Blicken auf Abstand.

Pauline und Tana lehnten sich zurück und grinsten sich über Pearls Kopf hinweg an. Irgendwie komisch.

»Heute hören wir einen besonderen Vortrag«, kündigte Schulleiterin Wong in ihrer unnachgiebigen, strengen Art an. Sie hatte ihr kurzes Haar auf eine Seite gestriegelt und mit Gel festgekleistert. »Die Rednerin, die wir eingeladen haben, berichtet von der Zeit in Springfield, als sie dort nach dem Mauerbau eingesperrt war. Vielen Dank für Ihren Besuch und Ihre Bereitschaft, Ihre Geschichte zu erzählen, Yashira Baez. Heißen wir sie mit lautem Applaus an der Astell Regional willkommen!«

Frenetischer Beifall brandete auf, dazu einige ironische Bravorufe von den Jungen in den hinteren Reihen. Für den Fall, dass sie sich etwas aufschreiben sollten, holte Pearl einen Stift mit Erdbeerduft und einen Notizblock aus der Tasche.

Eine kleine Latina betrat das Podium. In ihrer Jeans und der Strickjacke in gedecktem Gelb hätte sie auch die Großmutter eines Schülers sein können. »Ich erzähle euch einfach, was passiert ist. Ich war in Springfield, um meine Großtante abzuholen, als die Armee plötzlich alles abriegelte. Meine Tante lebte in einer betreuten Wohnanlage und konnte wegen ihres Alters nicht mehr Auto fahren. Als ich das Gerücht hörte, dass die Stadt abgesperrt werden sollte, hoffte ich deshalb, ich könnte sie noch rechtzeitig herausholen. Mein Schicksal wollte es, dass ich schließlich mit ihr dort in der Falle saß.

Ich habe die ersten beiden Jahre in der ersten Coldtown gelebt, bis ich endlich einen Weg gefunden habe, wie ich an genügend Geld herankam, um einem Kopfgeldjäger einen Chip abzukaufen. Ohne Spenden von meiner Kirche hätte ich es nie geschafft, deshalb halte ich jetzt diese Vorträge in Schulen, um der Gemeinschaft etwas zurückzugeben.

Ich werde dauernd gefragt, ob Vampire so sind wie wir. Darauf antworte ich immer, dass ich in den zwei Jahren, in denen ich mit ihnen dort gefangen war, mit Vampiren Schach gespielt habe. Ich habe mit Vampiren auf der Veranda gesessen. Und sie hatten noch viel von den Menschen, die sie vorher gewesen waren. Aber *dieselben* waren sie nicht mehr. Vampire sind Raubtiere und wir sind ihre Beute. Das dürft ihr nie vergessen.«

Sie warf einen sehr ernsten Blick in den Zuschauerraum. »Im Zirkus werden Tiger gezähmt. Man dressiert sie, durch brennende Reifen zu springen. Diese Tiger sind bestimmt sehr nett zu ihren Dompteuren. Sie stupsen sie mit ihren großen Köpfen an und wälzen sich auf dem Rücken wie große Katzen. Aber wenn ihr Hunger groß genug ist, fressen die Tiger die Dompteure, zu denen sie so nett waren.«

Im Publikum wurde nervös gelacht. Tana lachte nicht und Pauline warf ihr einen besorgten Seitenblick zu.

»Ich gehe immer davon aus, dass nicht alle das Basiswissen gelernt haben. Deshalb wollen wir die grundlegenden Fakten noch einmal wiederholen. Infizierte Menschen – Menschen, die Vampirblut in den Adern haben, Menschen, die Kalt geworden sind – können die Krankheit nicht verbreiten. Sie sind infiziert, aber nicht ansteckend. Verstanden?«

»*Ach nee*«, flüsterte Pauline. »Sonst würde es ja auch überall nur so von Vampiren wimmeln.«

Ms Baez fuhr fort und lehrte das, was sie für die Grundlagen hielt. Pearl wusste das meiste bereits oder hatte zumindest das Gefühl, schon einmal davon gehört zu haben.

Sobald man gebissen worden war, traten die ersten Symptome innerhalb von zwölf bis achtundvierzig Stunden auf. Manchmal wurden Menschen in letzter Minute gerettet, bevor ein Vampir richtig zubeißen konnte – dann waren die Symptome weniger stark ausgeprägt und die Gebissenen wurden nicht Kalt.

Es gab auch eine sehr kleine Gruppe von Menschen mit einem so starken Immunsystem, dass sie die Infektion abwehren konnten. Ms Baez erzählte die Geschichte eines indonesischen Kopfgeldjägers, der acht Mal gebissen worden war und sich dennoch nicht angesteckt hatte, obwohl seine Haut von Narben übersät war. Er schwor auf einen Cocktail aus Schlangenblut mit einem Tropfen infizierten Menschenbluts und einer Menge Arrak, den er jeden Morgen zu sich nahm. Er glaubte an seine Immunität, bis er zum neunten Mal gebissen und doch Kalt wurde. Kurz darauf hatte er sich verwandelt.

Pearl bemerkte, dass Tana ihren Arm rieb, wo Mum ihr wehgetan hatte. Sie hatte eine dicke Narbe, die sie zeitweise versteckte und zeitweise vorzeigte, als wollte sie die Leute herausfordern, Fragen zu stellen. Oma und Opa hatten Pearl schon vor Jahren erzählt, Tana wäre ganz schön fertig wegen der Sache mit Mum und Pearl müsste gut auf sie aufpassen. Pearl wusste meist nicht genau, was sie tun sollte, aber jetzt beugte sie sich vor, nahm Tanas Hand und drückte sie.

Tana drückte zurück.

Was Oma und Opa nicht verstanden hatten, war, dass Tana nicht wegen Mum so fertig war, sondern wegen Dad. Hätte Dad Mum nur ein bisschen Blut gegeben, statt sie einzusperren, wäre der ganze Mist nicht passiert. Mom wäre nicht tot und Tana hätte keine Narbe und niemand wäre traurig. Vielleicht würden sie längst alle in Coldtown wohnen oder wären nach Amsterdam ausgewandert, wo es zwar auch illegal war, ein Vampir zu sein, was aber niemanden interessierte.

»Es kann sehr schnell gehen«, sagte Ms Baez. »Schon vor den ersten sichtbaren Symptomen bereitet das Vampirblut den Körper auf die Verwandlung vor – wenn der Infizierte dann Menschenblut trinkt, wird er zum Vampir. Es dauert keine Stunde, dann ist man tot, und schon nach einer Viertelstunde kann man wieder da sein, mit frischen Zähnen, härteren Muskeln und dem Hunger eines neugeborenen Vampirs.

Es kostet viel Energie, sich auf diese Weise zu verwandeln, deshalb fällt es ihnen sehr schwer, sich vor dem ersten Saugen zu beherrschen. Ihr müsst euch unbedingt vor frisch verwandelten Vampiren in Acht nehmen, auch wenn ihr sie seit Jahren kennt.«

Ms Baez ging zum Bühnenrand. »Wie wär's mit einem lustigen Experiment? Ich bringe euch ein wichtiges Wort bei. Weiß jemand, was apotropäische Mittel sind?«

Pearl hatte keine Ahnung, doch ein Junge rief in den Raum, es wäre etwas, das Vampire nicht ausstehen konnten.

Wildrosen. Knoblauch, »die stinkende Rose«. Heilige Symbole. Fließendes Wasser. Weißdorn. Die kannte Pearl auswendig, weil Hemlok sie in seiner Kopfgeldshow dauernd erklärte. Ms Baez behauptete jedoch, dass nicht alle gleich gut funktionierten. In Coldtown hatte sie zweimal ein heiliges Symbol benutzt, das beide Male nicht geholfen hatte.

»Ich könnte wetten, dass sie ihr einen Maulkorb verpassen, wenn es um die richtig unheimlichen Dinge geht«, flüsterte Pauline. »Zum Beispiel um die Leute, die Tierblut trinken oder sogar ihr eigenes Blut. Oder Menschen, die monatelang volltrunken sind, um den Hunger zu verdrängen.«

»Stimmt das denn?«, fragte Pearl leise. »Funktioniert es?«

Tana zuckte die Achseln.

»Es gibt sogar welche, die *Vampirblut* trinken, wenn sie drankommen«, fuhr Pauline leise fort, als würde sie eine Gruselgeschichte erzählen. »Angeblich sind in Europa nicht wenige Kopfgeldjäger süchtig danach. Aber besser geht es einem davon nicht – nur eben nicht schlechter. Es ist, als würde die Infektion immer auf den ersten Tag zurückgesetzt.«

»Jetzt können Fragen gestellt werden«, sagte Ms Baez auf dem Podium. »Ich kann nicht versprechen, dass ich auf alles eine Antwort habe, aber ich werde auf jeden Fall ehrlich sein.«

»Warum dürfen die Menschen eine Coldtown nicht einfach verlassen, wenn sie möchten?«, fragte ein Mädchen. »Wo ist das Problem, wenn sie nicht infiziert sind?«

»Es geht um Geld«, erwiderte Ms Baez. »Der Betrieb der Coldtowns kostet den Staat eine Menge, genau wie der Test, dem sich die unterziehen müssen, die herauswollen. Diese Summen müssen irgendwoher kommen, also wird es vom Budget der Kopfgeldjäger abgezogen. Außerdem hat die Regierung etwas gegen die Abwanderung. Wenn nicht mehr genug Menschen da sind, wovon sollen sich die Vampire dann ernähren? Sollen sie sich gegenseitig auffressen? Das wäre das Ende der Quarantäne.«

»Sieh dir die Wong an«, flüsterte Pauline Pearl zu. »Bei der Antwort wäre sie fast durchgedreht.«

»Waren Sie nicht sauer, als Sie dort festsaßen?«, fragte ein Junge.

Ms Baez zuckte die Achseln. »Wut und Zorn habe ich schon lange hinter mir gelassen. Die Welt ist, wie sie ist. Ich kann nur das Wenige ändern, was mit mir zu tun hat. In diesem Sinne kläre ich Kinder und Teenager auf, damit sie nicht alles glauben, was im Internet die Runde macht.«

Die Lehrer lachten laut auf.

Plötzlich meldete Tana sich. Pearls Herz klopfte vor Angst schneller.

»Ja?« Ms Baez zeigte auf sie.

Tana stand auf. »Könnten sie sich nicht gegenseitig das Blut aussaugen?«

»Wie bitte?«

»Ich meine, wenn alle Menschen tot wären oder die Vampire in den Coldtowns alle aufgefressen hätten und nicht herauskämen, was würde dann passieren? Würden sie einander nicht mit Blut versorgen?«

Ms Baez nickte. »Soll ich dir ein Geheimnis verraten? Vampire finden Vampirblut richtig gut. Dadurch saugen sie nämlich auch einen Teil der Macht des anderen auf. Mit anderen Worten, ja, sie können auch Vampirblut trinken.«

»Wieso?«, platzte eine Lehrerin heraus.

Auch Pearl hatte etwas Derartiges noch nie gehört.

»Stellen Sie sich die Anhäufung von Giften in Tieren vor.

Am untersten Ende der Nahrungskette enthält zum Beispiel jeder Grashalm eine geringe Menge Gift. Wenn jetzt aber eine Maus kommt und ganz viel Gras frisst, häufen sich die Gifte aus den einzelnen Halmen in der Maus an. Dann kommt ein Raubvogel und frisst zehn Mäuse, nimmt all das Gift auf und immer so weiter. Wenn man statt Gift jetzt an Macht denkt, kann man sich vorstellen, warum ein Vampir immer mehr davon anhäuft, je älter er ist, und wie viel ein anderer Vampir übernehmen kann, wenn er sein Blut saugt.«

»Sie brauchen uns gar nicht«, erkannte Pearl flüsternd und stellte sich eine Welt vor, in der es nur Vampire gab, nur rote Augen und kalte Haut.

»Doch, solange sie noch keine Babys bekommen können«, flüsterte Pauline zurück. »Ohne neue Menschen kann es keine neuen Vampire geben. Und wenn alle alten Vampire aufgefressen werden, werden ganz schnell neue gebraucht.«

»Aber warum tun sie es dann nicht?«, fragte Tana weiter. Da sie immer noch stand, zeigte sie nicht erst auf. »Warum ernähren sie sich nicht voneinander und lassen uns in Ruhe?«

Ms Wong stand auf, um Tana zu rügen, doch Ms Baez beachtete sie gar nicht.

»Oh, aber sie tun es doch«, beantwortete sie die Frage. »Sie fressen einander. Sie fressen uns. Sie fressen einfach alles. Sie saugen die ganze Welt aus, wenn wir es zulassen.«

Elftes Kapitel

Der Tod ist der König der Welt.
Dies ist sein Gehege,
Wo er Leben aufzieht, ihn zu nähren.
Schmerzensschreie
Sind die Musik seiner Tafel.
– George Eliot

Das Gebäude der Allerletzten Raststätte war erstaunlich weitläufig, größer als die meisten Einkaufszentren und bot Dienste an, die man woanders sicherlich vergeblich suchte: Duschen für einen Dollar; eine große Palette an Lebensmitteldosen; eine Boutique für Beerdigungskleider und Bestattungsanzüge in Schwarz und Violett; eine Apotheke; eine religionsübergreifende Kapelle; fünf Restaurants; drei Bars; einen Danceclub und sogar Schließfächer, wo diejenigen, die mit dem Bus kamen, ihr Gepäck stundenweise zwischenlagern konnten, während sie Shoppen gingen oder in gemieteten sargförmigen Behältern schliefen. Aus den Lautsprechern dröhnte ein Eurotrance-Remix musikalischer Beerdigungsbegleitung und alle Shops warben für das Gleiche, in großen blinkenden Buchstaben oder mit handschriftlich bemalten Schildern: 24 STUNDEN GEÖFFNET.

Tana war wie betäubt. Es war so unwirklich, in einem hell erleuchteten Gebäude zu sein, in Sicherheit, nachdem sie gerade zwölf Stunden in Lebensgefahr geschwebt hatte.

Im Zentrum befand sich ein sechseckiger Raum mit schwarz gebohnertem Fußboden, ebenierten Holzbänken und einer Skulptur in der Mitte, einem großen roten Kristallherz, das von einem Pflock durchbohrt war. An den Wänden hingen Bildschirme, die beliebte Feeds aus der Coldtown von Springfield übertrugen. Auf einem brachte Lucien Moreau mit seinem goldenen Haar einem Menschenmädchen das Walzertanzen bei; auf einem anderen sprach ein rothaariges Vampirmädchen in die Kamera und beschrieb, was es in der Nacht erlebt hatte, während sich ein Menschenjunge an ihre blasse Haut schmiegte und ihr ein Schlauchende anbot, das mit Klebeband an der Nadel in seinem Arm befestigt war.

Die Touristen blieben vor den Feeds stehen und staunten, sie fotografierten sich vor dem Kristallherz, die Arme über die Schultern der anderen geworfen, mit einem zu breiten Lächeln.

Eine müde Frau mittleren Alters stand ein wenig abseits und verteilte pinkfarbene Zettel. »Haben Sie meine Tochter gesehen?«, fragte sie immerzu. »Sie ist erst zwölf. Bitte, ich weiß, dass sie hier durchgekommen ist. Haben Sie sie gesehen?«

Früher blieben die Tore der Coldtown für Kinder unter sechzehn verschlossen, doch dann wurde eine Neunjährige abgewiesen, weil die Wachposten ihr nicht geglaubt hatten, dass sie gebissen worden war. Das war ein Fehler. Menschen starben. Es gab zwar Tests, mit denen man die Infektion nachweisen konnte, doch da sie teuer waren, musste man sich auf die Selbstanzeige verlassen können, wenn die Quarantäne aufrechterhalten werden sollte. Seit dem Zwischenfall mit dem Kind wurden Menschen jeden Alters in die Coldtowns gelassen, ohne irgendetwas vorweisen zu müssen.

Tanas Blick verweilte auf der Frau, ihrem erschöpften Gesicht und dem lächelnden kleinen Mädchen auf dem Zettel. Sie musste an Pearl denken und fragte sich besorgt, was das Mädchen geglaubt hatte, jenseits der Tore zu erleben.

Midnight ging an der Frau vorbei, ohne sie zu beachten, und ließ sich auf eine Bank sinken, wo sie mit beiden Händen den Samtstoff ihres Oberteils auf die Wunden drückte, um die Blutung zu stillen.

»Ich hole Verbandszeug«, sagte Winter. »Geh bloß nicht weg. Und du bleibst bei ihr.« Er sah Tana böse an.

Sie nickte. Winter ging zur Apotheke, unterwegs sah er sich zweimal um. Seine schweren Stiefel dröhnten wie Hufe auf den glänzenden Granitplatten.

Mehrere Teenager mit Rucksäcken blieben stehen und starrten auf Tana in ihrem blutigen Kleid und Midnight mit der verschmierten Wimperntusche und der verkrampft krallenden Hand an der Schulter.

»Was glotzt ihr so?«, fauchte Tana im Stil Paulines. Verschreckt gingen sie weiter.

Midnight lächelte sie schief an.

»Es tut mir wahnsinnig leid«, sagte Tana. »Was da eben passiert ist. Es tut mir leid, dass er dir wehgetan hat.«

»Wie kam es … wieso bist du eigentlich mit ihnen in einem Auto? Mit Aidan und dem anderen?«, fragte Midnight. Im Neonlicht wirkten ihre Lippen gesprungen und bläulich.

»Ich war auf einer Party, und alle sind umgekommen«, erklärte Tana. Sie hatte nicht gedacht, dass sie das so krass und grausam sagen würde.

Midnight nickte und schloss die Augen, als würden ihre Kratzer schmerzen. »Wie schlimm war es? Doch nicht etwa das aus den Nachrichten, weiter im Norden …?«

Aus den Nachrichten? Tana war verwirrt. Es fühlte sich viel zu eigen und privat an, als dass es in die Nachrichten gehörte, aber das war natürlich Quatsch. »Keine Ahnung. Vielleicht.«

»Doch! Oh mein Gott! Ich habe alle Tweets und Fotos gesehen, die jemand heimlich vom Tatort weitergeleitet hat. Da warst du? Echt?«

Tana nickte stumm, weil sie nicht wusste, was sie sagen sollte. Sie hatte keine Worte, die dem, was geschehen war, gerecht wurden.

»Wow«, sagte Midnight. »Aber du bist entkommen. Das ist irre.«

»Mehr oder weniger entkommen«, sagte Tana.

»Hey, tust du mir einen Gefallen?« Midnight holte mit einer Hand ihr Handy aus der Tasche. Das Display war zerkratzt, seit es auf dem Parkplatz runtergefallen war. »Halte es fest, ich will was sagen. Mein Stativ ist in meinem Gepäck, aber damit kann ich mich jetzt nicht abgeben. Das ist das wahre Leben – genau das, wovon ich allen berichten will. Nur bitte nicht zu sehr wackeln.«

»Okay.« Tana war leicht verdattert. Nicht, dass sie nicht

auch schon Leute gefilmt hätte – zum Beispiel Pauline, die wissen wollte, wie sie beim Vorsprechen war, oder Freunde, die irgendeinen Quatsch machten –, aber sie hatte noch kein Video von jemandem gemacht, der gerade erst angefallen worden war und noch blutete.

»Du kannst natürlich auch was sagen. Das wäre sogar gut. Jeder will wissen, wie es dir jetzt geht.«

Tana schüttelte heftig den Kopf. Allein bei der Vorstellung, darüber zu reden, hatte sie die furchtbaren Bilder direkt wieder vor Augen. Die starrenden toten Augen. Das Geflüster hinter der Tür. Wie sie an der Tankstelle hingeknallt war, auf den Rücken, wie Aidan über ihr war. »Ich weiß nicht recht.«

»Dann vielleicht später«, sagte Midnight und gab ihr das Handy. »Wie sehe ich aus?«

Tana wusste wirklich nicht, was sie darauf antworten sollte. Midnight war blass und schön, verschmiert und blutig. »Gut«, sagte sie dann möglichst neutral.

»Tja, das muss reichen.« Midnight zuckte zusammen, als sie an dem zerrissenen Kragen ihrer Samtbluse zog und ihr Schlüsselbein zum Vorschein kam. Tana konnte die tiefen Kratzer gut sehen, es waren wirklich entsetzliche Verletzungen, blutfeucht und an den Rändern geschwollen. »Weißt du, wie man damit umgeht?«

Tana nahm das Handy und tippte auf das kleine Video-Icon in der unteren Ecke. »Glaub schon. Hast du keine Angst, dass deine Eltern das sehen und dir die Bullen auf den Hals hetzen? Schließlich seid ihr minderjährig und von zu Hause ausgerissen.«

»Unsere Eltern kapieren nicht, was wir online machen«,

schnaubte sie. »Dafür sind sie zu doof. Sie sind *ganz anders* als wir. Bis die rausfinden, was hier los war, sind wir längst weg, das sage ich dir.«

»Na dann«, sagte Tana, hob die Kamera, hielt die Taste gedrückt und begann zu filmen. »Kann losgehen.«

»Hi«, sagte Midnight vor der Linse und hatte sofort eine selbstsichere Ausstrahlung. »Ich bin's, eure treue Dienerin der Nacht, Abenteurerin, Dichterin und Wahnsinnige. Und ich erlebe wirklich ein irres Abenteuer! Seit meinem letzten Post ist echt viel passiert. Ich bin mit Winter an der letzten Raststätte vor Coldtown angekommen, das heißt, in einer Stunde sind wir drin. Es ist alles genauso, wie wir es immer geglaubt haben – wenn man seiner tiefsten, wahrsten und dunkelsten Bestimmung folgt, räumt das Universum den Weg frei. Wir haben Leute getroffen, die uns mitnehmen. Und die kennt ihr vielleicht sogar aus den Nachrichten – aber dazu später. Erst muss ich euch noch erzählen, was mir passiert ist.«

Als Winter mit einer Tüte aus der Apotheke kam, bat Midnight Tana, weiter aufzunehmen, während Winter ihre Schulter freilegte, die Wunden mit entzündungshemmender Medizin einsprühte, verband und alles gut festklebte. Obwohl es sichtlich wehtat, sprach Midnight weiter und hielt den Blick fest auf die Kamera gerichtet. Danach schluckte sie ein paar Aspirin und sagte, sie wollte noch vor allem anderen das Video bearbeiten und auf ihren Blog hochladen.

Tana hörte zu und bewunderte Midnight dafür, wie sie die Geschehnisse in eine verrückte Geschichte verwandelte, die zur Midnight-Saga beitrug. Die nicht so guten Dinge wurden einfach auf den Kopf gestellt, sodass man sie darum beneiden musste. Tana konnte sich gut vorstellen, wie sie vor diesem Video sitzen und sich wünschen würde, so viel Mut und Glück zu haben wie dieses Mädchen. Doch da sie hier und jetzt vor Midnight stand und wusste, was wirklich passiert war, bemerkte Tana, dass sie nicht nur anderen Leuten etwas vormachte, sondern auch sich selbst. Sie glättete die erschreckenden Abschnitte, bis sie sich nicht mehr fürchten musste. *Aber das sollte sie,* dachte Tana. *Sie sollte sich fürchten.*

»Hier drin gibt es kostenloses Wi-Fi – ich gehe da hinten bei den Steckdosen ins Netz.« Midnight zeigte auf die Gastronomieabteilung, nahm Tana grinsend das Handy ab und richtete die Kamera auf sie. Unten in der Ecke blitzte es. »Wir treffen uns wieder, wenn ihr mit allem fertig seid, was immer ihr vorhabt. Das ging doch, oder? Du musstest nichts sagen.«

Tana hatte das sichere Gefühl, ganz schrecklich auszusehen, aber ein mieses Onlinefoto war ihr geringstes Problem. Sie fror, war total erschöpft und den Tränen nahe. Sie roch Midnights Blut, seinen metallischen Duft, und überlegte, ob das bedeutete, dass sie infiziert war. Vielleicht hatte es aber auch nichts zu bedeuten. Vielleicht sollte sie sich einfach keine Sorgen machen.

»Nein, geht schon.« Tana betrachtete eine Auslage mit Logo-T-Shirts. »Ich kauf mir eine Dusche.«

Zum ersten Mal, seit Aidan seine Schwester angefallen hatte, lächelte Winter ihr verhalten freundlich zu. »Gute Idee. Wer weiß, wie viel fließend heißes Wasser wir drinnen bekommen.«

Tana wollte eigentlich sagen, dass sie noch gar nicht wusste, ob sie auch nach Coldtown wollte, aber sie zögerte zu lange und kam sich blöd vor. Stattdessen winkte sie ungelenk zum Abschied.

Der Souvenir-Shop war kitschig und präsentierte vor allem Schnapsgläser, Autosticker und T-Shirts – zum Beispiel für Babys mit dem Aufdruck LEICHENKÖDER oder weite schwarze Schlafshirts mit tropfenden Buchstaben: DURCHMACHEN IN DER ALLERLETZTEN RASTSTÄTTE, ICH BEISSE BEIM ERSTEN DATE, TÖDLICHSTE GENERATION, NICHTS IST DAS NEUE ALLES und ICH TRINKE MEINEN KAFFEE MIT DEINEM BLUT. Es gab Spiegel mit Cartoons, in denen Blut aus zwei Bisswunden rann, die mit Siebdruck aufgebracht worden waren, damit es aussah, als wäre man gebissen worden, wenn man in den Spiegel schaute. Außerdem wurden Halsketten mit dem Wort *Kalt* in schnörkeliger Schreibschrift angeboten.

Als Tana zur Kasse ging, bezahlte eine ältere Dame mit kurzem grauem Haar ein Päckchen mit Wasseraufbereitungstabletten und Lebensmitteldosen. Die Dame trug ein schwarzes Kostüm à la Chanel und stützte sich auf einen Stock mit goldener Spitze, der von oben bis unten mit Perlmuttrosen verziert war. Mit ihrem krummen Rücken wirkte sie wie ein buckeliger Geier.

»Was?«, beschwerte sie sich bei dem Kassierer. Ihr Blick aus den wässrigen blauen Augen war klar. »Glauben Sie, Sterben ist nur was für Junge?«

Tana wartete die Antwort nicht ab.

Im nächsten Geschäft, der Boutique, sah sie sich spitzenverzierte Satingewänder an, die mit Namen wie Zerstörte

Unschuld, Zerfetzte Blüte und Angeschnittener Sündenapfel versehen waren. Tana fand ein hübsches blaues Kleid, das ihr gefiel und wahrscheinlich auch gepasst hätte, mit hundertzwölf Dollar aber viel zu teuer war. Tana hatte nur die vierzig Dollar, die ihr an der Tankstelle geblieben waren. Die Tüte mit den Scheinen und Quittungen hatte sie dort gelassen, wo sie hingefallen war, neben ihrem Auto. Hoffentlich war sie noch da. Wenn sie sich irgendwo verkriechen und mindestens die nächsten vierzig Stunden abwarten wollte, ob sie sich nun angesteckt hatte, würde sie mehr Geld brauchen, egal, woher es kam. Und wenn sie mit den anderen nach Coldtown ging, stellte sich die Geldfrage noch dringender.

Zum Glück fand sie im hinteren Teil einen Ständer mit heruntergesetzten Sachen. Sie entschied sich für ein graues Trägerkleid im Knitterlook, das ihr eine Nummer zu groß war, aber nur fünfundzwanzig Dollar kostete. Dazu nahm sie den billigsten Slip – rot mit alberner schwarzer Spitze und einer dämlichen Schleife – für weitere zehn Dollar.

Der gelangweilte Kassierer mit den großen silbernen Ohrsteckern und einem Schlangentattoo, das sich wie eine Schlinge um den Hals wand, scannte die Sachen und nahm voller Verachtung ihr Geld.

Tana wusste, dass sie in dem Trägerkleidchen gewollt schick und irgendwie ein bisschen nackt aussehen würde, doch sie war nicht in der Stimmung, einem Vampir in einem lächerlichen Nachthemd gegenüberzutreten. Und die Sachen, die sie trug, wollte sie nur noch verbrennen.

Mit ihrer schwarzen Hochglanztüte, in der ihre Einkäufe, in violettes Seidenpapier gewickelt, lagen, ging sie zu den

Duschen. Dort bezahlte sie einen Dollar für eine Viertelstunde in einer Einzelkabine sowie drei Dollar für Duschgel, Shampoo, ein kleines Zahnputzset und ein Handtuch, das kaum größer als ein Waschlappen war und zurückgegeben werden musste.

Im Gang vor den Kabinen, wo Frauen und Mädchen auf Bänken saßen, ihre Chucks schnürten und Deo auftrugen, hing ein Spiegel. Als Tana sich sah, blieb sie stehen und starrte ihr Spiegelbild an, als wäre dieses Mädchen eine andere, unbekannt und nicht zu erkennen. Ihr schwarzes Haar, in dem sich kleine Zweige und Blätter verfangen hatten, stand in alle Richtungen, die Haut um ihre Augen war dunkel, als hätte sie jemand geschlagen, wahrscheinlich weil sie zu wenig geschlafen hatte, aber auch von der verschmierten Mascara, die nicht einmal abging, als sie sich Wasser ins Gesicht spritzte. Im grellen Deckenlicht wirkten sogar ihre blauen Augen grau. Ihr ehemals weißes Kleid sah so schlimm aus, wie sie es sich vorgestellt hatte, braun am Saum, wo es das Root Beer aufgesaugt hatte, und mit dunklen Schlieren aus Blut und Dreck. Der Stoff war an mindestens zwei Stellen zerrissen und ihre hohen Stiefel waren mit Schmutz und Schlamm verschmiert.

Das Schlimmste aber war ihr Gesichtsausdruck. Sie versuchte ein Lächeln, doch das ging gründlich schief. In einer Zeitschrift hatte sie einmal alte Fahndungsfotos gesehen und erinnerte sich jetzt an eins, das sie sich lange angesehen hatte. Irgendetwas hatte mit dem Mädchen auf dem Foto nicht gestimmt. Jetzt entdeckte Tana diese Verstörung bei sich selbst.

Es ging ihr nicht gut. Ganz ehrlich, sie sah wirklich nicht aus wie jemand, dem es gut ging.

In der Duschkabine hängte Tana ihre Handtasche, das Handtuch und die Einkaufstüte an den Haken, der vom Duschkopf am weitesten entfernt war. Dann schnürte sie die Stiefel auf, band sie zusammen und hängte sie dazu. Nachdem sie das Babydollkleid ihrer Mutter, ihren BH und ihren Slip ausgezogen hatte, warf sie alles in eine Ecke. Ihre Muskeln waren steif und verspannt, ihre Hände bei den alltäglichsten Bewegungen ungelenk.

Als das warme Wasser auf ihre Schultern prasselte, fühlte es sich so gut an, dass sie laut aufstöhnte.

Sie wusch ihre Haare zweimal und kämmte mit den Fingern auch die letzten Stöckchen heraus. Sie schrubbte ihre Haut mit den Fingernägeln, bis sie wund war – Hauptsache, sie wurde sauber. Nach einer Viertelstunde wurde das Wasser abgestellt und Tana lehnte sich an die Fliesen. Ihr Herz raste vor Entsetzen, obwohl es nichts mehr zu fürchten gab. Es war nur die Restangst.

Endlich war ihr nicht mehr so kalt, und sie verspürte auch kein Bedürfnis, die Frau in der Nachbarkabine anzufallen. Sie war erschöpft, nervös und kaputt, aber ansonsten fühlte sie sich so ziemlich wie immer. Es ging ihr gut.

Sie dachte an Aidan auf dem Parkplatz, an Gavriels bloßen Arm. Wenn Aidan genug von Gavriels Blut trank, ging es ihm vielleicht eine Zeit lang besser. Doch es war mühsam erkaufte Zeit.

Es war fast sieben Stunden her, dass die Vampirzähne ihr Bein aufgekratzt hatten. Zu früh, um sich in Sicherheit zu wiegen, doch sie gab die Hoffnung nicht auf. Tana dachte an ihr Bett in ihrem Zimmer und stellte sich vor, dort zu liegen, mit der Katze zu ihren Füßen und Pearl, die im Nebenzimmer Hausaufgaben machte. Helles Licht würde durch die Fenster fallen, und ihr Handy würde klingeln, weil Pauline in den Billardsalon gehen wollte, wo ein süßer Typ arbeitete. In der Hoffnung, irgendwie an ihn heranzukommen, würden sie pausenlos Darts spielen, so wie sie es den ganzen letzten Sommer getan hatten. Und als Pauline und der Typ endlich zusammengekommen waren, hatten sie sich eines Abends mit Aidan hineingeschlichen und alle möglichen Sachen auf die Scheibe geworfen – erst Küchenmesser, dann Gabeln und sogar die Scherben eines Glases, das jemand fallen gelassen hatte.

Das war ein sehr unwirklicher Abend gewesen, aber dieser toppte ihn locker.

Kurz darauf trocknete sie sich so gut wie möglich mit dem winzigen Handtuch ab und zog die neuen Sachen an. Die alten steckte sie in die Einkaufstüte. Ohne BH konnte man durch den dünnen Stoff des Trägerkleides ihre Brustwarzen ahnen, aber auch wenn sie noch so nackt aussah, schaffte sie es einfach nicht, irgendein Teil wieder anzuziehen, das sie in den vergangenen dreißig Stunden getragen hatte.

Als sie in ihrer Handtasche einen Kamm und vielleicht einen Lippenstift suchte – irgendwas, damit sie weniger krank aussah –, merkte sie, dass ihr Handy blinkte. Sie hatte sechs neue Nachrichten. Offenbar hatte sie es auf der Party stumm gestellt und vergessen, es wieder laut zu stellen.

Tana ging in die Ankleide, steckte das Handy zurück in die Tasche und griff zum Kamm. Ihr welliges Haar würde bald wieder unordentlich sein, doch jetzt sah sie wenigstens nicht mehr so verwahrlost aus. Vielleicht würde sie sich nach irgendwelchen alchemistischen Gesetzen insgesamt weniger schäbig fühlen. Sie putzte sich so lange die Zähne, bis das Zahnfleisch blutete.

Dann hörte sie die Mailbox ab.

Die erste Nachricht war ein Anschiss von ihrem Vater, warum sie bis morgens nicht nach Hause gekommen war. Die nächste war auch von ihm, er wollte wissen, wo sie war, die Polizei hätte angerufen. Dann kam eine Nachricht von Pearl, die sich mit der typischen Arroganz einer Zwölfjährigen beklagte, Dad würde sich Sorgen machen und *sie* wäre natürlich sicher, dass es Tana gut ginge, aber sie sollte doch *bitte* anrufen, weil es voll *nervte*, ihm zuzuhören. Der vierte Anrufer war ein Polizist, der seine Telefonnummer hinterlassen hatte und sagte, er wüsste, dass sie den Abend auf einer Party verbracht hatte, worüber er mit ihr reden müsste. Dann wieder ihre Schwester, sie sollte bitte, bitte, bitte anrufen; diesmal mit Angst in der Stimme.

Die letzte Nachricht war von ihrem Vater.

»Die Polizei war hier«, sagte er. »Sie haben berichtet, was auf der Party geschehen ist und dass nur drei Teenager, aller Wahrscheinlichkeit nach du und zwei andere, fliehen konnten. Da du nicht nach Hause gekommen bist und keinen Kontakt zu uns aufgenommen hast, vermute ich, dass du infiziert bist.« Dann kam eine lange Pause. »Danke, dass du Abstand hältst, Tana. Das ist sehr verantwortungsbewusst, und ich hoffe, egal was passiert, dass du uns – vor allem Pearl – die Erinnerung an dich lässt und uns verschonst. Wir lieben dich, mein Schatz, und wir werden dich vermissen, aber komm nicht nach Hause. Komm nie wieder nach Hause.«

Einen kurzen Moment lang war sie in Versuchung, ihre Familie anzurufen und sie zu beruhigen, dass es ihr gut ginge, oder etwas Böses zu ihrem Vater zu sagen, weil er ihr so eine Message zugemutet hatte, oder zumindest Pearl eine Nachricht zu schreiben.

Lass uns die Erinnerung an dich.

Tana löschte die Nachrichten und steckte das Handy in die Handtasche.

Sie hatte sich entschieden. Sie fuhr mit nach Coldtown.

Nachdem sie die Stiefel im Waschbecken gesäubert und angezogen hatte, bereute sie es, weil sie sie am liebsten nie wieder angefasst hätte. Doch sie hatte kein Geld für neue Schuhe. Die Stiefel waren noch feucht, würden aber sicher bald trocknen.

Mit dem letzten Dollarschein und dem restlichen Kleingeld kaufte sie sich ein Stück Pizza und setzte sich zum Essen auf einen Stuhl im Gastronomiebereich. Die Pizza war pappig und schmeckte nach Sägemehl. Ein paar Tische entfernt rangelten ein paar gut gelaunte Jungs in Baggyjeans miteinander.

»Wir sollten uns ein Beispiel an anderen Ländern nehmen, und die Leichen in den Himmel schießen«, sagte einer und glotzte lüstern zwei Mädchen mit lila Pferdeschwänzen und schwarzem Lippenstift nach. »Und alle Coldtowns in die Luft jagen.«

Eins der beiden Mädchen drehte sich um und zeigte ihm beide Mittelfinger. »Du Blödmann willst was gegen Vampire tun? Zieh nach Europa. Bei denen ist es die Infektionsrate, die explodiert.«

»Mach ich vielleicht auch. Dann habe ich meine eigene

Show – *Schlachter Slade* – und bringe jeden Vampir um, der mir über den Weg läuft. Wie wär das?«

»Wie wär's mit *Slade Stirbt?*«, rief das Mädchen. »Die Show würde ich mir ansehen.«

Die anderen Jungen an seinem Tisch lachten.

Tana stand auf und warf den fettigen Pappteller in den Müll. Dann ging sie zu Winter und Midnight, die an den Steckdosen saßen. Midnight beugte sich über ihren Laptop, an ihrem Hals hingen Ohrstöpsel. Winter hob den Kopf, als Tana kam, und blinzelte mehrmals. Dann nahm er den Kopfhörer ab, der seine blaue Frisur heruntergedrückt hatte. Sie merkte jetzt erst, dass auf dem T-Shirt, das er unter seiner schwarzen Jacke trug, in kleinen weißen Buchstaben KÄLTER ALS DU stand.

Sie schnaubte.

»Wow«, sagte er. »Du siehst viel besser aus.«

»Danke.« Tana verzog das Gesicht. »Wollt ihr immer noch mitfahren? Ich könnte es gut verstehen, wenn ihr einen Rückzieher macht.«

Winter berührte Midnights Arm, damit sie aufblickte. »Wir sollten noch mal drüber reden. Ich würde sagen …«

»Wir wollen mitfahren«, sagte Midnight in einem Tonfall, der ihren Bruder warnte, ihr zu widersprechen.

Er ließ es sein.

Zwölftes Kapitel

Preise niemanden vor
seinem Tode glücklich.
– Aischylos

Vampire waren immer viel schöner als die Lebenden.

Ihre Haut war makellos, glatt wie Marmor und ohne Poren. Je älter sie wurden, umso heller strahlten ihre unnatürlich roten Augen wie Mohnblumen, und ihr Haar schimmerte wie Seide. Man könnte meinen, dass der Dämon, von dem sie besessen waren, die Kraft, die ihre Leichen aus den Gräbern holte – was immer es war –, sie in der Glut der Macht geschliffen und ihre Menschlichkeit verbrannt hatte, um etwas unendlich Feineres zu enthüllen. Caspar Morales hatte Prometheus das Feuer gestohlen, seine Kinder verschenkten es.

Sie boten einen absurd attraktiven Anblick und leuchteten im Fernsehen wie gefallene Engel. Das war von Anfang an ein Problem. Die Menschen liebten hübsche Dinge. Die Menschen liebten Schönes auch dann noch, wenn es sie töten und fressen wollte.

Nachdem die erste Ansteckungswelle eingesetzt hatte und die ersten Mauern um die betroffenen Gebiete errichtet worden waren – die harten Gegenden, in denen nur gewisse Wesen eingesperrt waren –, kamen die Sender mit der Berichterstattung kaum noch nach. Die ganze Zeit kletterten Reporter durch das Geröll und filmten unter Lebensgefahr.

Nicht nur Presse und Fernsehen waren betroffen. Auch auf Flickr, Tumblr und Instagram wimmelte es von Bildern mit Blut und Zähnen. Am Anfang hatte ein Amateur-Videofilmer Material hochgeladen, das langbeinige Vampirmädchen zeigte, die einen geschockt wirkenden Mann mittleren Alters aussaugten. Binnen weniger Stunden hatte das Video Tausende von Klicks. Die Klatschspalten brachten lange Beiträge über Vampire, die als Promis gehandelt wurden und umso interessanter waren, je mehr Menschen sie auf dem Gewissen hatten.

Vampire waren Märchen und Magie. Sie waren der Wolf im finsteren Wald, der zum Haus der Großmutter vorauslief, der Big Boss im Videospiel, den man ohne Schuldgefühle jagen konnte, das Ungeheuer, das einen in sein Bett locken wollte, das ewige Monster, in das man sich verwandeln konnte. Der schöne Tod, *la belle mort*. Und wenn sie weniger liebenswert erschienen, nachdem sie sich an einer Orgie des Todes gelabt hatten, wenn sie aufgebläht, violett und grausig waren, verbargen sie es gut.

Alle hatten Angst zu sterben und Vampire entrannen dem Tod. Die Versuchung war groß, sich zu wünschen, einer zu werden, auch wenn nicht alle den Mut aufbrachten, es zu versuchen.

Doch alle wollten einen sehen, und wenn es aus der Ferne war.

Und niemand wollte wirklich, dass sie verschwanden.

In den Vereinigten Staaten gab es sieben gefährdete Gebiete, sieben Städte, von Caspar Morales geküsst, sieben Orte, die im Dunkel versunken waren. Sechs davon wurden zu Coldtowns erklärt und fünf von diesen sechs waren noch in Betrieb. Außer aus San Francisco wurde von überallher live gesendet, und viele dieser Feeds wurden von Unternehmen gesponsert und brachten Gewinn. Mittels dieser Sendungen – Realityshows über Vampirjäger (von denen die meisten guten Umsatz machten) und Realityshows über echte Vampire (beliebt war zum Beispiel ein Mitschnitt des Live-Feeds aus Lucien Moreaus Salon in Coldtown) – betrieb die Regierung der USA eine merkwürdige Entspannungspolitik gegenüber den Vampiren.

Die Coldtowns waren nichts anderes als Gefängnisse, die von den Insassen regiert wurden. In ihren Grenzen waren Vampire frei. Doch jeder Vampir, der außerhalb des Schutzes ihrer Mauern herumlief, ob er sich versteckte, noch ganz frisch war oder Massaker beging, galt als Freiwild für Jäger und die Armee.

Wenn Stimmen laut wurden, die das System kritisierten und beklagten, dass die Infektion sich weiter ausbreitete und dass die Romantisierung der Toten das Problem verschlimmerte, wurde sofort darauf hingewiesen, wie schlecht es um alle anderen Länder stand – und wie viel Geld damit verdient wurde, dass man die Dinge laufen ließ.

Dreizehntes Kapitel

Das wär eine wunderschöne Leich!
– Charles Dickens

Als Tana auf den Parkplatz zurückkehrte, saß Aidan auf der Rückbank an der offenen Tür und ließ die Beine baumeln. Gavriel hatte einen Arm aufs Autodach gelegt und beugte sich über ihn. Er redete leise auf ihn ein. Als er sie sah, schwieg er. Der Wind wehte ihm die Haare, die wie zerzauste Krähenfedern aussahen, aus der Stirn.

»Hey«, sagte Tana.

Aidan sah ein bisschen besser aus, seine Wangen waren sogar rosa angehaucht. Gavriel hatte sich irgendwie schwere schwarze Motorradstiefel besorgt. Sie wusste nicht mehr, ob er sie getragen hatte, als sie an der Allerletzten Raststätte aufgewacht war, doch an der Tankstelle hatte er sie mit Sicherheit nicht angehabt. Sie konnte sich gut an seine nackten Füße und die kaputte Flasche erinnern, die er gar nicht beachtet hatte.

Was hatte er getan, um an diese Stiefel zu kommen?

Bitte, dachte sie. *Schluss für heute, bitte. Keine Gräueltaten mehr.*

»Die Tore von Coldtown sind so nah wie mein eigener

Schatten«, sagte Gavriel. Mit seinen rotweinfarbenen Augen musterte er ihr neues Kleid und ihr gekämmtes Haar, als wollte er sie so im Gedächtnis behalten. Sein Blick machte ihr bewusst, dass sie nur einen Slip darunter trug. Sie zog verlegen am Saum. »Wenn wir ankommen, könnt ihr mich den Wachposten übergeben. Angeblich gibt es eine Belohnung für Vampire.«

Tana fiel ein, was Aidan an der Tankstelle gesagt hatte, und warf ihm einen Blick zu. »Hat das zufällig jemand erwähnt?«

In diesem Moment tauchte Midnight hinter Tana auf und sah konzentriert von Gavriel zu Aidan. »Alles klar mit ihm?« Sie strich die blauen Haare hinter die Ohren.

»Bald«, sagte Gavriel. »Aus alter Haut wird ein neues Wesen entstehen.«

Aidan neigte den Kopf und sah Midnight an. »Tut mir leid … was ich eben gemacht hab. Ich hoffe, wir können trotzdem zusammen nach Coldtown fahren.«

Tana hätte ihn gern angefeuert, noch nicht aufzugeben, doch es würde ihm immer schwerer fallen, der Versuchung des Blutes zu widerstehen. Er war einfach nur realistisch, und wieso sollte ausgerechnet sie ihn bitten, die Unsterblichkeit in den Wind zu schlagen?

Midnight schenkte ihm ein zittriges Lächeln, aber Winter, der hinter ihr stand, sah ihn wütend an. Er hatte zwei vollgestopfte schwarze Müllbeutel über die Schulter gelegt und einen schäbigen Koffer in der anderen Hand.

Seit Tana ihre Mailbox abgehört hatte, befand sie sich in einem Zustand benommener Ruhe, den sie nicht hinterfragen wollte, da sie vermutete, dass er vor allem auf Adrenalin und idiotischen Ideen beruhte. Sie sehnte sich danach, miese Entscheidungen zu treffen und all ihre Gedanken im tosenden Lärm dessen zu ertränken, was sie *tat*. Sie wünschte, dieses Gefühl nicht bereits genau zu kennen, diese Sehnsucht, den Drang, aufs Gaspedal zu treten, wenn sie bremsen sollte.

Hoffentlich war es keine dieser vertrauten Anwandlungen.

Doch es war unvorstellbar, ihren Vater durch die Haustür anzuflehen, sie hereinzulassen, unvorstellbar, beweisen zu wollen, dass sie sich nicht angesteckt hatte – selbst wenn das wirklich dabei herauskäme. Außerdem wollte sie es Pearl nicht antun.

Manchmal hatte sie das Gefühl, ihr ganzes Leben wäre bereits von diesem dunklen Keller aufgesaugt worden, als wäre der Mund ihrer Mutter auf Tanas Arm das Letzte in ihrem Leben, das sich *wahr* angefühlt hatte. Davor und danach kamen nur Prolog und Epilog. Eine Gnadenfrist, in der sie tun könnte, als wäre alles normal, in der sie noch nicht von dem Biss gezeichnet war, als jemand, der von der Dunkelheit berührt, für die Dunkelheit bestimmt war – ein Mädchen, das mit einem Fuß im Grab stand.

»Man kann auf das Geld verzichten und stattdessen einen Chip nehmen«, sagte Tana, die nun endlich begann, einen Plan für eine eigene Zukunft zu schmieden, aus der sie heil herauskommen, eine Zukunft, in der sie überleben würde. »Mit einem Chip wird man aus der Coldtown entlassen. So einen können wir für dich bekommen. *Ich* könnte einen bekommen, wenn Gavriel es zulässt, dass ich ihn einliefere.«

Sie hatte Bilder gesehen. Die Chips waren Scheiben aus Silber oder Eisen, in der Mitte um ein kleines Loch goldverziert, mit Symbolen am Rand – und, wie sie vermutete, einem versteckten Computerchip. Eine reiche Erbin war einmal nach Coldtown ausgerissen, und in der Hoffnung, sie wieder herauszulocken, hatten die Eltern einen Kopfgeldjäger nach dem anderen engagiert, um Chips für sie zu tauschen. Sie machte eine Kette daraus, die sie allabendlich auf dem Ewigen Ball trug, bis ein Bandenmitglied ihr die Kehle durchschnitt und die Kette meistbietend versteigerte.

Wenn Tana jetzt mit Gavriel und Aidan durch die Tore ging, hätte sie die Möglichkeit, wieder freizukommen. Falls sie stattdessen Kalt und geschnappt wurde, würde man sie in eine Coldtown stecken, aus der sie dann nicht mehr herauskäme.

Allmählich ergab ihr nihilistischer Plan einen Sinn.

»Tana«, sagte Gavriel, »tu das nicht …«

»Doch, Tana, komm mit«, sagte Aidan und schnitt ihm das Wort ab. Sein Grinsen deutete an, dass er einerseits nicht auf sie verzichten konnte und ihr andererseits einen Gefallen tat, indem er endlich vorschlug, wonach sie sich seiner Meinung nach heimlich sehnte. »Stell dir vor, wie lustig das wäre. Midnight führt uns rum und zeigt uns alles, nicht wahr? Du bist doch nicht mehr böse, oder?«

»Weiß nicht. Es tut total weh«, sagte Midnight lässig mit einem leicht ironischen Lächeln. Doch sie warf einen langen, gierigen Blick auf Aidan und Gavriel. Man konnte förmlich sehen, dass sie sich mit jeder Faser danach sehnte, so zu sein wie sie. Verwandelt oder in Verwandlung.

»Das hätte ich wirklich nicht tun dürfen«, sagte Aidan mit genau dem gleichen Blick maßlosen Verlangens.

»Ihr wisst, was wir von euch wollen«, sagte Midnight einschmeichelnd. »Wir haben euch nicht verraten. Das heißt, wir haben uns den Lift verdient. Euer Freund hat bestimmt Hunger, und wenn er möchte, kann er gerne …«

Bevor sie Luft holen konnte, hatte Gavriel ihr Kinn gepackt – schnell und tödlich wie ein Hai, der aus der Tiefe schoss. »Wenn ich mich nicht irre, habt ihr es *überall* herumposaunt. Ich habe das Handy gesehen, glaubst du, ich wüsste nicht, was man damit machen kann? Ich sollte euch beide aussaugen und eure Leichen als Warnung für alle, die den Tod suchen, als wäre er ein geheimer Schatz, hier liegen lassen.«

Midnight war das Blut ins Gesicht gestiegen, ihre Augen strahlten. Sie nahm die Worte gar nicht wahr und sah nur seinen böse verzogenen Mund. Tana machte unwillkürlich einen Schritt auf die beiden zu, wider Willen angezogen von derselben Vision.

»Lass sie los«, sagte Winter. Er zog an Gavriels Schulter, doch der Vampirjunge rührte sich nicht vom Fleck.

»Sollen wir Aidan vielleicht zeigen, Midnight und ich, wie man richtig saugt, wie echtes Blut schmeckt?« Er säuselte Midnight diese Worte wie ein Liebhaber ins Ohr. Als sie schwankte, hob er den Arm und stützte sie. Daraufhin wirkte sie plötzlich nervös, instinktiv am Rand einer Panikattacke. »Ich höre, wie dein Herz schlägt, wie ein verletztes Tier, das sich gegen die Wände seines Käfigs wirft. Hübsches Lied.«

Tana fiel wieder ein, was Gavriel im Auto gesagt hatte. *Es gibt einen Irrsinn, der uns erfasst … einen Irrsinn, der nur durch Saugen geheilt werden kann.* Gavriel hatte Aidan Blut gespendet – jedenfalls hatte es so ausgesehen, als er sie fortgeschickt hatte. Warum sollte es Aidan auch sonst so viel besser gehen? Er musste seine Gier teilweise befriedigt haben.

Doch das bedeutete, dass Gavriel sehr hungrig sein musste.

»Für so was haben wir keine Zeit«, sagte Tana, verzweifelt um Vernunft bemüht, obwohl das Ganze an ihren Nerven zerrte. »Gavriel. Wir müssen vor Sonnenaufgang am Tor sein. Wahrscheinlich müssen wir noch Formulare ausfüllen oder Schlange stehen. Wir können es uns nicht leisten, noch lange hier zu trödeln.«

Keine Reaktion. Gavriel betrachtete Midnights Hals.

»Wir können es uns definitiv nicht leisten, hier jemanden zu töten«, sagte Tana lauter und fasste seinen Arm. Es hatte früher auch funktioniert, wenn sie ruhig blieb und vorgab, alles wäre normal. »Wir müssen fahren, Gavriel. Hör auf, uns Angst zu machen.«

Jetzt sah er sie an und lächelte wieder, während er Midnight in seinem Arm herumwirbelte, als würden sie tanzen. Winter bekam sie zu fassen und hielt sie fest.

»Ich halte es noch aus«, sagte Gavriel. »Noch ein bisschen.«

»Den Autoschlüssel«, sagte Tana und streckte ihre zitternde Hand aus. Er suchte in seinen Hosentaschen – was für eine unglaublich profane Geste – und ließ den Schlüssel feierlich in ihre Hand fallen. Tana hob die Tüte mit Bargeld und Schmuck auf, die immer noch neben dem Auto lag, und steckte sie in ihre Handtasche.

»Ich werde dir nicht immer gehorchen«, sagte er leise. »Irgendwann wirst du mich um etwas bitten, das ich dir nicht gewähren kann.«

Sie wollte sich gerade entspannen, doch diese Worte ließen sie erneut im Innersten erschauern. Sie ging zur Fahrerseite, schloss kurz die Augen und holte tief Luft, um sich wieder in den Griff zu bekommen. Dann stieg sie ein und knallte die Tür zu. Sie war super sauer, weil sie schon wieder am ganzen Körper zitterte.

»Was haben diese Vampire nur?«, grummelte Aidan, als er um den Wagen herumging. »Sie wollen immer nur Leute beißen, die gar nicht gebissen werden wollen.«

Midnight schniefte. »Mich wollte er sehr wohl beißen.«

»Hat er aber nicht«, entgegnete Aidan und stieg hinten ein.

»Midnight.« Winter drückte den Arm seiner Schwester. Seine Stimme hallte über den Parkplatz. »Wir müssen nicht mitfahren.«

Sie sah ihn kühl an. »Keine Geburtstage mehr.«

Nachdem Tana den Motor gestartet hatte, lauschte sie dem tröstenden Brummen und atmete den schwachen Hauch von verbranntem Kunststoff ein, der aus der Autoheizung strömte. Die Uhr am Armaturenbrett zeigte kurz nach zwei Uhr morgens an. Gavriel stieg auf der Beifahrerseite ein und Winter und Midnight setzten sich hinten neben Aidan. Winter stieg absichtlich vor Midnight ein, um in der Mitte den Anstandswauwau zu geben, als wäre es Aidan nicht völlig egal, wen er anfiel, wenn die Infektion durchbrach. Abgesehen davon, dass Aidan auch für Jungen viel übrig hatte.

Selbst ohne Landkarte war es leicht, Coldtown zu finden. Tana musste nur den zahlreichen Warnschildern folgen. ZUGANGSBESCHRÄNKUNG 15 MEILEN, stand auf dem ersten, das sie auf eine leere vierspurige Straße mit Schlaglöchern dirigierte, die an verlassenen Industriegebieten und großen Schotterplätzen mit ausgebrannten Autowracks, Gestrüpp und viel Schatten vorbeiführte.

Die ursprünglichen Barrikaden hatten ungefähr ein Drittel der Stadt eingeschlossen, doch zu dem Zeitpunkt, als die hohen Tore gebaut wurden, stand bereits über die Hälfte des Stadtgebiets unter Quarantäne. Als die Mauern der Coldtowns hochgezogen wurden, saßen dort noch viele normale Menschen in der Falle. Diejenigen, die entkommen konnten, zogen möglichst weit weg. In allen Häusern, an denen sie vorbeifuhren, war es stockdunkel.

Nach mehreren Meilen sagte Gavriel plötzlich: »Ihr müsst mich fesseln.«

Tana sah ihn erschrocken an und riss versehentlich das Steuer herum. Der Wagen fuhr Schlangenlinien.

Der Vampir grinste schief und zeigte einen spitzen Reißzahn. »Noch ungefähr eine Meile, dann kommt ein Kontrollpunkt. Wenn ich euer Gefangener sein soll, muss es auch so aussehen. Sonst werden sie höllisch nervös.«

»Ein Kontrollpunkt?« Aidan beugte sich vor. »Bullen oder was?«

»Vom Heimatschutz«, erklärte Winter. »Manchmal auch die Nationalgarde. Er hat recht. Das haben die Blogger auch gepostet. Man wird nur gefragt, was man hier will. Wahrscheinlich wollen sie uns vormachen, wir dürften nicht rein. Aber sie können uns nicht davon abhalten, die tun nur so.«

Midnight hob den Blick von ihrem Handy. »Für die Wachposten sind alle, die drinnen leben wollen, der letzte Dreck.« Ihr Tonfall war scharf.

»Wir nicht, weil wir ihn dabeihaben. Die werden uns für harte Kopfgeldjäger halten«, sagte Aidan.

Tana fuhr seufzend auf den Seitenstreifen. Hinter einem

Waldstück und einem kleinen Hügel entdeckte sie in der Ferne einen McDonald's. Die Fenster waren eingeschlagen und die Wände mit Grafitti beschmiert.

Midnight beugte sich zu Gavriel vor. »Woher wusstest du das mit dem Kontrollpunkt?«, fragte sie leise.

»Recherche«, antwortete er, bevor er sich an Tana wandte. »Wenn wir angekommen sind, musst du nach Hause fahren. Der Tod hat dich zweimal verschont, Tana. Ein drittes Mal solltest du nicht riskieren.«

»Nein, sie *muss* mitkommen«, widersprach Aidan und drängte sich in die Lücke zwischen den beiden Vordersitzen. »Du kommst doch mit, oder, Tana? Du kannst mich bei diesem Abenteuer nicht allein lassen!«

»Jenseits der Tore hat sie nichts zu gewinnen«, sagte Gavriel. »Willst du sie als Talisman mitschleppen, als Mahnung an deine Menschlichkeit? Oder glaubst du, zu zweit wäre deine Verdammnis leichter zu ertragen?«

»Ich habe das Gefühl, du magst sie«, neckte Midnight ihn. »Vielleicht kannst du es mit ihrer Hilfe leichter ertragen.«

Gavriels Blick ließ vermuten, dass er gleich nach hinten kommen und ihr das Genick brechen würde. Dann legte er den Kopf in den Nacken und brach in wildes, unheimliches Gelächter aus. »Kluges Mädchen. Du spielst mit dem Feuer, weil du dich verbrennen willst.«

»*Midnight*«, sagte Winter mit zusammengebissenen Zähnen.

Tana stieg aus und knallte die Tür zu. Der Kofferraum stand schon halb offen; seit Gavriel ihn verbogen hatte, als er ihn an der Tankstelle aufgetreten hatte, ging er nicht mehr zu.

Sie suchte unter den Müllsäcken mit Midnights und Winters Sachen nach den Ketten und versuchte, ruhiger zu atmen.

Als sie plötzlich Gavriels kalte Finger auf ihrem Arm spürte, schnappte sie überrumpelt nach Luft, riss sich los und taumelte rückwärts. Sie hatte nicht einmal gehört, dass er ausgestiegen war.

»Ich wollte nicht …« Er brach ab und fing noch mal von vorn an. Jetzt klang er seltsam förmlich. »Tana, ich kann das nicht besonders gut – ich bin schon lange aus der Übung, meine Gedanken zu sortieren, und meine ungeschickte Zunge ist sicherlich damit überfordert, dich zu überzeugen.« Er hob die Hand an ihr Haar, so sacht, dass sie gar nicht sicher war, ob seine Finger sie überhaupt gestreift hatten. »Du bist mutig, und du bist ein guter Mensch, das sieht ja jeder – du hast es sogar gewagt, einen Unglücklichen wie mich zu retten, nur weil ich der Rettung bedurfte. Du hast auf alles richtig reagiert, was die Nacht dir in den Weg gelegt hat. Doch jetzt ist es mit Sicherheit genug. Ich weiß nicht, was dich antreibt – bitte, bitte lass es nicht länger zu.«

»Du glaubst, ich will sterben«, sagte Tana. »Das stimmt nicht. Darum geht es nicht.«

Er schüttelte den Kopf. »Ich will nur sagen: Komm nicht mit nach Coldtown. Kann sein, dass du Aidan liebst und glaubst, dass du ihn retten kannst …«

Tana blickte nicht mehr ganz durch. Dann fiel ihr wieder ein, dass Aidan den Arm um sie gelegt und sie Midnight und Winter als seine Freundin vorgestellt hatte. »Oh nein, so ist das gar nicht. Aidan ist nicht mein *Freund*. Das hat er behauptet, ich weiß, aber …«

Gavriel kniff die Augen zusammen, doch aus seiner Miene wurde sie nicht schlau.

»Früher, ja«, fuhr sie stammelnd fort, »er hat das nur gesagt, weil, weil er eben so ist.« Tana warf einen schnellen Blick auf die Rückbank des Wagens, wo Aidan sich mit Midnight unterhielt. Winter saß nach vorn gebeugt dazwischen und schob eine Zigarette in eine lange, angeberische Spitze. Tana seufzte wieder. »Er hat sich nichts dabei gedacht. Für ihn ist das Wort *Freundin* wahrscheinlich eine Art Ehrentitel, so wie ehemalige Präsidenten immer noch mit ›Präsident Soundso‹ angeredet werden, egal, wer gerade im Amt ist.«

Gavriel wollte noch etwas sagen, doch Tana hob abwehrend die Hand. Sie quatschte zu viel, dennoch wollte sie die Sache zu Ende bringen. »Moment. Im Farmhaus, als ich fast schon draußen war, hat mich einer von den …« *Ungeheuern,* sendete ihr Gehirn. »Einer von denen hat mich am Bein erwischt. Es ist nicht tief oder so, aber … aber es waren Zähne. Er wollte mich beißen. Er *hat* mich gebissen, ein bisschen jedenfalls.« Als sie es laut aussprach, wurde das alles wieder so real, und Tana fing schon wieder an zu zittern.

Gavriel warf ihr einen erschreckend leidenschaftlichen Blick zu, seine Augen glühten wie rote Kohlen. »Wo?«

Sie drehte sich ein bisschen, damit sie ihm ihre Wade zeigen konnte. Das Kleid reichte knapp bis zum untersten Ende der Kratzer.

Gavriel ging in die Hocke und drückte mit kalten Fingern auf die Haut oberhalb ihres Knies. Verblüfft sog sie die Luft ein. Dann schob er den Saum ein Stück nach oben und strich über ihr Bein, bis sie eine Gänsehaut bekam.

Sie verschränkte die Finger und drückte die Hände auf ihren Bauch, damit sie weniger zitterten, damit sie sich überhaupt nicht mehr bewegte. Tana hätte beinahe gelacht, ihre Nerven spielten verrückt. Es war so irre, von einem wie ihm so sanft berührt zu werden – von einem Wesen, das so hundertprozentig wie ein Junge aussah, der ihr Bein aus einem ganz anderen Grund hätte berühren wollen. »Jetzt verstehst du hoffentlich, dass ich keinen komischen Todeswunsch mit mir herumtrage oder eine blöde abenteuerlustige Touristin bin oder mir beim Sturz aus dem Fenster zu sehr den Kopf gestoßen habe.« Sie plapperte schon wieder dummes Zeug, aber sie konnte nicht mehr aufhören. Stattdessen dachte sie daran, dass sie seit Samstagabend ihre Beine nicht rasiert hatte, die jetzt bestimmt stoppelig waren. »Wenn die Polizei mich aufgreift, bringen sie mich zur Beobachtung weg. Und wenn sich herausstellt, dass ich mich angesteckt habe, schicken sie mich ohnehin in eine der fünf Coldtowns. Aber so kann ich den Chip einsacken und damit wieder rauskommen – falls ich doch nicht krank werde, oder auch wenn, jedenfalls könnte ich es irgendwie schaffen. Du verstehst, ich habe mir schon etwas dabei gedacht …«

»Die Bisswunde ist ganz klein«, sagte er und glitt wieder mit den Fingern über ihre Haut. »Und es ist nur eine – und der Kratzer von seinen Zähnen.«

»Tief?«, fragte sie.

Er ließ den Kleidersaum fallen und stemmte die Hände auf die Knie, als er zu ihr hochsah. Seine Haare fielen schwarz wie Krähenfedern über sein rechtes Auge. »Das kann ich so nicht sagen. Die Kruste schimmert bläulich.«

Einen Augenblick lang bekam sie keine Luft mehr. Blau bedeutete Gift. Blau bedeutete, dass sie, einem Familienfluch gleich, wie ihre Mutter enden würde – hungrig, krank und schreiend. Blau bedeutete, dass es wahrscheinlich zum Schlimmsten kommen würde.

»Tana, es kann auch gut ausgehen«, sagte er, doch sie glaubte ihm nicht. Er wollte nur nett sein.

Eine Autotür wurde geöffnet und Aidan lachte. »Was *macht* ihr da eigentlich? Ich meine, sie hat schöne Beine und so, aber ist jetzt wirklich der richtige Zeitpunkt?«

Gavriel richtete sich langsam auf. Tana war es peinlich, was die anderen denken könnten, und das Gift in ihrem Blut machte sie total fertig. Deshalb suchte sie geschäftig unter den Müllsäcken im Kofferraum nach den Ketten. Sie machte sich lautstark daran zu schaffen und vermied es, Aidan anzusehen. Als sie die Kettenglieder berührte, rieb sie versehentlich darüber und stellte fest, dass das Eisen mit wilden Rosenranken versetzt war.

Sie war zwar ein bisschen neben der Spur, aber auch sie wusste, dass Rosen bei Vampiren nicht sonderlich beliebt waren. Vielleicht würde sie bald selbst herausfinden, was an den tausend Gruselgeschichten dran war, die angeblich nie passiert waren.

»Hey«, rief sie nach vorne. Ihre Stimme klang schroffer als beabsichtigt. »Habt ihr ein Schloss dabei?«

Midnight glitt von der Rückbank. »Ich glaube, ja. Wir dachten, wir müssten vielleicht eine Unterkunft damit abschließen. Warte, ich sehe gleich nach.« Als sie zum Kofferraum kam, sah sie Tana forschend ins Gesicht. »Alles okay?«

Tana nickte und wischte sich mit dem Handrücken über die Wangen. Sie hatte die Tränen gar nicht bemerkt.

Midnight drehte den Kopf zu Aidan und Winter und wieder zurück zu Tana, als wollte sie in ihren Gesichtern lesen. »Wir können ihn fesseln«, sagte sie schließlich. »Wenn du möchtest. Dann musst du das nicht machen.«

»Nein«, sagte Tana und schleppte die Ketten zu Gavriel. »Ich komm schon klar.«

»Klar, klar, alle kommen klar«, sagte der Vampir mit einem irren Funkeln in den roten Augen und verschränkte die Arme über der Brust wie Bela Lugosi in alten Schwarz-Weiß-Filmen. »Glasklar.«

Anscheinend hatte es ihn viel gekostet, so vernünftig mit ihr zu reden. Wie hatte er es genannt? *Seine Gedanken zu sortieren.* Und wie viel trug diese Anstrengung jetzt zu neuem Wahnsinn bei? Bei der Vorstellung, wie er mit den Grenzbeamten reden würde, lief ihr ein Schauer über den Rücken.

Es ging über ihren Verstand, dass sie so werden könnte wie er. Er erschien ihr so fremd und unnahbar wie ein ferner Stern am Himmel.

Gavriel ließ es zu, dass Aidan und Tana ihn in Ketten legten, die Midnight mit Winters altem Fahrradschloss sicherte. Dann schlurfte er zur Beifahrertür und sank in einem Kokon aus silbernen Kettengliedern schwer auf den Sitz.

Als auch die anderen wieder einstiegen, rutschte Midnight in die Mitte der Rückbank, sodass sie neben Aidan saß. Winter warf ihr einen verärgerten Blick zu, wie Tana im Rückspiegel sah.

Sie fühlte sich merkwürdig, als sie auf die vierspurige Straße zurückfuhr. Sie konnte das Lenkrad kaum gerade halten. Seit sie *wusste,* dass die Bisswunde bläulich war, fühlte sie deutlich, dass die Haut an der verletzten Stelle geschwollen war. Sie spürte, wie sie Kalt wurde und Eisbrei durch ihre Adern rann.

Irgendwie war Tana auch erleichtert, dass das Unvermeidliche eingetreten war. Nun musste sie keine Angst mehr haben. Das, was in ihr passierte, kümmerte sich nicht darum, ob sie sich fürchtete.

Als sie um eine Kurve fuhr, kam der Kontrollpunkt in Sicht. Er bestand aus einigen Straßenkegeln und einem einzigen Polizeiauto mit Blaulicht.

»Sagt ihnen, dass ich wie ihr bin«, sagte Gavriel, als sie die Geschwindigkeit drosselte.

Aidan lachte. »Die können sehen, dass du nicht mehr wie wir bist.«

»Das meine ich nicht«, sagte Gavriel. »Sagt, dass ihr mich kennt. Dass ich zu euch gehöre, einer von euch bin. Von der Party. Das sollt ihr sagen.«

»Moment«, sagte Winter. »Wartet. Hat er gerade gesagt, dass er *nicht* auf dieser Party war? Habt ihr ihn am Straßenrand aufgelesen? Einen Tramper, der zufällig *Vampir* ist, oder was?«

Gavriel fixierte Winter. »Du kennst mich«, sagte er. Tana lief es eiskalt über den Rücken. »Du kennst mich seit der Raststätte, als ich mich umgedreht habe und das Licht auf mein Gesicht fiel.«

»Was meint er damit?«, fragte Midnight.

»Keine Ahnung«, antwortete Winter mit einem sonderbaren Unterton. »Nichts.«

»Wir nennen ihn Maynard McSmollet und behaupten, dass er aus dem übernächsten Ort kommt«, sagte Aidan mit einem Kichern. »Keiner kannte ihn so richtig, er rückte nicht mit der Sprache raus, wer er war, aber er hat sich auf die Party geschlichen, weil er voll auf Fassbier steht – oder doch lieber Roderick Spoon? Roddy. Der Roady. Früher war er in einer Band, als Keyboarder, aber er ist von ein paar Schulen geflogen, weil er rumgezündelt hat. Jep, das ist besser. Was meinst du, Gavriel?«

Doch dann hatten sie keine Zeit mehr zum Blödeln, weil sie angehalten wurden. Der Beamte drückte mit einer behandschuhten Hand eine schwere schwarze Taschenlampe ans Seitenfenster. Tana kurbelte mit pochendem Herzen die Scheibe herunter.

Der Wachposten war mittleren Alters, sein militärisch kurz geschorenes Haar grau meliert. Er trug eine andere Uniform als die normale Polizei, hatte tiefe Falten und verzog bei ihrem Anblick angewidert den Mund.

»Ihr Kids habt hier nichts zu suchen. Das ist nichts für Touristen. Los, wendet und ...« Der Posten leuchtete mit der Taschenlampe ins Wageninnere und erstarrte, als er Gavriels granatrote Augen in ihrem Schein entdeckte.

Gavriel grinste mit gefletschten Zähnen.

»Kapiert? Wir sind keine Touris«, sagte Winter von hinten.

Der Wachposten trat einen Schritt zurück. »Seid ihr wahnsinnig? Habt ihr den gefangen?«

»Er war ... er ist unser Freund.« Tana hoffte, dass sie überzeugend rüberkam. »Er hat sich gerade erst verwandelt. Wir bringen ihn zum Tor.«

»Ihr steigt mal besser alle aus«, sagte der Grenzposten, griff in seinen Gürtel und löste etwas – eine Waffe, dachte Tana, bis er ein Funkgerät an den Mund hielt. »Ich übernehme. Mein Gott, ihr habt ihm nicht mal einen Maulkorb verpasst.«

»Kein Problem, wir fahren ihn selbst hin.« Tana sah geradeaus auf die dunkle Straße. An Orten wie diesem geschahen böse Dinge. Sie sah Gavriel an, der die Kehle des Wachpostens nicht aus den Augen ließ.

»Komm, knebel mich«, sagte der Vampir honigsüß.

»Aussteigen«, befahl der Grenzbeamte. »Alle. Und zwar sofort. Los jetzt!«

Tana zuckte überrascht zusammen.

Wenn sie jetzt das Gas durchtrat, würde sie einen Kegel überfahren und das Polizeiauto streifen, aber sie würden durchkommen. Also holte sie tief Luft und machte sich bereit. Der Crown Vic war ein schweres Auto. Es beschleunigte nicht optimal, aber wenn es einmal fuhr, kam ihm nichts mehr in die Quere. Der Überraschungseffekt war auch nicht zu verachten. Möglicherweise schafften sie es bis ans Tor, bevor sie verhaftet wurden.

Doch bevor sie etwas tun konnte, beugte Winter sich vor. »Hey«, schrie er den Wachposten an. »Wir haben auch Rechte. Das Gesetz sieht vor, dass wir das Kopfgeld bekommen, wenn wir ihn einliefern. Wenn Sie glauben, Sie könnten uns einschüchtern, vergessen Sie's.«

Tana sah Winter erstaunt an.

»Mist«, sagte Aidan leise. »Glaubst du, der erschießt uns jetzt? Mir wäre es echt lieber, wenn er das nicht täte.«

»Die wollen deine Freunde sein, Mann?«, höhnte der Wachposten, steckte den Kopf durchs Fenster und sah Gavriel mit schmalen Augen an. »Weißt du, was sie mit dir vorhaben? Die wollen dich verscherbeln. Wir sehen nicht viele Leichen, die freiwillig reingehen.«

Tana bemerkte, dass Gavriels Finger arbeiteten und die Ketten verrutschten. Sie hatten ihn eher provisorisch gefesselt; gleich würde er einen Arm befreien können. Sie sah es schon vor sich, wie er den Polizisten packen, über ihren Schoß zerren und die Reißzähne in seiner Kehle versenken würde. Sie hatte das Szenario vor sich: den Schock, das Geschrei, das spritzende Blut, das dann über die Windschutzscheibe rann.

Vielleicht war sie doch bald Kalt, dachte sie, denn die Vorstellung schreckte sie nicht wirklich. Im Gegenteil, sie fantasierte kurz, wie es wäre, wenn *sie* die Hände um den Hals des Grenzbeamten schloss und mit den Zähnen seine Haut aufriss. Sie konnte ihn fast schon riechen, seinen nach kaltem Rauch stinkenden Atem, seinen scharfen Schweißgeruch und unterschwellig den einzigartigen Duft von Blut, der aus seinen Poren drang.

Doch dann zog der Mann den Kopf wieder ein und war außer Gefahr. Er drückte einen Knopf an seinem Funkgerät und sprach in das knisternde Mikrofon. »Hallo, ich habe hier einen Wagen mit Kids und 'ner Leiche. Sie behaupten, sie wollen das Kopfgeld. Jep, er scheint mitzuspielen. Ja, ja, ich weiß, wir sind von Irren umzingelt.«

Tana blinzelte sich aus ihrer Fantasiewelt und begriff, dass sie durchgewunken wurden.

Vierzehntes Kapitel

AUS MIDNIGHTS BLOG:

BETREFF: DIE ZEHN WICHTIGSTEN DINGE, DIE MAN IN EINE COLDTOWN MITNEHMEN MUSS:

---

1. Bargeld, und zwar jede Menge. Man kann alles Mögliche tauschen, aber Bargeld ist immer noch die Nummer eins, um Wachposten zu bestechen und zu bekommen, was man haben will. Ihr habt doch gespart, oder? Nehmt alles mit, schließlich kommt ihr nicht zurück.

2. Batterien, Aufladegeräte, Verlängerungskabel, einen kleinen Solargenerator, Handy, Videorekorder - und natürlich euren Laptop. Kann sein, dass ihr illegal Strom anzapfen müsst, um euren Feed hochzuladen und zu senden, aber dann könnt ihr eure Abenteuer mit uns teilen und hören, wie sehr wir uns danach sehnen, dabei zu sein. Außerdem kann es recht einträglich sein, wenn man gut mit der Außenwelt kommunizieren kann. Viele Coldtown-Stars haben genauso angefangen wie ihr.

3. Saubere Kanülen (Hohlnadeln und ein Stück Schlauch) und Desinfektionsmittel für eine Venenpunktur (Reinigungsalkohol, Wasserstoffperoxid, Bleichmittel, Streichhölzer oder Feuerzeug). Das solltet ihr in ein hübsches Täschchen tun, mit dem ihr in Clubs und auf Partys angeben könnt. Klar wäre es schön, wenn man das alles nicht brauchen würde, aber die wenigsten Vampire in Coldtown wollen einen direkt beißen. Sie verwandeln nur Menschen, die sie gernhaben.

4. Eure Sachen. Kleidung, Schuhe, Shampoo, Parfüm, Schmuck, Make-up - nehmt nur mit, was euch wirklich am Herzen liegt, denn wenn das Tor erst mal hinter euch liegt, seid ihr zu Fuß unterwegs und könnt nicht viel schleppen. Denkt aber dran, dass es in Coldtown nicht so einfach ist, an all diese Dinge heranzukommen. Es kann sich lohnen, einen größeren Koffer mitzunehmen, wenn es euch wichtig ist, immer das richtige Outfit zu tragen. Überlegt euch, wer ihr sein wollt - und wen ihr damit beeindrucken wollt -, und kleidet euch entsprechend.

5. Tauschartikel - guten Schnaps, gutes Gras, Dosen mit luxuriösen Lebensmitteln, Frischware, Kleidung und Medizin. (Antibiotika, Aspirin und weitere Schmerzmittel sind besonders wertvoll.) Damit könnt ihr eure Bargeldreserven schonen oder sogar beträchtlich aufstocken.

6. Pfefferspray und andere Verteidigungsmittel. Wir wis-

sen, wie besonders Coldtown ist, und wir sind eine solch starke Onlinegemeinschaft, die sich kaum vorstellen kann, dass jenseits der Tore Leute anders drauf sind, doch da es keine Polizei oder so etwas gibt, muss man vorsichtig sein. Für gewisse Banden brutaler Möchtegernvampire sind Neuankömmlinge leichte Beute, also lasst euch nicht von den Kids bequatschen, die am Tor rumhängen und was von coolen Räumen oder geheimen Clubs erzählen. Lasst auch niemanden an euer Gepäck und seid darauf gefasst, euch notfalls zu verteidigen.

7. Etwas, womit ihr in der Menge auffallt – entweder abgehobene Lyrik oder eine Kette mit Papageiköpfen als Ausdruck eurer skurrilen Persönlichkeit oder die Geige, die ihr seit eurer Kindheit spielt – nehmt mit, womit ihr euch hervortun könnt, was euch auszeichnet. Ihr müsst den Vampiren zeigen, warum ihr ewig leben wollt.

8. Eine Liste mit euren Kontakten. Das Tolle an diesen Foren ist, dass wir drüben schon Freunde haben, die uns zeigen, wie alles funktioniert, sobald wir da sind. Ihr solltet sie kontaktieren und einen Treffpunkt ausmachen. Also braucht ihr Adressen, Telefonnummern etc., und zwar ausgedruckt, für den Fall, dass die Elektronik versagt. Und vergesst nicht, dass leider nicht alle ihre Verbindungen und das Gute, das ihnen über den Weg gelaufen ist, mit euch teilen wollen. Wenn bei gewissen Leuten die Chemie nicht stimmt und ihr ein

schlechtes Gefühl habt, haltet Abstand, auch wenn ihr die Personen aus einem Forum kennt.

9. Eure Sponsoren und ihre Kontaktdaten. Es kann immer passieren, dass mit eurem Plan etwas schiefgeht, dass ihr kein Geld mehr habt, bestohlen oder gar verletzt werdet. In dem Fall müsst ihr Leute kennen, die ihr bitten könnt, Geld und neue Vorräte zu schicken. Ihr braucht die Adressen und Nummern von euren Eltern, Großeltern, anderen Verwandten und Freunden, Online-Blog-Followers – egal, von allen, die im Notfall etwas herausrücken würden. Vergesst auch nicht, dass ihr in der Coldtown Zugang zu Bildern und Erfahrungen haben werdet, die ihr gegen das, was ihr braucht, tauschen könnt. Das ist zwar nicht ideal, aber wir müssen es im Hinterkopf behalten.

10. Einen Freund. Glaubt mir, ohne geht's nicht.

Fünfzehntes Kapitel

Sterben ist, als würde man an eine
ferne Küste gespült.
– John Dryden

Obwohl sie noch mehrere Meilen entfernt waren, sahen sie die Tore hoch über den Baumwipfeln aufragen, von Flutlicht bestrahlt. Sie waren nach den Ausbrüchen errichtet worden, auf dem Höhepunkt des abergläubischen Eiferns, und bestanden aus Holzplanken heiliger Eichen, Eschen und Weißdornbäume, die mit Weihwasser getränkt waren. Anschließend waren Tausende von Silbernägeln zu religiösen Symbolen aus aller Welt hineingeschlagen worden. Dahinter waren in der ummauerten Stadt die höchsten verfallenen Häuser, Fabriken und Kirchtürme zu erkennen, die teilweise von einem schweren Efeuteppich überwuchert waren. In anderen dagegen flackerte Licht.

Wie ein Gefängnis sah es wirklich nicht aus. Die Tore könnten genauso gut zu einem Tempel aus grauer Vorzeit führen oder als Pforte in ein verzaubertes Land dienen. Tana hatte sie schon oft in den Nachrichten gesehen, doch die Kameras an den Hubschraubern, die hoch oben über die

Stadt geflogen waren, hatten die majestätische Ausstrahlung irgendwie nicht richtig eingefangen.

Hinter der nächsten Kurve kam eine Wachstation in Sicht. Sie sah klein und keineswegs außergewöhnlich aus, eher wie eine Mautstelle. Zwei Wachposten in schweren Splitterschutzwesten standen davor und rauchten. Sie hoben den Blick, als die Autoscheinwerfer die Dunkelheit durchbrachen, machten jedoch keine Anstalten, zu ihren Flammenwerfern zu greifen.

»Fahr da rüber«, sagte Winter, legte Tana eine Hand auf die Schulter und zeigte auf einen rissigen Asphaltstreifen, der abwärts in hohes Gras überging. Rund um das Häuschen hatten andere aufs Geratewohl geparkt, mehrere Autos waren mit einer dicken Schmutzschicht bedeckt. An einer Straßenlaterne hing ein großer Zettel mit der handschriftlichen Warnung PARKEN ZEITLICH BESCHRÄNKT, eine Ecke knatterte im Wind. Darunter stand auf einem Metallschild: SPERRBEZIRK. GENEHMIGUNG ERFORDERLICH.

Tana bog ab und parkte den Crown Vic neben einem abgewrackten Kombi. Ein Blick auf die Uhr am Armaturenbrett zeigte, dass in knapp zwei Stunden die Sonne aufgehen würde.

»Ich werde den Papierkram erledigen oder was man tun muss, um Gavriel auszuliefern«, sagte sie und drehte sich zur Rückbank um. »Am besten kommst du mit, Winter. Du weißt anscheinend, worauf es ankommt.«

Als Winter Aidan einen argwöhnischen Blick zuwarf, zwinkerte der ihm zu.

»Da«, sagte Tana, ohne die beiden Jungen zu beachten, und drückte Midnight den Schlüssel in die Hand. »Wenn irgendwas schiefgeht, haut ab. Vor Sonnenaufgang!«

»Oh nein«, sagte Gavriel, zog eine Hand aus den Ketten und entwirrte seine Fesseln. »Falls es Ärger gibt, geht es um mich.«

»Die Sonne geht bald auf«, ermahnte ihn Tana. »Und lass das mit den Ketten – du musst sie dranlassen, bis wir drin sind. Vergiss nicht, dass du immer noch angeblich unser Gefangener bist. Das ist schließlich *dein Plan.*«

Er schüttelte den Kopf. »Du batest mich zu warten, aber wenn ich brennen soll, dann sollte mir vergönnt sein, aus dem Feuer Funken zu schlagen.«

Dem trägen, irren Lächeln und dem Funkeln seiner roten Augen nach zu urteilen, meinte er jedes Wort ernst. Er war auf Ärger aus. Doch sie hatte keine Ahnung, wieso er meinte, sie könnte ihm etwas erlauben oder verbieten.

Midnight schnappte sich Tanas Finger und drückte sie. »Lass dir von den Wachen nichts gefallen, klar? Hol dir den Chip. Er ist viel wert, egal, was passiert. Wir stürmen Coldtown wie Helden, weißt du das eigentlich? Dann sind wir online monatelang Thema Nummer eins. «

»Vorsicht«, ermahnte Winter seine Schwester mit Blick auf Aidan, der ihn mit betont unschuldig aufgerissenen Augen ansah, und dann mit Blick auf Gavriel, der in die Dunkelheit stierte und den Gedanken nachhing, die ein blutrünstiger Vampir, der gerne Shakespeare zitierte, so haben konnte.

»Oh nein.« Midnight wirkte ausgesprochen fröhlich. »Die Vorsicht haben wir zu Hause gelassen, zusammen mit *Verklemmtheit* und *Normalität.*«

Tana stieg aus, freute sich über die frische Luft und überließ die Zwillinge ihrem Zank. Es war schon merkwürdig, an einem so gottverlassenen Ort aus fernen Lautsprechern Musik zu hören und zu riechen, was auf der anderen Seite der Tore gekocht wurde. Doch in der Stadt hinter den Mauern roch es nicht nur nach Essen, sondern auch nach brennendem Holz und verbranntem Plastik, nicht zu vergessen nach einer süßen Fäulnis. Es dauerte einen Augenblick, bis sie begriff, dass es der Geruch verwesenden Fleisches war, der sie daran erinnerte, wie sie in dem Farmhaus auf dem Teppichboden gesessen hatte – inmitten der Leichen ihrer Freunde.

»Winter«, sagte sie. »Komm jetzt.«

Er blieb noch sitzen und sah seine Schwester eindringlich an. Sie führten ihren Streit ohne Worte fort. Midnight spielte mit ihrem Lippenpiercing und drehte nervös an dem Ring. Dann seufzte Winter, stieg aus und schlug die Wagentür laut zu.

»Je schneller wir wieder da sind, umso weniger kann passieren«, sagte Tana, um ihn zu beruhigen. Sie machte sich ebenfalls Sorgen.

»Und du willst wirklich mit uns nach Coldtown?«, fragte er und hielt mit ihr Schritt, als sie die leere schwarze Straße überquerte.

»Glaub schon.« Sie atmete durch; es wäre nicht fair, sie nicht zu warnen, mit wem sie sich auf die Reise machten. »Ich bin wahrscheinlich infiziert«, sagte sie. »Also, sicher ist es nicht, ich muss noch ein paar Stunden abwarten.«

Winter sah sie erstaunt an. »Wie, wahrscheinlich?«

»Das ist nichts Gutes«, sagte sie. »Tu nicht so, als wäre es toll.«

Er nahm eine Zigarette aus seinem silbernen Etui, steckte

sie in die Spitze und zündete sie an. Auf einmal roch die Luft nach Zitronengras und Räucherstäbchen. »Möchtest du auch eine?«, fragte er. Seine Miene wirkte berechnend. »Reine Kräuter.«

Tana schüttelte den Kopf. Sie wollte niemandem zeigen, dass ihre Hände vor Nervosität zitterten.

Die Wachposten behielten sie im Auge, als sie sich ihnen näherten. Der eine Mann rauchte und stützte sich auf einen Flammenwerfer, der aussah wie ein Gewehr. Auch die Größe war ungefähr gleich. Der andere hatte die Waffe auf Tana gerichtet. Beide sahen gelangweilt aus.

»Alles okay?«, fragte der Raucher.

»Äh«, antwortete Tana. »Ja. Wir möchten wissen, wie man das Kopfgeld für einen Vampir bekommt. Der Kollege von der Grenze hat angerufen oder …?«

Der Wachposten schnipste die Zigarette auf den Beton und trat sie aus. »Ihr habt einen Vampir dabei?« Die beiden Männer tauschten einen bedeutsamen Blick.

»Könnte sein«, antwortete Winter und sog an seiner lackierten Zigarettenspitze.

Der Posten ließ den Lauf seiner Waffe sinken und stützte sich wie sein Partner darauf. Er legte den Kopf zur Seite und sah sie abschätzend an. »Verstehe. Wenn ich jetzt also über die Straße gehe …«

»Erklären Sie uns einfach, wie es funktioniert«, unterbrach ihn Tana. »Wir gehen durch die Tore – alle zusammen – und wir wollen einen Chip.«

»Ach ja?«, sagte der andere Wachposten. »Ein Haufen Teenies will zu den Freaks und Spinnern in einer unter Quarantäne stehenden Stadt? Habt ihr einen Schaden? Oder haben eure Mommys euch nie richtig verstanden?«

»Sie behaupten, drinnen würden wir in schlechte Gesellschaft geraten.« Winter tippte auf seine Zigarettenspitze, bis ein Stück Asche abfiel, und schenkte den Grenzbeamten sein arrogantestes Lächeln. »Hier draußen finde ich es schlimmer.«

Die Männer amüsierten sich.

»Zum Büro geht es da lang«, sagte der eine und zeigte auf das Verwaltungsgebäude links von den Toren. Es war aus Stein, hatte nur ein Fenster und eine billige, nicht sehr stabile Tür. »Wenn ihr euch umbringen wollt, nur zu. Erst kommen die Formulare. Und wenn ihr wirklich einen Vampir geschnappt habt, herzlichen Glückwunsch. Passt nur auf, dass er sich nicht doch nur als ein Junge mit roten Kontaktlinsen entpuppt.« Sie lachten wieder. Offensichtlich hatten sie nicht das Gefühl, dass von Winter oder Tana eine Bedrohung ausging.

»Danke, wow, Sie sind eine große Hilfe«, erwiderte Tana, drehte sich um und ging in die angezeigte Richtung.

Hinter der Mauer gellte plötzlich ein Schrei, der nichts Menschliches hatte. Tana erschauerte und Winter blickte über die Schulter zum Auto und holte stockend Luft.

Nach mehreren Minuten brach der Schrei ab. Winter ging langsamer.

»Warum tut er, was du sagst? Der Vampir?«

»Gavriel?« Tana zuckte die Achseln. »Keine Ahnung.«

»Es muss doch einen Grund haben.« Winter drückte seine Kippe an der Mauer aus.

»Er war gefesselt, als ich ihn gefunden habe. Die Vampire – Aidan hat gehört, wie sie gesagt haben, der Dorn von irgendwo wäre hinter ihm her. Eine Stadt in Russland – ich kann nicht mehr klar denken, es fällt mir gerade nicht ein. Aber den kennt jeder, das ist der Typ, der in Paris einen Journalisten getötet hat. Gavriel hat irgendwie ein Problem mit ihm.«

Kleine Maus.

»Ein Feind des Dorn von Istra«, sagte Winter und verzog auf sonderbare Weise das Gesicht. »Das hat er dir gesagt?«

»Er hat mir in dem Haus geholfen.« Tana wusste selbst nicht, warum sie sich rechtfertigte. Winter und seine Schwester liebten Vampire doch angeblich so sehr, dass sie selbst welche sein wollten; warum sollten ausgerechnet sie etwas dagegen haben, einen zu befreien? »Er hilft uns immer noch, klar?«

»Aber warum?«, fragte Winter. »Nichts für ungut, ich kapiere es bloß nicht. Ich könnte drauf wetten, dass er schon sehr lange Vampir ist – bestimmt war er schon einer, bevor die Welt Kalt wurde. Diese alten Vampire hassen die Menschen, erst recht Menschen wie Midnight und mich – und jeden neuen Vampir aus dem letzten Jahrzehnt und alle, die Vampire sein wollen. Und Gavriel bleibt einfach da, lässt sich ohne Gegenwehr fesseln und freiwillig in eine Coldtown sperren. Das ergibt überhaupt keinen Sinn.«

Ich kämpfe um meine klaren Momente, hatte Gavriel unterwegs gesagt. Die Anstrengung war ihm anzumerken, es hatte einige definitiv irre Momente gegeben, und andere, in denen er eine tödliche Bedrohung ausgestrahlt hatte. »Ich weiß es wirklich nicht«, sagte sie. »Jedenfalls wollte er mit nach Coldtown. Das tut er nicht für uns.«

Winter schwieg, um ihre Worte zu verdauen, und riss dann

die Tür auf. Weiter oben bimmelte eine Schelle. Winter hielt Tana die Tür weit auf und sie ging an ihm vorbei ins Büro.

In dieser Minute dachte sie darüber nach, was Gavriel zuvor zu Winter gesagt hatte.

Du kennst mich. Du kennst mich seit der Raststätte, als ich mich umgedreht habe und das Licht auf mein Gesicht fiel.

Wer war Gavriel, dass Winter ihn kennen konnte? Sie geriet fast in Panik aus Angst, Winter könnte sie irgendwie reinlegen. Doch sie wüsste nicht, wie.

Neonlampen an der Decke tauchten den Raum in krasses blendendes Licht. Tana kniff die Augen zusammen. Auf einem billigen Laminattresen stapelten sich unordentliche Formularhaufen in verschiedenen Farben. An beiden Seiten des Tresens baumelten schmutzige Kugelschreiber, die mit noch dreckigerem Klebeband befestigt waren. Dahinter standen vier Schreibtische aus Metall. Nur einer war besetzt. Eine große Frau in einem hellen Kleid mit ausladendem Mohnblumenmuster stand mühsam auf, als würden ihr die Knie wehtun. Sie hatte ihr graues Haar zu einem mächtigen, plunderartigen Knoten am Hinterkopf gebunden.

Bevor sie nach vorn kam, sah sie Tana und Winter prüfend an. »Was wollt ihr? Es ist vier Uhr morgens. Gehört ihr nicht ins Bett?«

»Wir beantragen die Belohnung für einen Vampir«, stotterte Tana.

Sie hatte nicht damit gerechnet, dass der Eingang zur Coldtown wie eine mies geführte Kraftfahrzeugbehörde aussah.

Die Frau zog die Augenbrauen hoch. »Bist du eine Art Baby-Kopfgeldjäger?«

Tana seufzte. »Wir brauchen nur die Zutrittsformulare, außerdem wollen wir einen Chip für einen Vampir.«

»Abmeldung?« Jetzt schüttelte die Frau den Kopf, und als sie erneut sprach, klang sie erschöpft. »Seid nicht blöd. Ihr wollt nicht nach Coldtown ziehen. Nehmt das Kopfgeld für den Vampir mit und freut euch morgen, dass ihr noch lebt. Ein Chip reicht sowieso nicht, um euch beide wieder rauszuhauen.«

Tana sah auf die Uhr. »Wir sind zu viert, den Vampir noch nicht eingerechnet. Wenn wir jetzt bitte die Formulare ausfüllen könnten? Wir wissen, was wir tun.«

Die Frau seufzte schwer. »Warum haben es immer alle so eilig, dem Tod in die Arme zu laufen. Gut, eine Minute Geduld. Vor zwei Tagen hatten wir eine Frau mit drei Kindern hier – stellt euch das mal vor! –, also müssen die Sachen noch irgendwo sein. Ich muss nur das Siegel des Notars finden.«

Während sie sich an ihrem Schreibtisch zu schaffen machte, ging Winter quer durch den Raum und blieb vor einem Schwarzen Brett mit tausend Zetteln stehen, die übereinander geheftet waren. Auf den meisten wurden hohe Kopfgelder für besonders berühmte oder gefährliche Vampire ausgelobt. Andere waren von Eltern, die auf Kommissionsbasis jemanden suchten, der ihr Kind gegen einen Chip zurückkaufen würde – oder sie bettelten um einen Jäger, der bezahlbar war. Einige versprachen andere geldwerte Belohnungen: Autos, Grundstücke, alte Verlobungsringe, Aktien und sogar vage ALLES, WAS WIR HABEN, ALLES, WAS SIE WÜNSCHEN, EINFACH ALLES.

»Hast du mal die Berichterstattung über Matilda gesehen?

Ist ein paar Jahre her«, fragte Winter unvermittelt und sah Tana an. Seine blauen Stacheln hingen schlaff herab, und unter einem Auge war der Eyeliner verschmiert, als hätte er es in Gedanken gerieben.

Tana schüttelte den Kopf.

»Also, Matilda war ein Vampir und wurde in Coldtown eingeliefert. Aus Versehen steckte sie ein anderes Mädchen an – gut, das Mädchen wollte infiziert werden –, egal, Matilda setzte sie auf Entzug und filmte den Wahnsinn zwölfeinhalb Wochen. Das Faszinierende daran war aber, dass sie manchmal einfach vor der Kamera saß und von ihrem Leben als Vampir erzählte. Sie berichtete von den Menschen, die sie getötet hatte, wie Blut schmeckt, dass sie schärfer sehen konnte, oder wie sehr sie sich verändert hatte. Sie wollte alle warnen, sagte sie, denn verwandelt zu werden, wäre ganz anders, als es auf dem Ewigen Ball oder den Livesendungen aus Coldtown rüberkam. Es wäre überhaupt nicht glamourös oder so.«

Tana musterte ihn, während er redete. »Und du willst trotzdem noch Vampir werden? Darum wollt ihr doch da rein, oder?«

»Jep.« Winters Stimme war fest, aber in seinen Augen blitzte etwas auf – Angst und ein fürchterlicher Blick wie der eines Ertrinkenden, der tiefer und tiefer im Treibsand versinkt und weiß, dass es nur schlimmer würde, wenn er sich wehrt. »Bescheuert, was? Aber durch Matilda wurde es andererseits auch so real – als könnte ich gerade deshalb einer werden, weil es eben nichts Besonderes ist und kein bisschen glamourös. Aber ich weiß auch, dass alle Möchtegernvampire, die herkommen, dasselbe wollen, und die meisten von ihnen sterben, ohne es geschafft zu haben. Dass sie ausgesaugt oder verwandelt werden und schließlich merken, dass ihr neues Leben auch nicht besser ist als das alte.«

Tana sagte nichts dazu.

»Du glaubst, uns wird es auch so ergehen, aber da irrst du dich.«

»Ich glaube gar nichts«, sagte Tana.

Winter seufzte, als wäre er genervt, doch er fuhr fort. »Midnight war schon vor mir total besessen – von der Unsterblichkeit, der dunklen Gabe. Du hättest ihre Wände sehen sollen, als sie zwölf war, bekritzelt mit Gedichten über die Ewigkeit. Ihr Zimmer war vollgestopft mit Tierzähnen und Süßigkeiten in Sargform. Sie hatte Buchseiten von Edgar Allan Poe auf ihre Schubladen geklebt und mit ihrem Blut bespritzt. Aber ich war schließlich der, der sich in die Foren geklickt hat. Da waren noch mehr Teenager, die ausreißen und sich nach Coldtown durchschlagen wollten. Irgendwann wollte Midnight, dass wir ein eigenes Forum ins Netz stellen, wo es um die wirklichen Dinge geht. Und dann war es so weit, dass wir dachten, wir müssen jetzt loslegen oder die Klappe halten. Du kannst also davon ausgehen, dass wir wirklich wissen, was wir tun, aber auch wenn du denkst …« Er brach unvermittelt ab und riss einen Zettel vom Schwarzen Brett.

»Was hast du da?«, fragte Tana.

Die Frau kam zum Tresen zurück, nickte mehrmals und murmelte vor sich hin. Dann legte sie ihnen zwei Formulare vor. »Das macht man nicht aus einer Laune heraus. Oder weil man ein bisschen traurig ist. Oder weil man jung und dumm ist. Das kann man nicht rückgängig machen.«

»Danke für die Warnung«, sagte Tana kühl und nahm die Formulare.

»In Wirklichkeit habt ihr gar keinen Vampir, oder? Darüber reißt man keine Witze – wenn man falsche Angaben macht, ist das kriminell. Ihr müsst den Vampir herbringen, oder wenn er tot ist, wenigstens den Kopf.«

»Oh, aber wir haben einen Vampir«, sagte Winter zerstreut mit einem raschen Blick zur Tür. »Eigentlich könnte ich sie doch langsam alle holen, oder? Du kannst das ja schon mal ausfüllen, Tana.«

»Okay.« Er brachte sie durcheinander.

Auf dem Weg nach draußen steckte er ihr einen zerknüllten Zettel zu. Es war der, den er eben abgerissen hatte.

»Das wusste ich nicht, ehrlich nicht«, flüsterte er. »Ich dachte, ja vielleicht … aber ich schwöre, ich war mir nicht sicher.«

Tana versuchte zuzuhören, als die grauhaarige Beamtin erklärte, welche Ausweise akzeptiert wurden und wo sich Tana für das obligatorische Foto hinstellen musste, auf welcher gestrichelten Linie sie unterschreiben sollte, doch es war kompliziert. Sie konnte sich nicht konzentrieren und blickte immer wieder zurück auf den Zettel, den sie glatt gestrichen hatte, als könnte dadurch ein anderes Bild darauf erscheinen.

Der Steckbrief versprach ein Kopfgeld von 75.000 Dollar, wenn man den Dorn von Istra tötete oder gefangen nahm. Doch nicht die hohe Summe schockte Tana – sondern das Foto.

Obwohl es sich eindeutig um die unscharfe Kopie einer Kopie handelte, erkannte sie ihn sofort. Gavriel sah aus wie aus dem späten 19. Jahrhundert, in einem gut geschnittenen Anzug stand er in Paris auf der Straße, mit einer Fliege über dem gestärkten Kragen und einer Melone, die seine schwarzen Locken halb verdeckte. Gavriel, der mit höhnisch verzogenem Mund direkt in die Kamera blickte, dessen Augen vor mühsam gezügeltem Feuer funkelten. Gavriel, mit einem Gehstock in der Hand, als wollte er dem Fotografen mit dem silbernen Griff eins überziehen.

Ihr erster Gedanke war: *Was für ein witziger Irrtum.* Der Dorn war doch auf der Jagd nach Gavriel, er war aus seinem Käfig im unterirdischen Paris ausgebrochen, um ihn zu suchen. Doch dann fiel ihr wieder ein, während sie unverwandt auf das Bild starrte, dass Gavriel, als Aidan behauptet hatte, die Vampire hätten durch die Tür flüsternd gedroht, Gavriel zum Dorn zurückzubringen, auf Tanas Rückfrage *nicht ganz* gesagt hatte. Er hatte versucht, sie aufzuklären, aber sie hatte nicht richtig zugehört.

Nicht ganz.

Der Dorn von Istra, der wahnsinnige Vampir. Tana erinnerte sich an das unscharfe Video, das sie von ihm gesehen hatte, in dem er den Kopf zurückgeworfen hatte, so blutverschmiert, dass sie sein Gesicht nicht hatte erkennen können und nur behalten hatte, dass er wie ein Ungeheuer aussah, lachend, lachend ohne Ende.

Toll wie ein Hund. Toll wie ein Gott.

Gavriel.

Sechzehntes Kapitel

Der Tod entbindet uns angeblich
aller Pflichten.
– Michel Eyquem de Montaigne

Ferien waren immer furchtbar für Tana. Jedes Mal kamen die Eltern ihrer Mutter und umarmten Tana, umarmten Pearl und betonten, welche Tragödie es doch war, dass ihre Mutter nicht erleben würde, wie groß und hübsch sie wurden. Ihre anderen Großeltern – die Eltern ihres Vaters – machten dagegen immer spitze Bemerkungen über den Zustand des Hauses und die zerknitterten Kleider der Mädchen. Sie seufzten, wenn die Bohnen zu lange gekocht waren oder der Braten verkokelte. Tana belauschte spätabends, wie sie ihren Dad bedrängten, er schulde es seinen Töchtern, wieder zu heiraten – es würde ihnen Stabilität und Selbstbewusstsein vermitteln. Tana würde endlich vergessen können.

Ihr Vater war in Pittsburgh aufgewachsen. Mit fünfzehn hatte er sich einen gefälschten Ausweis besorgt, damit er mit seinem Vater und den Brüdern in einem der beiden letzten Stahlwerke arbeiten konnte. Nachdem er eine Zeit lang hart geschuftet hatte, konnte er sich zwei Jahre auf dem Community

College leisten und machte einen Abschluss in Wirtschaft. Danach wurde er an einer staatlichen Schule in Philadelphia angenommen und arbeitete als Hausmeister in einem Krankenhaus, um sich zu finanzieren.

Er lernte Tanas Mutter auf dem Heimweg vom Feuerwerk zur Feier des 4. Juli kennen. Sie schwamm in einem städtischen Brunnen, während ihre Freunde von der Kunstakademie nur die Füße ins Wasser tauchten. Sie sah wie eine schöne Nymphe auf einem Bild aus, das er aus der Schule kannte. Tanas Vater watete voll bekleidet in den Brunnen, grinste wie ein Vollidiot und sagte ihr das. Ein paar Monate später waren sie verheiratet.

Er hatte sie über alles geliebt. Sie war wild gewesen, voll manischer Energie, ein Wirbelwind mit einem Hang zu tiefen Depressionen. Doch zu anderen Zeiten strahlte sie unglaubliche Lebensfreude aus. Als sie nicht mehr der Mittelpunkt seines Lebens war, wusste ihr Vater nicht weiter. Tanas und Pearls Großeltern konnten sagen, was sie wollten – er hatte nicht vor, wieder zu heiraten. Manchmal hatte er Dates, aber sie dauerten nie sehr lange. Danach verkroch er sich im Schlafzimmer – das noch genauso aussah wie zu Lebzeiten seiner Frau – und kam erst nach einer ganzen Weile wieder heraus, um sich im Hobbyraum aufs Sofa zu legen, wo er seit ihrem Tod schlief. Die Ferien blieben schlimm.

Tanas Vater gehörte zu den Männern, die daran glaubten, dass man unter allen Umständen das Richtige tun musste. Hart arbeiten, möglichst ehrlich sein, tun, was getan werden musste. Das Richtige tun, weil es eben richtig ist. Er glaubte auch, dass das Richtige für jedermann ersichtlich war, wenn man nur eine Minute darüber nachdachte.

Als seine Frau von einem Vampir gebissen worden war, als sie Fieber und eiskalte Haut bekommen hatte, als sie ihn anflehte, sie nicht den Behörden auszuliefern, wusste er, was er zu tun hatte. Die Werbetafeln und Fernsehspots der Regierung mit der Aufforderung, sich den Quarantänebestimmungen zu unterwerfen, waren ihm egal. Die Reichen bestachen Privatkliniken, wo ihnen nahestehende Menschen in privaten Räumen eingesperrt wurden. Tanas Vater wusste auch, dass es viele andere Malocher genauso hielten wie er und ihre Keller mit verstärkten Türen und schweren Ketten in Gefängnisse verwandelten.

Seiner Meinung nach war es das Richtige, seine Frau wegzusperren, nachdem sie Kalt geworden war, also handelte er entsprechend.

Es war ebenfalls das Richtige, seine Tochter vor dem Verbluten zu retten. Um sie in Sicherheit zu bringen, musste er seine infizierte Frau töten, musste er ihr mit dem Spaten den Kopf abschlagen.

Er schreckte nicht davor zurück. Er zögerte nicht. Es war ihm sehr schwergefallen und doch hatte er es getan. Obwohl es absolut grauenhaft war. Obwohl er jetzt in der Vergangenheit lebte und sich durchs Leben schlug wie durch einen schweren Sturm, von Kummer verzehrt; obwohl er oft vergaß, einzukaufen oder den Herd auszumachen.

Tana fragte sich, ob auch er eine geheime Fantasie hatte, in der er derjenige war, der gebissen wurde, in der er mit seiner geliebten Vampirfrau noch zusammen war. Einen Traum, in dem sie gemeinsam durch die Straßen jagten und unter einem runden, hellen Mond in Brunnen schwammen.

Als sie älter wurde, fand Tana, dass sie mit ihrem Vater nicht viel gemeinsam hatte. Sie wusste nie, was das Richtige war, doch jetzt musste sie an ihn denken. Wenn es darauf ankam und sie endlich wusste, was zu tun war, könnte sie vielleicht doch wie er sein und die Kraft aufbringen, es zu tun. Unter allen Umständen, egal, was auch passierte.

Siebzehntes Kapitel

Dem Tod so nahe kommen,
dass man geküsst wird.
– Debra Winger

Winter kam mit Gavriel zurück, der in Ketten nur kleine Schritte machen konnte. Aidan und Midnight stützten ihn von beiden Seiten, während Winter die Müllsäcke und den Koffer schleppte, aus denen ihr Gepäck bestand. Die Wachposten brachten die Truppe mit erhobenen Flammenwerfern in das kleine Büro. In dem grellen Neonlicht fiel Tana auf, dass der eine Pickel am Kinn hatte und größer war als der andere. Der zweite Wachposten hatte den ungleichmäßigen pfirsichfarbenen Flaum, aus dem ein blonder Schnurrbart werden sollte. Das Lachen war ihnen vergangen. Sie waren aufs Äußerste angespannt und entsprechend geschockt, als wären sie seit Wochen in keine Kämpfe mehr verwickelt gewesen und als wäre es sogar Monate her, seit sie es mit einem echten Vampir zu tun hatten.

Gavriel hielt den Kopf gesenkt, die Haare fielen ihm über die Augen, doch als er Tana sah, hob er den Blick und grinste, als würde ihm das alles sehr viel Spaß machen. Sie musterte ihn mit anderen Augen, das schwarze, eng sitzende T-Shirt, die Jeans, die locker an seinen Hüften hing, den klaren Blick aus roten Augen. Das waren gar nicht seine Sachen, stellte sie fest. Sie passten ihm nicht richtig, weil sie einem anderen gehörten – dem er sie wahrscheinlich gestohlen hatte. Und der wahrscheinlich tot war. Nichts davon gehörte Gavriel.

Tanas Herz trommelte einen dumpfen Rhythmus. Sie dachte an die Kette mit der kaputten Schließe, die in ihrer Handtasche lag, an die Geldscheine und seine neuen Stiefel. Wie viele Menschen hatte er getötet, seit er aus seinem Käfig geflohen war?

Der Dorn von Istra. Ihr Verstand hatte eine Antwort auf diese Frage. *Das ist der Dorn von Istra.*

Viele. Er hatte viele Menschen getötet, sehr viele, unendlich viele.

Midnight lächelte ebenfalls. Als sie ihr blaues Haar zurückwarf, sah Winter Tana an und presste die Lippen aufeinander, um keinen Kommentar abzugeben.

Die grauhaarige Beamtin saß am Schreibtisch und löste eine Kunststoffkarte von einem Band unter ihrer Bluse. »Ich bringe sie in die Wartezimmer.«

»Wer von euch beantragt das Kopfgeld für den Vampir?«, fragte der Picklige.

»Ich, würde ich sagen«, sagte Tana und hob die Hand wie in der Schule. Einen Augenblick erwog sie, was passieren würde, wenn sie seinen wahren Namen nannte und das volle Kopfgeld beanspruchte. Mit dieser Summe konnte sie ihre Schwester durchs Community College bringen. Für die Gefangennahme des Dorn von Istra gäbe es den Chip möglicherweise noch gratis dazu. Vielleicht bekäme Tana dann eine eigene Fernsehshow: *Die Teenie-Kopfgeldjägerin*. Bei der Vorstellung hätte sie fast albern gekichert.

»Bring sie in die Sechs«, sagte der andere Wachmann zu der Grauhaarigen.

»Was haben Sie mit …«, setzte Tana an.

»Sorge dich nicht«, sagte Gavriel und griff mit breitem Lächeln nach der Klinke. »Ich liebe Überraschungen.« Er schloss die Augen. Lange dunkle Wimpern bestäubten seine Wangen, als er die Arme ausstreckte und die locker geschlungenen Ketten laut klirrend zu Boden fielen. Seine Muskeln traten in dem grellen Licht deutlich hervor. Er sah aus, als machte er sich auf einen Kampf gefasst. So ruhig hatte Tana ihn noch nicht erlebt.

Tja, das war es dann wohl mit dem Gefangenen-Theater.

Wenn sie ihn nun wirklich verriet, würde er ihren gemeinsamen Plan wahrscheinlich verwerfen und alle umbringen, dachte Tana, auch sie. Oder er würde den reuigen Sünder geben, mit den Achseln zucken und den Verrat akzeptieren. Sie wünschte sich weder das eine noch das andere.

Als Kind hatte sie hin und wieder überlegt, wie es wäre, einen echten Vampir zu treffen, der schon sehr lange auf der Welt war. Sie hatte es sich wie eine Begegnung mit einem uralten Menschen vorgestellt, der sehr viel Erfahrung und merkwürdige Geschichten auf Lager hatte, zum Beispiel über das Leben während der Französischen Revolution. Doch nachdem sie nun Zeit mit Gavriel verbracht hatte, dachte sie, dass er seit seinem Tod nicht etwa jeden Tag älter geworden war, sondern sich immer weiter von der Menschlichkeit entfernt hatte. Er wirkte nicht älter, als er gewesen sein musste, als er gestorben war, nur sehr viel sonderbarer.

»Hier entlang«, sagte der Wachposten mit bebender Stimme und stupste den alten Vampir mit der Spitze seines Flammenwerfers an. Tana hielt den Atem an, doch Gavriel ging gehorsam durch eine Tür.

Die Grauhaarige führte Tana in die entgegengesetzte Richtung zu einem Aufzug, der sie nach oben brachte.

Die Beamtin begleitete sie in ein schmutziges, gefliestes Zimmerchen und wies sie an, auf einer abgenutzten Holzbank zu warten. Dort ließ sie sie eine halbe Stunde allein sitzen. Tana überlegte, ob sie Pauline anrufen, sie wecken und ihr die ganze Geschichte erzählen sollte. Doch ihr Handy hatte keinen Empfang. Schließlich kam ein neuer Sicherheitsbeauftragter mit müden Zügen und blutunterlaufenen Augen, den man offenbar mitten in der Nacht aus dem Bett geholt hatte. Er roch nach Nikotin und Mundwasser und hatte das schüttere, feuchte Haar über seine kahle Stelle gekämmt. Vielleicht hatte er noch schnell geduscht.

»Okay«, sagte er und setzte sich neben sie. Hinter einem Ohr steckte ein Bleistift und er hatte ein Klemmbrett vor sich auf dem Tisch. »Vampire haben einen Überfall begangen. Ein Blutbad, oben im Norden. Sehr viele Jugendliche wurden ermordet. Weißt du etwas darüber?«

»Ich war dabei.« Das wusste er wahrscheinlich bereits, denn er zuckte nicht mit der Wimper. Tana konnte es kaum fassen, dass es erst vierundzwanzig Stunden her sein sollte, seit die Vampire durch das Fenster in Lances Farmhaus geklettert waren, und nur zehn Stunden, seit sie ihr Bein mit

Zähnen aufgekratzt hatten. »Ich habe glücklicherweise überlebt und Aidan auch. Sie haben ihn zwar angesteckt, aber wahrscheinlich kann er froh sein, dass er noch lebt.«

Auf der Stelle dachte sie, dass sie das mit Aidan lieber nicht hätte sagen sollen, doch der Posten nickte, als sagte sie ihm nichts, was nicht bereits in seinem Bericht stand.

»Und was ist mit dem anderen?«, fragte er weiter.

Sie wollte schon antworten, als ihr nicht nur der zerknüllte Zettel in ihrer Tasche einfiel, sondern auch, was Gavriel noch vor der ersten Kontrollstation im Auto gesagt hatte. *Sagt, dass ihr mich kennt. Dass ich zu euch gehöre, einer von euch bin. Von der Party.* Alles klar, er versteckte sich in aller Offenheit, darum war er mit ihnen gefahren, darum hatte er ihnen geholfen. Er wollte sich als frisch verwandelter Vampir ausgeben und nach Coldtown schleichen. Niemand sollte erfahren, dass er die legendäre Figur vom Friedhof Père Lachaise war.

Unwillkürlich musste sie wieder daran denken, wie er blutüberströmt gelacht hatte und wie er sie vor den Wachposten am Tor angegrinst hatte. Möglicherweise entsprach es seiner Vorstellung von Spaß, alle zu töten, die sich im Haus befanden, doch er war mit einer ganz bestimmten Absicht nach Coldtown gekommen. Und das setzte voraus, dass niemand von seiner bevorstehenden Ankunft wusste.

»Gavriel? Er geht auf eine Privatschule und war auch auf der Party. Da hat er sich infiziert, an meinem Blut bedient und verwandelt. Wir wussten nicht, an wen wir uns wenden sollten, deshalb habe ich die beiden hergebracht.«

»Sie sind selbst auf die Idee gekommen, sich einzuliefern?«

Tana nickte. »Sie wollen niemandem wehtun.« Trug sie zu dick auf?

»Und was ist mit Jennifer und Jack Gan? Sie behaupten, ihr hättet sie an der Allerletzten Raststätte aufgelesen.«

Tana musste unwillkürlich lächeln, als sie ihre Namen hörte. Sie waren so … normal, genau die Art Namen, die Midnight nicht ausstehen konnte. Es war ein gutes Gefühl, ihr Geheimnis zu kennen.

»Das stimmt«, sagte sie. »Wir fanden sie nett und sie haben Verbindungen über ihre Onlineforen. Sie haben uns angeboten, eine Unterkunft zu besorgen, wenn wir sie mitnehmen.«

»Und du machst den gleichen Fehler wie sie«, sagte der Beamte stirnrunzelnd. »Du stehst unter Schock, Mädchen. Du leidest unter dem Überlebenden-Syndrom. Im Augenblick wäre es besser, wenn du überhaupt keine Entscheidungen treffen würdest. Sollen wir nicht lieber deine Eltern anrufen, damit sie dich abholen? Später kannst du dir immer noch überlegen, nach Coldtown zu gehen, wenn du das wirklich willst.«

»Ich bekomme einen Chip, nicht wahr?«, fragte Tana mit erhobenem Kinn. »Es ist schließlich nicht so, als könnte ich nicht wieder gehen.«

»Deine Freunde sind tot, ich weiß. Ich habe die Fotos gesehen. Es muss absolut grauenhaft gewesen sein. Aber diese Kreaturen da draußen … kann sein, dass sie sich daran erinnern, wie es war, ein Mensch zu sein, und sie tun vielleicht sogar menschlich, aber sie sind es ganz gewiss nicht mehr. Da drin sollen sie unter Quarantäne stehen, ja, aber es geht eher zu wie in einem Zoo. Auch mit Chip müsstest du dich einem

Bluttest unterziehen, um die Ausreiseerlaubnis zu erhalten. Kein Infizierter kommt da je wieder raus, niemals. Kein Infizierter und Blutsauger kommt wieder raus, unter keinen Umständen. Nicht mal mit Chip. Und auf der anderen Seite gibt es genug Leute, die stark und gemein genug sind, dich allein wegen des Chips anzufallen. Viele sind total verzweifelt.«

»Weiß ich«, sagte Tana.

Er räusperte sich und sah sie traurig an. »Ich habe eine Tochter in deinem Alter. Bitte verrate mir, warum du da reingehen willst. Nenn mir einen guten Grund, dann lasse ich dich in Ruhe.«

Ich bin wahrscheinlich infiziert, dachte sie. Das würde ihm das Maul stopfen. Doch sie wollte nicht wissen, wie er sie dann ansehen würde – als wäre sie schon so gut wie tot.

Tana holte tief Luft. »Es ist gar nicht so, dass ich unbedingt dahin will«, sagte sie in dem Versuch, Worte zu einer überzeugenden Version der Wahrheit oder einer ehrlichen Antwort aneinanderzureihen, die sie bisher nicht einmal sich selbst gegeben hatte. »Nein, falsch. Irgendwie will ich es doch. Meine Mutter ist gebissen worden, und jetzt bin ich hier und mache dort weiter, wo sie wäre, wenn sie sich verwandelt hätte. Ich bin neugierig. Ich will es wissen.« Sie schob den Ärmel hoch und zeigte ihm die Narbe an ihrem Arm, die fleckige bleiche Haut, das aufgeworfene Fleisch. »Jetzt und hier habe ich das Gefühl, dass ich schon lange in diese Richtung wollte, ohne es zu merken.«

Das war die Wahrheit. Es war nicht die ganze Geschichte, doch sie hoffte, den Sicherheitsbeauftragten so weit überzeugen zu können, dass er es ihr nicht mehr ausreden wollte.

Er schwieg lange. »Warte kurz«, sagte er dann und verließ den Raum. Er knallte die Tür zu. Tana fragte sich, ob er der psychologische Gutachter war. Sie hatte davon gehört, dass man zurechnungsfähig sein und sagen können musste, warum man wohin wollte, damit die Behörden einen in eine Coldtown ziehen ließen. Früher musste man einen Führerschein vorweisen – ein gesperrter war auch okay – oder einen Personalausweis, der bescheinigte, dass man über sechzehn war, doch das war alles nicht mehr nötig.

Sie machten es einem immer einfacher, sein Leben fortzuwerfen, nur damit sich die Nachbarn in Sicherheit wiegen konnten.

Tana saß in dem kleinen Zimmer, blickte auf ihr Handy und dann auf die Wanduhr, auf der die Minuten zum Sonnenaufgang tickten.

Als die Tür geöffnet wurde, erschien wieder die Grauhaarige vom Empfang.

»Hast du verbotene Ware dabei?«, fragte sie und tastete Tana ab, als wären sie am Flughafen und der Metalldetektor hätte gepiept.

Tana wusste nicht genau, was die Frau unter verbotener Ware verstand, aber sie hatte ohnehin nur sehr wenig mitgenommen. Deshalb schüttelte sie den Kopf. Die Beamtin nickte und reichte ihr einen kleinen Briefumschlag mit einem Bändchen.

»Hier sind dein Chip und die Papiere, die besagen, dass du das Kopfgeld exklusiv für einen Vampir erhalten hast.« Sie drehte sich um und winkte Tana, ihr zu folgen. »Deine Abmeldung ist auch drin. Hast du das alles verstanden?«

»Wenn ich Coldtown verlassen will, muss ich nur zum Tor gehen und den Chip vorzeigen?«

Die Grauhaarige musterte Tana mit einem langen Blick. »Du kommst nicht mehr raus, Süße, also zerbrich dir nicht den Kopf.«

Das brachte Tana so aus der Fassung, dass sie auf dem kurzen Weg durch einen Gang nichts mehr sagte. Die Wächterin legte ihre Schlüsselkarte an eine Platte neben der Tür, die prompt aufschwang. Dahinter lehnte Midnight an der Wand eines weiteren Gangs und hatte den zum Platzen gefüllten Müllsack über die Schulter geworfen. Neben ihren Füßen stand der abgewetzte Koffer. Sie hatte das blaue Haar aus dem Gesicht gestrichen, ein wenig Färbemittel war auf ihre Ohren gekommen. Ihre Augen waren rot und verquollen, vielleicht hatte sie geweint.

»So, ihr zwei, ihr geht jetzt durch diese Tür«, sagte die Frau. »Auf der anderen Seite hängt auf halber Höhe eine Kamera an der Wand. Ihr müsst nacheinander hineinschauen. Das ist ein Netzhauterkennungsgerät.«

Auf der anderen Seite der Tür entdeckten die Mädchen eine kleine Linse, die man in die Betonwand gesetzt hatte. Als Tana den Blick hob, musste sie ziemlich lange warten, bis die Linse aufblitzte. Dann ging sie weiter in den Raum hinein. Kaum war Midnight bei ihr, wurde die Tür mit einem lauten Zischen und einem metallischen Klick geschlossen. Luftdicht, vermutete Tana. Auf ihrer Seite gab es keine Klinke oder eine andere Möglichkeit, sie zu öffnen, nicht einmal eine Platte für eine Schlüsselkarte. Tana sah sich forschend um und bemerkte, dass die Türrahmen verstärkt waren. Wahrscheinlich waren die kleinen Fenster aus Sicherheitsglas. Im Gegensatz zu dem schäbigen Büro hatte man hier nicht gespart. Einen Augenblick lang stellte Tana sich vor, dass die Frau vorhergesagt hatte, sie würde nie wieder rauskommen, weil gleich ein Dutzend Pfeile aus der Wand schießen und sie töten würden. Doch dann hörte sie ein neues, lautes Klicken an der gegenüberliegenden Wand und die Stimme der Sicherheitsbeamtin meldete sich aus verborgenen Lautsprechern.

»Bitte geht durch die Tür am anderen Ende, die gerade geöffnet wurde. Dahinter liegt ein Sicherheitsraum innerhalb des Quarantänesektors. Sobald ihr draußen seid, wartet darauf, dass ich euch herunterlasse und das Tor öffne. Von da an habt ihr drei Minuten Zeit, die Stadt zu betreten. Wenn ihr die Stadt nicht freiwillig innerhalb der gesetzlich festgelegten Frist von drei Minuten betretet, wird der Zugang erzwungen.«

»Keine Sorge!«, schrie Midnight. »Wir können es nicht abwarten, aus der Scheiße hier rauszukommen!«

Tana prustete und sie lächelten sich erschöpft an. Dann stellte sie sich vor die Tür und wollte sie aufdrücken, doch sie öffnete sich von selbst zu einem Käfig, der über der Erde hing. Zunächst ließ Tana nur verwundert den Blick nach draußen schweifen. Die offene Zelle schwankte sanft vor und zurück und war an drei Seiten mit dicken schwarzen Gitterstäben versehen. Dort, wo sie offen war, hing sie an Ketten über der Mauer. Midnight ging an Tana vorbei auf die Plattform, stellte das Gepäck ab und setzte sich daneben.

»Komm«, sagte sie. »Oder hast du Höhenangst?«

»Im Moment ja.« Tana atmete tief durch und stürmte in den Käfig. Er schwankte heftiger, sodass Midnight sich an einem Gitterstab festhalten musste und sie mit aufgerissenen Augen ansah. Tana beachtete sie nicht und konzentrierte sich darauf, nicht an der Seite nach unten zu sehen. Sie hingen mindestens vier oder fünf Stockwerke über der Erde und von diesem schrägen vogelkäfigartigen Ausguck konnte sie über mehrere Gebäude hinwegblicken. Kräuselnd stieg hier und da grauer Rauch auf und bunte Lichter pulsierten in einer ehemaligen Kirche. Es war eine zerfallene Landschaft, eine herrlich zugrunde gerichtete Stadt. Es wurde bereits hell, das vergoldete Blassblau des Morgens tuschte den Himmel im Osten, während im Westen noch hell die Sterne strahlten.

Die Dämmerung kam schnell.

Auf der rechten Seite im hinteren Bereich des Tors wurden fünf Leichen, die in verschmierte Laken gehüllt waren, nebeneinander abgelegt. Zwei Jungen schleppten eine sechste Leiche auf einer Plastikplane herbei. Einer der beiden hob den Blick zu dem Käfig, doch Tana war zu weit weg, um sein Gesicht zu sehen.

Metall kratzte über Metall, als der Käfig sich ruckartig in Bewegung setzte. Tanas Magen schlingerte und Midnight schrie überrascht auf. Als sie sich von der Mauer lösten, fiel die Tür über ihnen rostig scheppernd zu. Tana hatte diesen Käfig noch nie gesehen, auf keinem einzigen Foto oder Film aus Coldtown. Er fühlte sich an wie etwas aus einer anderen Zeit.

»Wahnsinn«, sagte sie benommen.

Sogar Midnight wirkte verwundert. »Das liegt daran, dass sie in der Mauer keine Tore haben wollen, die direkt in die Stadt führen.«

Die Straßen unter ihnen wirkten verlassen, nur einige

wenige Einwohner waren stehen geblieben, um aus der Ferne zuzusehen, wie der Käfig abwärts glitt. Tana blickte auf die Stadt. Sie hatte das Gefühl, in einer fremden und doch vertrauten Welt gelandet zu sein. Sie kannte sie aus den Nachrichten und hatte sie im Hintergrund der Videos von Ausreißern und auf den Fotos mutiger Journalisten gesehen. Sie kannte die verrußten, verbrannten Ruinen alter Häuser von Bildern, hatte die Reihe ehemaliger Geschäftsfassaden gesehen, deren Scheiben eingeschlagen waren und deren leere Fensterrahmen mit Laken und Plastiktüten verhängt waren, und auch die gezackten Umrisse der Gebäude, die sich bis zur gegenüberliegenden Mauer erstreckten, Turmspitzen, in deren Fenstern Licht flackerte. Große Kuppeln, aus denen laute Musik dröhnte. Eine verwilderte Landschaft.

»Hey.« Midnight zeigte seitlich an der Mauer nach unten. »Da – die Jungs.«

Tana drehte sich vorsichtig um, damit der Käfig nicht noch mehr schwankte. Aidan, Winter und Gavriel waren in einem anderen Käfig, der neben ihrem hing. Er schwebte wie ein Pendel, wurde aber nicht weiter heruntergelassen. Gavriel hatte die Finger um die Gitterstäbe gelegt und zog lächelnd einen Mundwinkel hoch, während er den orangefarbenen Dunst im Osten betrachtete. Winter stand neben ihm und Aidan saß auf dem Boden und ließ die Beine durch das Gitter baumeln.

»Ich glaube, unserer ist kaputt«, rief er zu den Mädchen hoch.

»Das hab ich schon gehört, dass sie so Vampire quälen«, sagte Midnight leise. »Sie warten bis zum letzten Moment.«

Im Dämmerlicht sah Tana Brandflecke auf dem Beton, die

offenbar von hochschießenden Flammen stammten, als hätte etwas Brennendes nah an der Mauer gestanden.

»Ihr müsst da raus«, rief Tana. »Ich glaube echt, dass …«

Gavriel riss das Tor aus den Angeln.

Midnight schrie, weil es so plötzlich kam. Eben hatte der Vampir noch in den Nachthimmel gesehen und dann auf einmal das Metall mit bloßen Händen zur Seite geschoben. Tana betrachtete die verbogenen Überreste der Scharniere, die auseinandergezogen waren wie weiche Karamellbonbons, und Gavriels Gesicht, das sich durch die Macht verändert hatte, die ihm diese Kräfte verliehen hatte. Sein Mund stand offen, sie sah die Fangzähne. Als er zu ihr hochblickte, war sein Gesicht vor Hunger verzerrt. Sie war plötzlich sehr froh, dass er nicht in ihrer Nähe war.

Dann sprang er auf die Erde und landete sanft wie eine Katze.

Kurz darauf prallte der Käfig mit Tana und Midnight auf den Boden und warf Tana auf die Knie. Unter lautem Summen ging die Tür auf. Midnight wankte hinaus und zog Müllsack und Koffer hinter sich her, während ihr Bruder sich an einer losen Kette abseilte.

Dann stolperten sie über einen Straßenabschnitt, der früher wahrscheinlich einmal ein Kreisverkehr gewesen war, jetzt ein asphaltierter Platz mit einer von Gestrüpp und Gräsern überwucherten Insel in der Mitte.

Aidan war als Letzter aus dem Käfig gesprungen und dabei hingefallen. Er stand auf und klopfte seine Kleidung ab, bevor er erschrocken auf die Mauer zurückblickte, als hätte er jetzt erst den Ernst der Lage begriffen.

»Schnell«, sagte Midnight und zog ihren Bruder hinter sich her. »Kommt weiter. Wir müssen hier weg.«

»Wohin gehen wir denn?«, rief Aidan. Er rannte schneller und suchte Tanas Hand. Gemeinsam liefen sie Midnight und Winter nach.

Die Straßen waren vor langer Zeit asphaltiert worden, doch jetzt war der Belag gerissen und mit tiefen Schlaglöchern übersät. Tana musste bei jedem Schritt aufpassen und rannte, so schnell sie es wagte, im Slalom hinter Aidan her. Als sie sich einmal umsah, war Gavriel noch bei ihnen. Seine Miene war unergründlich.

Er hat bestimmt sehr großen Hunger, dachte sie. *Sehr, sehr, sehr großen Hunger.*

Aus den Fenstern der Häuser, hinter Vorhängen, Rollläden und Fensterläden, wurden sie beobachtet. Man sah zu, wie sie an Müllhaufen vorbeistolperten, vorbei an Ratten, die fortstoben, wenn sie näher kamen, vorbei an glänzenden schwarzen Fliegen, die wie öliger Nebel von faulenden Lebensmitteln und dem seit Langem verwesenden Kadaver eines Hundes aufflogen.

Als sie in eine enge Gasse einbogen, sahen Winter und Midnight, die Müllsäcke und den Koffer hinter sich herschleppend, schon ziemlich fertig aus.

Nachdem sie einen halben Häuserblock hinter sich gelassen hatten, blieb Midnight stehen und stemmte schwer atmend die Hände auf die Knie. Ihre Haare hingen herunter, die Schatten ließen es dunkel erscheinen. »Wir müssen wissen, wo wir sind«, keuchte sie.

»Es dämmert schon«, sagte Tana und ließ Aidans Hand

los. Auch sie war hundemüde und lehnte sich an eine Backsteinmauer. Sie musste dringend einmal ganz tief durchatmen. Das Haus gegenüber war mit kunstvollen Grafittis von Drachen bemalt, die sie in dem trüben Licht nur vage erkennen konnte.

Midnight bückte sich und zog den Reißverschluss des Koffers auf. »Wartet. Ich habe Zeichnungen runtergeladen, die ein paar Kids von den Straßen gepostet haben. Einen anderen Stadtplan gibt es nicht.«

»So habe ich mir das nicht vorgestellt«, sagte Winter tonlos. Das war nicht an sie gerichtet, merkte Tana. Möglicherweise an niemanden.

Auf einmal schloss Gavriel zu Tana auf. Sie konnte ihn im Dunkeln nicht gut sehen. Er wirkte einfach wie ein hübscher Junge, groß und schlaksig. Dann fiel ihr der zerknüllte Zettel wieder ein und dass er unter einem Friedhof eingekerkert gewesen war. Wie lange hatte er das ertragen müssen? Wie lange sah er schon so aus wie jetzt? Hundert Jahre? Zweihundert? Konnte er sich überhaupt daran erinnern, wie die Jahre vergangen waren? Vielleicht würde es jeden verrückt machen, wenn man einmal jenseits der Zeitrechnung war.

»Ich muss los«, sagte Gavriel, warf sein aschschwarzes Haar zurück und sah sie mit dem tiefen Ernst der Betrunkenen oder Wahnsinnigen an. »Pass auf dich auf, ja? Diese Stadt ist hungrig.«

»Du gehst jetzt?«, fragte Tana. Eigentlich müsste sie erleichtert sein, schließlich wusste sie, wer er war, wozu er fähig war, doch sie wollte ihn nicht gehen lassen. Eine namenlose Angst erfüllte sie bei der Vorstellung, mit Aidan, Midnight und Winter zurückzubleiben. »Gleich kommt der Morgen. Wo willst du denn hin?«

Er lächelte. Es war ein echtes Lächeln, wie ein echter Junge ein echtes Mädchen angelächelt hätte. »Es ist sehr lange her, dass sich jemand Sorgen um mich gemacht hat.«

Hinter ihnen sah Midnight auf ihr Tablet. Es beleuchtete ihr Gesicht von unten, als würde sie gleich eine Gruselgeschichte erzählen.

»Sie haben einen Freund …«, begann Tana.

»Ich habe auch einen Freund«, sagte Gavriel. »Und ich habe vor, ihn umzubringen.«

»Oh.« Tana wich einen Schritt zurück. Er war immer noch auf der Flucht, genau wie zuvor, auch wenn sich der Anlass geändert hatte. Tana dachte an die Vampire auf Lances Sonnenuntergangsparty, die zweifellos vorgehabt hatten, ihn wieder zum Friedhof Père Lachaise zurückzuschleppen und zu foltern, bis er noch wahnsinniger geworden wäre, als er jetzt schon war. Bis er so sehr den Verstand verloren haben würde, dass er sich nicht einmal zeitweise auf ihn verlassen konnte. Er war einmal ausgebrochen, doch sie bezweifelte, dass es ihm ein zweites Mal gelingen würde. Sie stählte ihre Stimme. »Lass dich nicht erwischen.«

Er zögerte, sichtlich überrascht von ihren Worten. Dann lächelte er wieder und neigte den Kopf zu einer flüchtigen Verbeugung, um zu würdigen, was sie alles nicht gesagt hatte. »Das Vergnügen, mit dir zu reisen, war jede Verzögerung wert, doch länger darf ich nicht verweilen.«

Midnight richtete sich auf. »Ich hab's raus, wohin wir gehen müssen. Es ist nicht weit.« Sie warf den Müllsack wieder über die Schulter und ging weiter. »Kommt schon«, sagte sie und sah sich nach Tana und Gavriel um.

Aidan folgte ihr dicht auf dem Fuß und schickte einen besorgten Blick zum Himmel. »Wird er …?«

»Tana!«, rief Winter. »Es geht weiter.«

»Weißt du noch, was du im Auto zu mir gesagt hast?«, fragte sie Gavriel. »Der Tod lässt seine Lieblinge nicht sterben.«

»Ich gehöre nicht zu ihnen.« Sein Blick wurde finster und er grub die Finger in ihre Schulter. Als er sich über sie beugte, funkelten seine Augen wie Edelsteine. »Aber gewähre mir noch ein Letztes, das ich nicht verdiene.«

Zunächst wich sie instinktiv zurück, weil sie Angst hatte, er würde sie beißen. Dann begriff sie verblüfft, dass er das ganz und gar nicht vorhatte. Seine Lippen streiften über ihren Mund, als wollte er ihr Zeit lassen, ihn zurückzustoßen. Sie kniff die Augen fest zu, um das Schreckliche auszublenden, das sie gleich tun würde, und zog ihn an sich.

Darauf sollte sie wirklich keine Lust haben.

Nach dem nächsten Kuss schnappte sie an seinem kalten Mund nach Luft – sie hatte zu lange den Atem angehalten, da er überhaupt nicht atmen musste – und glitt mit ihrer Zunge über seine, an den scharfen Zähnen entlang. Er passte gut auf, dennoch spürte sie die Spitzen der Fangzähne an der Unterlippe. Unter dem kalten Druck seines Körpers fühlte sich ihre Haut fiebrig an.

Er löste sich von ihr und legte einen Finger auf ihren Mund. Dann sah er sie voll sanfter Verwunderung an. »Ich hatte vergessen, wie es ist.«

Tanas Herzschlag hatte sich überall in ihrem Körper ausgebreitet und gab ihr bei jedem schnellen Puls einen neuen Kick. Alles verschwamm an den Rändern, und sie wollte – sie wollte, dass er fühlte, wie sie fühlte, als hätte er etwas Verbotenes getan, wollte ihm etwas geben, das ihm gefiel und das er *wirklich* keinesfalls bekommen dürfte, etwas, das sich falsch anfühlte, etwas, das er wollte.

»Küss mich noch mal«, flüsterte sie und vergrub die Finger in seinem Haar. Sie kannte sich kaum wieder, als sie sich an ihn drängte.

Wehrlos beugte er sich über sie.

Tana biss sich auf die Zunge. Sie biss fest zu, und der Schmerz schoss durch ihre Nervenenden und verwandelte sich alchemistisch in etwas, das Vergnügen gleichkam. Als sie unter dem Druck seiner Lippen den Mund öffnete, wogte das Blut darin.

Er stöhnte auf, als er es schmeckte, und riss die Augen auf. Staunen und Angst las sie in seinem Blick. Er packte mit beiden Händen ihre Arme und drückte sie an die Backsteinmauer, während er sie gleichzeitig an sich presste. Eben hatte er noch achtgegeben, doch jetzt ließ er sich gehen, als er ihren Mund ausleckte. Tana staunte, so sehr sie auch erschrak. Er küsste sie wild, brutal, ihre Münder verschmolzen in rasender Gier. Der Schmerz in ihrer Zunge verebbte zu einem fernen Pochen. Sie grub die Nägel in die Muskeln auf seinem Rücken, während ihre Körper einander so nah waren, dass er jeden stockenden Atemzug, jeden erschauernden Schlag ihres Herzens spüren musste. Und so sehr sie sich auch vor ihm gefürchtet hatte, in diesem Moment hatte sie größere Angst vor sich selbst.

Gavriel schreckte mit roten Lippen zurück. Er wischte sich mit dem Handrücken über den Mund und verschmierte ihr Blut auf seiner Haut. Lange sah er sie entsetzt an, als sähe er sie zum allerersten Mal. »Du bist gefährlicher als das Morgengrauen.«

Bevor Tana reagieren konnte, trat er in die länger werdenden Schatten des Morgens und verschwand.

Achtzehntes Kapitel

*Ich möchte vollkommen verbraucht sein,
wenn ich sterbe.
– George Bernard Shaw*

Als Gavriel jung war, ging Russland dem Ende des Goldenen Zeitalters entgegen. Die Revolution stand kurz bevor, doch der Adel weigerte sich, davon Kenntnis zu nehmen, genehmigte sich Champagner und parlierte in vergoldeten Salons in Französisch mit perfektem Akzent. Die Bücher jener Epoche verherrlichten den vornehmen Selbstmord, vorsätzlichen Verfall und romantische Melancholie.

Gavriel, damals noch Gavriil, hatte den sinnlichen Mund und die strahlenden Augen seines Großvaters geerbt, doch mit zwanzig Jahren lebte er nicht allzu sehr nach diesem Vermächtnis. Als mittleres Kind hatte er eine jüngere Schwester namens Katya, ein Mädchen, so funkelnd und facettenreich wie ein Diamant in der Zarenkrone, und einen älteren Bruder namens Aleksander, der sich der Dekadenz verschrieben hatte. Aleksander war ein Trunkenbold, ein Spieler und ein Frauenheld: Alle drei Laster kamen ihn teuer zu stehen. Ihre Verquickung drohte die Familie ins Elend zu stürzen.

Der Vater, der *Vicomte*, lag bereits drei Jahre in seinem Grab, als die Mutter Gavriel anflehte, mit seinem Bruder zu sprechen und ihn zu bitten, sich in seinen Ausschweifungen zu mäßigen. Doch da Aleksander mittlerweile den Titel und die damit verbundenen Ländereien geerbt hatte, ließ er sich zu nichts überreden, was ihm Unannehmlichkeiten bereiten könnte.

»Du bist der gute Bruder«, pflegte Aleksander zu sagen. »Davon braucht jede Familie nur einen, findest du nicht auch? Zwei würden den Anstand verletzen.«

»Wenn du möchtest, können wir tauschen, Sasha«, sagte Gavriel. »Verantwortungslosigkeit ist das Privileg des jüngeren Sohnes.«

Aleksander wollte nichts davon hören, und Gavriel war seinerseits zu beschäftigt, um sich ernsthaft mit ihm zu streiten. Er hatte sich in eine gewisse Roza verliebt, die er über die Schwester eines Freundes kennengelernt hatte. Roza hatte braune Augen und üppiges dunkelblondes Haar in der Farbe von Buchweizenhonig. Als sie zum ersten Mal schüchtern in seine Richtung blickte und vorsichtig lächelte, raubte es ihm buchstäblich den Atem.

Später konnte er sich kaum daran erinnern, worüber sie sich unterhalten hatten – nur daran, dass er sie unbedingt von sich hatte einnehmen wollen. Es war fast unvorstellbar, doch es schien ihm gelungen zu sein. Roza erlaubte ihm, ihr den Hof zu machen. Ihr Vater, ein schwerblütiger Fabrikant, musste mehrere Töchter unter die Haube bringen und begnügte sich trotz Gavriels finanzieller Misere mit seinen Titeln und Verbindungen.

Die Liebe überwältigte Gavriel geradezu, sie versetzte ihn in einen Rausch. Er schrieb lange Briefe an Roza und bediente sich schamlos bei Tjuttschew, um ihre Augen in Versen zu besingen. Er schmeichelte seiner Mutter einen Saphirring ab, den sie eigentlich hatte verkaufen wollen. Plötzlich entwickelte er Interesse für Kleidung und bemerkte jede verschlissene Manschette, jeden abgewetzten Mantelsaum.

Je länger er sich dieser Liebe hingab, umso weniger Vergnügen fand Aleksander daran. »Wegen der Tochter eines Kaufmanns machst du einen Narren aus dir«, sagte er nicht nur einmal, wenn Gavriel sich vom Tisch erhob. »Eine Geldheirat ist eine Sache, aber mit deiner Balz erweist du ihr zu viel der Ehre.«

Vielleicht war es tatsächlich das, was Aleksander ärgerte. Möglicherweise wollte er seinen verantwortungsbewussten, langweiligen jüngeren Bruder zurückhaben. Vielleicht dachte er auch nur, wenn Gavriel nicht merkte, dass er sich lächerlich machte, würde er es ihm zeigen, indem er ihn noch viel lächerlicher machte.

Wie auch immer – Aleksander machte sich mit Erfolg daran, Roza zu verführen und zu entehren. Sie weinte, als sie auf einem Seidensofa saß, es Gavriel beichtete und ihn anflehte, ihr nicht böse zu sein. Sie hätten nicht vorgehabt, sich ineinander zu verlieben, sie und sein Bruder.

Gavriel saß stocksteif da. Er war im Innersten aufgewühlt und befürchtete, bei der leisesten Bewegung außer sich zu geraten und sämtliche Möbel zu zertrümmern und die Fensterscheiben einzuschlagen, bis der Salon in glänzende Splitter zerlegt war.

Stattdessen legte er den Kopf in den Nacken und lachte. Es war ein haltloses, grausames Lachen, das nicht zu dem Jungen passte, wie Roza ihn kannte. Es flammte in ihm auf, aus einer Glut, die er früher wissentlich nicht geschürt hatte.

»Du bist eine Närrin«, sagte er zu ihr und sah zu, wie sie aus dem Salon taumelte und ihn über die Schulter ansah, als wäre er der Betrüger.

Dann würde sie jetzt zu ihm gehen, vermutete Gavriel. Er blieb noch lange sitzen und starrte die Wand an, um sich zu beruhigen. Schließlich stand er auf, weil er das Haus verlassen wollte. Auf dem Weg durch die Halle kam er an der Bibliothek vorbei, in der Roza auf dem Fußboden kniete, mit gebauschten Röcken, die Hände vors Gesicht geschlagen. Alek überschüttete sie mit Hohn und Spott und teilte ihr mit, er werde niemals ein Mädchen heiraten, das sich bereits als treulos erwiesen hätte. Sie hätte ihn wohl missverstanden, er hätte ihr nichts versprochen, sondern nur prüfen wollen, was für eine Frau sein Bruder erwählt hatte. Es war abscheulich, mit welcher Schadenfreude Aleksander ihre romantischen Hoffnungen in der Luft zerpflückte. Er hatte sie ruiniert und war auch noch stolz darauf.

Gavriel wartete, bis sie hinauswankte, so heftig schluchzend, dass sie kaum mehr gehen konnte, bevor er seinen Bruder zum Duell herausforderte. Seine Stimme bebte, als er die Worte laut aussprach. Aleksander sah ihn an wie einen jungen Hund, der die Zähne zeigte.

Dann griff Alek zu einer Karaffe aus Kristallglas und schenkte sich ein Glas Wein ein. »Mach dich nicht lächerlich.«

Gavriel stieß ihm das Glas aus der Hand, das auf dem

Boden zerbrach. Als er ihm eine Ohrfeige gab, klatschte Haut auf Haut so laut, als knackte ein Ast.

Alek wich taumelnd zurück.

Dann warf er resignierend die Hände in die Luft und erklärte sich damit einverstanden, Gavriel am nächsten Tag eine Stunde vor Morgengrauen auf dem Anwesen der Familie zu treffen. Er blieb gelassen und legte grinsend eine Hand an seine gerötete Wange. Aleksander hatte bereits dreizehn Duelle ausgefochten, ohne auch nur einen Kratzer davonzutragen. Er war ein hervorragender Schütze. Gavriel hatte ihm als Sekundant gedient, doch in dieser Funktion nur auf dem Rasen herumgestanden und dafür gesorgt, dass die Pistolen geladen waren.

Einer der Diener musste sie belauscht und die Neuigkeit der Vicomtesse zugetragen haben, denn an diesem Abend suchte sie Gavriel in seinem Zimmer auf und flehte ihn an, nicht zum Duell zu gehen. Als er sich weigerte, sagte sie, sie wolle Aleksander überreden, dass er sich für das schwere Vergehen entschuldigte.

»Das verzeihe ich ihm nie«, sagte Gavriel. »Und ich habe weiterhin vor, sie zu heiraten, nur damit du es weißt.«

»Roza?«, fragte seine Mutter mit zitternder Stimme. »Unmöglich.«

»Selbst wenn ich sie nicht mehr liebte, würde ich sie zur Frau nehmen, um ihm zu beweisen, dass er mir nichts nehmen kann, das ich ihm nicht geben will. Ich würde es schon allein deshalb tun, um ihn zu kränken. Aber ich liebe sie.«

Händeringend verließ seine Mutter das Zimmer.

Die Sonne ging bereits auf und orangefarbene Flammen

leckten über den Himmel, als Aleksander auf der Lichtung erschien, wo das Duell stattfinden sollte. Er war volltrunken. Zwei Freunde mussten ihn stützen.

Sie trafen Gavriel allein an, der im Schnee umherging, frische Flocken auf seinem langen Mantel.

»Ganya!«, rief Aleksander, als gäbe es keinen erfreulicheren Anblick als seinen kleinen Bruder. »Wartest du schon lange?«

Gavriel schüttelte den Kopf. »Keineswegs.«

»Du kannst das hier nicht zu Ende bringen«, sagte ein junger Mann namens Vladimir und legte einen Arm um Aleksanders Schultern, der unter dem Gewicht ins Schwanken geriet.

»Zum Teufel mit euch«, sagte Aleksander und riss sich los. Er zog die Pistole und stürzte durch den Schnee auf Gavriel zu. Dabei fuchtelte er wild mit der Waffe. »Mein kleiner Bruder will seine Ehre verteidigen. Soll er doch! Ich dachte, er wäre zu feige. Los, Ganya, schieß doch! Worauf wartest du noch?«

»Sasha kann kaum stehen«, rief Vladimir. »Mach keine Dummheiten.«

Das passte mal wieder zu Aleksander, ihm auch das noch zu nehmen, dachte Gavriel. Das Duell als Witz zu behandeln, *ihn* wie einen Witz zu behandeln. Jetzt blieb ihm nur die Wahl zwischen einem Schuss auf einen Mann, der gleich von allein umfiel, oder der Schande, die Sache abzublasen. Aleksander würde ihn auslachen. *So betrunken war ich doch gar nicht,* würde er sagen. *Und wenn schon? Wenn du nicht so ein Milchbubi wärst, hättest du doch einfach –*

Gavriel hob die Pistole und schoss seinem Bruder ins Herz.

Lange Zeit spürte er nur die glühende Waffe in seiner Hand, während Aleksanders Blut wie Rubine in den Schnee tropfte. Niemand sagte etwas. Dann warf Gavriel die Pistole fort und ging nach Hause.

Er fühlte sich so kalt wie Schnee.

Abends erfuhr dann Roza, dass Aleksander tot war. Wahnsinnig vor Kummer sprang sie in den eisigen Fluss und ertrank. Gavriels Mutter, die nicht noch einen Sohn verlieren wollte, gab Gavriel ihren letzten Schmuck und schickte ihn nach Paris, wo ihn die russischen Behörden nicht verhaften konnten.

In Paris wurde er endlich seinem sinnlichen Mund und den leidenschaftlichen Augen gerecht. Er erfüllte das Vermächtnis seines Blutes. War sein Bruder schlecht gewesen, schwor er sich, noch schlechter zu werden. Hatte sein Bruder Wein getrunken, trank er Absinth. Er verspielte die Stiefel an seinen Füßen. Und wenn Aleksander ein Wüstling gewesen war, wollte Gavriel ihn auch in dieser Hinsicht übertreffen, indem er niemals nie sagte. Kein Vorschlag war ihm zu roh, zu entwürdigend oder zu lasterhaft.

Und dann lernte er Lucien kennen.

Neunzehntes Kapitel

Du ersehnst einen Kuss
meiner lehmkalten Lippen;
Doch mein Atem riecht erdig, stark.
Nach einem Kuss von meinen lehmkalten
Lippen Liegst du balde im Sarg.
– The Child Ballads 78: Das gestörte Grab

Aidan wartete mit hochgezogenen Augenbrauen am Ende der Gasse auf Tana, bereit, sich über sie lustig zu machen. Midnight grinste und scrollte auf ihrem Handy, während Winter ungeduldig neben ihr von einem Fuß auf den anderen trat. Der Wind fuhr in die Haare der Zwillinge, die wie ein Stück Himmel tiefblau loderten.

»Echt *interessant*«, sagte Winter säuerlich.

Tana rieb sich das Gesicht. In ihren Gedanken ging es drunter und drüber. Sie wusste nur, dass es ihr peinlich war. Ihr Gesicht brannte, ihre Zunge tat weh und erinnerte sie daran, was sie getan hatte. »Ihr habt auf mich gewartet.«

Aidan hörte auf zu lächeln, als er auf sie zuging. »Hey? Geht's? Er hat dir doch nichts getan, oder?«

Wenn sie bei ihm diese Reaktion hervorrief, musste sie wirklich seltsam aussehen, dachte Tana.

Midnight verdrehte die Augen, als hätte Aidan etwas Lächerliches gesagt. »Ich wette, du warst zu Hause richtig nett«, sagte sie zu Tana. »Ein braves Mädchen, das die ganze Zeit darauf gewartet hat, dass jemand kommt, für den sich der Ärger lohnt.«

»Da kennst du sie schlecht«, murrte Aidan. Dann wandte er sich wieder Tana zu. »Hat er dich gebissen?«

Sie schüttelte den Kopf. Je mehr sie über die Sache nachdachte, desto blöder kam sie sich vor. Wahrscheinlich hatte sie sich angesteckt, aber deshalb musste sie ihn noch lange nicht in Versuchung führen, es zu Ende zu bringen. Hungrig wie er war, so verrückt, wie er vielleicht war, hätte er sie an die Mauer drücken, komplett aussaugen und ihr die Kehle herausreißen können. Sie hatte mit dem Feuer gespielt, hatte genau das getan, was er Midnight vorgeworfen hatte.

Kluges Mädchen. Du spielst mit dem Feuer, weil du dich verbrennen willst.

Bei dem Gedanken war sie plötzlich zu Tode erschöpft. Sie waren mittlerweile hinter den Toren, und Tana hätte sich am liebsten mitten in den Müll gelegt, die schweren Lider geschlossen und so getan, als wäre sie woanders. Sie hatte ihr Bestes gegeben, um die Welt vor dem zu beschützen, was aus ihr und Aidan werden würde, und nachdem das erledigt war, fiel sie in den Abgrund der Verzweiflung.

Sie wollte nicht infiziert sein.

Sie wollte nicht über den Geschmack ihres eigenen Blutes nachdenken oder darüber, dass der Geschmack in ihrem

Mund von Neuem explodieren würde, wenn sie fest genug an ihrer Zunge saugte.

Sie rieb die Narbe an ihrem Arm und dachte, wie es sich anfühlen würde, wenn man Zähne auf Haut drückte, und was über ihre Mutter gekommen war, dass sie Fleisch aus ihrem Arm gerissen hatte. Gerade noch rechtzeitig merkte sie, dass sie unbewusst ihr Handgelenk an den Mund führte.

Winter seufzte, fasste sie am Ellbogen und führte sie weiter. »Bist du sicher, dass er dich nicht gebissen hat? Du bist so komisch.«

»Mir geht's gut. Ich habe nur nicht gedacht, also, ich dachte nicht«, sagte sie, während sie neben ihm über den löchrigen Asphalt stolperte und schuldbewusst lächelte, »dass sie so was *mögen* könnten.«

Winter verzog den Mund. »Es hat eindeutig so ausgesehen, als ob ihr …«

»Schon gut!« Tana hob die Hände, er sollte nicht weitersprechen. Sie wusste noch, wie sie Gavriels von Aidans Blut verschmierten Mund angesehen hatte, als er sich an der Tankstelle ans Steuer gesetzt hatte. Da hatte sie sich auch schon vorgestellt, ihn zu küssen, das war mal klar. Aber es war eine dieser gestörten Fantasien gewesen, die sich Menschen im Stress ausdachten. Krank, aber harmlos. Schließlich würde er nie etwas davon erfahren.

»Hast du die Liveberichterstattungen nicht gesehen?«, fragte Winter freundlicher. »Vampire mögen alles und jedes, Hauptsache, sie langweilen sich nicht. *Alles* und *jedes*.«

Tana schüttelte noch mal den Kopf, schüttelte das Gespräch mit einer Bewegung ab, die in ein Erschauern überging.

»Ich habe Fotos von euch Turteltauben gemacht«, flötete Midnight in einer Art Singsang und zeigte Tana ihr Handy. Die Bilder waren verschwommen, man sah nur zwei dunkle Gestalten, die sich aneinanderschmiegten, Umrisse der Wangenknochen und seine Finger in ihrem Haar, während über ihnen ein Fenster grell leuchtete, was wahrscheinlich auf einen Fehler des Lichtsensors der Kamera zurückzuführen war.

»Die würde ich lieber löschen«, sagte Tana verlegen und wollte das Handy nehmen. »Man kann doch kaum etwas erkennen.«

»Oh nein, das sehe ich anders!« Midnight lachte und hüpfte aus Tanas Reichweite. Sie freute sich, dass sie sie ärgern konnte. »Während du dich ausführlich verabschiedet hast, habe ich uns einen Schlafplatz besorgt. Mein Freund Rufus hat auf einer der umbenannten Straßen einen Unterschlupf. Wormwood.«

Tana nickte und versuchte zu lächeln. Sie brauchte dringend Schlaf, Schlaf und nichts als Schlaf.

»Geh vor«, sagte Aidan. Seine Haut hatte einen ungesunden Schimmer, und er war blass, als kühlte sein Blut ab, als könnte er sich schon bald Körperwärme nur noch bei anderen holen.

Auf dem Bürgersteig parkten Autos. In einem lag eine Frau, die sich auf der Rückbank neben Müllsäcken in eine Decke gehüllt hatte. Lebte sie noch? Tana konnte nicht sehen, ob sich die Decke hob oder senkte. Ein anderes Auto brannte lichterloh, beißender Rauch stieg zum Himmel.

Zwei Mädchen, die offenbar von einer Party kamen, stützten einander. Die eine hatte grünen Glitzer im Haar und die andere trug ein zerrissenes Kleid mit goldenen Pailletten. Sie waren barfuß, die Schuhe schienen sie verloren zu haben. An den Beinen hatten sie blaue Flecken und Nadelstiche von den Waden bis zu den Oberschenkeln, über denen die Kleidersäume hingen. Ihre Gesichter spiegelten benommene Zufriedenheit, als sie an der Gruppe vorbeischwankten.

Ein paar Blocks entfernt schrie plötzlich jemand. Direkt danach kam noch ein Schrei und dann noch einer. Drei sehr unterschiedliche Stimmen kreischten eine höllische Melodie, die in Wogen herüberschallte und einfach nicht enden wollte. Die Mädchen blickten in Richtung des Gebrülls und gingen dann leise flüsternd weiter.

Midnight biss sich auf die Lippe und lutschte am silbernen Ring in ihrem Mund. Sie schüttelte den Kopf.

Aidan schloss die Augen und schien die Schreie aufzusaugen.

»Weiter«, sagte Tana und bog in eine mit Müll übersäte Gasse ein. Ohne nachzudenken, ging sie dem Geschrei entgegen. *Und genau das stimmt mit mir nicht,* dachte sie. *Wenn es irgendwo Ärger gibt, zieht er mich magisch an.*

»Bist du sicher?«, fragte Winter, folgte ihr aber.

Einige Häuserblocks weiter gelangten sie an einen großen Platz mit einer Kreuzung, an dessen Rand sich viele Menschen versammelt hatten. Einige hatten weiße Blumen in der Hand. Drei Vampire knieten mitten auf der Straße unter einer kaputten Ampel – ein Mann, eine Frau und ein junges Mädchen – und kreischten zum Himmel hoch, während das Sonnenlicht sie versengte. Flammen schossen aus ihren Haaren. Das Fleisch wurde schwarz und schuppte wie der Lack auf den Dielen eines alten Hauses. Darunter sah ihre Haut roh und rot aus, als bestünden sie aus glühender Asche anstelle von Muskeln und Sehnen. Innerhalb weniger Minuten verebbte das Geschrei kehlig, bis nichts mehr zu hören war. Als sich zwei Menschen aus der Menge lösten und zu den Leichen schlichen, zuckte die Vampirfrau noch mal hoch. Tana sah blitzartig gefletschte Fangzähne, doch dann brach die Frau zu einem Haufen aus schwarzem Rauch und Dampf zusammen. Die Zuschauer holten kollektiv Luft und einige wichen zurück.

»Ich weiß, welcher Platz das ist«, sagte Winter leise. »Suicide Square.«

Zunächst dachte Tana, sie hätte sich verhört. Ihr war schwindelig vor Grauen.

»Wenn man auf YouTube Vampire in der Sonne brennen sieht, wird meistens von hier gesendet.« Winter zeigte auf eine Kamera, die an einem Fenster befestigt war. Dann wies er mit einem Nicken auf das Publikum. »Die Leute kommen, um sie sterben zu sehen … jeden Morgen. Sie hoffen, sich infizieren zu können oder dass die Vampire Geld oder Informationen verteilen – manche sind kurz vor dem Tod sehr freigiebig, habe ich gehört. Es kommt aber auch vor, dass sie noch ein paar aus der Menge mit in den Tod reißen, aus reiner Bosheit.«

»Aber wieso wollen sie denn sterben?«, fragte Tana.

Midnight betrachtete die drei Vampire. Verächtlich verzog sie den Mund. »Die meisten wollten niemals Kalt werden. Sie hassen es, Blut zu trinken und in Coldtown festzusitzen. Viele kommen nicht darüber hinweg, was sie als frisch Verwandelte angerichtet haben. Nicht alle erweisen sich als würdig.«

Nicht alle sind Ungeheuer, dachte Tana. Eigentlich sollte sie sich deswegen besser fühlen, weil es ein Beweis dafür war, dass Vampire nicht zwangsläufig unmenschlich waren oder kein Mitleid, keine Reue oder keine Angst verspürten. Stattdessen musste sie daran denken, dass man manchmal nur die Wahl zwischen zwei schlimmen Dingen hatte.

»Andere tun es, weil sie sich zu Tode langweilen«, fuhr Winter fort. »Aus diesem Grund sterben die Alten. Irgendwann saugen sie nicht mehr und verhungern.«

Als Midnight ihm einen unfreundlichen Blick zuwarf, verstummte er. Sie richtete sich auf, und Tana konnte geradezu sehen, wie sie ihn antrieb, sich seiner Rolle zu entsinnen. Sie mussten ein Bild abgeben – zwei schöne, herablassende Wesen, die außer ihrem Zwilling niemanden brauchten und automatisch im Windschatten des anderen segelten. Doch Tana sah auch, dass es Midnight nicht passte, wenn Winter eine Zukunft ansprach, in der sie möglicherweise nicht glücklich sein könnten, selbst wenn es ihnen gelänge, Vampire zu werden.

»Das kannst du mit Lucien Moreau persönlich besprechen«, sagte Midnight, als wollte sie ihren Bruder an etwas erinnern, das er schon wusste. »Wir werden uns auf eine seiner Partys schleichen.«

Aidan drückte sich in den Häuserschatten, als störe ihn die Sonne. Vielleicht dachte er darüber nach, wie er als Vampir wäre und ob er es aushalten, ob er sich als würdig erweisen würde.

»Aber wie kann man nur so sterben wollen?«, fragte Tana leise. Die Frage war an niemanden persönlich gerichtet, sie erwartete keine Antwort. Zwei der drei Vampire regten sich nicht mehr, doch das junge Mädchen – das nur noch aus glühender Asche bestand – zuckte noch, bis alles zerbröselte. Die Zuschauer warfen nun die weißen Blumen auf die Leichen und zupften vor allem für das Mädchen Blütenblätter ab.

»Aus Tradition?«, gab Winter achselzuckend zurück und wandte sich von dem Spektakel ab. Er wollte ihr vormachen, dass ihn das alles kaltließ, doch er war blass – anscheinend war ihm übel. Es war etwas anderes als auf Video, wenn Vampire direkt vor seinen Augen verbrannten. Es war etwas anderes, ihre Schreie von weither zu hören. Es war etwas anderes, wenn man mit jedem Atemzug den Gestank versengter Haut und Haare einatmete.

»Jetzt wissen wir wenigstens genau, wo wir sind, und können unseren Standort auf dem Stadtplan finden«, sagte Midnight. Ihr Gesicht strahlte etwas aus, das Tana noch nicht an ihr gesehen hatte, eine glückselige Ruhe. Vielleicht war sie gerade zum ersten Mal sicher, dass es alles richtig war. »Es kann nicht schwer sein, Rufus' Haus zu finden.«

Tana fasste Aidan am Arm, flocht ihre Finger in seine und störte sich nicht daran, wie kalt sie waren. Er ließ seinen Blick über einzelne Menschen aus der Menge jagen und suchte sich dann jemand neuen, wie ein Gepard, der in einer Gazellenherde nach schwächeren Tieren fahndete.

Midnight und Winter führten sie noch ein paar Blocks weiter und hielten Ausschau nach der richtigen Straße. Es gab normale Straßennamen wie Orange oder Dickinson oder Mill Road, doch bei anderen waren die alten Namen überklebt oder die neuen prangten auf den Fassaden, zum Beispiel *Der Weg des Drachen* oder *Der Quatschhof der Endlosen Gasse* oder

der *Metzger-Boulevard*. Die Hausnummern trugen wesentlich zum allgemeinen Durcheinander bei – sie waren mal willkürlich gestreut, mal in Keilschrift oder als Wörter angebracht. Eine Häuserreihe war mit einer Mischung aus Strichmännchen und einem mathematischen Code bekritzelt.

Der Stadtteil bestand vorwiegend aus Reihenhäusern, durchmischt mit Industriebauten aus Backstein und einigen Kirchen. Bei einer dieser Kirchen waren die Buntglasfenster eingeschlagen; jemand hatte mit grellgrüner Neonfarbe SCHWEINEHUNDE auf die Tür gesprayt. Auf den Straßen herrschte Ruhe, doch manchmal hatte Tana das Gefühl, beobachtet zu werden. Sie gingen an einem braunen Rasen vorbei, auf dem jemand in einem verwelkten Busch zusammengebrochen war. Es stank nach Verwesung und verschüttetem Wein, und Tana hielt sich ausnahmsweise fern und zog fest an Aidans Arm, als er zu dem Busch gehen wollte.

»Ich habe schrecklichen Hunger«, sagte er. »Es krampft mir den Magen zusammen. Eine Zeit lang dachte ich, es wäre nicht so schlimm, aber ich halte das nicht mehr lange aus.«

Sie nickte. Sie wusste selbst nicht, wie lange sie noch durchhielt.

Ein paar Meter weiter fiel Tana ein dunkelhaariger Junge mit nacktem Oberkörper auf, der sie von einem Spitzdach aus beobachtete. Seine braunen Arme waren mit bunten Tattoos übersät. Auf einem Arm saß eine Albinokrähe, die ihren schneeweißen Kopf mit dem gekrümmten knochenbleichen Schnabel zu einer Seite neigte. Sogar von der Straße aus konnte sie das Funkeln in ihren pinkfarbenen Augen erkennen.

»Hey«, sagte Winter. »Wir sind da. Hier ist das Haus.«

Als Tana sich umdrehte, ging Midnight bereits zu einer kleinen Treppe. Ihr Müllsackgepäck hatte sie auf dem Bürgersteig abgestellt. Das Haus hatte drei Stockwerke mit einem baufälligen Balkon in der dritten Etage. Der dunkelgraue Anstrich war längst abgeblättert, sodass darunter Hellblau zum Vorschein kam. Der Vorgarten bestand aus einem winzigen braunen Rasenstück mit struppigem bräunlichem Gras.

Tana sah sich noch einmal zu dem Dach auf der anderen Straßenseite um, doch der Junge mit der Krähe war verschwunden.

»Wissen sie über uns Bescheid?«, fragte sie und zögerte an der Treppe. »Ich meine, über mich und Aidan? Wir sind … nicht ungefährlich.«

Midnight kniff die Augen zusammen und sah Tana kurz an, bevor sie mit der Faust an die Holztür schlug. »Das ist bestimmt kein Problem«, sagte sie über die Schulter.

Dann wurde die Tür einen Spaltbreit geöffnet, und eine Kette spannte sich, sodass sie nicht weiter aufging. Midnight sagte etwas. Die Tür wurde geschlossen, entriegelt und schwungvoll wieder geöffnet.

Auf der Schwelle stand ein Junge, der wie ein Pirat oder ein Prinz aussah. Eine Kopfhälfte war kahl geschoren und er trug mehrere Bekleidungsschichten aus Leder und wallender Baumwolle, Ringe an allen zehn Fingern und Ketten aus Silber und Bein. Er bat sie mit einer ausladenden Bewegung seiner geschmückten Hand hinein.

Tana folgte den anderen in das Haus, das schon lange dem Verfall anheimgefallen war. Schimmel verfärbte die Decke und flackernde Kerzen warfen unheimliche Schatten auf die nikotingelben Wände des mit Vorhängen dekorierten Raums. Ein großes Mädchen mit honigblondem Haar in einem alten hellrosa Gewand, das zu ihrer Hautfarbe passte, saß auf einem viktorianischen Sofa, dessen Polsterung herausquoll. Auf dem fadenscheinigen Diwan neben ihr saß ein dunkelhäutiges Mädchen, das die Haare hellrot gefärbt und mit einem Stöckchen hochgebunden hatte. Sie trug eine schwarze Jeans und einen Armeemantel. Es roch so stark nach Kräutern und Alkohol, dass Tana kaum durch die Nase atmen konnte. An einer Wand stapelten sich Dosen neben Pappkartons. Von ihrem Platz aus konnte sie die Aufkleber lesen: PFIRSICHE IN SIRUP, ERBSEN UND MÖHREN, HACKFLEISCH.

»Das ist mein Freund Rufus, von dem ich euch erzählt habe«, sagte Midnight begeistert und legte dem Jungen mit der Halbglatze eine Hand auf die Schulter. Er lächelte sie an.

»Herzlich willkommen bei uns«, sagte Rufus. »Macht es euch bequem.«

Midnight ging zu dem Sofa und lehnte sich in die Kissen wie eine böse Königin. Mit einem Ballerinafuß strich sie über das Bein des großen Mädchens bis zum Knie und zeigte dann mit der Fußspitze auf das andere. »Das sind Christobel und Zara. Zara und Christobel, ich darf euch Tana und Aidan vorstellen.«

Aidan grinste die Mädchen an, blieb aber an der Tür stehen.

Winter ging wieder raus, um das restliche Gepäck zu holen. Er schleppte Midnights Müllsack herein und ließ ihn schwer neben seinen plumpsen. Dann stellte er den Koffer ab.

»Danke, dass wir hierbleiben dürfen«, sagte Tana erschöpft.

»Ist das euer Haus?«, fragte Aidan. Er ging sehr bewusst zur Treppe und setzte sich dort mit geballten Fäusten hin.

»Jetzt gehört es uns«, sagte Christobel. »Hier gibt es viele verlassene Häuser. Man muss sich nur eins aussuchen und einbrechen.«

»Nebenan wohnt Bill Story«, sagte Zara und beugte sich vor. »Er streamt seine Beiträge, seit die Stadt unter Quarantäne gestellt wurde.«

»Den wollte ich immer schon treffen«, sagte Midnight verträumt. »Der unerschrockene Reporter.«

Sogar Tana hatte von William T. Willingham gehört, einem Comic-Autor, der hinter den Toren eingeschlossen war und aufgehört hatte, Geschichten zu schreiben. Dann hatte er sich einen griffigen Namen ausgedacht und berichtete nun als eine Art Dokumentarreporter, was innerhalb des Quarantänestreifens wirklich passierte. Seine Literaturfreunde bemühten sich um seine Freilassung, doch er hatte die beiden Chips, die sie ihm kurz hintereinander geschickt hatten, an Menschen verschenkt, die es angeblich mehr verdienten und die sonst niemals herausgekommen wären.

Zyniker behaupteten, außerhalb von Coldtown wäre der Mann nicht halb so berühmt geworden, und er würde das Letzte aus der Sache herausholen. Seine Gegner warfen ihm vor, sich eine Autobiografie zu erschleichen, während die Fans in ihm ein perfektes Beispiel dafür sahen, wie mutig normale Menschen sein konnten, wenn das Leben eine unvorhergesehene Wendung nahm. Tana hatte einen Bericht über ihn gesehen, er schaute ganz normal aus und trug eine Brille.

Ich kann mich nie entscheiden, ob ich Glück gehabt habe oder das alles hier lieber doch nicht gesehen hätte, hatte er gesagt.

Tana dachte an den Chip in ihrer Handtasche und konnte sich nicht vorstellen, dass sie ihre einzige Chance, herauszukommen, herschenken würde – für nichts auf der Welt. Sie fragte sich, wie lange Rufus, Christobel und Zara schon in Coldtown waren, wie lange sie schon irgendwo einbrachen, ihre Abenteuer bloggten und sich keine Sorgen um die Zukunft machten. Die Idee drängte sich auf, dass es in dieser Stadt etwas geben musste, weswegen man trotz allem gerne bleiben wollte.

Andererseits waren die meisten Leute hier eingesperrt, für sie spielte es keine Rolle, ob sie bleiben wollten oder nicht.

Tana dachte an Pauline, die auf ihrer Pritsche im Theater-Camp schlief.

War sie schon wach? Irgendwann würde jemand von zu Hause auf ihrem Handy anrufen und ihr erzählen, was passiert war. Oder sie ging online, sah die Bilder und las die Berichterstattung. Dann würde ihr aufgehen, dass Tana sie *nach* dem Massaker angerufen – und belogen hatte. Einen Augenblick lang lastete die Bürde der Ereignisse des vergangenen Tages schwer auf ihr.

Winter ging durchs Zimmer, setzte sich neben Midnight auf den Boden und legte den Kopf auf ihr Knie. Sie sahen wie eine Installation eleganter Punkrock-Figürchen aus.

»Genauso habe ich mir euch vorgestellt«, sagte Rufus und musterte sie beifällig. »Genau wie in euren Videos. Ihr habt überhaupt keine Angst, nicht mal, seit ihr mittendrin seid, was?«

Midnight schüttelte den Kopf und warf sich in Pose. »Ich habe das Gefühl, dass wir nach Hause kommen, wie nach einer langen Reise.«

Die anderen kicherten, doch Tana merkte, wie toll sie es fanden.

Christobel sah Tana an und klopfte auf den Platz neben sich. »Du siehst schrecklich müde aus. Komm doch her und setz dich. Bei uns bist du in Sicherheit.«

Tana ging zu ihr und hockte sich auf die Kante des Diwans. Es roch überall nach Staub, was sie komischerweise tröstete, weil es sie an alte Buchhandlungen erinnerte, in denen man an den Regalen entlanggehen und Krimis mit lustigen Titelbildern finden konnte. Sie atmete geräuschvoll aus, legte den Kopf in den Nacken und blickte zu dem Kronleuchter hoch, der in einem scheußlichen Rot-Schwarz lackiert war. Hier und da schimmerte das Originalmessing durch. Mit einem Schlag kapierte sie, dass sie es geschafft hatten. Sie waren in Coldtown, sie waren noch immer Menschen und sie hatten sogar einen Schlafplatz.

Zara stand auf. »Ihr habt bestimmt großen Hunger. Wir haben nicht viel zu essen, aber ich bringe einfach alles her.«

»Vergiss den Schnaps nicht«, sagte Rufus.

»Hol ihn selbst«, antwortete sie und stolzierte aus dem Raum. Er lachte und rief ihr etwas nach, das Tana nicht ganz mitbekam.

Sie lächelte zum Kronleuchter hoch und lauschte abwesend ihrem Geplänkel.

Tana stellte sich wieder vor, zu Hause im Bett zu liegen, über dem eine Lichterkette hing, mit kitschigen, schablonenhaft bekritzelten Bildern von Goodwill an der Wand. Im Nebenzimmer würde Pearl sich zu laut schreckliche Sendungen im Fernsehen anschauen. Ihr Dad würde nach Hause kommen und dann würden sie zusammen abendessen. Es war ein sehr verwirrendes Gefühl, sich dorthin zurückzubeamen – tröstlich und einengend gleichzeitig, als wäre sie gewachsen und alles andere klein geblieben.

Ihr Vater hatte sie gebeten, Pearl in Ruhe zu lassen, doch sie musste sich irgendwie verabschieden. Nach kurzem Nachdenken ging sie zum Fenster und machte im ersten Morgenlicht ein Handyfoto von der Aussicht auf die Mauern. Dann schrieb sie dazu: *Coldtown ist Kacke & ich hab dich lieb & es geht mir gut.*

Hoffentlich gefiel es Pearl. Hoffentlich verstand sie es.

Minuten später kehrte Zara mit einem großen Silbertablett zurück, das mit einer scheinbar willkürlichen Auswahl bestückt war. Es gab schwarze Oliven, Mandarinenscheiben, Rote Bete im Glas, Maiskölbchen, geräucherte Austern in der Dose, einen Käseklumpen und einen Laib altes, leicht verkohltes Brot. Tana steckte drei Oliven auf einmal in den Mund, dazu ein essigsaures Maiskölbchen.

Rufus holte kleine Gläser aus einem Schrank, stellte sich mit dem Rücken zu ihnen und schenkte aus einer Flasche mit gelblicher, milchiger Flüssigkeit ein. Dann brachte er wie ein Butler jedem ein Glas. Plötzlich fiel Tana das Trinkspiel von der Party wieder ein, das sie mit Aidan gespielt hatte. *Dame oder Tiger*. Sie wusste nicht mehr, wer damit angefangen hatte, aber ihre Freunde spielten es schon seit dem ersten Highschooljahr, nachdem sie die Kurzgeschichte im Englischunterricht gelesen hatten. Sie konnte sich aber gut daran erinnern, wie Pauline schwankend auf der Kochinsel aus Granit in Rachel Meltzers Haus gestanden hatte – mit einem roten Solo-Becher in der Hand – und einen Limerick aufgesagt hatte:

Ein blutjunges Mädchen aus Niger
Ritt lächelnd mal auf einem Tiger
Zurück kam es auch
Doch in seinem Bauch
Der Lächelnde war nun der Tiger

»Was ist das?«, fragte Aidan und hielt sein Glas stirnrunzelnd gegen das Licht.

»Weißt du, wie man im Gefängnis Pruno macht?«, fragte Zara. »Tja, das ist unsere Spezialität aus Coldtown – unser einzigartiger Schwarzgebrannter. Aus normalem weißem Zucker, Hefe und Wasser. Das wird gebrannt, in Flaschen gefüllt und verkauft.«

Als Tana an ihrem Glas roch, brannten ihre Nasenhärchen. *Tiger*, beschloss sie innerlich und trank. Sofort musste sie husten.

Aidan zog die Augenbrauen hoch. »Und wonach soll das schmecken?«

»Nach Satans Eiern«, antwortete Rufus, und alle lachten. Er hob das Glas. »Auf den Mut, den braucht man, wenn man das trinken will!«

Erst tranken Christobel und Zara auf ex, dann Aidan, dann Midnight und Winter. Alle schüttelten sich und Zara kam aus dem Lachen nicht mehr heraus.

»Brennt bis unten«, sagte Rufus.

»Und immer weiter«, sagte Aidan, doch er lächelte.

Tana war schwindelig. Ein kalter Schauer durchzuckte sie und erinnerte sie daran, dass die Infektion in ihrem Blut lauerte. *Ich habe das Gegenteil von Fieber,* dachte sie und verdrängte den Gedanken wieder.

Das Essen passte nicht zusammen, doch es war wenigstens nahrhaft. Sie stopfte sich voll, kaute auf dem Brot herum und belegte es mit Mandarinenscheiben wie mit Marmelade. An den Schnaps gewöhnte sie sich auch allmählich, obwohl ihr immer schwindeliger wurde, je mehr sie trank.

Nach dem dritten Glas rappelte sie sich auf. »Ich glaube, ich muss mich hinlegen. Mir geht's nicht besonders.«

»Gut, wenn das so ist«, sagte Rufus und lächelte, »sollten wir euch lieber eure Zimmer zeigen.«

Christobel und Zara standen auch auf und blickten verstohlen in Aidans Richtung.

Jetzt kapierte Tana, dass irgendetwas schieflief. Das sah nicht danach aus, als würden sie nur hinter seinem Rücken tuscheln. Die planten irgendwas.

»Du kommst mit mir«, sagte Christobel zu Aidan. Ihr Seidengewand glitt schimmernd über ihren Körper, als sie zur Treppe ging. Aidan wollte ihr folgen, doch Tana nahm seine Hand.

»Moment«, sagte sie. Ihr Mund war so taub, dass sie gar nicht mehr richtig sprechen konnte. »Warte.«

Er wandte den Kopf und sah sie verwirrt und stockbesoffen an.

Tana fiel absolut nichts ein, womit sie hätte beweisen können, dass ihnen etwas Schlimmes bevorstand. »Vielleicht sollten wir hier lieber nicht stören – die haben doch gesagt, man könnte leicht überall einbrechen. Wir suchen uns was Eigenes.«

Aidan zog die Augenbrauen hoch und sah von Christobel zu Tana, als wollte er die tiefere Bedeutung ihrer Worte verstehen. »Ich will nicht weggehen«, sagte er. »Ich fühle mich komisch.« Da verstand sie, warum ihr das Denken so schwer fiel.

Sie hatten ihnen etwas in den Schnaps getan.

Machtlos sah Tana zu, wie Christobel vorausging und Zara Aidan die Treppe hochschubste. Wie hätte sie ihn retten sollen? Tana drehte sich zu der offenen Haustür um, Richtung Freiheit. Die kühle Morgenluft würde möglicherweise auch die Kopfschmerzen vertreiben. Doch als sie zwei schwankende Schritte zum Ausgang machte, schloss Rufus die Tür mit einem Tritt.

»Willst du irgendwohin?«, fragte er.

Midnight, die noch auf dem Sofa saß, lachte. »Dein Gesicht!«, sagte sie. »Oh mein Gott, Tana, ich wünschte, du könntest dich sehen! Das hätte ich filmen sollen. Keine Angst – und überhaupt, du bist mit einem *Vampir* durch die Gegend gefahren, da wirst du dich doch vor uns nicht fürchten.«

Idiot, dachte Tana. *Ich bin so blöd. Ich war müde und mit den Gedanken woanders und traurig. Ich habe nicht aufgepasst.* »Was habt ihr mit uns vor?«

»Sie hat sich übrigens auch angesteckt«, sagte Winter. »Wir sollten sie zusammen unterbringen.«

»Echt jetzt?« Rufus sah Midnight fragend an. »Sie?«

Als Midnight die Beine in ihrer Skinny-Jeans auf dem Sofa ausstreckte, verrutschte ihr Samtoberteil, sodass man den Verband sehen konnte. »Werden wir ja sehen.«

»Komm nach oben«, rief Christobel Tana zu.

Da Rufus und Winter sie rechts und links einhakten, konnte sie sich schlecht weigern.

In dem fensterlosen Raum lagen eine Matratze und ein Haufen Decken. Von der Decke hing ein Kronleuchter und durch ein zerkratztes altes Oberlicht mit Wasserschäden an den Ecken konnte man ein kleines Stück vom blauen Himmel und viele welke Blätter sehen. Die Zimmertür war hoch, alt und hatte eine elektrische Katzenklappe.

Jetzt, da es längst zu spät war, sah Tana alles sonnenklar vor sich.

Zwei Infizierte. Am Schluss drehen wir durch und fallen uns gegenseitig an. Wenn wir erst Menschenblut geschmeckt haben, sind wir keine Menschen mehr. Und dann sind wir bereit, sie zu beißen. Das ist der Plan, völlig klar.

Tana hörte, wie abgeschlossen wurde, es waren mehrere Schlüssel. Vor der Tür wurde gekichert.

Dreißig Messingschlösser mit dreißig Messingschlüsseln. Genau wie in ihrem Traum. Auf einmal wurde sie fuchsteufelswild.

Sie schlug an die Tür, trat dagegen und warf sich mit ihrem ganzen Gewicht an das Holz, doch sie war schwach und alles verschwamm vor ihren Augen. »Ich bringe euch um!«, kreischte sie durch das Schlüsselloch, doch ihre Stimme klang fremd und schleppend. »Macht die Tür auf, damit ich euch umbringen kann!«

Aidan wollte aufstehen, aber er brach wie ein Sack auf der Matratze zusammen. Er gluckste, offenbar bekam er nicht mehr alles mit. »Du gibst wirklich nie auf, was?«

Mit letzter Kraft kroch sie zu ihm auf die Matratze, die nach Zigaretten und altem Parfüm stank. Dann rollte sie sich neben Aidan zusammen und wurde ohnmächtig, bevor sie darauf antworten konnte.

Zwanzigstes Kapitel

Der Tod gibt uns Schlaf,
ewige Jugend und Unsterblichkeit.
– Jean Paul

An dem Montag nach Tanas Verschwinden wachte Pearl früh auf. Ihr Vater saß am Küchentisch, hatte den Kopf auf die Hände gebettet und schlief in den gleichen Sachen, die er schon am Vortag getragen hatte. Neben ihm stand ein halb ausgetrunkener Kaffee mit einem schlierigen Ring im Becher.

In den Sommerferien war Pearl fast die ganze Zeit zu einer Freundin gegangen, um in deren Swimmingpool zu schwimmen. Oder sie hatte im Einkaufszentrum nach günstigen Ohrringen gesucht oder Dancemoves in YouTube-Videos nachgetanzt, doch an diesem Tag wollte sie nirgends hingehen. Ihr Magen fühlte sich vor Nervosität übersäuert an.

Sie füllte eine Schüssel mit Cheerios und gab Milch dazu. Dann ging sie mit dem Frühstück ins Wohnzimmer, stellte es auf den Sofatisch und schaltete von dort aus den Fernseher an. Sie zappte sich zu einer Show durch, die sie kannte: *Hemlok, der Vampirkopfgeldjäger.*

Als sie jünger waren, waren alle Kinder im Viertel Fans von

Hemlok gewesen. Drei Sommer lang hatte Pearl Kopfgeldjäger und Vampire mit ihnen gespielt. Sie waren mit Ästen über die Hinterhöfe gerannt, die sie wie zum Pfählen erhoben hielten. Pearl hatte sich sogar an Halloween als Hemlok verkleidet, obwohl Mike Chavez behauptet hatte, das wäre das falsche Kostüm für ein Mädchen. Doch letztes Jahr kam Hemlok plötzlich zur gleichen Zeit wie eine andere Show, die sie lieber sah, und sie hatte die neuesten Folgen noch nicht gesehen. Und in diesem Sommer spielten Jungen und Mädchen nicht mehr zusammen.

Aber an diesem Morgen ließ Pearl sich von der vertrauten Serie trösten und zappte nicht weiter.

»Eins kann ich Ihnen über Vampire erzählen«, sagte Hemlok in seinem Geräteraum und steckte Pflöcke aus Rosenholz und Weißdorn in einen Patronengurt. Die Spitzen waren mit Plastikkappen geschützt, damit sie unterwegs nicht stumpf wurden. »Die sind alle nicht ganz dicht. Sie haben ständig Hunger. Wir müssen uns angewöhnen, wie sie zu denken, wie Raubtiere, damit wir sie mit ihren eigenen Waffen schlagen können. Mag sein, dass sie schneller und stärker sind, aber wir sind immer noch menschlich, und das macht uns zu etwas Besserem. Das ist das Einzige, was zählt.«

In der Show saß er in seinem LKW neben seiner Assistentin Jeana. Sie trank aus einem Riesenbecher, trug eine weiße Jeans und ein bauchfreies T-Shirt mit Strass und hatte ihr Haar so hochtoupiert, dass es an die Decke stieß. Sie hatten vor einem Stripclub geparkt, aus dem laute Musik dröhnte. Eine Wiederholung, begriff Pearl, aber eine gute Show – nicht super, aber okay.

»Wir glauben, dass sie in dem Gebäude ist«, sagte Jeana mit ihrem typisch übertriebenen kamerageilen Flüstern. »Wir haben eine Hintertür entdeckt, sodass wir uns vorne und hinten in Position bringen können. Hoffentlich können wir sie raustreiben.«

Bevor er sich der Vampirjagd verschrieben hatte, war Hemlok Ringer gewesen. Er hörte auf (andere sagten, man hätte ihn aus dem Verband geworfen), nachdem ein Gegner im Ring gestorben war. Das wusste Pearl alles von Hemloks Fanclub, in dem sie mit neun Jahren Mitglied geworden war. Das war ungefähr die Zeit, in der Hemlok allmählich in Talkshows aufgetreten war und seine Geschichte erzählt hatte. Schluchzend hatte er erklärt, der Tod des Mannes hätte ihn zu der Erkenntnis gebracht, dass er sein Leben ändern müsse.

Mit Blick auf den Bildschirm überlegte Pearl zum ersten Mal, ob die Vampirin vielleicht Angst hatte.

Vorher war sie immer davon ausgegangen, dass die guten Vampire in die Coldtowns oder an einen anderen Ort zogen, wo sie hingehörten, und dass die bösen zurückblieben und Leute anfielen. Doch jetzt ging es um Aidan, der immer nett zu ihr gewesen war, und um ihre große Schwester Tana, die krank oder frisch verwandelt in der weiten Welt umherirrte. Seitdem sah sie die Dinge anders.

Selbstverständlich gab es tatsächlich böse Vampire wie jene, die Tanas Mitschüler umgebracht hatten. Vielleicht war die, die Hemlok jagte, ja eine von denen. Aber woher sollte er das wissen?

In der Show holte Hemlok weitere Gerätschaften aus dem Laderaum seines LKWs.

»Es gibt drei Methoden, einen Vampir zu töten, sodass er auch tot bleibt«, sagte Hemlok. »Man kann sein Herz mit Holz durchbohren, ihn in Brand stecken oder ihm den Kopf abhacken. Alles andere wäre, als ob man einem Revolverheld mit einer Ohrfeige droht. Okay, es gibt Leute, die schwören darauf, sie ausbluten zu lassen, aber ich finde, das ist wie ein Silbernagel in den Kopf: kann eine Zeit lang wirken, ist aber nichts für immer.«

»Vergiss nicht das Sonnenlicht, Baby«, sagte Jeana und zog den Reißverschluss ihres Haischutzanzugs aus Kettenpanzer hoch. »Sonnenschein ist für Vampire absolut tödlich.«

Hemlok verdrehte die Augen. Das war ein wichtiger Teil der Show, die Interaktion zwischen den beiden. »Ach nee, niemand, der loszieht, um einen Vampir zu töten, denkt sich, oh, dann nehme ich mal ein bisschen Sonnenlicht mit. Als Waffe zählt das nicht.«

»Es bringt sie um.« Sie hob das Kinn. »Mehr habe ich nicht gesagt. Es bringt sie absolut um.«

Er griff knurrend nach einer durchsichtigen Flasche und schraubte den Verschluss ab. »Wir hatten mehrere Anfragen, ob man für die Pflöcke Weihwasser oder Wildrosenwasser nehmen soll und warum ich überhaupt Weihwasser benutze, nachdem es angeblich nichts nützt. Also, erstens nehme ich immer Öl und kein Wasser, weil es besser in das Holz einzieht und drinbleibt. Und ich nehme geweihtes Rosenöl, doppelt gemoppelt, auf Nummer sicher.

Und für alle, die jetzt sagen, mit Geweihtem erlegt man keinen Vamp: Ich arbeite hier draußen – wem wollt ihr also glauben, mir oder so 'n paar Experten?«

Er ließ die Frage in der Luft hängen und schleppte eine riesige Armbrust in Form eines Kreuzes heraus. »Eine weitere beliebte Zuschauerfrage ist die nach meiner Lieblingswaffe.« Ein Holzpflock war anstelle eines Bolzens einsatzbereit eingespannt. »Da kann ich nur sagen, dieses Baby hier. Es kann einen Vampir aus zehn Metern umhauen.«

»Zeit zum Töten.« Jeana tippte auf eine weiße Armbanduhr aus Porzellan.

Hemlok lächelte in die Kamera. »Okay, wir legen los.«

Pearl tastete auf dem Sofa nach der Fernbedienung. Sie waren schon fast an der Stelle, an der die Vampirin aus der Bar kam. Darauf folgte die Jagd, und Jeana wurde beinahe in den Arm gebissen, aber ihr Kettenhemd hielt dem Angriff stand. Hemlok erschoss die Vampirin schließlich mit der Armbrust und sägte ihren Kopf ab, um die Belohnung zu kassieren.

Das wollte Pearl sich nicht ansehen. Nicht jetzt, nach all dem, was die Polizisten über ihre Schwester gesagt hatten, und nachdem ihr Vater zum Baumarkt gefahren und Wildrosenranken für die Fenstersimse und einen Schweißbrenner gekauft hatte, dessen Zweck er ihr nicht erklärt hatte. Pearl schaltete den Fernseher aus und klappte den Laptop auf. Dann klickte sie auf die Liveberichterstattung von Lucien Moreaus Party.

Ihr Dad fand es schrecklich, dass sie sich so etwas ansah, weil die Vampire nicht als Böse angeprangert wurden, doch heute war es Pearl egal.

Sie aß noch einen Löffel Müsli, als auf dem Bildschirm seine Villa von innen zu sehen war. Es sah aus wie im Märchen; an den Wänden, die mit goldenem Damast bespannt waren, hingen Wandleuchter mit brennenden Kerzen. Elisabet, Luciens Gemahlin, erschien auf dem Bildschirm. Sie hatte ihr schönes dunkles Haar zu einem Chignon frisiert und ihr Kleid am Ausschnitt mit rotem Blut beschmiert. Als sie lächelte, ließ der knallige Lippenstift die Reißzähne noch heller leuchten. Lucien Moreau, dessen Haar wie gesponnenes Gold glänzte, war an diesem Tag elegant in Beige gekleidet. Er nahm sie in die Arme und wirbelte sie im Tanz herum. Als er sie küsste, war auch sein Mund leuchtend rot.

Pearl lächelte.

Ihre Schwester war unterwegs dorthin. So würde Tana auch bald leben, wie eine Prinzessin in einer fernen Stadt. Vielleicht konnte Pearl eines Tages zu ihr ziehen. Und dann würde alles perfekt sein, bis in alle Ewigkeit.

Einundzwanzigstes Kapitel

Sterben ist eine wilde Nacht
und ein neuer Weg.
– Emily Dickinson

Als Tana aufwachte, wurde es über ihr am Himmel gerade dunkel. Es roch nach gebratenen Zwiebeln, sie hörte Musik. Auf der Straße riefen die Menschen einander etwas zu und lachten. Alles war so, wie man es in einer Stadt erwarten würde – nur nicht in dieser.

Aidan schlief mit halb geöffnetem Mund neben ihr.

Als sie sich streckte, merkte sie, wie steif sie war. Sie war immer noch total erledigt und erwog ernsthaft, den Kopf wieder hinzulegen und einfach weiterzuschlafen, so lange es ging. Doch wenn Aidan die Augen aufschlug und sie so sah, köstlich schlafend wie ein mit Blut gefüllter Muffin, würde er der Versuchung, sie zu beißen, wahrscheinlich nicht widerstehen. Tana stand auf. Als ihr wieder richtig bewusst wurde, wo sie war und was alles passiert war, vertrieb die wachsende Angst die letzten Schleier der drogentrunkenen Teilnahmslosigkeit.

Ihre Handtasche hing noch quer über ihrer Schulter. Sie öffnete sie und schob panisch alles zur Seite, was nicht der schmale Umschlag war. Ihr Herz raste, sie hatte fast zu viel Angst, um nachzusehen. Doch der Chip war noch da, sicher verstaut. Niemand hatte ihn ihr weggenommen. Einen Augenblick lang hegte sie freundliche Gedanken für Midnight und Winter – es war ihnen zwar egal, ob sie starb, doch immerhin hatten sie sie nicht ausgeraubt.

Sie hielt den Chip gegen das Licht.

Er war nur wenig größer als eine Fünfundzwanzig-Cent-Münze und sogar leichter, und es war wirklich erschreckend, dass diese glänzende Münze, dieses Teil, das Tanas Leben retten sollte, klein genug war, um aus Versehen in den Abfluss oder durch ein Loch in der Hosentasche zu fallen. Die glänzende Silbermünze mit der goldenen Mitte, in der Kreislinien verliefen, und den schmalen, eckigen Rillen im Metall sah eher wie eine altmodische Metromünze aus. Sie ballte die Hand darüber fest zur Faust und steckte den Chip dann wieder weg.

Anschließend begutachtete sie ihren übrigen Besitz. Sie hatte das, was sie am Leib trug, die Stiefel von zu Hause und ihre Handtasche mit den religiösen Symbolen und dem Rosenwasser, die sie auf der Party gefunden hatte, einen Haufen Bargeld in einer braunen Papiertüte und das Granatmedaillon mit der kaputten Schließe, das Gavriel ihr auf dem Parkplatz gegeben hatte.

Bei dem Gedanken an ihn drückte sie die Zunge an die Zähne und spürte den frischen Schmerz. Die Wunde pochte im Rhythmus ihres Herzens, der in ihren Ohren rauschte. Als sie merkte, was sie tat, wurde sie schamrot. Schlimm genug, dass sie ihn *so* geküsst hatte, aber dazu kam, dass sie es aus demselben Impuls heraus getan hatte wie damals, als sie auf der eisigen Fahrbahn das Gaspedal durchgetreten hatte. Das durfte sie nie vergessen.

Er würde sie nicht retten. Er wusste nicht einmal, wo sie war, und schon gar nicht, dass sie gerettet werden musste. Sie würden nicht heimlich aus Coldtown verschwinden und verrückte, gemeine Abenteuer erleben, auf denen er ständig Gedichte rezitieren würde und in deren Zuge sie Pauline in ihrem Theater-Camp besuchen würden. Falls er sie auf eine wundersame, wilde Weise liebte, war es anders, als wenn Menschen sich liebten, und auch nicht so, wie Figuren in Geschichten sich liebten.

Hör auf mit dem Quatsch, ermahnte sie sich, obwohl es dafür längst zu spät war. Sie hatte schon viel zu viel Quatsch gemacht.

»Tana.« Aidan wälzte sich auf der Matratze herum. Sein Gesicht war noch verschlafen sanft, sein Haar wüst zerzaust, doch sein Blick war erschreckend stechend. Als er sich langsam aufrichtete, bemerkte sie, dass seine Lippen bläulich angelaufen waren. Er seufzte lang und stockend. Seit er vor fast vierzig Stunden gebissen worden war, sah er mit jeder Stunde schlimmer aus. »Was glaubst du, was Rufus und Midnight und die anderen Psychos weiter vorhaben?«

»Warten«, sagte sie grimmig. »Sie werden warten.«

»Ich denke nicht …«, setzte Aidan an, doch dann brach er ab. Es waren ohnehin nur hohle Worte. Sie wussten beide, dass er es tun würde.

»Keine Sorge, bis dahin sind wir hier raus«, sagte sie, allerdings mit tonloser Stimme. Sie war selbst nicht sicher, ob sie das glauben sollte.

Aidan lehnte sich an die Wand und hatte offenbar nicht direkt vor, sie anzufallen. Aber wie viel Zeit blieb ihr noch? Er war immer noch nicht ganz wach. »Hast du dir das noch nie überlegt?«, fragte er. »Wie es als Vampir wäre?«

»Darüber denkt doch *jeder* nach«, antwortete sie.

»Ich dachte, wegen der Sache mit deiner Mom und so …« Aidan sprach plötzlich nicht weiter, als wäre ihm eingefallen, dass er sich auf gefährliches Terrain wagte. Er setzte sein übliches halbes Lächeln auf, etwas frech heute. »Und du hast einen Vampir *geküsst*. Das ist Wahnsinn. Das ist normalerweise nicht das, was sie mit ihrem Mund machen. Ich bin eifersüchtig.«

»Als ob.« Sie verdrehte die Augen. »Dir ist doch wohl egal, was ich mache. Du hast mich verlassen, schon vergessen?«

»Erstens«, erwiderte Aidan mit seinem unbekümmertsten Lächeln und hob den Zeigefinger, »habe ich nicht gesagt, dass ich auf *ihn* eifersüchtig wäre. Vielleicht bin ich ja eifersüchtig auf *dich*, weil er sich nur für dich interessiert. Er sieht wirklich nicht übel aus, wenn es einen nicht stört, dass er sich ab und zu wie ein Irrer benimmt. Super Mund.«

Damit brachte er sie zum Lachen. Ganz entspannt, wie früher.

»Zweitens«, sagte er und hob den Mittelfinger, »hatte ich eine Höllenangst vor dir, Tana, als wir zusammen waren. Die Freundinnen, die ich vorher hatte, haben mich angeschrien oder sich über mich aufgeregt oder versucht, mich vor mir selbst zu schützen. Du nicht. Manchmal hatte ich das Gefühl, du wärst mehr ich als ich selbst.«

»Die meiste Zeit wusste ich überhaupt nicht, was Sache war«, protestierte sie. »Ich wusste nicht mal …«

Als es an der Tür raschelte, schluckte sie den Rest herunter. Eine Mädchenhand schob sich durch die Katzenklappe, mit zehn Silberringen und frisch glänzendem grünem Nagellack. Sie hielt eine Holzschüssel. Diese Schüssel war bis zum Rand mit einer roten Flüssigkeit gefüllt, die überschwappte, als die Hand sie abstellte. Rote Tropfen bekleckerten die Dielen und tränkten die Kerben im Holz. Es roch nach Eisen und Kellern und Milchzähnen, die herausfielen, damit die anderen nachrücken konnten. Es roch nach aufgeschürften Knien und Gavriels Mund auf Tanas. Es bedeutete verschmierte Wände und starre Blicke.

Tana kam taumelnd hoch.

Blut.

Aidan und sie nahmen es lange in Augenschein. Allein der Anblick hypnotisierte Tana. Die glitschige Röte war so dunkel und tief wie ein Teich geschmolzener Granate.

Wenn sie es trank, würde sie sich in ein Ungeheuer verwandeln. Sie verweilte kurz bei dieser Vorstellung ihres neuen Monsterkörpers mit Monsteraugen und Monsterdurst. Sie fantasierte, wie Midnight und Winter, Rufus, Christobel und Zara die Tür öffneten und ein Monstermädchen vorfanden.

Und wenn Aidan es stattdessen trank, würde er sterben und wieder aufwachen – frisch verwandelt, heißhungrig und mit ihr allein in einem Raum.

»Versteht ihr?«, fragte eine fremde Mädchenstimme vor der Tür. Wahrscheinlich Christobel oder Zara. »Wir wollen, dass niemandem etwas passiert. Wir hätten gerne darauf verzichtet, euch einschließen zu müssen. Jetzt haben wir Blut gespendet, alle zusammen, haben es mit Nadeln aus unseren

Adern gezogen. Und deshalb können wir heute Abend nicht in Clubs gehen, aber versteht ihr das? Wir sind gar nicht böse. Trinkt das, dann können wir alle wieder Freunde sein.«

Dicker als Wasser, hieß es über Blut. So sah es auch aus, zähflüssig wie Sirup. Tana konnte sich die seidige Konsistenz auf der Zunge vorstellen, die salzige Wärme, wie es Lippen und Zähne färbte.

»Vielleicht sollten wir es wirklich tun«, sagte Aidan. Seine Stimme rutschte eine Tonlage tiefer, verführerisch und verführt. Er machte einen Schritt darauf zu. »Wir könnten es zusammen machen, wie einen Selbstmordpakt. Aber in Wirklichkeit würden wir niemals sterben, Tana.«

Mit klopfendem Herzen ging sie rasch zur Tür, hob die Schüssel hoch und klatschte sie an die Wand. Das Holz splitterte und die Schüssel fiel in zwei Scherben auf den Boden, wo sie noch einmal hochsprangen. Putz rieselte nach.

»Das fasse ich einfach nicht«, sagte Aidan erstaunt und frustriert und ging zu der Wand, als würde er magisch davon angezogen.

Tana sackte zusammen, blieb auf dem Boden sitzen und betrachtete das Blut, mit dem sie die Wand bemalt hatte. Der Fleck sah aus wie ein großer Vogel, der die Flügel hängen ließ, während er in den Himmel flog.

Sie konnte es auch nicht fassen.

»Mir wird es nicht besser gehen«, sagte er lauter und starrte das Rot an. »Ich bin so Kalt, Tana, und ich werde nur immer noch Kälter.«

Sie schlug mit der Hand auf den Boden und sammelte sich. »Gavriel hat dir etwas von seinem Blut gegeben, oder nicht?

An der Allerletzten Raststätte. Es hat geholfen, wir brauchen nur mehr davon.«

Aidan lachte, aber nicht so, als würde er das komisch finden. »Das ist der wertvollste Stoff in Coldtown und du willst einfach drum bitten, oder was? Wie um ein bisschen Zucker?« Er streckte die Hand nach der blutverschmierten Wand aus. »Gib auf. Ich wusste doch schon, dass ich ein Vampir werde, als wir hierhergefahren sind. Was soll die Warterei? Wir werden nicht wieder gesund, Tana. Damit ist es für immer vorbei.«

Sie dachte darüber nach, wie es wäre, jemanden zu beißen. Gavriels Gesichtsausdruck fiel ihr wieder ein, als er sich in Aidan verbissen hatte, wie sein Mund sich auf Aidans Kehle bewegt, wie er die Finger in seine Haut gebohrt hatte. Wie in einem abgeklärten Rausch. Er hatte durchsichtig gewirkt, ein Träumer vor dem Aufwachen.

Allein bei dem Gedanken zog sich ihr Magen in einer Mischung aus Furcht und Verlangen zusammen, die man vielleicht schon für Symptome der Infektion halten könnte. Eine solche Erinnerung konnte man eigentlich nur grässlich finden. Doch wenn sie beiseiteließ, was sie fühlen sollte, dann, oh Mann, verstand sie sehr wohl, warum Aidan die Erinnerung daran, wie er an Gavriels Handgelenk getrunken hatte, peinlich war.

Sie konnte an nichts anderes mehr denken, während sie Aidan zusah, wie er über die Wände strich und seine nun rot gefärbten Finger zum Mund führte.

»*Aidan*«, sagte sie leise und ohne Hoffnung, bevor er sie eine Sekunde später einzeln ableckte.

Er gab ein kehliges Geräusch von sich und ging in die Knie. Dann legte er die Lippen an die Wand und wusch sie mit seiner Zunge ab. Es sah schon unmenschlich aus, ein saugendes Wesen war er, nicht mehr der Junge, den Tana gekannt hatte.

Sie wich vorsichtig zurück, um so viel Abstand zu ihm zu gewinnen, wie es in diesem Raum möglich war. Als sie unwillkürlich laut ausatmete, klang es wie ein Schluchzen.

»Okay!«, schrie sie, doch ihre Stimme bebte. »Midnight, bist du da draußen? Okay, er hat es getan. Er ist eingeknickt. Du kannst uns jetzt rauslassen. Du kannst ihn rauslassen.«

Keine Reaktion, nur leise murmelnde Stimmen aus der unteren Etage.

Es gab einen Werbespot, der immer wieder gezeigt wurde, vor allem tagsüber in Soaps für junge Mütter. Man sah Chickennuggets auf einem Teller, der vor einem Menschenjungen stand, und einen Blut-Milchshake, der vor einem sabbernden Vampirmädchen stand, das mit Seilen an den Stuhl gefesselt war. Der Junge hatte die Nuggets schon in sich reingeschaufelt, als das Mädchen gerade mal einen Schluck getrunken hatte. Dann sagte eine Stimme aus dem Off: »Shipton's Nuggets und deine Kids haben mehr Hunger als ein neugeborener Vampir.«

Reingefallen, sagte Tana zu sich selbst. *Nichts ist so hungrig wie ein neugeborener Vampir.*

Er würde sterben. Und wenn Tana überleben wollte, müsste sie ihn töten, wie ihr Vater ihre Mutter getötet hatte, bevor er als Vampir zu neuem Leben erwachte. Sie musste ihn töten, bevor er mit frischer Kraft über sie herfiel.

Am besten mit der kaputten Holzschüssel, dachte sie. Vielleicht konnte sie einen Splitter abbrechen, der groß genug für einen Pflock war.

Doch ihr wurde schon bei dem Gedanken übel, ihn so tief in seine Brust zu stoßen, dass sie das Herz traf.

Aidan ließ sich schwer mit dem Rücken an die blutbeschmierte Wand sinken. Sein Mund war rot. »Es tut mir leid«, sagte er niedergeschlagen. Entschuldigte er sich für das, was er gerade getan hatte, oder für das, was er unweigerlich tun würde? »Es tut mir leid, Tana.«

Sie nickte. »Ich weiß. Mir auch.«

So blieben sie zusammen, aber mit großem Abstand voneinander, auf dem Boden sitzen und sahen zu, wie sich das Licht über die Bodendielen ergoss, während der Morgen in den Nachmittag überging. Aidan begann zu zittern und musste immer wieder die Wand ansehen. Hin und wieder warf er auch einen Blick auf Tana, mit einem wilden Leuchten in den Augen, doch dann wandte er sich wieder ab und atmete schwer, als hätte er Schmerzen.

Denk nach, ermahnte sie sich. *Denk nach!*

Sie stand auf und lief hin und her, um sich den Türrahmen und die Fußleisten anzusehen. Konnte sie ein Stück Holz lösen und ihn damit umbringen? Andererseits gab es natürlich eine Alternative.

Wenn sie selbst ein wenig Blut zu sich nahm, sein noch menschliches Blut oder Blut von der Wand, würde sie sich auch verwandeln – vorausgesetzt, sie war wirklich infiziert.

Hast du dir noch nie vorgestellt, wie es wäre, ein Vampir zu sein?

Sie müsste sich verabschieden. Auf Wiedersehen, Pearl; auf

Wiedersehen, Pauline; aus, der Traum von Los Angeles, Palmen und dem knallblauen Meer. Schluss mit der Vorstellung, auf einem Handtuch im Hof in der Sommersonne zu liegen, während Ameisen über ihren Fuß krabbelten und glitschige Kakaobutter auf ihrer Haut glänzte. Auf Wiedersehen, schlagendes Herz und Burger und blaugraue Augen.

Aidan umbringen oder selbst sterben. Sterben und auferstehen.

Aber in Wirklichkeit würden wir niemals sterben, Tana.

Als ihr Blick an der Stelle hängen blieb, wo die Schüssel zersprungen war und eine kleine Delle im Putz hinterlassen hatte, kam sie plötzlich auf eine irrwitzige Idee.

Sie durchquerte den Raum und trat unmittelbar über der Fußleiste gegen die blutgetränkte Wand. Trotz der Stahlkappen an ihren Stiefeln taten ihr die Zehen weh, doch sie hatte ein Loch hineingetreten, das sie sofort mit einem weiteren Tritt vergrößerte. Vielleicht blieb ihr diese furchtbare Entscheidung doch erspart. Vielleicht konnte sie sich noch einen Tag länger dagegen wehren, ein Ungeheuer zu werden.

»Was machst du denn da?«, fragte Aidan und sah zu ihr hoch.

»Weiß nicht«, antwortete sie. »Kann sein, dass es nicht funktioniert.«

Sie hob einen spitzen Splitter der zerbrochenen Schüssel auf, schloss die Augen, biss die Zähne zusammen und rammte ihn zwischen das erste Loch und die Delle.

Staub rieselte auf ihre Haut und ihre Kleidung.

Dann quetschte sie den Stiefel in das untere Loch, griff durch das zweite an die Holzlatten und fing an zu klettern.

Es war nicht leicht, das Gleichgewicht zu halten, und noch schwerer, nicht auszurutschen, weil der Putz unter dem Gewicht ihres Fußes weiter bröckelte. Das Schwierigste war jedoch, von dieser Position aus den Splitter erneut in die Wand zu jagen, um ein weiteres Loch zu bohren. Nur so konnte sie weiterklettern.

»Tana?«, fragte Aidan. Als sie nach unten guckte, stand er mit hungriger Miene an der Wand. Er hatte den Mund leicht geöffnet und drückte mit seiner rosa Zunge nachdenklich gegen einen Eckzahn, als wollte er prüfen, wie scharf er war.

»Ich könnte zum Oberlicht klettern«, sagte sie. *Normal, normal, benimm dich, als wäre alles normal. Ich klettere wie die letzte Superheldin auf der Welt eine Wand hoch und du stirbst und alles ist ganz normal.*

»Wenn der Kronleuchter mich trägt und ich draufspringen kann.«

Das erinnerte Tana an eine Übung, die sie jedes Jahr im Sportunterricht machen mussten. Beim letzten Mal hatte sie die Kletterwand zur Hälfte geschafft und war dann abgesprungen und ausgelaugt auf der Matte gelandet. Pauline, die sich beim Sanitätsdienst ein Kühlpack für ihr unverletztes Handgelenk erschlichen hatte, damit sie auf der Bank sitzen und die Übung schwänzen konnte, hatte sie munter beschimpft, weil sie sich so angestrengt hatte.

Jetzt wünschte Tana, sie hätte sich noch viel mehr Mühe gegeben. Sie wünschte, sie hätte täglich am Klettergerüst trainiert.

»Willst du mich etwa hierlassen?«, fragte Aidan.

Tana verlagerte das Gewicht, ihre Muskeln taten weh.

»Wenn ich es aufs Dach schaffe, kann ich mir überlegen, wie ich dich hier rausholen könnte …«

Er schüttelte den Kopf und sprach mit erschreckend tonloser Stimme. »Der Zug ist abgefahren, das spüre ich.«

Dazu konnte sie nichts sagen. Er war so bleich, dass die Haut fast durchsichtig war und um seine Augen dunkelblau wie Veilchen. Sie fragte sich, ob er spürte, wie sein Herz langsamer schlug, und ob er so stockend sprach, weil er nicht mehr richtig atmen konnte.

»Dann hole ich dich heute Nacht, wenn du dich verwandelt hast«, sagte sie.

Als er nicht antwortete, zog sie sich stöhnend weiter nach oben. Sie wünschte, sie hätte mehr Kraft und wäre nicht schon erschöpft aufgewacht. Ihre Stirn und ihre Oberschenkel waren schweißnass und ihre Arme brannten wie Feuer. Sie ignorierte die Schmerzen und konzentrierte sich nur darauf, nicht herunterzufallen.

Als sie oben angekommen war, sah sie den Kronleuchter prüfend an. Von unten hatte es wie ein kurzer Sprung ausgesehen, doch jetzt hatte sie das Gefühl, es unmöglich schaffen zu können.

Unter ihr tigerte Aidan wie eine große, hungrige Katze durch den Raum. Wenn sie fiel und sich den Knöchel verstauchte oder ein Bein brach, wäre sie die perfekte Beute.

Spring, spornte sie sich an. *Spring.*

Aber die Angst war zu groß. Wenn sie nach unten blickte, schwankte sie und zitterte am ganzen Körper. Sie glaubte, sie würde es nicht schaffen.

Doch dann holte sie Luft und redete sich gut zu: *Du musst*

die Angst jetzt überwinden, sonst musst du dich dazu durchringen, jemanden, den du magst, kaltblütig umzubringen. Für eins von beiden musst du dich entscheiden.

Gut zureden war eigentlich etwas anderes. Doch es wirkte.

Tana sprang.

Als ihre Beine gegen die Messingarme des Kronleuchters schlugen, streckte sie die Hände verzweifelt nach der Röhre in der Mitte aus. Im letzten Moment gelang es ihr. Sie schwang ein Bein über einen Leuchterarm und krallte sich mit glitschigen Fingern fest. Der Riemen ihrer Handtasche schnitt ihr in den Hals.

Weißer Putz rieselte von der Decke. Als die Kette verrutschte, verlor sie das Gleichgewicht und konnte sich nur noch mit einer Hand festhalten. Der Kronleuchter schwang hin und her und Tana stieß sich den Kopf an einer Glühbirne.

Gleich reißt sie, dachte sie. *Ich falle runter.*

Sie holte mit dem anderen Arm und Bein Schwung und zog sich wieder hoch. Plötzlich wurde sie heftig heruntergezogen und beinahe von dem Riemen der Handtasche erdrosselt. Sie würgte, hörte ein Knacken, und dann rutschte der Riemen runter.

Ein Blick nach unten zeigte, dass Aidan ihre Tasche in der Hand hatte. Anscheinend war er sehr stolz auf sich. Er hatte den Riemen durchgebissen.

»Gib sie zurück!«, schrie Tana. »Wieso hast du …«

»Pass auf«, erwiderte er. »Sonst fällst du noch runter.«

Er hatte den Chip. Doch wenn sie jetzt, da sie den Kronleuchter schon halb abgerissen hatte, losließ, würde er sie bei einem zweiten Sprung keinesfalls mehr halten.

Sie musste sich darauf konzentrieren, an das Oberlicht zu gelangen, auch wenn sie am liebsten geweint hätte.

Ihre Hände zitterten, in ihren Ohren rauschte es, doch sie hievte sich auf eine sichere Position. Jedes Mal wenn der Kronleuchter sich weiter nach unten neigte, fürchtete sie zu fallen. Jedes Mal wenn er hin und her schwang, fürchtete sie erst recht zu fallen. Doch sie brachte sich in eine aufrechte Stellung und balancierte mit einem Fuß auf einem Arm des Leuchters. Vorsichtig stand sie auf.

Zitternd und schwitzend streckte sie eine Hand nach dem Riegel des Oberlichts aus. Als das Fenster sich nach innen neigte, regnete es Schmutzwasser und welke Blätter.

»Und jetzt?«, rief Aidan nach oben. Dann begann er zu husten.

Sie musste sich hochziehen. Wenn irgendetwas sie hier rausbrachte, dann nur Armkraft und nackte Verzweiflung.

Tana streckte die Hände möglichst weit aus und klammerte sich an das Sims. Dann stieß sie sich vom Kronleuchter ab und zog ächzend ihren Oberkörper über den Rand des Oberlichts. Der Augenblick, als sie nur noch Luft unter den Füßen hatte und keuchend versuchte, sich hochzuziehen, als Entsetzen wie Säure durch ihre Adern schoss, war einfach abscheulich. Und als sie es geschafft hatte und mit dem Oberkörper auf den Dachziegeln lag, verharrte sie lange vor Angst, dass sie zu erschöpft war, um die Beine nachzuziehen.

Schließlich raffte sie sich auf und warf einen letzten Blick nach unten auf Aidan. Zwischen ihnen hing der Kronleuchter schief von der Decke, die Kabel ragten aus der Decke.

Aidan grinste. »Wow. Wahnsinn.«

Keuchend und todmüde sagte sie: »Bitte, bitte gib mir meine Handtasche zurück. Ich weiß nicht, was du damit willst, und es ist mir auch egal. Gib sie mir einfach zurück.«

»Tut mir leid, Tana«, sagte er, zog den Reißverschluss auf, kramte darin und holte einen kleinen Umschlag heraus. Mit bleichen, zitternden Fingern nahm er die kleine Silberscheibe mit dem Computerchip in der Mitte an sich und hielt sie in das heller werdende Licht. »Ich wollte sichergehen, dass du wirklich zurückkommst. Ich habe Angst.«

»Ich lasse dich nicht allein«, entgegnete Tana und schaute ihm in die Augen, damit er sah, dass sie ihr Versprechen halten wollte. »Dafür brauchst du keinen Beweis. Du kennst mich. Ich bin verrückt. Verrückt genug, um wiederzukommen, mit oder ohne Chip.«

»Dann ist es doch egal, oder?« Er grinste sein nervendes Welpenlächeln. »Ich gebe dir den Rest wieder und behalte nur den Chip. Als letzten Wunsch auf dem Sterbebett.«

Bitte, Tana. Bitte.

»Nein«, sagte sie.

»Pech gehabt.« Aidan schloss die Tasche und warf sie hoch. Tana schnappte sie wütend aus der Luft. Sie war noch saurer, weil er ihr etwas gab, wofür sie dankbar sein musste.

»Wehe, du verlierst den Chip«, sagte Tana mit Magenschmerzen und gab auf. »Gib ihn ja nicht irgendeiner heißen Maus, nur damit sie was mit dir anfängt. Er gehört immer noch mir.«

»Mach ich nicht«, erwiderte Aidan, führte den Chip zum Mund und küsste ihn mit seinen von geronnenem Blut geröteten Lippen. »Komm wieder, wenn es dunkel ist.«

Tana wälzte sich auf den Rücken, lag auf dem Dach und blickte in das verblasste Blau. Sie war so erschöpft, dass sie nur immerzu denken konnte: *Ich bin müde, ich bin müde, ich bin müde*, ein Mantra, das mit jedem Mal wahrer wurde.

Sie blinzelte, als ein Schatten über sie fiel. Als sie sich aufrichtete, sah sie einen Latinojungen, der über den Dachfirst auf sie zukam. Überrascht schrie sie auf.

Es war der Junge, den sie morgens gesehen hatte. Er hatte kurz geschorenes pechschwarzes Haar, große, glänzende Goldringe in den Ohren und bunte Tattoos auf der dunklen Haut seiner Arme. Nur der Vogel fehlte.

»Geht's?«, fragte er.

Sie nickte.

Der Junge ging zu dem Oberlicht und sah nach unten in den Raum. »Sie haben dich mit dem Jungen zusammen eingesperrt? Was ist mit ihm?«

Sie nickte noch mal. »Aidan hat sich angesteckt. Sie haben ihm Blut gegeben. Er wird sich verwandeln.«

Der Junge schüttelte den Kopf. Mit seinem Piratenlook hätte er gut gemeinsame Sache mit Rufus, Zara und Christobel machen können, und er wusste, dass es mehrere waren, doch er hatte ihnen heute Morgen vom Dach nichts zugerufen. Tana hoffte inständig, dass sie nicht befreundet waren.

Er streckte die Hand aus. Sie nahm sie und ließ sich hochziehen. Wegen der sanften Neigung des Daches war sie wackelig auf den Beinen, doch sie hatte nicht das Gefühl herunterzufallen, es sei denn, sie ging zu schnell.

»Ich habe dich heute Morgen gesehen«, sagte sie. »Mit dem Vogel.«

»Ich wohne hier«, erwiderte er. »Ich habe schon vor der Quarantäne hier gewohnt. Mein Name ist Jameson.«

Tana ließ den Blick über das Meer aus Dächern schweifen, die teilweise miteinander verbunden waren. »Wenn du mir zeigst, wie ich auf die Straße komme, lade ich dich zum Abendessen ein.«

»Die Sonne geht unter«, sagte er. »In dieser Gegend nennt man das Frühstück.«

Tana hob den Kopf zu den Wolken, die von der Dämmerung in Rot und Gold getaucht wurden. »Frühstück, ach ja?«

Jameson zuckte die Achseln und ging Richtung Dachfirst. »Willkommen in Coldtown. Frühstück in der Abenddämmerung. Mittagessen um Mitternacht. Abendessen bei Sonnenaufgang. Und glaub ja nicht, hier wären alle so nett wie ich. Jetzt komm.«

Zögerlich warf Tana einen letzten Blick zum Oberlicht. »Er stirbt jetzt da unten. Ganz allein.«

»Jeder stirbt allein«, sagte Jameson und ging einfach weiter. »Nicht alle wachen direkt danach wieder auf. Komm.«

Tana folgte ihm von Dach zu Dach, bis sie an eine Feuerleiter gelangten, die sie lärmend herabstiegen.

Coldtown war eine Stadt, in der alles auf den Kopf gestellt war, in der tagsüber Nacht war und nachts Tag. Als sie sich dem Zentrum näherten, füllten sich die Straßen mit Ladeninhabern und Händlern, die ihre Waren für die anbrechende Nacht aufbauten. Kinder saßen auf zerrissenen Decken und verkauften Dosen mit Dellen, die sie für fünfundzwanzig Cents anpriesen, als Tana an ihnen vorbeiging. Es gab weitere behelfsmäßige Stände, zum Beispiel einen mit kleinen Generatoren, die mit Solarenergie liefen und mit einer Handkurbel angetrieben wurden. Daneben hingen Kleider und Mäntel auf Ständern und an einem dritten Stand wurden Hühner und Kaninchen in Käfigen gehalten. Eine Frau schürte ein Feuer unter zwei riesigen Suppentöpfen, in denen ein Mann von einem Hocker aus wild herumrührte. Ein Schild hinter dem Paar versprach eine Kelle Gemüsebrühe zum halben Preis, wenn man seine eigene Schüssel mitbrachte. Hinter einem rauchenden Grill rief ein Mann mit Zylinder und roten Hosenträgern marktschreierisch: »Ratten am Spieß wie im Paradies! Greift schnell zu, das ist der Clou!«

Tanas Magen knurrte, doch sie wusste nicht, ob sie etwas herunterbringen würde. Möglicherweise verdarb ihr die Infektion bereits den Appetit auf etwas anderes als Blut. Bei der Vorstellung knurrte ihr Magen noch mehr.

Als sie an der High Street ankamen, war ihr schwindelig.

»Hier, setz dich schon mal«, sagte Jameson und zeigte auf einen Platz mit abgenutzten Plastikstühlen und unterschiedlichen Tischen. »Ich hole uns was. Das Geld kannst du mir später wiedergeben.«

Sie überlegte, welches Spiel er spielte, doch da sie sich an einem öffentlichen Ort befanden und es ihr auch schlechter ergehen könnte, wenn sie jetzt weglief, blieb sie einfach sitzen. Kurz darauf kam Jameson zurück und stellte zwei Teller mit Rührei, garniert mit Schnittlauch, und warmen Tortillas auf den Tisch. Außerdem brachte er zwei Becher mit Kaffee und einer Schicht Kaffeesatz obendrauf.

»So«, sagte Jameson. »Ich habe dir geholfen *und* dir etwas

zu Essen besorgt. Kannst du mir im Gegenzug vielleicht etwas über den Dorn von Istra erzählen?«

Tana starrte ihn an. »Wie kommst du darauf, dass ich …«

Er holte sein Handy heraus, tippte darauf herum und schob es ihr über den Tisch zu. Zunächst kapierte sie gar nicht, was sie vor sich hatte. Es war ein Blogeintrag mit einem verschwommenen Foto, das Tana als jenes erkannte, das Midnight mit ihrer Handykamera gemacht hatte. Anscheinend hatte sie es mit Photoshop bearbeitet, bevor sie es gepostet hatte, weil das Bild jetzt heller war. Man konnte Tanas und Gavriels Gesichter erkennen, die sich aufeinander zubewegten, kurz bevor sie sich geküsst hatten. Seine Augen waren geschlossen.

»Und ehe du mich fragst, wieso ich glaube, dass er der Dorn von Istra ist, sage ich dir, weil es so in dem Blog steht. Das Mädchen behauptet, du und deine Freunde – der Dorn eingeschlossen –, ihr hättet sie und ihren Bruder an irgendeinem blöden Touriort aufgelesen.«

Tana starrte auf das Handy.

»Lies selbst, wenn du möchtest.« Jameson verschlang sein Rührei. »Aber zusammengefasst steht da, du hättest ein Massaker überlebt und bei der Gelegenheit den Dorn getroffen. Er hätte niemandem verraten, wer er ist, aber ihr Bruder hätte es am Tor gemerkt, weil er einen Steckbrief gesehen hat. Ich kann dir sagen, diesen Blog fanden viele Leute sehr interessant.« Jameson sprach ganz normal und hatte die tätowierten Arme auf dem Tisch abgelegt. Tana betrachtete sie: Worte in großen Schnörkeln, die unter einem weißen T-Shirt verschwanden, Rosen, die sich auf grünen Stielen rankten, und

Motten mit hellbraun-weißen Flügeln. »Vor allem Lucien Moreau.«

Tana hätte sich beinahe am Rührei verschluckt. »Der Vampir im Fernsehen?«

Lucien Moreau. Blassgoldenes Haar und ein Gesicht wie auf einem präraffaelitischen Gemälde. Uralt und alterslos war er während der Quarantäne aufgetaucht, hatte sich im Walzer in die Stadt getanzt, das größte Haus gekauft, das er finden konnte, und überall Kameras installiert. Die rauschenden Partys in seiner Villa waren genauso berühmt wie der Ewige Ball, doch sie übertrafen ihn an Eleganz und Tod. Man konnte auf gewissen lokalen Late-Night-Sendern online dabei sein, doch kein öffentlicher Sender würde unbearbeitetes Material senden. Tana sah sich das nicht an, aber Pearl und ihre Freunde fanden es toll. Sie hatte sie flüstern hören, wenn sie von den verwischten Umrissen samtener Umhänge erzählten, von den verschlungenen Leibern und von Lucien, der, charmant wie immer, direkt in die Kamera sprach und die Zuschauer mit seinem sinnlichen Mund verführte und mit strahlenden Augen versprach, dass man immer genießen würde, was er einem antat, und danach nicht mehr dieselbe sein würde, und wenn man noch so laut schrie.

»Eine Freundin von mir wohnt in Luciens Haus. Sie macht Besorgungen für ihn und so. Eigentlich sollte sie das Tor im Auge behalten. Seit der Dorn aus seinem Gefängnis in Paris ausgebrochen ist, hat Lucien anscheinend Angst, dass er hier auftaucht.«

»Wieso?« Tana zwang sich, den Becher zu heben, obwohl ihre Hände zitterten. Nachdem sie einen Schluck von dem heißen Kaffee getrunken hatte, beruhigte sie sich so weit, dass sie ihr Rührei weiteressen konnte. Schon beim ersten Bissen hatte sie gemerkt, dass ihr Hunger größer war, als sie gedacht hatte.

Jameson beugte sich in seinem Plastikstuhl vor. »Der Dorn hat es Lucien zu verdanken, dass sie ihn eingesperrt haben. Angeblich ist Caspar Morales deinem Freund Gavriel durch die Lappen gegangen. Lucien oder Elisabet oder wahrscheinlich alle beide haben es einem alten Vampir erzählt, der sich Spider nennt. Und deshalb wurde der Dorn von Istra das ganze letzte Jahrzehnt über irgendwo unterhalb der Straßen von Paris gefoltert.«

Tana musste daran denken, was Gavriel kurz hinter der Tankstelle gesagt hatte. Damals hatten die Worte keinen Sinn ergeben, doch jetzt kamen sie ihr wie ein Rätsel vor.

Das ist die Welt, die ich mit meiner grässlichen Gnade geschaffen habe.

Es war ein Gnadenakt, den ich bereue – bis in alle Ewigkeit.

Tana schwirrte schon wieder der Kopf. »Woher weißt du das alles?«

»Hab ich dir doch gesagt«, antwortete er. »Eine Freundin von mir wohnt bei Lucien. Hat der Dorn erzählt, was er vorhat? Hat er einen Plan?«

Ich habe auch einen Freund. Und ich habe vor, ihn umzubringen.

»Er wünscht jemandem den Tod.« Tana schaufelte den Rest Rührei auf eine Tortilla. Nach dem dritten Bissen und einem weiteren Schluck Kaffee ging es ihr deutlich besser. »Mehr weiß ich nicht. Ich hätte nicht einmal geglaubt, dass er der Dorn von Istra ist, wenn Winter mir das hier nicht gezeigt hätte.« Sie kramte den zerknüllten Zettel aus ihrer Handtasche und glättete ihn auf dem Tisch. Als sie seine schwarzen Locken, den Stock mit der silbernen Spitze und die Gewaltbereitschaft in seinen Augen betrachtete, wunderte sie sich von Neuem darüber, wie weich sich sein Mund angefühlt hatte. »Er hat sich nicht so benommen ... also, ja, er macht einem schon Angst, aber irgendwie war er auch ganz lieb. Nicht so, wie man denken würde.«

Jameson überflog den Steckbrief und pfiff, als er sah, wie hoch das Kopfgeld war. »Und wieso hast du ihn am Tor nicht verraten?«

Tana schüttelte den Kopf. »Er hat mir geholfen. Das wäre nicht besonders nett gewesen, es ihm so zurückzuzahlen. Aber das verstehe ich nicht – woher kennen sich Lucien und Gavriel denn überhaupt?«

»Lucien ist Gavriels *Schöpfer*«, sagte Jameson.

»Was?« Das konnte Tana sich nun gar nicht vorstellen. Gavriel, den sie sich jetzt zur Hälfte als den Jungen, der ihr einen neuen Tag versprochen hatte, und zur anderen Hälfte als die schreiende Kreatur unter dem Friedhof Père Lachaise zusammengereimt hatte, sollte etwas mit dem abgekochten Lucien Moreau zu tun haben, der die Lizenzrechte an Fotos von sich verkauft hatte, damit sein Poster landesweit in allen Einkaufszentren im Angebot war? »Alles klar, ich hab wirklich keine Ahnung. Ich kann dir nur sagen, dass Gavriel allein reist und eine Gruppe von Vampiren hinter ihm her ist. Er hat uns in dem Glauben gehalten, der Dorn von Istra hätte sie geschickt, aber ich vermute, sie gehörten eher zu diesem

Spidertypen. Sie waren schuld an dem Massaker, von dem Midnight in ihrem Blog berichtet hat.«

Als etwas Weißes aus dem Himmel schoss, wäre Tana vor Schreck beinahe vom Stuhl gefallen. Die Krähe landete mit ausgebreiteten Albinoflügeln auf dem Tisch und musterte sie mit rubinroten Augen. Dann trippelte sie über den Plastiktisch, krächzte und pickte Eireste auf.

Jameson musste lachen, als der Vogel auf seine Schulter flog. Von dort flatterte er auf seinen Kopf. »Das ist Gremlin«, sagte er und scheuchte die Krähe auf den Tisch zurück.

Tana streckte vorsichtig die Finger aus und staunte, als der Vogel gleich zu ihr kam und den Schnabel an ihrer Haut rieb. Sie entspannte sich und lächelte. Tiere hatten etwas an sich, weswegen man ihre Halter gerne für einigermaßen anständige Menschen hielt.

»Ich erkläre dir jetzt mal etwas«, sagte Jameson. »Coldtown ist zum Großteil ein funktionierendes Ökosystem. Die Vampire brauchen viele lebendige Menschen, die sie freiwillig über die Shunts mit Blut versorgen. Wenn sie ständig jemanden anfallen müssten, würden sie weitere Infektionen riskieren und ihren Nachschub verlieren. Doch sobald eine Störung eintritt, versinkt Coldtown schnell im Chaos. Egal, was es ist, menschliche Terroristen, die die Fenster beim Ewigen Ball einschlagen und sich selbst verbrennen, oder Revierkämpfe zwischen rivalisierenden Vampirgangs, es geht unglaublich ab. Falls Gavriel also eine Rechnung begleichen will, gibt es hier genug Menschen und Vampire, die Lucien nicht ausstehen können und ihm helfen würden.«

Tana stellte sich vor, wie Gavriel Leute anwarb, und schüttelte den Kopf. »Ich glaube, der macht das alles lieber allein. Er ist nicht gerade … ehrlich gesagt, ist er verrückt.«

Jameson wirkte erleichtert. »Ich werde meiner Freundin sagen, dass sie sich ein paar Tage von Lucien fernhalten soll, aber ich bezweifle, dass sie es tun wird.«

Tana trank den Kaffee bis auf den Kaffeesatz leer und spürte, wie das Koffein in ihren Adern sang. Der Himmel hatte sich verdunkelt, und sie dachte an Aidan, der in diesem Haus tot und wiederauferstanden auf sie wartete. »Warum bleibt sie denn überhaupt bei ihm, wenn er so schrecklich ist?«

Jameson wandte den Blick ab. »Sie ist Vampirin«, sagte er ruhig.

Es klang aber auch irgendwie verlegen, und Tana fragte sich, wie es wohl war, hier als Mensch aufzuwachsen. Was bedeutete es, wenn man gar nicht erst die Wahl hatte, nach Coldtown zu gehen, oder nie etwas von den Vampiren wollte? Was würde er für einen Chip wie den, den sie verloren hatte, tun? Und wie würde er reagieren, wenn er von der Infektion erführe, die in ihrem Blut schäumte?

Jameson strich über Gremlins weiße Federn. »Wusstest du, dass Krähen die chemische Substanz von Ameisenbissen irgendwann mögen? Methansäure, glaube ich. Egal, sie werden süchtig danach und fliegen auf Ameisenhügel, wo sie die Flügel ausbreiten. Ich glaube, dass sie – meine Freundin –, ich glaube, sie weiß, was für ein Widerling Lucien ist, aber sie findet es irgendwie auch gut.«

Das ließ Tana erschauern. »Vielleicht hat sie sich auch einfach dran gewöhnt.«

»Kann sein«, sagte Jameson, aber überzeugt klang er nicht.

»Jetzt muss ich dich auch mal was fragen«, sagte Tana. Jameson machte so einen verdammt normalen Eindruck. Er sah zwar wie ein harter Typ aus, mit Bartschatten und den drahtigen Muskeln, die man davon bekam, wenn man ständig auf Dächer kletterte, doch er hatte ihr geholfen und nicht viel dafür verlangt. »Weißt du, wo ich mir etwas zum Anziehen und vielleicht eine Waffe kaufen kann? Ich bin nicht sonderlich gut vorbereitet hergekommen.«

»Ich wüsste ein ganz gutes Pfandhaus. Da kann ich dich hinbringen.« Jameson zog die Augenbrauen hoch und wartete auf eine Antwort.

»Super, danke«, sagte Tana und stand auf. »Gehen wir.«

Zweiundzwanzigstes Kapitel

Unsterblichkeit muss man teuer bezahlen;
man muss mehrmals sterben,
während man noch lebt.
– Friedrich Nietzsche

In der Nacht, in der Gavriel zum ersten Mal gebissen worden war, erwachte er in frisch gestärktem Bettzeug und einem Zimmer mit hoher Decke, in dem er noch nie gewesen war. Er stank nach Alkohol; sogar sein Schweiß roch schwach nach Chartreuse, und er vermutete, immer noch betrunken zu sein. Als er sich aufsetzte, wurde ihm so schwindelig, dass er sich wieder hinlegen musste. Draußen vor den Fenstern brannten die Gaslaternen von Paris unter einem mondlosen Himmel.

»Hier, trink«, sagte eine Männerstimme und hielt ihm ein Glas an den Mund.

Er schluckte, es war Wasser. Irgendwie fühlte er sich seltsam, ihm war gleichzeitig heiß und kalt, als würde er Fieber bekommen. Gavriel war es gewohnt, in einer schmutzigen Umgebung zu erwachen, er kannte die schamvollen Mienen desjenigen oder derjenigen, die ihn dorthin gebracht hatten, und war schon oft zum Missvergnügen seines Vermieters mit übersäuertem Magen und zerknitterter Kleidung erst am späten Nachmittag in seine kleine Wohnung zurückgekehrt.

Ungewohnt war es jedoch, sich in einem opulenten Hotel wiederzufinden, in dem sich ein blonder Mann mit einem bösartigen Grinsen über ihn beugte. Er erinnerte sich vage an Klavierspiel, einen stechenden Schmerz in der Kehle, als hätte ihn eine Kobra gebissen, und starken Druck am Hals. Doch er hatte den Abend größtenteils in einem der liederlichsten Salons der *haute bohème* verbracht, und auch wenn er gehört hatte, dass solche Orte von Schlangen heimgesucht würden, war das nicht wörtlich gemeint.

»Ich gehe lieber«, nuschelte Gavriel und versuchte erneut, sich aufzurichten. »Mir geht's nicht gut.«

»Einige Krankheiten sind schlimmer als die Arznei«, sagte der Mann und drückte Gavriel mit einer Hand aufs Bett zurück. In dem schlechten Licht sah die Iris seiner Augen blutrot aus. Gavriel starrte zu ihm hoch, zu fasziniert, um Angst zu haben. Nachdem er dem Teufel so lange den Hof gemacht hatte, glaubte er nun, der Teufel wäre gekommen, ihn zu holen.

»Wenn es vollbracht ist, werden wir wie Brüder sein«, sagte der Teufel.

»Ich habe schon einen Bruder«, sagte Gavriel mit schwerer Zunge. »Er ist tot.«

Als der Teufel grinsend über ihm verharrte, zeigte er scharfe Zähne. »Das bin ich auch.«

Gavriel wollte schreien, doch betrunken, wie er war, lachte er stattdessen.

Als Gavriel das nächste Mal aufwachte, strömte helles Licht durchs Fenster und ließ die Erinnerungen an die vergangene Nacht lächerlich erscheinen. Ein besonders dämlicher und zügelloser Albtraum, genährt von zu viel Alkohol und zu viel Elend. Nirgends war ein Mann zu sehen, der sich über ihn beugen und zuschlagen könnte. Kein Blut befleckte die strahlend weiße Bettwäsche. Das Hotelzimmer war leer, sein Hemd lag ordentlich auf einem Sofa, die Schuhe standen darunter. Der kleine Tisch war eingedeckt mit einer Flasche Chartreuse, einem Kristallglas und einem Teller mit gebackenen Austern.

Gavriel betrachtete blinzelnd das zerwühlte Bett und strich mit den Fingern über seinen Hals. Die Haut war empfindlich, als hätte er sich gestoßen. Das gab ihm so zu denken, dass er nervös seine Sachen zusammenraffte und nach Hause eilte.

Benommen lief er an den zahlreichen Spielhöllen und Pfandleihen des 9. Arrondissement rund um das Varietétheater Folies Bergère vorbei und betrat eine *boucherie,* ohne sich bewusst dazu entschlossen zu haben. Dort gab er sein letztes Geld für Kalbsleber aus, die er sofort auf den Stufen des Hauses roh aus dem braunen Einwickelpapier verspeiste.

Gavriel verschlief fast den ganzen Tag und erwachte mitten in der Nacht mit einem eisigen Gefühl in den Knochen. Vor seiner Wohnung hörte er die üblichen nächtlichen Geräusche von Paris: Händler priesen Fleisch und Lebensmittel an. In der Gasse hinterm Haus wurde unter seinem Fenster mit Würfeln gespielt, und wenn sie auf das Kopfsteinpflaster fielen, erinnerte ihn der Klang an ein Skelett, das in seinem Sarg mit den Knochen klapperte.

Er merkte, dass er nicht allein sein wollte. Glücklicherweise war es in Paris jederzeit möglich, sich in niedere Gesellschaft zu begeben. In einem Kabarett, in dem ein dunkelhaariges Mädchen den schockierenden *danse du ventre* vorführte, traf er bekannte Gesichter. Viel wusste er nicht über sie, aber er kannte ihren Appetit auf Laster, der wahrhaftig gewaltig war. Doch ihr Gelächter verjagte die bösen Träume der vergangenen Nacht – jedenfalls, bis Gavriel sich plötzlich dabei ertappte, dass er sich auf den Hals von Raoul de Cleves konzentrierte, dem tief verschuldeten Sohn eines *comté* mit Hang zum Glücksspiel. Je weiter die Nacht fortschritt, umso mehr wurde Gavriel die Bewegung des Blutes unter der Haut von de Cleves bewusst, das frisch und heiß von seinem Herzen angetrieben wurde. Es wäre kinderleicht, das Fleisch aufzureißen und den roten Fluss freizulassen, hellrot wie Claret. Es wäre kinderleicht, ihn für sich allein zu haben, wenn er verspräche, ihm Geld zu leihen, und ihn danach an die Mauer der Gasse zu drücken und – Gavriel verdrängte den Gedanken an das, was danach käme. Er wollte sich das Mädchen auf der Bühne ansehen, doch als sie die Hüften schwang, sodass die Glöckchen an ihrem Rock klimperten, konnte er nur an die Arterie auf der Innenseite ihres schweißnassen Oberschenkels denken.

Er schwankte so betrunken, wie es nur ging, nach Hause. Als er seine Zimmertür aufriss, brannte ein Feuer im Kamin, und der Teufel saß auf seinem verschlissenen Sessel, so elegant in einem taubengrauen, mit Knöpfen übersäten Mantel, als käme er direkt aus Versailles.

»Ich bin Lucien Moreau«, sagte der Teufel, in dessen Augen

das Höllenfeuer brannte. »Du möchtest sicher über das ein oder andere Aufklärung erlangen.«

Gavriel erstarrte auf der Türschwelle.

»*Ich fühle mich so sonderbar*«, deklamierte Lucien mit Fistelstimme und lächelte breit vor Begeisterung über seine Vorführung. »*Was geschieht mit mir? Wie konntest du mir dieses fürchterliche Verlangen nur antun? Satan, hinweg mit dir!*«

Gavriel betrat den Raum und schloss die Tür. »Ich bitte um Entschuldigung«, sagte er. »Ich bin sturzbetrunken und sicherlich zu keiner klugen Antwort in der Lage. Ich gestehe, dass ich unpässlich bin, doch Sie können gerne so lange bleiben, wie es Ihnen beliebt. Ich habe die Straßen von Paris nach der Verdammnis durchforstet und nun sitzt die Verdammnis vor meinem Kamin. Wie könnte ich mich von ihr abwenden?«

Er war nicht so gelassen, wie seine Worte ihm den Anschein gaben, doch Luciens spöttische Wiedergabe seiner Gedanken hatte ihn gewarnt, und er wollte diesem Wesen nicht verraten, wie sehr er sich fürchtete.

Lucien neigte den Kopf als Zeichen des Dankes. »Du tust nie das, was ich von dir erwarte. Für mich haben Überraschungen einen höheren Wert als Rubine.« Als er die Hand hob, sah Gavriel einen silbernen Ring an seinem kleinen Finger, der ihn wie eine Art Panzerung ganz bedeckte und in eine gefährliche Kralle mündete.

Mit eben dieser Kralle fuhr Lucien Moreau über sein Handgelenk, bis Blut floss. Es war dunkler als das Blut, das in Gavriels Erinnerung das Hemd seines Bruders besudelt hatte, dunkler und mit einem Stich ins Bläuliche. Der Geruch strömte in den Raum, ein hypnotischer Duft wie Ozon nach einem Blitz, und Gavriel sprang unwillkürlich vor.

»Trink«, sagte Lucien. »Das ist das, wonach dich dürstet. Komm und trink.«

Und als Gavriel tatsächlich den Kopf senkte, auf die Knie fiel und mit zitternden Fingern Luciens Handgelenk umfasste, begriff er, dass er bis zu diesem Moment nur mit dem Bösen gespielt hatte. Er hatte in Paris nichts verbrochen, das so schlimm gewesen wäre, als dass er sein altes Leben nicht hätte fortführen können.

Dann überwältigte ihn das Aroma von Luciens Blut und er war verloren. Er saugte an der Wunde und drückte die Zunge in die aufgeschlitzte Haut an Luciens Handgelenk, während er kehlig stöhnte. Aleksander geriet in Vergessenheit. Gavriel vergaß Mutter und Vater und Schwester. Er vergaß den Klang des Schusses, den Geruch des Schießpulvers und die verkrümmte Leiche seines Bruders im Schnee. Es gab nur noch das hier.

Und als er am nächsten Morgen spät mit blutverschmierten Lippen und Zähnen erwachte und sein Kopfkissen rot von Blut war, wo er im Schlaf seinen Mund abgewischt hatte, wurde er einzig von dem Gedanken beherrscht, woher er mehr bekommen konnte.

Zuvor war Gavriel von Selbsthass und widersprüchlichen Wünschen zerrissen gewesen, doch nun hatte er nur noch ein Ziel. Er wartete, bis die Nacht anbrach und Lucien kam, von dem er trinken durfte und den er wiederum an seinem Handgelenk saugen ließ. Viel mehr passierte nicht. Er ließ sich durch den Tag treiben, interessierte sich nicht mehr für Salons oder Kabarett, Alkohol oder dergleichen.

Zunächst fand er die Blutaufnahme sehr anstrengend, doch nach einiger Zeit hatte das Blut eine merkwürdige Alchemie bewirkt. Der Hunger ließ nach. Wenn er tagsüber durch die Straßen ging, fühlte er sich stärker, schneller und aufmerksamer als je zuvor. Er konnte einen Schürhaken durchbrechen und die Zügel eines durchbrennenden Pferdes halten, bis es zum Stand kam – alles ohne die geringste Anstrengung. Wenn er allein in seinem Zimmer blieb, warf er immer wieder Messer an die Wand und freute sich, wie genau er jedes Mal traf. Seine Eckzähne wurden länger und schärfer, bis sein Zahnfleisch blutete. Es bereitete ihm großes Vergnügen, wenn er allein war, mit den Fingern gedankenverloren über die Spitzen zu streichen, wie um sich selbst zu beweisen, dass sie noch da waren.

Und wenn Gavriel sich über Luciens Handgelenk beugte und mit seinen frischen Zähnen neue kleine Löcher in seine Haut bohrte, erkannte er sich fast nicht wieder. Mehr konnte er sich nicht wünschen.

Als Gavriel in der siebten Nacht bei Einbruch der Dämmerung nach Hause kam, wartete Lucien bereits in einem Sessel; er trug einen Smoking mit Schalkragen. Bei ihm war ein Mädchen, das in eine dünne, fleckige Bluse und einen schweren braunen Rock gekleidet auf der Lehne saß. Schmutz rötete ihre Wangen, schwärzte ihre Kehle und bedeckte ihre Hände. Auf dem Tisch stand eine Schachtel, aus der sich apfelgrüner Satin ergoss.

»Ich habe ihr gesagt, sie darf hier baden«, sagte Lucien. »Das geht doch, oder?«

Gavriel nickte benommen. Das kam unerwartet, sein Herz schlug schneller. »Selbstverständlich, wenn sie möchte.«

»Sie möchte«, sagte Lucien und gab der jungen Frau einen Klaps. Gehorsam stand sie auf. »Ich habe gesagt, sie muss sich erst gründlich waschen, bevor sie das Kleid anziehen darf, das du ihr gekauft hast.«

Gavriel sah erst die Schachtel mit dem grünen Satin und dann wieder die Frau an. Ihr gieriger Blick machte sie zur Närrin. Er erinnerte sich an den Schrank seiner Schwester, in dem Dutzende solcher Kleider hingen, und fand ihren Wunsch armselig, doch für sie galt das nicht – das war ihm bewusst.

Lauf weg, dachte er im Stillen. *Du weißt, dass du weglaufen solltest. Bitte lauf weg.*

Er zeigte auf den hinteren Teil seiner Wohnung und beobachtete, wie sie mit der Schachtel langsam auf die blecherne Badewanne in seinem Schlafzimmer zusteuerte, vor der eine Kanne Wasser stand und ein Stück Laugenseife lag. Sie bewegte sich anmutig, und ihr beschwingter Gang erinnerte ihn an die Tänzerin, die er einige Tage zuvor gesehen hatte. Als er sich vorstellte, seinen Mund an ihren Hals zu drücken, während ihr Herzschlag wie Vogelschwingen flatterte, lief ihm ein Schauer über den Rücken.

»Warum ist sie hier?«, fragte er Lucien.

»Ich bitte dich, mich nicht zu ermüden«, antwortete Lucien. »Du errätst doch sicher sowohl ihre Herkunft als auch ihren Zweck. Das ist kein Geheimnis.«

»Lucien«, sagte Gavriel mit einem warnenden Unterton. »Was hast du mit ihr vor?«

»Sie ist nicht für *mich*«, erwiderte Lucien. »Mein Blut hat dich vorbereitet, doch die endgültige Verwandlung steht dir noch bevor. Heute ist dein letzter Abend als lebendiger Mann. Trink ihr Blut und werde neugeboren. Ihr Tod schenkt dir das ewige Leben.«

Gavriel schüttelte den Kopf und wich zurück.

»Ach, stell dich nicht so an. Man kann Wein nicht ewig zwischen zwei Gefäßen hin und her schütten.« Lucien grinste böse.

»An meinen Händen klebt schon genug unschuldiges Blut«, sagte Gavriel. »Mehr als genug.«

Lucien lachte. »So, so, davor läufst du also davon? Oh mein lieber Junge, das wird dir bald absolut geringfügig erscheinen, das verspreche ich dir. Du wirst in Strömen von Blut ertrinken und ein Tropfen wird so unbedeutend sein wie ein einzelner Stern in den Bildern des Himmels.«

»Da mache ich nicht mit.« Gavriel ging zur Tür. Als Lucien seinen Arm packte, stieß er ihn mit all der Kraft seines gestohlenen Blutes zurück. »Was ich mir selbst antue, kümmert mich nicht, doch ich will niemand anderem Leid zufügen.«

»Oh doch«, sagte Lucien. Seine roten Augen funkelten, er verzog höhnisch den Mund.

Gavriel flüchtete in die Nacht hinaus, verfolgt von Luciens Gelächter.

Es dauerte eine Woche, bis Lucien ihn aufgespürt hatte. Gavriel war mit der Postkutsche von Paris nach Marseille gefahren und hatte sich in einer kleinen Herberge eingemietet. Am Vorabend hatte er sich hingelegt und schwitzend und zitternd den Herzschlägen der Menschen gelauscht, die wie

Trommeln durch die Wände drangen. Kälte kroch tiefer und tiefer in seine Haut, bis sie schließlich sein Herz erfror.

Als Lucien die Haustür öffnete und das viele Blut in der Wirtsstube sah, die Leichen des Wirtes, seiner Frau und ihrer jugendlichen Kinder, die in der Küche und den Ställen gearbeitet hatten, musste er lächeln. Gavriel, der über einer Leiche kauerte, blickte mit einer Verzweiflung zu ihm hoch, in der fast kein Gefühl mehr lag.

Selbstverständlich hatte Lucien das Mädchen umgebracht, das Gavriel hatte schonen wollen. Das erzählte er ihm in aller Ausführlichkeit auf der Rückfahrt nach Paris.

Dreiundzwanzigstes Kapitel

Dass der Tod mit dir
sein Dunkel schönte.
– Alfred Tennyson

Nach Einbruch der Dunkelheit übernahmen die Vampire das Kommando auf den Straßen. Sie flanierten mit funkelnden roten Augen und flatternden Rockschößen. Manche hatten Irokesen und Nasenringe und schnitten jedem, dem sie begegneten, eine Grimasse; andere hetzten mit rauschenden weißen Gewändern Arm in Arm durch die Straßen; wieder andere mit langem dandyhaftem Haar zwirbelten ihren Gehstock aus Ebenholz und brüsteten sich in Samtjacketts; die einen mitten in der Menge, die anderen einsam und allein.

Tana hielt sich nah an den Häusern und unter den Markisen, um niemandem im Weg zu sein. Ihr Herz schlug sehr schnell, und sie konnte sich vom Anblick der unnatürlichen Blässe und lässigen Anmut nicht losreißen, musste immer wieder in ihre höllischen Augen sehen.

»Man gewöhnt sich dran«, sagte Jameson, doch wenn ihm ein Vampir zu nahe kam, ging er leicht in die Hocke, und seine Hand zuckte zu seinem Stiefel.

Schließlich blieb Jameson vor einem vergitterten Schaufenster stehen, in dem Ohrringe in Form von Skarabäen, ein lilafarbener Regenmantel mit passendem Schirm und Perücken in leuchtenden Farben angeboten wurden. Über der Tür hing ein Schild aus Glasperlen und Spiegelscherben mit der Aufschrift: TREIBGUT UND FUNDSTÜCKE.

Ein Gitter war in die Tür eingelassen. Jameson klingelte.

Kurz darauf schob ein Mädchen das Gitter auf. Sobald sie Jameson erkannte, lächelte sie begeistert, doch Tanas Anblick dämpfte ihre Freude gleich wieder.

Sie schob die Riegel beiseite, öffnete die Tür und führte sie in das schwach beleuchtete Haus.

Das Mädchen war groß, hatte eine gelbbraune Löwenmähne, die ihr locker auf die Schultern fiel, und strahlende flaschengrüne Augen. Ihre Wangen waren mit Gold bestäubt, und sie hatte goldenen Lidschatten aufgelegt, zu dem sie eine Art Kimono trug. Sie sah irgendwie aus, als wäre sie gerade erst aufgestanden.

»Hi.« Jameson lächelte schüchtern. Ihre Schönheit überwältigte ihn anscheinend.

»Hi.« Auch sie schien den Atem anzuhalten und zu erwarten, dass er irgendetwas tat. Was es auch war, er tat es nicht.

Wo war der locker-lässige Junge geblieben, der mit Tana gefrühstückt und ihr den politischen Hintergrund von Coldtown erklärt hatte? »Hier bekommst du fast alles«, sagte er zu Tana. »Valentina hat die magische Fähigkeit, sich an genau die Kiste zu erinnern, in der das ist, was du brauchst, und die sie vor einem Jahr irgendwohin gestellt hat.«

Valentina lächelte. »Vor einem Jahr habe ich noch gar nicht hier gearbeitet«, protestierte sie.

Sein Mundwinkel zuckte, doch er sah sie nicht an. »Deshalb ist es ja so magisch.«

Tana musterte die Kleiderständer, die alle an einer Wand standen, davor offene Koffer, aus denen sich Hemden und Jacken ergossen. Darum herum waren Schaufensterpuppen so arrangiert, als wären sie gefesselt; sie trugen Glitzerkleider und Hüte. Im Schein einiger Öllampen tanzten die Schatten.

Eine Frau kam die Treppe herunter, ihre hohen Absätze schlugen laut auf das Holz. Als Valentina sie hörte, zog sie sich von Jameson zurück. Die Frau war das älteste Wesen, das Tana bis zu diesem Zeitpunkt innerhalb der Mauern gesehen hatte. Die feinen grauen Strähnen, die auf ihr schwarzes Gewand fielen, hätten auch Spinnweben sein können. An einer Kette hing ein schweres rosagoldenes Medaillon und die hellblauen Ohrringe passten farblich zu ihren Augen.

»Nun steh hier nicht nur rum, Valentina«, sagte sie zu dem Mädchen. »Schließ hinter unseren Kunden ab. Hier soll jeder ganz in Ruhe und Sicherheit wählen dürfen.«

Valentina war schon auf dem Weg zur Tür, doch Jameson legte noch vor ihr die Hand auf die Klinke.

»Ich werde dann mal gehen«, sagte er und trat auf die Straße hinaus. »Viel Glück, Tana. Tschüs, Valentina. Auf Wiedersehen, Ms Kurkin.«

»Du kannst ruhig noch bleiben«, sagte Ms Kurkin. »Trink eine Tasse Tee mit uns.«

»Ich kann leider nicht«, sagte Jameson. »Aber Tana ist neu in der Stadt und könnte wahrscheinlich eine gebrauchen.«

Ms Kurkin lächelte. »Immer ein Herz für die Streuner.«

Valentina schob die Riegel wieder vor und warf noch einen Blick durch das Sichtgitter. Tana wunderte sich über den hastigen Abschied und fragte sich, ob er es auch so hasste, eingeschlossen zu sein. Doch angesichts der Tatsache, dass sie vor ungefähr sechsundzwanzig Stunden gebissen worden war, gefährdete sie andere eher als die sie. Gut, dass sie nichts davon wussten.

»Ja dann«, sagte Ms Kurkin. »Was kann ich für dich tun? Wahrscheinlich willst du etwas verkaufen, oder? Etwas, das du zu Hause deiner Mutter geklaut hast? Ein wertvolles kleines Medaillon, das deine Großmutter dir geschenkt hat, als du noch ein Baby warst? Familienschmuck?«

»Ich muss vor allem Sachen kaufen«, antwortete Tana in dem Gefühl, dass Ms Kurkin für die Kids, die durch ihren Laden schlappten, nicht viel übrighatte. Doch dann fiel ihr die Granatkette mit dem leeren Medaillon wieder ein, die Gavriel ihr geschenkt hatte und die in ihrer Handtasche klimperte und ihr Herz erzittern ließ, wenn sie sich vorstellte, woher sie stammte. Sie holte sie aus der Tasche und breitete sie auf einer Vitrine aus, in der schon mehrere glänzende Schmuckstücke von strassbesetzten Ohrringen bis zu Diamantringen lagen. Der Granat schimmerte matt wie viele kleine Einstiche, aus denen Blut quoll. »Aber eine Sache könnte ich wirklich verkaufen. Nur die Schließe ist kaputt.«

»Hmmmm«, sagte Ms Kurkin, ging um die Vitrine herum und hielt eine Juwelierlupe vor ihr linkes Auge.

»Das ist Granat aus Böhmen – das Wort stammt von dem lateinischen *granatum* ab, für Granatapfel, wegen der Ähnlichkeit mit den Kernen. Wahrscheinlich aus Tschechien, obwohl die Fassung eher russisch aussieht. Hier kann man das Symbol für Gold sehen.« Sie hob die Kette hoch und wog sie in der Hand. »Ganz hübsch. Alt. Massiv. Ich biete dir sechshundert Dollar – zur Hälfte Bargeld, zur Hälfte Guthaben –, aber ein Liebhaber dieses Schmuckstücks würde dir gut und gerne das Vierfache geben.«

Tana sog hörbar scharf die Luft ein.

»Doch leider«, fügte Ms Kurkin hinzu, »wirst du den passenden Käufer nicht hier in Coldtown finden.«

Eine antike Kette aus Russland. Wie hoch war die Wahrscheinlichkeit, dass der Dorn von Istra sie jemandem auf dem Parkplatz vom Hals gerissen hatte und sie – rein zufällig – aus seinem Heimatland stammte? Doch wenn er sie nicht gestohlen hatte, dann musste sie ihm gehören. Sie musste seit ewigen Zeiten in seinem Besitz sein und er musste sie seit seiner Flucht aus Paris bei sich getragen haben.

Und er hatte sie ihr gegeben.

Die Frau warf Tana einen abschätzigen Blick zu. »Ich könnte aber auch für dreißig Dollar die Schließe reparieren, während du dich umschaust. Dann könntest du die Kette heute Abend tragen. Es ist wirklich ein schönes Stück. Du musst doch nicht gleich deine Seele verkaufen.«

Tana nickte stumm, kramte in ihrer Handtasche und reichte der Verkäuferin zwei Zwanziger aus dem blutbefleckten Bargeldhaufen, den Gavriel ihr mit der gleichen Tüte geschenkt hatte. Und die Frau tippte wie eine ganz normale Ladenbesitzerin etwas in ihre Kasse und gab ihr zehn Dollar zurück.

»Ich fange sofort damit an«, sagte die Frau. »Valentina kann dir in der Zwischenzeit den Laden zeigen.«

Valentina lächelte über ihren Kommandoton und wandte sich achselzuckend an Tana. Sie ging mit ihr in den zweiten Stock, wo noch mehr Kleidung im Angebot war, die haufenweise auf wurmstichigen Holztischen lag und in Kleiderschränken mit Spiegeln hing. Jameson hatte nicht zu viel versprochen, denn Valentina wusste offenbar genau, wo alles war, und zauberte die schönsten Sachen aus den unglaublichsten Ecken hervor.

»Woher kommt das denn alles?«, fragte Tana und zog eine schwarze Stretchjeans an, die nur ein bisschen kniff. Sie war mit fünf Dollar ausgezeichnet. »So viel Zeug.«

»Ms Kurkin hat den Laden nach Ausrufung der Quarantäne eröffnet, damit die Leute hier Dinge, die sie nicht brauchten, gegen etwas eintauschen konnten, das sie dringend nötig hatten. Es dauerte nicht lange, bis Plünderer ihr Sachen aus verlassenen Häusern brachten, weil sie hofften, sie würde sie ihnen abkaufen. Andere wiederum suchten Kleider oder Weihnachtskugeln. In diese Stadt kommen viele Leute und die meisten reisen nicht wieder ab. Da kann man ganz gute Geschäfte machen.« Valentina zog eine Lederjacke, die nur an den Ellbogen ein wenig fadenscheinig war, von einem Bügel und hielt sie Tana hin. »Die könnte dir passen.«

Tana streifte sie über, es gefiel ihr, dass sie so schwer war. Das fühlte sich fast wie eine Rüstung an. »Perfekt.«

Valentina lächelte sie an. »In dieser Stadt gilt ein ganz besonderer Dresscode.«

Tana lachte und beugte sich über einen Kleiderstapel. Sie

fand ein T-Shirt mit einem Smiley mit Fangzähnen und eins mit der Aufschrift TOD VERZWEIFELT GESUCHT, abgeschnittene Shorts, eine Schlafanzughose, deren Muster aus dampfenden Teetassen bestand, sowie eine hauchdünne Stehkragenbluse in zartem Elfenbein und mit kleinen falschen Perlmuttknöpfen am Rücken und an den Bündchen. »Und was ist mit dir? Wie bist du hier gelandet?«

Valentina verzog kaum merklich das Gesicht, als überlegte sie, was Tana mit der Frage wirklich bezweckte. Dann seufzte sie und ließ sich in einen dick gepolsterten Sessel sinken, ohne auf die Sachen zu achten, die dort lagen. Sie war hochgewachsen und schlank wie ein Model und hatte große, ausdrucksvolle Hände. Ihre Fingernägel waren in dem gleichen Goldton gehalten wie ihre Lider. »Jameson hat mich zu Ms Kurkin gebracht und behauptet, ich würde ihr Vertrauen nicht enttäuschen, wenn sie mich hier arbeiten ließe. Ihre letzte Angestellte ist einfach verschwunden – das passiert hier schon mal – und sie brauchte eine neue. Ich weiß immer noch nicht, ob Jameson einfach wahnsinnig nett war oder ob er mich unbedingt loswerden wollte. Vielleicht beides.«

»Kennst du ihn schon lange?«

Valentina schüttelte den Kopf. »Ich bin vor ungefähr einem Jahr mit einem Freund nach Coldtown gefahren. Wir kommen aus derselben Kleinstadt, in der wir nicht klarkamen. Deshalb haben wir uns gedacht, hauen wir ab und leben in einer Stadt, in der alle so sind wie wir, und dann werden wir verwandelt und …«

Valentina brach ab, als fehlten ihr die Worte. Tana nickte auffordernd. Es war schön, sich zu unterhalten. In den nächsten Stunden hatte sie nichts vor, denn in der Zeit, in der Aidan frisch verwandelt nach Blut gierte, konnte sie gar nichts tun. Das Beste wäre, kurz vor der Morgendämmerung zurückzugehen und den Chip zu holen, nachdem sie ihn mit Blut genährt hatten. Bis dahin konnte sie sich ruhig mit den Kleidern und der netten Gesellschaft vergnügen.

»Wie sich herausgestellt hat, war das alles totaler Quatsch. Mein Freund wurde gleich von den ersten Vampiren, denen wir begegnet sind, fast getötet. Er ist mit drei rotäugigen Mädels losgezogen, dabei stand er nicht mal auf Mädchen. Und dann hab ich ihn in einer Gasse wiedergefunden, umzingelt von Vampirinnen, die ihm die Haut aufgeschlitzt haben. Sie leckten das Blut ab, als wäre er ein Schokoriegel, und passten schön auf, dass sie ihn nicht bissen, die blöden Schlampen. Wenn Jameson nicht genau in diesem Moment gekommen wäre, hätten sie ihn umgebracht.«

Als sie fortfuhr, sah Valentina aus, als wäre sie in Gedanken sehr weit weg. »Er hatte einen riesigen hupenden Flammenwerfer, genau wie die Wachposten. In Coldtown gibt es nicht viele Regeln, aber eins können Vampire echt gar nicht leiden – wenn sie das Gefühl haben, jemand jagt sie.«

»War das denn so?«, fragte Tana.

Valentina zuckte die Achseln. »Keine Ahnung, aber er hat alle drei verbrutzelt und uns wie streunende Katzen mit nach Hause genommen.« Sie seufzte. »Er hat uns zu einer Schlafstätte in den Traufen einer Kirche gebracht, wo schon andere Kinder und Teenager lebten, ganz junge und ältere. Jetzt wohnt da keiner mehr, aber wir haben es eine Weile ausgehalten. Jameson ist in dieser Gegend eine Art Volksheld.«

Tana fielen die Kleiderhaufen wieder ein. »Und wo sind die anderen Kinder untergekommen, die dort gelebt haben?«, fragte sie.

»Zwei von ihnen, darunter auch mein Freund, laufen bei den Rotters mit. Das ist eigentlich eine Vampirgang, Anarchisten, könnte man sagen, die Menschen verwandeln, die gestört genug sind, ihnen imponieren zu wollen. Mein Freund ist immer noch ein Mensch, aber er macht sich Hoffnungen. Ein kleinerer Junge ist von einer Vampirin verwandelt worden und lebt jetzt mit ihr zusammen. Ein anderer ist eines Tages weggegangen und nie wiedergekommen. Jameson hat ihn überall gesucht, aber in dieser Stadt verschwinden eben manchmal Leute.«

Tana hatte ein langes, scharfes Messer entdeckt, das ihr gefiel. Es lag mit Federn und einem Füller in einer Schale. »Jameson hat anscheinend eine komplizierte Beziehung zu Vampiren.«

»Jameson? Ja, wahrscheinlich. Seine Freundin ist Vampirin.«

Tana hob erstaunt den Blick zu Valentina. »Ach, stimmt«, sagte sie, als ihr wieder einfiel, was er ihr beim Frühstück erzählt hatte. »Dann ist sie die Freundin, von der er erzählt hat. Die bei Lucien Moreau wohnt.«

»Sag aber nichts, wenn du ihn siehst, okay? Er hat mir nie von ihr erzählt, aber die Stadt ist klein, alles spricht sich herum. Und ich habe sie einmal zusammen gesehen, in der Nähe der Velvet Road, da haben sie sich gestritten. Sie sieht unglaublich aus. Und ich will auf keinen Fall, dass er denkt, es würde mir etwas ausmachen. Er weiß, was ich früher war, deshalb wäre das vielleicht komisch für ihn.«

»Wieso, was warst du denn?« Tana runzelte verwirrt die Stirn.

»Ich bin nicht als Mädchen geboren«, sagte Valentina und stellte sich auf ihre langen, eleganten Beine. »Jedenfalls nicht von außen. Er weiß, dass ich hergekommen bin, weil ich mir die Operation nicht leisten konnte. Ich dachte, wenn ich mich verwandeln würde, könnte ich weiter so aussehen wie jetzt. Wenigstens würde sich mein Gesicht nicht verändern. Aber das hat alles nicht so ganz geklappt.«

Einen Augenblick lang ließ Tana Valentina in ihrer Fantasie männlich aussehen. Doch dann blinzelte sie und sah nur noch das Mädchen vor sich.

Das war ein Grund, sich ewige Jugend zu wünschen, an den Tana noch nie gedacht hatte.

»Ich kann den Mund halten«, versprach sie. »Außerdem kenne ich ihn kaum.«

Valentina lächelte mit einem Hauch von Ironie. »Coldtown ist nicht groß und wird immer kleiner. Bald kennst du hier jeden.«

Tana kaufte schließlich das lange Messer, die Jeans und die Lederjacke, drei T-Shirts und vier Slips, die laut Valentina erst gebleicht und dann gewaschen worden waren. Sie hatte sich ausgerechnet, dass sie so viel brauchen würde, obwohl ihre achtundvierzig Stunden bald vorbei waren. Selbst wenn sie nicht Kalt wurde, musste sie schließlich auch etwas anziehen, wenn sie wieder rauskam. Das Messer hatte sie gekauft, weil sie schon länger eins haben wollte. Außerdem entschied sie sich für einen großen, hässlichen Poncho in Rostrot, der warm aussah und den sie leichter mitschleppen konnte als ein Bettlaken. Dazu kamen noch ein Bolzenschneider, ein Schraubenzieher, ein Nylonseil, ein Solarladegerät für ihr Handy und ein Rucksack, um alles zu verstauen.

Alles zusammen für 132 Dollar. Sie hatte noch Geld übrig – mindestens hundert, wenn nicht mehr –, doch sie wollte es nicht in aller Öffentlichkeit zählen.

Valentina betrachtete das Messer, als sie kassierte. »Weißt du, wie man damit umgeht?«

»Ich hoffe, es sieht bedrohlich genug aus, wenn ich damit rumwedele.«

Valentina zog wortlos die Augenbrauen hoch.

Dann kam Ms Kurkin mit der Kette, dem Medaillon und der neuen Schließe. Tana versteckte sie wieder in ihrer Handtasche und ging zu einem der großen antiken Spiegel an der Wand, um ihr Haar zu einem strengen Pferdeschwanz zu binden. Sie betrachtete sich in dem welligen Spiegel und redete sich ein, dass sie in der Lage war, sich allem zu stellen, was sie in dem Zimmerchen mit Aidan erwartete. Dann verabschiedete sie sich von Valentina und Ms Kurkin und ging dorthin zurück, wo die Gefahr lauerte.

Es war nicht schwer, aufs Dach zu klettern, doch sobald sie oben war, war es wie eine fremde Landschaft, in der sie sich vor allem im Dunkeln nicht auskannte. Sie kämpfte sich langsam vorwärts und prüfte bei jedem Schritt, ob die Ziegel auch hielten. Als sie Jameson gefolgt war, hatte sie vor lauter Stress nicht aufgepasst, doch jetzt, so allein über der Stadt, bemerkte sie, dass offenbar erst vor Kurzem jemand diese Art Weg geschaffen hatte, den sie über die Dächer nahm. Leitern und

Bretter, die fest geschweißt oder genagelt waren, dienten als Brücken über die Lücken und bildeten ein eigenartiges Labyrinth hoch über der Stadt.

Tana fand das Oberlicht im Dunkeln erst nach einer ganzen Weile. Sie suchte und suchte und war schwer in Versuchung, aufzugeben und sich über Nacht irgendwo zu verkriechen. Und noch ein bisschen zu schlafen. Vielleicht könnte Aidan die Zeit nutzen, um sich an sein neues Ich zu gewöhnen. Wenn sie in ein, zwei Tagen zurückkehrte, hätte er seinen Hunger möglicherweise im Griff und wäre schon so weit, dass er mit seinen neuen roten Augen angeben wollte.

Selbstverständlich könnte er bis dahin auch längst ihren Chip verkauft haben. Oder sie wäre selbst Kalt geworden.

Vielleicht war er ja tot. Vor einigen Monaten waren die Nachrichten voll von der Geschichte eines Jungen, der sich im Mittleren Westen angesteckt hatte. Er hatte seiner Freundin gestanden, dass man ihn gebissen hatte, und sie gebeten, ihn in einer alten Scheune auf dem Grundstück ihrer Familie einzusperren, bis er die Infektion überstanden hatte. Stattdessen trommelte sie ihre Freunde zusammen, die ihn fesselten, aufschnitten und sein Blut tranken – weil sie nicht kapiert hatten, dass sie sich auf diese Weise keineswegs infizieren konnten, da er noch kein Vampir war und sein Blut nicht dafür sorgen konnte, dass sie und ihre Freunde Kalt wurden.

Midnight dagegen wäre so schlau zu warten, bis Aidan sich verwandelt hatte, falls sie ihn aufschlitzen wollte. Sie wüsste, dass sie das Zeug in Flaschen abfüllen und meistbietend versteigern konnte.

Tana erschauerte und wünschte, sie wäre wie Jameson mit

seinem fetten Flammenwerfer, oder dass sie wenigstens etwas Besseres hätte als ein Messer, einen Bolzenschneider und eine coole Lederjacke. Sie wünschte, sie wäre eine Volksheldin.

Als der Mond hervorkam, fand sie endlich das Oberlicht, durch das sie aufs Dach geklettert war. Es stand weiterhin offen und der Kronleuchter sah auch nicht besser aus.

Einige hellgrüne Blätter trudelten in das dunkle Zimmer.

Aus dem Flur schien Licht durch die halb geöffnete Tür – Licht, in dem sie erkennen konnte, dass niemand im Zimmer war.

»Aidan«, flüsterte sie, doch keiner konnte sie hören.

Tana sah sich um, fand einen Schornstein und wickelte das eine Ende des Seils darum. Wäre sie doch bei den Pfadfindern gewesen! Da lernte man doch auch so etwas, wie Knoten zu knüpfen, oder?

Sie ließ sich in das Zimmer herunter. Es war nicht schwer, nach unten zu kommen, aber sie brauchte leider lange, weil keine Knoten im Seil waren, auf die sie die Füße stellen konnte. Auf halber Strecke fiel Tana herunter und machte so viel Krach, dass jeder im Haus es hören musste.

Doof, doof, doof. Sie rechnete damit, dass gleich jemand kam, doch sie hörte nur ein leises Stöhnen irgendwo im Haus.

Tana schlich in den Flur.

An der Wand saß ein Mann in einem Bowling-Shirt, Jeans und Sandalen. Er hatte den Kopf in den Nacken gelegt und die Augen standen offen. Sein kurzes Haar war braun wie Kaninchenfell und auf dem linken Glas seiner großen runden Brille mit Silberrand waren blutige Fingerabdrücke. Der Mann hatte die Arme ausgestreckt, das rechte Handgelenk war aufgerissen, das Innere eine Schweinerei aus Hautfetzen und rosa Fleisch. Der Boden schwamm in klebrigem Rot, das bereits in den Teppich gesickert war und einen Zipfel schwarz gefärbt hatte. Viel zu viel Blut und es blubberte weiter träge aus seinen Adern.

An dem anderen Handgelenk waren zwei kleine Bisswunden zu sehen.

Der Mann zuckte unkontrolliert mit einem Bein und sah sie mit glasigen braunen Augen an. Der Blutgeruch traf sie wie eine Welle, heftig und heiß. Ihre Zunge drückte sich gierig an ihre Zähne und es kam ihr hoch.

»We… weg«, stammelte er zwischen abgerissenen, keuchenden Atemzügen, die unvermittelt abbrachen. Es hörte einfach auf wie ein Spielzeug, das jemand abgestellt hatte. Aus der Tiefe seines Brustkorbs kam ein Rasseln.

Tanas Herz schlug wie Faustschläge gegen ihre Rippen.

Plötzlich fiel ihr auf, dass sie ihn schon mal gesehen hatte – auf einem Foto. Das musste der Nachbar sein, über den sie geredet hatten. Bill Story, der das Leben innerhalb der Mauern dokumentierte, der nicht einmal abgereist war, als seine Freunde ihm die Möglichkeit eröffnet hatten. So hatte er sich seinen Tod sicher nicht vorgestellt.

Vorsichtig nahm sie Bill die Brille ab. Sie drückte seine Augenlider herunter und hoffte, dass sie nicht wieder aufklappten. Dann kreuzte sie seine Arme so auf der Brust, dass er aussah wie ein toter Pharao auf seinem Sarkophag.

Auch wenn er sie mit seinem letzten Atemzug gewarnt hatte, sie konnte hier nicht weg. Nicht ohne ihren Chip. Leise zog sie das Messer aus ihrem Stiefel.

Sie schlich weiter, bog um eine Ecke und entdeckte Christobel, die mit Farbeimer und Malerpinsel an einem Fenster stand. Sie strich die Scheiben schwarz und weinte mit zuckenden Schultern und rot verquollenen Augen. Als sie Tana sah, schluchzte sie noch heftiger.

»Was machst du da?«, fragte Tana.

»Ich bereite alles für morgen vor«, antwortete das Mädchen. Ihr Make-up verschmierte in silbergrauem Glitzer ihre fleckigen Wangen und ihre Stimme klang vage und verträumt, fast wie Singsang. »Wir werden Vampire sein und das Haus muss vorbereitet werden. So haben wir es uns nicht vorgestellt. Du hättest nicht gehen dürfen. Warum bist du gegangen?«

Da Tana ihre Gefangene gewesen war, hätte man meinen können, dass ihr Anblick, wie sie mit einem Messer in der Hand in ihr Verlies zurückschlich, Alarm hätte auslösen sollen. Doch Christobel sah sie an, als wäre sie nur einkaufen gegangen und hätte zu lange gebraucht und allen die Party versaut.

Dann hörte sie erneut jemanden stöhnen. Das kam aus einem Zimmer weiter hinten, in dem noch dazu hektisch geflüstert wurde. Christobels Blick huschte dorthin, dann wandte sie sich wieder Tana zu.

»Als du weg warst, dachten wir ... also, weil wir dich nicht mehr gehört haben, dachten wir, Aidan hätte bei dir gesaugt und wir wären in Sicherheit. Wir waren traurig, aber ...«

Tana nickte und forderte sie mit einer Geste auf, den Teil zu überspringen und fortzufahren. Sie wusste, warum man sie mit Aidan zusammen eingesperrt hatte, auch wenn es nicht alle auf der anderen Seite der Tür hatten zugeben wollen.

»Midnight und Zara haben sich gestritten, wer zuerst reindurfte. Zara hat gesagt, es wäre ihr Haus, deshalb wäre sie zuerst dran, also ist sie reingegangen, und er … er hat sie ausgesaugt.«

»Oh.« Tana dachte an Aidan, wie er als Mensch gewesen war. Aidan, der nervig und egoman gewesen war, aber niemals zum Mörder geworden wäre.

»Ich weiß, dass er es nicht wollte«, sagte Christobel und weinte wieder lauter. Sie ließ den Farbeimer fallen und trat dagegen. Die schwarze Farbe spritzte an die Wand und lief in Rinnsalen nach unten. »Er war völlig fertig. Aber du solltest sterben, nicht Zara. Es ist so ungerecht. Wir haben alles richtig gemacht. Wir haben dich ihm zum Fraß vorgeworfen, als Opfer für den neu entstehenden Vampir. Es hätte *dich* treffen sollen.«

»Wo ist er jetzt?«, fragte Tana, die ihr am liebsten eine gescheuert hätte. »Da unten?« Sie zeigte auf das Zimmer, aus dem die Geräusche kamen, und Christobel nickte.

Kann man es wagen reinzugehen?, wollte sie fragen, doch das Mädchen würde ihr kaum eine ehrliche Antwort geben. Da Bill Story und Zara tot waren, hatte Aidan wahrscheinlich keinen Hunger mehr, aber was wusste sie schon über neugeborene Vampire? Die im Farmhaus hatten sich wie Zecken vollgesogen.

Als Tana durch den Flur ging, hinterließ sie schwarze Fußspuren. Ein Blick über die Schulter zeigte ihr, dass Christobel aus dem Fenster starrte, obwohl sie durch die dicke Farbschicht gar nichts sehen konnte.

Es hätte dich treffen sollen.

Als sie jetzt die Hand auf die Türklinke legte, wünschte

Tana, das Leben wäre eine Aufnahme, in der man vorspulen konnte, bis die schrecklichen Szenen vorbei waren, in denen alles auf den Kopf gestellt wurde und man furchtbare Angst hatte. Was danach kam, war egal, es konnte noch so schlimm sein. Sie holte stockend Luft und drückte die Tür auf. Dann zeigte sich, was Sache war, und es gab nichts mehr zu wünschen.

Aidan kauerte mit unmenschlicher Reglosigkeit auf dem Boden. Damit und wegen seiner unnatürlichen Blässe war schon vor dem Blick aus seinen neuen roten Augen endgültig klar, dass er sich verwandelt hatte. Neben ihm schaukelte Midnight mit der Leiche ihres Bruders vor und zurück.

Winters blauer Pony hing in seinem Gesicht, sein Mund war kreidebleich und aufgesprungen. Pearl sah auch manchmal so aus, wenn sie die Zähne geputzt und die Zahnpasta nicht sauber abgewischt hatte. Zwei helle Nadelstiche zeichneten seine Kehle, unter dem einen war ein Streifen Blut. Winters Augen waren geschlossen, doch Midnight starrte sie an. Ihre roten Augen glühten wie Kohlen im Feuer. Ein schreckliches Wehklagen entfuhr ihr bei ihrem Anblick und sie drückte ihren Bruder noch heftiger an sich.

Rufus hockte gekrümmt, nur mit einer Schlafanzughose bekleidet, in einer Ecke. Neben ihm lag ein kleines Handy, als hätte er es versehentlich fallen gelassen und vergessen. Das Blinklicht zeigte an, dass es immer noch aufnahm.

Vierundzwanzigstes Kapitel

Jedes Andenken an Tote ist wertvoll,
wenn sie zu Lebzeiten geschätzt wurden.
– Emily Brontë

Pearl saß schon den ganzen Tag vor dem Fernseher und ihrem aufgeklappten Laptop. Jetzt aß sie Spagetti mit sehr viel geriebenem Käse, während ihr Vater in der Küche den Herd putzte. Seit Tana verschwunden war, hatte er einen Putzfimmel entwickelt. Er machte die Wäsche, säuberte die Mikrowelle von innen, stöpselte sogar den Kühlschrank aus, um ihn zu reinigen, und rutschte auf Knien, um die Fliesen zu schrubben. Er konnte gar nicht mehr aufhören und hatte noch nicht zu Abend gegessen, obwohl es schon nach zehn war. Er machte nur eine Pause, als das Telefon klingelte, weil der Heimatschutz und später Aidans Eltern anriefen.

Auf Pearls Laptop ging die Party bei Lucien Moreau gerade voll ab. Drei Vampirmädchen tanzten mit einem Jungen, der auch eine Leiche sein konnte, auf einem Tisch. Im Fernsehen stand eine Nachrichtensprecherin in blauem Kostüm vor dem mit dicken roten Spritzern versehenden Schriftzug FARM-MASSAKER.

»Wir kommen zu den neuesten Erkenntnissen zu der Sonnenuntergangsparty, die mit einer Tragödie endete«, las sie von ihrem Teleprompter ab. »Wir schalten zu Mitch Evans an der Tankstelle am Highway Ninety-Three, wo die drei Teenager, die die Tragödie überlebt haben, am späten Sonntagabend gesehen wurden. Aidan Marinos und Tana Bach sowie eine bisher nicht identifizierte junge Person wurden von der Videoüberwachung aufgezeichnet. Ist das korrekt, Mitch?«

Auf dem Bildschirm erschien ein Reporter mit einem schlecht sitzenden Toupet, der einem verwirrten Jungen vor der Tankstelle das Mikrofon unter die Nase hielt. »Ganz richtig, Tiffany«, sagte der Mann mit dem Toupet. »Bei mir ist Garrett Walker, der seit fast einem Jahr als Kassierer für Global Gas arbeitet. Können Sie beschreiben, was Sie gestern Nacht gesehen haben?«

Pearl rutschte auf dem Sofa nach vorn. »Dad!«, schrie sie. »Dad, Tana ist im Fernsehen!«

»Gern«, sagte der Junge mit dem roten Irokesen, dieser Garrett. »Zwei Kids kamen in den Shop. Sie war total zerkratzt, und der Junge sah irgendwie unberechenbar aus, deshalb habe ich sie im Auge behalten. Ich dachte, sie wollten vielleicht klauen.«

»Was meinen Sie mit *unberechenbar?*«, fragte Mitch Evans.

Garrett zuckte die Achseln. »Er hat sich die Auslage zu lange angesehen. Als würde er durch alles durchgucken.«

»Und was war mit dem Mädchen?«, fragte der Reporter.

Garrett guckte mit zusammengekniffenen Augen in den Himmel, um seinem Gedächtnis auf die Sprünge zu helfen. »Ich glaube, sie hat ein Sandwich gekauft. Hübsche blaue

Augen. Kurzer Rock. Ehrlich, ich hab nicht so auf sie geachtet. Erst nach der Sache an der Zapfsäule.«

Pearl griff nach ihrem Handy, das neben ihr auf den Lederkissen lag. Sie hatte schon hundert Mal darauf geguckt, seit sie am Morgen eine SMS von ihrer Schwester bekommen hatte: ein Foto von einer normalen Straße kurz nach Sonnenaufgang mit den Worten Coldtown ist Kacke & ich hab dich lieb & es geht mir gut.

Jedes Mal wenn sie das las, konnte sie hören, wie Tana das sagte, wie ihre Stimme klang. Sie wusste auch genau, was sie damit sagen wollte, weil Schwestern eine eigene Sprache sprechen, die fast ein Code ist. Es bedeutete, dass es in Coldtown ganz okay war und sie keine große Angst hatte, aber auch, dass Tana sie neckte, weil Pearl glaubte, dort wäre es romantisch. Es bedeutete, dass Tana noch keine Vampirin war, weil sie den Sonnenaufgang fotografieren konnte. Und dass sie ihr verheimlichen wollte, wie es ihr wirklich ging, nämlich gar nicht gut.

Ihr Vater kam mit einem Spülschwamm in der Hand ins Wohnzimmer. »Was schreist du hier rum?«

Sie zeigte auf den Fernseher. »Da, sie reden über Tana.«

»Mach das aus«, sagte er böse.

»Nein, sie reden über Tana«, wiederholte Pearl, weil er sie anscheinend nicht verstanden hatte.

»Die Polizei hat uns doch schon erklärt, was an der Tankstelle passiert ist. Und jetzt tu, was ich sage, und mach den Fernseher aus.« Pearl ließ sich von seiner strengen Stimme nicht beeindrucken. Sie wollte das hören.

Auf dem Bildschirm zog Mitch Evans ein sehr ernstes Gesicht. »Erzählen Sie uns davon. Sie konnten alles sehen?«

»Ja, und so was habe ich noch nie erlebt«, antwortete Garrett. »Ich dachte, der eine Junge reißt ihr die Kehle raus, aber dann taucht aus heiterem Himmel noch einer auf und wirft den ersten in die Luft und beißt ihn in den Hals. Einfach so, mitten rein. Genau wie im Fernsehen. Das Mädchen liegt am Boden – die versucht nicht mal wegzurennen. Dann steht sie irgendwann auf und klopft den Dreck ab, und der Vampir – das muss ja wohl ein Vampir gewesen sein, oder? – setzt den Jungen ins Auto, und alle fahren weg, als wäre nichts gewesen.«

Das hörte sich überhaupt nicht nach Aidan an, der lustig und nett war und Pearl immer aufzog, bis sie lachen musste. Nach Tana hörte es sich aber auch nicht an, die wäre weggelaufen oder hätte gekämpft.

»Das Mädchen ist freiwillig in den Wagen gestiegen? Hat sie etwa mit dem Vampir kooperiert?«

»Sah ganz so aus«, antwortete Garrett.

Nachdem sie am Morgen die SMS gelesen hatte, war Pearl in die Küche gegangen und hatte ein Foto von ihrem Vater gemacht, der am Küchentisch schlief, und noch eins von ihrer fast leeren Müslischüssel und beide mit folgendem Text an Tana gesimst: Hier alles ungut und langweilig. Mach gefälligst Party Party Party und mach mich neidisch, mit Fotos.

Darauf hatte sie keine Antwort bekommen.

»Pearl«, sagte ihr Vater warnend.

»Nein!«, rief sie und schleuderte ihren Spaghettiteller auf ihn. Die Soße spritzte auf den Holzboden und der Teller zerbrach. »Nein! Ich will wissen, was mit Tana ist.«

»Und Sie konnten nicht erkennen, ob das Mädchen Kalt war?«, fragte Mitch Evans.

Einige Spaghetti klebten an der Wand, andere rutschten runter. Sie sahen wie Würmer aus.

»Ich konnte gar nichts erkennen. Sie haben die Videoaufzeichnung doch gesehen, oder?«, fragte Garrett, der Tankwart.

»Leider hat die Polizei das Video noch nicht für die Öffentlichkeit freigegeben, doch wir hoffen, dass wir es unseren Zuschauern bald zeigen können. Aber gesichert ist, dass Tana Bach, Aidan Marinos und ihr nicht identifizierter Begleiter die einzigen Überlebenden des Massakers sind, bei dem achtundvierzig Teenager sterben mussten, ausgelöscht auf einer Party, die sie hätte glücklich machen sollen. Die Polizei steht vor der Frage, wie drei von ihnen entkommen konnten, welche Schrecken sie in den siebzehn Stunden erlitten haben, in denen sie in dem Farmhaus gefangen gehalten wurden, und vor allem, wohin sie jetzt unterwegs sind.

Liebe Zuschauer, bitte rufen Sie unter der unten angegebenen Telefonnummer an, falls Sie jemanden sehen, auf den die Beschreibung passt, oder wenn Sie einen grauen Ford Crown Victoria von 1995 mit grünen Flecken entdecken. Denken Sie aber immer daran, sich nicht zu nähern. Mindestens einer von ihnen wurde verwandelt, die beiden anderen sind wahrscheinlich infiziert und seelisch aus dem Gleichgewicht. Sie gelten als hochgradig bedrohlich. Ich gebe zu dir zurück, Tiffany.«

Auf dem Bildschirm erschien wieder die Nachrichtensprecherin. »Vielen Dank, Mitch«, sagte sie und lächelte gezwungen. »Vergessen Sie nicht, wenn Sie Körperkontakt mit einem Vampir hatten, sind Sie gesetzlich verpflichtet, sich bei den

Behörden zu melden. Kommen Sie ja nicht auf die Idee zu warten, ob Sie sich angesteckt haben. Versuchen Sie es nicht mit Selbstquarantäne. Rufen Sie 911 an, erklären Sie die Art des Angriffs und warten Sie auf weitere Anweisungen.

Jetzt geht es mit einem Experten weiter, der uns erklärt, wie man sein Haus am besten vampirsicher macht. Danach erwartet uns ein Exklusivinterview mit einem Kopfgeldjäger, der uns Details über die drei Vampire verraten kann, die für dieses Gemetzel verantwortlich sind. Doch zunächst erteile ich unseren Sponsoren das Wort.«

Pearls Vater hatte sich nicht vom Fleck gerührt und stand immer noch vor dem Fernseher. Obwohl er ihr befohlen hatte, ihn auszuschalten, hatte er weiter zugesehen.

Sie erwog, endlich die Worte zu sagen, die ihr schon den ganzen Tag auf der Zunge lagen, seit sie Tanas SMS erhalten hatte: Ich weiß, wo sie ist, Dad.

Doch sie sagte weder das noch etwas anderes, sondern schaltete den Fernseher mit der Fernbedienung feierlich aus, nahm ihren Laptop und ging nach oben, um ihren Schlafanzug anzuziehen und ins Bett zu gehen.

Fünfundzwanzigstes Kapitel

Der Mensch stirbt an Kälte,
nicht an Dunkelheit.
— Miguel de Unamuno

Tanas Angst war etwas Lebendiges, das die Klauen in ihre Kehle schlug, als Aidan seine roten Augen auf sie richtete. Sie schluckte das Entsetzen so gut herunter, wie es, ohne zu würgen, ging. Unwillkürlich wich sie einen Schritt zurück und hob die Hand mit dem Messer. Gegen zwei Ungeheuer konnte sie damit sicher wenig ausrichten.

»Du bist zurückgekommen«, sagte Aidan mit schwerer Zunge und streckte die Hand aus, als würde er die Waffe gar nicht sehen. Er war offenbar erleichtert, sie zu sehen, erleichtert und voller Hoffnung. »Ich hätte nicht gedacht … keine Ahnung … dass es so ist, wie es ist. Ich habe böse Dinge getan, Tana.«

Ohne das Messer wegzulegen, ging sie neben ihm in die Hocke und nahm mit der anderen Hand seine Finger. Obwohl sich seine Haut kalt anfühlte, drückte sie tröstend zu. »Es wird schon alles irgendwie wieder gut. Komm, wir gehen.«

Er rührte sich nicht. »Alles sieht anders aus, silbrig und verschwommen, wie verschmierte Wasserfarbe, und ... ich kann dein Herz hören, Tana. Dein Blut, deine Wärme wahrnehmen. Das strahlt von dir ab – unglaublich hell und rot und süß. Aber so – also, ich weiß, dass du nicht so aussiehst. Ich kann die Dinge nicht mehr richtig erkennen.«

»In meinen Augen sieht jetzt auch einiges anders aus«, sagte Tana, ohne ihm zu zeigen, wie sehr sie sich vor ihm fürchtete.

Aidans Mund hatte sich verändert, seine Eckzähne waren länger und spitzer. Doch er quatschte immer noch so überzeugend daher. »Es war ein Unfall. Sie wollte Winter verwandeln, aber sie hat ihm zu viel Blut ausgesaugt. Jetzt wacht er nicht mehr auf. Aber wenn wir ihm Zeit geben, sich auszuruhen ...«

Tana sah Midnight an, die Winter in ihren Armen hielt. Von diesem Unfall redete Aidan, nicht etwa über Bill Story oder Zara.

»Du weißt genau, dass es so nicht gelaufen ist«, sagte Rufus am Rande eines hysterischen Anfalls. »Das stimmt einfach nicht.«

»Schnauze!«, schrie Midnight. Reißzähne schimmerten in ihrem Mund. »Schnauze! Schnauze! Schnauze!«

»Im Flur liegt ein toter Mann.« Tana wollte so tun, als wäre sie die Ruhe selbst, doch ihre bebende Stimme verriet sie.

»Bill hatte noch nie mit eigenen Augen gesehen, wie jemand gestorben ist und als Vampir wiedergeboren wurde. Er wollte filmen, wie das vor sich geht. Das wollten wir alle.« Rufus' Stimme schwankte immer noch am Rand des Wahnsinns. »Nur ist alles außer Kontrolle geraten.«

»Er hat seine Ausrüstung hergebracht, um mich zu filmen, wenn ich sie beiße«, sagte Aidan. »Ich wollte nicht. Ich hatte Angst, dass ich ihr wehtue, so wie ...« Er brach abrupt ab.

Midnight drückte ihre Lippen auf Winters bleiche Wange und flüsterte Worte über seine Haut.

»Was ist denn schiefgegangen?« Tana wollte, dass sie weiterredeten, während sie versuchte, ihrer Angst zum Trotz nachzudenken und einen Plan zu schmieden. Wenn sie den Chip zurückbekommen wollte, musste sie Aidan allein erwischen. Ihr den Chip vor aller Augen zu geben, wäre viel zu gefährlich.

»Midnight hat Aidan irgendwann davon überzeugt, dass es das Richtige ist«, antwortete Rufus. »Dann haben wir ein bisschen gewartet, bis die Infektion sich in ihrem Blut ausgebreitet hatte. Danach haben wir dieses Venenpunktionsding benutzt, das sie mitgebracht hatte, um Winter Blut abzuzapfen. Mit einem Feuerzeug sterilisiert, nicht toll, ich weiß, aber verdammt, sie sind Geschwister. Sie trank sein Blut und wartete. Dann ist sie gestorben.«

»Sie *ist gestorben*«, sagte Aidan. »Genau wie ich. Sie ist gestorben und wir haben zugesehen. Wir haben ihren Tod sogar gefilmt. Es hat vierzig Minuten gedauert, bis es endlich vorbei war.«

Tana zitterte, als sie sich vorstellte, wie Aidan allein in dem Zimmer gezählt hatte, wie oft sein Herz noch schlug, bis er tot war. Und sie bemerkte, dass er sich verändert hatte. Sein vertrautes Gesicht glich einer Maske. Sie konnte erkennen, dass etwas Neugeborenes aus seinen Augen spähte.

»Es war grauenhaft«, sagte Rufus. »Aber sie wollte es so.

Sie sagte, wir sollten das machen, und sie hat uns die ganze Zeit angeschrien weiterzumachen, weiterzufilmen.«

»Und als sie wieder aufstand, hatte sie einen Mordshunger«, übernahm Aidan mit einem Gesichtsausdruck, als erinnerte er sich an seinen eigenen Hunger, als würde er in diesem Moment neu entfacht. »Sie platzte vor Hunger.«

»Bill war zu nah dran, da hat sie ihn angefallen.« Rufus sprach leiser, als würde das alles erträglicher machen.

»Er wollte sich losreißen«, sagte Aidan. »Aber dadurch wurde die Wunde nur größer. Ich habe sie von hinten gepackt und wollte sie wegziehen. Ich habe es wirklich *versucht*. Aber dann hat mich der Blutgeruch überwältigt und ich ...«

Tana erinnerte sich an die Wunde an Bills rechtem Handgelenk und verstand, was er sagen wollte. Vielleicht hatte die Verwandlung ihn im Innersten verändert, oder seine wahre Natur kam nun zum Vorschein, seine wahre Natur, die kein Zögern mehr kannte.

»Wir wollten das nicht«, sagte Midnight und riss den Kopf hoch. »Mir ist immer noch schlecht. Dieser Hunger. Ich sehe nur noch Blut. Ich rieche nur noch Blut.« Sie schüttelte Winter und sein Kopf wurde vor- und zurückgeworfen wie bei einer Marionette mit abgeschnittenen Fäden. »Wach auf, Winter. Keine Geburtstage mehr, weißt du noch? Das ist alles wahr geworden, du musst nur noch aufwachen.«

Tana atmete durch. Sie hatte das Gefühl, als stünde alles auf Messers Schneide.

»Danach hat Winter sich freiwillig bereit erklärt, sich als Nächster verwandeln zu lassen«, sagte Rufus. Tana versuchte, sich zu konzentrieren, um seinem Bericht zu lauschen. »Er vertraute ihr. Doch dann hat sie immer weiter gesaugt – sie hörte nicht mehr auf, und wir wussten nicht, was wir tun sollten. Wir hatten das Gefühl, dass er in ihren Armen ohnmächtig geworden war. Er hat komisch geatmet und wurde dann immer leiser. Christobel hat als Erste kapiert, dass etwas nicht stimmte, und hat versucht, Midnight dazu zu bringen, Winter loszulassen.«

»Und was hast du die ganze Zeit gemacht?«, fragte Tana Rufus.

Er schluckte schwer. »Ich habe immer weiter gefilmt. Mir war nicht klar …« Er brach ab, ohne zu erklären, was genau ihm nicht klar gewesen war. *Dass Midnight verrückt geworden war? Dass Winter im Sterben lag?*

»Und was ist dann passiert?«, fragte Tana.

Midnight richtete ihren wahnsinnigen Blick auf sie. »Sie wollen mir Winter wegnehmen«, sagte sie. »Man darf uns nicht trennen.«

»Weißt du, wie das mit Leichen ist?«, kreischte Rufus. »Sie blähen sich auf und stinken. Dann kommen die Schmeißfliegen. Je länger wir warten, umso schlimmer wird es.«

Tana fragte sich, wie viele Leichen er schon gesehen oder weggetragen hatte und wie viele von ihnen er früher einmal gerngehabt hatte. Er gab sich nüchtern, aber seine Miene verriet, dass es ihm an die Nieren ging.

Sie hätte auch gern gewusst, was mit Zaras Leiche geschehen war. Hatte er sie bereits begraben oder zum Tor gebracht oder lag sie in eine Decke gehüllt in einem der vielen Zimmer? Oder hatte Christobel das erledigt, bevor sie mit dem Streichen begonnen hatte?

Am meisten interessierte sie, ob einer von ihnen noch gern Vampir war.

»Ich helfe euch«, sagte Tana, ließ Aidans Hand los und stand auf. Wenn sie etwas zu tun hatten, könnte sich die Gelegenheit ergeben, mit ihm allein zu sprechen. Und selbst wenn das nicht ging, musste sie auf jeden Fall aus diesem Haus verschwinden, mit oder ohne Chip.

»Winter bleibt bei mir«, wehrte sich Midnight und streichelte zärtlich seine Haare.

»Das ist ekelhaft«, sagte Aidan.

Sie funkelte ihn fürchterlich an. »Er gehört mir!«

»Gut, lassen wir ihn da«, sagte Rufus und ging zur Tür. Tana hielt den Atem an und folgte ihm. Sie krallte sich an ihr Messer, weil sie damit rechnete, dass kalte Hände sie packen und zurückhalten würden. Als nichts passierte, drehte sie sich um und sah Aidan mit hochgezogenen Augenbrauen an. »Du auch. Wir können die Leichen nicht allein tragen.«

Sogar als Vampir ließ Aidan sich offenbar gern herumschubsen, aber nicht so sehr, dass er freiwillig den Chip herausrückte.

»Wenn du wieder da bist«, versprach er ihr leise im Flur, »dann reden wir.«

Und deshalb half sie mit. Bill Story und Zara wurden in Decken gewickelt und fortgetragen. Zaras Leiche hatte auf dem Diwan im Eingang gesessen, in der Pose einer Schaufensterpuppe, die gleich zum Leben erwachte.

In jeder Coldtown sterben jede Nacht Menschen. Menschen sind empfindlich. Sie sterben, weil sie etwas falsch machen, an einer Überdosis oder weil sie krank werden. Vor allem sterben sie am Tod.

Der Tod saugt ihnen die Wärme aus, bis die Adern trocken sind. Der Tod hält sich nicht zurück. Kann sein, dass die älteren Vampire verstaubt und vorsichtig werden, aber die frischen, die neuen wollen sich vollsaugen, und manchmal fügen sie sich dummerweise dem Tod und tun es einfach.

Deshalb müssen die verbliebenen Einwohner von Coldtown jeden Morgen ihre Toten ausliefern. Nachdem sie vor einen Wachtturm gebracht werden, wagen sich die Wachposten nachmittags aus dem Schutz der Mauer und hämmern zwei Silbernägel in jede Leiche – einen in den Kopf, den anderen ins Herz. Wenn die Leichen am nächsten Tag noch da sind und in der Sonne verwesen, werden sie zu ihren Familien nach Hause transportiert.

Als Tana, Rufus und Christobel endlich Zara und Bill in Laken gewickelt und neben die anderen Leichen gelegt hatten, stand die Sonne hoch am Himmel und brannte gnadenlos auf sie herab. Sie gingen durch die zu hellen Straßen nach Hause, in denen sie vorfanden, was die Nacht dort zurückgelassen hatte: Teenager, die sich in einer Gasse aneinanderschmiegten, um sich warm zu halten wie Bären in ihrer Höhle; Federn und Pailletten in der Gosse; Kippen von Maiskleezigaretten mit blauen Lippenstiftspuren am Filter; kaputte Whiskeyflaschen und verwelkte weiße Blumen. Sie gingen daran vorbei, ohne etwas zu sagen, so erschöpft waren sie. Fernes Vogelzwitschern und von Dachgärten segelnde Blütenblätter erfüllten die Luft mit Tagesgeräuschen und -gerüchen. Tana hätte gern geschlafen, doch so verletzlich würde Aidan nicht mehr lange sein. Und nachdem sie die Leichen der Menschen, die er umgebracht hatte, durch die Straßen geschleppt hatte, wollte sie den verdammten Chip haben.

Sie wollte ihn zurückhaben und Aidan eine reinhauen.

Er saß auf einer Matratze in einem der oberen Räume, in dem die Fenster mit Müllsäcken zugehängt waren, ein verstörendes Echo von Lances Party. Er blätterte in einem vergilbten Taschenbuch, das er im Haus gefunden hatte. Dylan Thomas. Aidan hob den Kopf, grinste sie an und warf das Buch weg. Tana dachte daran, wie Bills erschlafftes, verzerrtes Gesicht und die bläulich schimmernde Haut im gnadenlosen Tageslicht ausgesehen hatten. Sie hatte Bill nicht einmal gekannt, doch wenn Aidan nicht wäre, würde er noch leben. Aidan, der es ständig allen recht machen wollte und ein Mädchen in ein Monster verwandelt hatte, um es bei Laune zu halten.

Und Zara, die schöne Zara, mit den beiden Einstichen im Hals. Sie war mit hochgestecktem Haar in einem hübschen Kleid ins Grab gestiegen. Zara, und sie mussten sie wegwerfen wie Müll.

Aidan, den die Mitschuld am Tod von drei Menschen traf. Aidan, das Ungeheuer.

»Ich kann nicht bleiben«, sagte Tana und blieb an der Tür stehen.

Aidan schüttelte den Kopf und kniff die Augen zusammen, weil Licht vom Flur hineinschien. Es störte ihn, doch es tat anscheinend nicht weh. »Sie zieht sich rein, was Rufus gefilmt hat. Immer wieder von vorne. Sie sieht sich an, wie ich sie beiße, und hört sich selbst zu, wie sie über erlesene Schmerzen und Verwandlung redet, und ›das ist mein Körper, das ist mein Blut‹. Sie sieht sich an, wie sie Winter tötet. Immer wieder, immer wieder. Mit Winters Leiche, die neben ihr verwest. Ich ertrage das nicht. Und ich muss die ganze Zeit daran denken, wie Kristin gestorben ist und wie grässlich ich bin, und ich kann überhaupt nicht mehr damit aufhören.« Er schlug die Hände drei Mal vor die Stirn, als könnte er so die Dämonen austreiben. »Ich musste mit ansehen, wie sie starb, und das war das Schlimmste, was ich je gesehen habe, wie sie mit all den anderen gestorben ist, die auch gestorben sind, wie sie alle gestorben sind – ich meine, es war das absolute, allerschlimmste, unvorstellbare Böse. Aber wenn ich jetzt darüber nachdenke und mir das ganze Blut wieder einfällt, ist es immer noch grauenhaft, und doch will ich alles aufschlecken, will die Wände auf der Party ablecken, und ich kann nicht mehr damit aufhören, Tana, ich kann nicht …«

»Kristin?«, fragte Tana, doch dann fiel ihr wieder ein, dass seine neue Freundin so geheißen hatte, das Mädchen mit den erdbeerroten Haaren, die auf Lances Party das Hundehalsband getragen hatte. Tana setzte sich auf den Rand der Matratze und legte ihm die Hand auf den Rücken. Als das T-Shirt verrutschte, spürte sie, wie kalt seine Haut war. »Es wird besser. Du hast dich einfach noch nicht an dein neues Ich gewöhnt, das ist alles. Es dauert ein bisschen, aber du hast alle Zeit der Welt, Aidan.«

»Ich will mich nicht daran gewöhnen«, sagte er.

Tana fielen die drei Vampire wieder ein, die auf dem Platz in der Sonne verbrannt waren, und Winters Bemerkung, dass sie möglicherweise mit ihrem Zustand nicht klargekommen waren. Als sie an diesem Morgen durch die Stadt gegangen waren, hatte sie auch wieder weit entfernte, aber deutliche Schreie gehört. »Das *musst* du aber«, sagte sie streng. »Und du musst mir zurückgeben, was du behalten hast.«

»Weil du kein Vertrauen zu mir hast«, sagte er.

»Du hast dich noch nicht dran gewöhnt«, wiederholte sie. »Das ist alles. Erpressung unter Freunden ist unmöglich.«

»Du kannst mich nicht hierlassen, Tana«, sagte er. »Versprich mir, dass du mich nicht hier zurücklässt.«

Sie dachte nach. Sie würde ihn auf jeden Fall zurücklassen, wenn sich die Möglichkeit ergab. Sie würde nach Hause fahren, sich unter ihrer nach Bleiche und Veilchen duftenden Bettdecke verkriechen und so lange schlafen, bis sie diese drei Tage vergessen hatte. Sie wollte so heiß duschen, dass sie davon einen Sonnenbrand bekam. Sie wollte weinen, bis keine Tränen mehr kamen, bis das Salz auf ihren Wangen trocknete und vom Wind verweht wurde.

»Wir könnten ihn suchen – *Gavriel*«, sagte Aidan. Er wollte sie mit diesem Namen foppen, aber nicht auf eine fiese Weise. Er hörte sich wie Pauline an, wenn sie Tana mit einem Jungen aufzog, wie damals, als sie Tana mit Aidan aufgezogen hatte. »Wetten, wir würden ihn finden, und ich weiß, dass du ihn wiedersehen willst, auch wenn du es nicht zugibst.«

Tana lächelte erleichtert, weil Aidan auf etwas zu sprechen gekommen war, das nichts mit Tod und Sterben zu tun hatte. Vielleicht ließ er sie gehen, ohne dass es zu einem Streit oder Kampf kam, vielleicht sogar mit ihrem Chip. »Warum nicht? Machen wir uns auf die Suche.«

»Er will dich bestimmt auch treffen.« Seufzend steckte Aidan die Hand in seine Jeans und holte den Umschlag heraus, den er ihr schließlich gab. »Wir fangen morgen an. Du vertraust mir doch jetzt, oder?«

Sie wollte den Umschlag aufreißen und nachsehen, doch dann hätte sie Aidan nicht mehr im Blick behalten können. Sie spürte das Gewicht des Chips und strich mit den Fingern über das Papier, über die Umrisse. Mehr ging im Moment nicht. Aidan beobachtete sie, als Tana den Umschlag in eine Reißverschlusstasche ihrer Lederjacke steckte.

»Ich vertraue dir«, sagte sie und ging in den Flur zurück.

Die trüben Sonnenschlitze in den schwarz gestrichenen Fenstern boten wenig Trost. Schon nach wenigen langsamen Schritten rannte Tana die Treppe herunter. Sie war hundemüde, erschöpft vom Adrenalin, von den Drogen, die sie ihr morgens eingetrichtert hatten, und völlig erledigt von dieser abgrundtiefen Angst, die ihr in die Knochen ging. Tana zwang sich, aus dem Haus zu gehen, auf die Straße, sieben Blocks weit – erst dann konnte sie durchatmen. Von nun an suchte sie nach einem Haus mit vernagelten Fenstern. Als sie eins gefunden hatte, verschaffte sie sich mit dem Bolzenschneider Zugang, durchsuchte es so gründlich, wie es ihr in ihrem Zustand tiefster Erschöpfung gelang, und ging ganz nach oben in das höchste Zimmer. Dort schob sie eine Kommode vor die Tür, baute ein Nest aus den verstaubten Vorhängen und legte sich in die Mitte. Sie freute sich über die warme Sonne, die ihr ins Gesicht schien. Am liebsten wäre ihr gewesen, sie hätte die gesamte letzte Nacht wegbrennen können.

Es war tiefschwarze Nacht, als Tana erwachte. Sie wurde wie durch einen Donner aus dem Schlaf gerissen – aus Träumen, die so tief und dunkel gewesen waren, dass sie sich nur an Erde und Hände erinnern konnte, die sie in Gräber hinunterzogen, in denen ganze Städte Platz fanden. Sie war von oben bis unten schweißnass, als hätte sie sich aus einem Fieber gesund geschlafen.

Vor dem Fenster leuchteten die Lichter von Coldtown wie phosphoreszierende Quallen in einem weiten Meer – in einigen Fenstern waren es Kerzen, in anderen elektrisches Licht. Die Generatoren ratterten und die Turbinen summten. Tanas Anziehsachen waren hart und rostrot von getrocknetem Blut. Sie zog sich aus und hüllte sich in den Poncho wie in eine Robe.

Es war jetzt zwei Tage her, seit der Vampir in der Abenddämmerung ihre Kniekehle mit seinen Zähnen gestreift hatte. Seitdem waren also achtundvierzig Stunden vergangen, die letzten hatte sie verschlafen. Es war Sonntagabend passiert, jetzt war Dienstagabend. Das bedeutete, dass ihr Körper die Infektion erfolgreich abgewehrt hatte. Wenn sie bis jetzt keine gravierenden Symptome entwickelt hatte, dann hatte sie trotz der geringen Chance gewonnen.

Vor Freude hätte sie am liebsten geschrien und getanzt. Sie begnügte sich damit, durchs Zimmer zu hüpfen, und es war ihr ganz egal, dass sie nur einen komischen Poncho trug, alles war ihr egal, Hauptsache, sie blieb ein Mensch. Sie war gesund, es ging ihr gut.

Es fühlte sich fast gefährlich an, dass etwas so Gutes passiert war. Doch wenn sie sich beeilte, konnte sie noch vor

Sonnenaufgang durch das Tor gehen und sich auf den Weg machen.

Das Obergeschoss des Hauses war mit mehreren Schlafzimmern ausgestattet, in denen kaum noch Möbel standen. Tana entdeckte das Badezimmer am Ende des langen Flurs, und als sie den Hahn aufdrehte, floss tatsächlich Wasser, das trüb war und nach Eisen stank. Doch nachdem sie es länger hatte laufen lassen, wurde es klar. Sie stellte sich unter die eiskalte Dusche – der Durchlauferhitzer hatte wahrscheinlich schon vor Jahren den Geist aufgegeben – und wusch sich mit einem uralten, rissigen Stück Seife, bis kein Blut mehr auf ihren Knien und unter ihren Fingernägeln war. Da sie nichts anderes zum Anziehen hatte, zog sie die Jeans wieder an. Wenigstens die Unterwäsche und das T-Shirt waren frisch.

Dann ging sie in ihr Zimmer zurück, schlüpfte in die Lederjacke und steckte die Hand in die Tasche.

Der Briefumschlag war noch da. Mit zitternden Fingern öffnete sie die Lasche und zog eine Seite aus dem Buch von Dylan Thomas hervor. *Mein Held legt seine Nerven bloß an meinem Handgelenk.* Über das Gedicht hatte Aidan mit rotem Textmarker geschrieben: *Ich bin noch nicht so weit, dass du mich verlassen kannst.* Als sie den Umschlag kippte, fiel eine Fünfundzwanzig-Cent-Münze in ihre Handfläche.

Gewicht und Form hatten gestimmt – nur das Ding war nicht das Richtige.

Das hatte er geschrieben, als sie Leichen durch die Straßen geschleppt hatte, und er hatte schon genau gewusst, was er bei ihrer Rückkehr sagen würde. Die ganze Zeit hatte er vorgehabt, sie reinzulegen. Tana schlug gegen die Wand und hörte auch nicht auf, als die Haut an ihren Knöcheln platzte. Sie schlug immer wieder zu, bis ihr Blut die Wand verschmierte.

Nie wieder, schwor sie sich. Egal, was passierte, nie wieder würde sie sich übers Ohr hauen lassen. Ab jetzt würde sie keine Fehler mehr machen.

Rufus sah noch niedergeschlagener aus als Stunden zuvor, als er die Tür öffnete. Offenbar war er überrascht, sie zu sehen. Er trug eine schlichte Jeans und ein T-Shirt statt seines sonstigen Ornats. Seine Augen waren blutunterlaufen.

»Aidan und Midnight sind vor einer Stunde abgehauen«, sagte er und lehnte sich an den Türrahmen. »Mit Winters Leiche.« Tana hörte, wie Christobel verschlafen von oben fragte, wer geklingelt hatte. Rufus antwortete nicht, doch seine Stimme gewann kurz an alter Schärfe. »Ich würde mal sagen, sie brauchen uns nicht mehr«, sagte er und zog eine Augenbraue hoch. »Zara ist tot und es hat alles nichts gebracht. Aber Midnight, die hat sich mega rausgeputzt, um sich Lucien Moreau vor die Füße zu werfen.«

Tana schlug schon wieder mit der Faust gegen die Wand. »Scheiße!«, schrie sie zum Himmel. Die Sterne blinkten, als wollten sie sich über sie lustig machen, weil sie so blöd gewesen war. »Tja, dann gehe ich da wohl auch hin.«

»In diesen Klamotten kannst du nicht zu Lucien gehen«, sagte Rufus fast entschuldigend. »Wenn man kein Vampir ist, kommt man nur rein, wenn man möglichst erlesen gekleidet ist – köstlich wie ein rohes, bibberndes, kleines Kotelett. Dann steht man da mit den anderen Menschen und hofft, dass man so gut aussieht, dass sie einen reinlassen. Es sei denn, du kennst jemanden, der dich auf die exklusive Gästeliste setzt.«

Tana kannte niemanden, der sie auf eine coole Vampirparty schmuggeln konnte. Doch sie kannte jemanden, der auf der Liste stehen könnte, einen Jungen mit einer Vampirfreundin, die er sicher hin und wieder besuchte, ohne jedes Mal aufs Dach zu steigen.

In der Hoffnung, Jamesons weiße Krähe zu entdecken, ließ Tana unterwegs die Blicke schweifen. Die Chance, ihn zu finden, war gering, doch da sie ihn nicht anders kontaktieren konnte, graste sie die Orte ab, an denen sie zusammen gewesen waren. Sie wollte dort essen, wo sie gefrühstückt hatten, und Valentina bei *Treibgut und Fundstücke* fragen, ob er sie mit neuen Streunern besucht hatte.

Sie holte sich einen Kaffee bei *A Shot of Depresso*, wo gemahlene Bohnen in riesigen Kupferkesseln mit kochendem Wasser vermischt wurden und der Verkäufer auf einen Hocker stieg, um eine Kelle in den Becher zu schenken. Für fünfzig Cent mehr bekam man einen Schuss frische Milch von einer verschlafenen Ziege, die auf einem winzigen Kleefeld neben einem Stand mit hellgrünen Flaschen graste, auf denen das Etikett LAUDANUM klebte.

Während Tana in der Schlange stand, bemerkte sie, dass die, die vor ihr dran waren, fast nie bar bezahlten. Einige nannten ihren Namen und ließen anschreiben, andere tauschten Tomaten, ein abgezogenes Kaninchen, einen Strauß gebundener Gräser oder sogar eine Handvoll Aspirin ein.

Zu ihrem Kaffee bestellte Tana noch ein riesengroßes Glas

kalten Pfefferminztee und zwei Burritos mit Eichhörnchenfleisch, die erstaunlich gut schmeckten. Der *queso* war frisch und die rote Soße scharf und würzig, perfekt zu dem sehnigen Wild. Sie setzte sich im Mondlicht an den Rand einer Lichtung, wo Tische und Stühle aufgebaut waren, die nicht recht zueinanderpassten, und aß sich satt. Allmählich beschlich sie das Gefühl, dass Jameson nicht mehr kommen würde. Eine Gruppe Teenager, die verschiedene Kleidungsstücke übereinander trugen, ließen Zigaretten kreisen und kramten in ihren Taschen nach Dingen, die sie noch tauschen könnten. Ein alter Mann mit weißem Haar und roten Augen saß an einem Schachbrett und lud alle mit einem Shunt im Arm auf ein Spiel um ein Abendessen ein.

Als Tana alles aufgegessen hatte, wischte sie die Hände an der Jeans ab und stand auf. Sie nahm sich vor, in Zukunft mehr als eine Mahlzeit am Tag zu essen.

Dann ging sie zu *Treibgut und Fundstücke* zurück, klopfte und lugte durch das Sichtgitter. Die Riegel wurden klirrend weggeschoben und Valentina führte sie rasch in den Laden.

»Tana, stimmt's?« Sie lächelte. An diesem Tag trug sie ein pfauenblaues Trägerkleid, grüne Ballerinas und einen Pferdeschwanz.

Tana atmete den duftenden Staub des Geschäfts ein und betrachtete alles mit neuen Augen. Sie hatte gar nicht gemerkt, wie müde sie am Vortag gewesen war, nachdem die anderen ihr Schlafmittel gegeben hatten und ihre Angst sie zusätzlich erschöpft hatte. Jetzt, da sie wütend und hellwach war, ging es ihr schon viel besser.

»Jep«, sagte Tana und strich die Strähnen, die sich gelöst

hatten, hinters Ohr. »Du weißt nicht zufällig, wo ich Jameson finden kann?«

Valentina schüttelte den Kopf. »Manchmal taucht er einfach hier auf, wenn er etwas gefunden hat – einen Sack mit guten Kaffeebohnen oder einmal mit einem Mädchenring, von dem er glaubte, er könnte mir passen – eigentlich kommt er nicht so oft. Aber er hat ein Handy, jedenfalls hatte er eins. Er hat mir die Nummer gegeben, ich habe nie angerufen.«

»Können wir es mal versuchen?«, fragte Tana.

Valentina zog die wurmstichigen Schubladen im Schreibtisch auf und prüfte den Inhalt. Dann holte sie ein zerkratztes Handy mit kaputtem Display heraus, das jedoch tatsächlich zum Leben erwachte, als sie es einschaltete. Sie drückte weitere Tasten und Tana hörte es leise klingeln. Valentina lauschte, doch dann schüttelte sie den Kopf und legte auf. »Mailbox.«

Tana nahm ihr das Handy mit einem Seufzer ab und schrieb die Nummer ab. »Ich dachte, weil seine Freundin bei Lucien Moreau ist, könnte er mir helfen, auf die Party zu kommen. Aber wenn ich ihn schon nicht finde, kannst du wenigstens ein tolles Kleid für mich aussuchen.«

Valentina zeigte auf die Wand mit den beladenen Kleiderständern. Alles hing übereinander, Seide, Chiffon, mit Perlen und Pailletten. »Kein Problem. Ich habe gehört, dass Lucien auf leuchtende Farben steht, weil das im Fernsehen super aussieht. Aber bist du ganz sicher, dass du heute hingehen willst?«

Tana nickte. »Ich muss unbedingt heute dahin. Wieso?«

»Frische Vampire, ein ganzer Haufen.« Valentina ging zu einem Kleiderständer im hinteren Teil des Ladens und kehrte mit drei Kleidern auf Bügeln zurück. Eins war weiß, eins golden, eins rot.

»Und was bedeutet das?« Einen Augenblick lang dachte Tana an Aidan und Midnight. Doch zwei neue Vampire erregten wohl kaum Aufsehen.

Valentina hängte die Kleider über einen Stuhl und holte einen schweren Laptop hinter dem Tresen hervor. Er war mit Stickern beklebt und mit Metalldrähten an ein sonderbares Gerät angeschlossen. »Hast du das wirklich noch nicht gesehen? Oh, wahrscheinlich hast du keinen Laptop mitgebracht.«

»Ich habe so gut wie gar nichts mitgebracht«, sagte Tana und ging um den Tresen. Valentinas Startseite wurde geladen – ein Foto von Freunden in Kleidern für den Abschlussball. Tana suchte Valentina, doch bevor sie sie finden konnte, klickte die auf den Browser.

»Hier, das ist die Seite mit den besten Links aus allen Coldtowns – und hier ist unserer.« Sie klickte sich weiter. Als sie sich über den Bildschirm beugte, kreiselte ihr Pferdeschwanz über einer Wange. »Springfield.«

Sie klickte einen Link an und ein Theatersaal erschien auf dem Bildschirm. Die Bestuhlung war größtenteils entfernt worden, hier wurde eine Party gefeiert. Die Gäste stiegen auf die Bühne, rezitierten Gedichte und tranken aus der Flasche. Spitze flatterte an den Ärmeln ihrer bauschigen Dichterhemden.

Valentina drückte auf Schnellvorlauf, raste durch zwei weitere Interpreten und stoppte, als ein schwarz gekleideter Junge auf die Bühne kam. Als die Geschwindigkeit wieder normal war, erkannte Tana Gavriel, der mit funkelnden Granataugen ins Publikum grinste und mit seinen wilden schwarzen Locken genauso wahnsinnig aussah wie in dem Käfig unter dem Pariser Friedhof.

Er verbeugte sich schwungvoll und streckte elegant einen Arm aus. Dann drehte er sich um und stellte einen Stuhl auf die Bühne. Das Polster war herausgerissen und der Brokat hing in Fetzen. »Ich habe heute Abend etwas zu bieten. Nicht dass ich ein besonderes Talent besäße, aber wir bewundern ja auch niemanden, der nur eine Mahlzeit verspeist oder sich nur einen Schnaps gönnt. Wir bewundern Exzess, und das ist genau das, was ich euch heute bieten werde. Kommt her, ich will euch beißen. Ihr wolltet schon immer so sein wie ich? Unsterblich? Ich werde euch verwandeln. Jeden. Alle, wenn ihr wollt. Heute Nacht. Kommt her.« Er breitete die Arme aus. »Ich habe Durst. Gebt mir zu trinken. Ich will mir den Bauch vollschlagen.«

Er musste kurz warten. Die Zuschauer waren still geworden. Dann stürmte eine dunkelhaarige Frau aus der Menge zur Treppe. Sie ging langsam Stufe für Stufe auf die Bühne und sah sich nach ihren Freunden um. Die Frau trug ein silberschwarzes Harlekinkostüm und hatte ein Auge mit einem schwarzen Diamanten geschmückt. Tana sah, wie viel Angst sie hatte, als sie langsam zu dem Stuhl ging und sich setzte. Tränen glitzerten in ihren Augen, als sie ihren langen vornehmen Hals nach hinten streckte.

Valentina hielt die Aufzeichnung an, und der Bildschirm erstarrte mit dem Bild, als Gavriel sich über die Frau beugte. »Er macht es wirklich. Er beißt sie alle, trinkt tonnenweise

Blut und schwankt dann raus. Er hat sie alle am Leben gelassen. Angeblich ist er der Dorn von Istra.«

»Das stimmt«, sagte Tana leise.

Valentina sah sie überrascht an. »Sollte er nicht eigentlich etwas dagegen unternehmen, dass sich die Infektion verbreitet? Und ihren Ausbruch verhindern, indem er Vampire *tötet?*«

Tana konnte den Blick nicht von dem erstarrten Bildschirm lösen, von Gavriels gierigem Blick. Dann grinste sie Valentina schief an. »Wahrscheinlich hat er gekündigt. Ich meine, hier tut er ja so, als ginge es auf Coney Island darum, wer die meisten Hotdogs verdrückt.«

Sie sahen einander lange an und brachen in wildes Gelächter aus.

»Willst du immer noch zu der Party bei Lucien Moreau?«, fragte Valentina und nahm sich einen anderen Kleiderständer vor. Mit der einen Hand hielt sie ein langes schwarzes Kleid und mit der anderen ein goldenes hoch.

Tana nickte und strich über den üppigen Samt. »Aber wenn Jameson kommt, solltest du ihm das Video auch zeigen. Er hat mir nur von seiner Freundin bei Lucien erzählt, weil er sich Sorgen macht, sie könnte zwischen die Fronten geraten, falls Gav… also falls *der Dorn* gegen Lucien vorgeht. Er wollte sie warnen.«

Tana erinnerte sich, was sie Jameson von Gavriel erzählt hatte – dass er es auf jeden Fall allein tun würde, egal, was er vorhatte. Doch warum sollte er dann so viele neue Vampire erschaffen? Vielleicht lag sie doch falsch.

»Ich glaube, ich komme mit«, sagte Valentina.

»Auf die Party? Hast du nicht gerade gesagt, es wäre

gefährlich?« Tana legte den Kopf schief und versuchte, Valentinas Sinneswandel zu verstehen.

»Ich werde sie warnen«, sagte Valentina. »Ich habe sie ja einmal gesehen und würde sie wiedererkennen. Ich bin Jameson etwas schuldig.«

»Für mich ist das natürlich super.« Tana bückte sich und schnürte die Stiefel auf. »Mit Freunden macht eine Party viel mehr Spaß.«

Sechsundzwanzigstes Kapitel

POST VON: MIDNIGHT

BETREFF: TRAURIGE VAMPIRIN

Ich dachte, ich würde etwas anderes posten. Ich weiß, ich habe versprochen, dass ich euch berichten würde, wie es wirklich hinter den Mauern von Coldtown zugeht, aber ich bin nicht sicher, ob ich durchhalte. Auch wenn ich mir alles Mögliche vorgestellt habe, wäre ich nie darauf gekommen, wie es jetzt ist.

Winter ist tot und ich bin ein Vampir.

Ich wollte eigentlich nur die Videoaufzeichnung posten und keine Erklärung dazu abgeben, aber das wäre nicht fair gegenüber allen Mitgliedern meiner wahren Dunklen Familie, die mich immer unterstützt und zu dieser Reise ermuntert haben. Ich weiß, dass ihr nicht nur sehen, sondern auch hören wollt, wie es war.

Ich habe tausendmal gepostet, wie sehr ich es hasste, jede Sekunde älter zu werden. Ihr habt gesehen, wie oft ich ausgerastet bin, weil meine Zellen abstarben und mir Haare ausfielen. Jedes Mal wenn beim Aufwachen welche auf dem Kopfkissen lagen, war ich sicher, dass dieses Stück

Haar für immer verloren war und ich kahl und hässlich werden würde. Manchmal hatte ich sogar das Gefühl, meinen innerlichen Verfall spüren zu können und die Fäulnis im Mund zu schmecken, bevor ich mir morgens die Zähne putzte. Vor der Abreise nach Coldtown konnte ich tagelang nichts essen, weil mich schon der Gedanke daran anwiderte, die Vorstellung, wie schwer es im Magen liegen würde.

Ich weiß, so geht es euch auch manchmal, als wäre etwas mit uns nicht ganz richtig, weil wir nicht die unglaublichen Ungeheuer sind, wie es eigentlich unsere Bestimmung sein sollte. Also, ihr habt ganz recht. Jetzt, da ich auf der anderen Seite stehe, kann ich euch sagen, dass wir recht hatten. Alles fühlt sich hier richtig an.

Auf dem Video ist auch zu sehen, wie ich gebissen wurde, und dieses Video werde ich als Erstes hochladen, sobald ich es bearbeitet habe. Es war einfach der reine Wahnsinn, wie ich gehofft hatte. Die Schmerzen sind auszuhalten. Die Haut wird ein bisschen taub, wo die Fangzähne eindringen, und es fühlt sich unglaublich an, so als würde jemand alle Schwächen, alle Fäulnis aus einem rausziehen, um Raum für etwas anderes zu schaffen.

Jetzt kommt aber das, worüber ich nur schwer sprechen kann. Ich habe etwas Böses getan. Etwas richtig Böses.

Ich bin es, die Winter getötet hat. Ich wollte es nicht. Ich wollte ihn nur verwandeln, aber als meine neuen Fangzähne in seine Adern stießen, habe ich die Kontrolle verloren. Blut zu trinken kann man überhaupt nicht damit vergleichen, Blut zu spenden. Blut zu trinken ist eine Explosion von

Rosenblättern, es ist wie Milch und Honig und alles Warme auf der Welt. Man trinkt reines Licht.

Ich drückte Winter an mich und trank und trank und trank immer weiter. Als würde ich in ihm ertrinken, als wären wir uns näher als je zuvor, vereint in meinen Adern. Aber jetzt ist Winter nicht mehr hier, er lacht nicht mehr mit, er sagt mir nicht, was ich anziehen soll, er versteht mich nicht mehr wie kein anderer.

Ich bin keine Zwillingsschwester mehr, werde es nie wieder sein. Niemand erkennt in mir mehr die Sterbliche, die ich einst war. Was von diesem Mädchen noch übrig war, ist mit ihm gestorben. Jetzt gibt es nur noch Midnight.

Wahrscheinlich wäre es nicht so weit gekommen, wenn ich nicht unbedingt ein Vampir hätte werden wollen, ein wunderbares Ungeheuer und schön wie der junge Morgen. Aber obwohl ich Winter jede Minute jeden Tages bis in alle Ewigkeit vermissen werde, weiß ich, dass er sich das hier für mich gewünscht hat. Deshalb werde ich zu seinem Gedächtnis dieser Stadt die Gurgel rausreißen.

Oh, und meine treuen Freunde und Leser, ihr verdient es, gewarnt zu werden. Die Videos sind verstörend, aber wir sagen ja immer, dass wir sehen wollen, was echt ist. Bitte schön.

Siebenundzwanzigstes Kapitel

Lied, Ruhm und Schönheit
türmen nur den Thron
Für König Tod –
des Lebens höchsten Lohn.
– John Keats

Die Tore zu Lucien Moreaus Haus standen offen, und Türsteher wählten die Gäste aus einer Menschenmenge aus, die sich davor drängte. Als Tana die Mädchen sah, deren Augen mit Eyeliner, Lidschatten und falschen Wimpern glänzend geschminkt waren, in roten Glitzerkleidern und tiefblauen Gewändern, und die Jungen in eng anliegenden Jacketts, verstand sie, warum Valentina gesagt hatte, es würde schwer sein, herauszustechen.

Tana hatte sich für ein langes elfenbeinfarbenes Seidenkleid wie aus einem alten Film entschieden. Es war tief ausgeschnitten und hatte einen Schlitz, der den Kratzer verhüllte, doch sonst sehr viel Bein zeigte. Im Gegensatz zu den meisten Gästen auf Vampirpartys hatte sie keine frischen Einstiche am Ellbogen, wo die Nadeln für Venipunktur eingeführt wurden, hatte überhaupt keine Wunden, wenn man die alte Narbe am Arm nicht mitzählte. Insofern hoffte sie, dass sie genügend auffiel, um eingeladen zu werden, falls es nichts nützte, Jamesons Namen fallen zu lassen. Tana hatte ihr langes schwarzes Haar mit zwei silbernen Kämmen hochgesteckt, die sie im Pfandhaus gekauft hatte, damit jeder sehen konnte, dass ihre Kehle unversehrt und nur mit Gavriels Granatkette geschmückt war. Die Steine funkelten wie Blutstropfen. Tana hoffte, einen frischen, sauberen Eindruck zu machen, ein hübsch eingepacktes dümmliches Opfer, an dem sich noch niemand zu schaffen gemacht hatte.

Sie hatte Stiefel, Lederjacke und Rucksack im Geschäft gelassen. Ihr restlicher Besitz steckte in einer altmodischen Clutch aus gehämmertem Messing in Form eines vergoldeten Löwenkopfes mit zwei klebrigen Mulden für die Augen, in denen früher Edelsteine geleuchtet hatten. Das Messer hatte Tana mit zwei Ledergürteln an den Oberschenkel gebunden.

Sie hatte fast eine Stunde für dieses Outfit gebraucht und eine weitere Viertelstunde vor einem milchigen Fenster an ihrer Frisur gearbeitet, damit die Haare oben blieben. Dann hatte Valentina Tana vor einen Spiegel gesetzt, wo sie ihr die Wimpern getuscht, die Augenbrauen mit Silber betont und ihre Lippen in einem hellen Muschelrosa geschminkt hatte. Als sie nun auf das Tor zuging, schlug die Löwenclutch an einer dünnen Kette gegen ihre Hüfte, und ihr Kleingeld klimperte mit einem hohlen metallischen Geräusch.

Valentina trug ein bronzefarbenes Kleid, das vor Perlen schimmerte und ihre langen Beine betonte. Ihre Löwenmähne hing auf ihre Schultern und ihr goldenes Make-up strahlte noch mehr als sonst. Tana grinste sie an, als sie sich durch die Menge nach vorne schoben.

Der große, muskelbepackte Türsteher hatte sein langes Haar mit einem schwarzen Samtband zurückgebunden. Sein Blick streifte Tana, doch statt ihrer winkte er ein großes Mädchen herein, das nur einen räudigen Nerz trug, unter dem sie vollkommen nackt war. Tana drängte sich noch weiter vor, als drei Jungen in Lederhosen an ihr vorbeigewunken wurden. Dann erwählte der Türsteher zwei Mädchen, die in den gleichen grünseidenen Cheongsams mit identischen kupferfarbenen Bobs wie Zwillinge aussahen.

»Unser Freund steht auf der Liste!«, schrie Tana dem Türsteher im allgemeinen Getöse zu.

»Euer Freund?«, fragte er zweifelnd. »Wirklich? Wie heißt er denn?«

»Jameson«, antwortete Tana und stellte sich auf die Zehenspitzen, um auf sein Klemmbrett blicken zu können.

»Er hat doch sicher auch einen Nachnamen, oder?«, fragte der Türsteher mit einem arroganten Lächeln.

Valentina trat vor und strahlte auf beeindruckende Weise hochmütige Ungeduld aus. »Sie kennen ihn. Jameson Ramirez Alonso. Er hat uns gebeten, ihn hier zu treffen, und er hat gesagt, es würde nicht die geringsten Schwierigkeiten geben. Das ist alles vollkommen lächerlich.«

Der Türsteher sah aus, als wollte er sie noch ein bisschen hängen lassen, doch ihre verschränkten Arme und die heruntergezogenen Mundwinkel überzeugten ihn, es zu lassen. »Gut, geht rein.«

Tana war kolossal erleichtert, und bevor sie es richtig begriffen hatte, ging sie schon an den verschnörkelten Toren mit den messerscharfen Pfosten vorbei auf Lucien Moreaus Party.

»Super gemacht«, flüsterte sie.

Valentina lächelte mit hoch erhobenem Kinn. »Guter Plan. Wir sind ein heißes Paar zum Spionieren.«

Eine breite Veranda zog sich rund um die große viktorianische Villa, die sich hoch und sonderbar mit mehreren Dächern aus Schiefer und Glas zum Himmel streckte. Auf dem abfallenden Rasen standen Partygäste, andere lagen im Gras oder liefen lachend im Kreis hintereinander her. Die Luft war mit einem schweren, klebrigen Duft parfümiert, der stärker wurde, je näher Tana der massiven offenen Holztür über der Eingangstreppe kam. Durch Moschus und Myrrhe drang dennoch süßlicher fauler Gestank.

Tana ging die Treppe hoch und durch die offene Tür ins Foyer. Überall gab es Musik, den dünnen, gequälten Klang von Geigen, begleitet von fernem, misstönendem Menschengeschrei. Tanas Herz schlug schneller, ihr Atem geriet aus dem Takt. Sie merkte sofort, dass diese Party nicht für Menschen veranstaltet wurde, und wenn noch so viele von ihnen hier waren oder zu Hause vorm Fernseher saßen.

An den Decken hingen in allen Ecken Kameras, die grün blinkten als Zeichen, dass sie sendeten. Bei Tana zu Hause gab es morgens von drei bis halb fünf im lokalen Kabelsender eine Show, in der ein Mädchen namens Asphodel mit einer langen lila Perücke Clips von der Party präsentierte, die ihr besonders gefielen, und anschließend mit Anrufern diskutierte. Schwarze Balken bedeckten jeden echten Biss von Reißzähnen, damit nicht gegen die Vorgaben der Medienkontrollbehörde verstoßen wurde. Als ein rotäugiges Mädchen in einem silbernen Kleid von oben bis unten mit Blut bespritzt an Tana vorbeiging, war endgültig klar, dass dies ein gefährliches Aquarium voller Monster war, ein Schlangenkäfig voller Mäuse.

Ein dünnes, wahnsinniges Kichern wollte sich über Tanas Lippen drängen, doch sie ballte die Fäuste und bohrte die Nägel in die Haut, bis das Gefühl vorüber war.

»Geht's?«, fragte Valentina, die über die Treppe in die nächste Etage blickte, auf die vielen Menschen mit unterschiedlichsten Sektgläsern. Ein Vampir im Smoking schaute vom Geländer nach unten und klammerte sich mit bleichen Händen an die Holzstreben. Er lächelte wie ein Fährmann, der sie ins Totenreich führen wollte.

Tana nickte. *Ganz ruhig,* ermahnte sie sich. *Du musst nur Aidan finden, dir den Chip holen und dann nichts wie weg.*

Wenn sie Coldtown verlassen hatte, beschloss sie in diesem Moment, würde sie mit Pauline auf Reisen gehen. Sie hatte nicht vor, direkt nach Hause zu fahren, nicht solange sie nur an Blut, Zähne und rubinrote Augen denken konnte. Stattdessen würde sie ein Abenteuer erleben, ein ganz normales, in dem nichts besonders Abenteuerliches passierte. Sie könnten einfach Richtung Süden fahren, bis ihnen das Geld ausging. Tana stellte sich vor, wie sie den ganzen Tag mit geöffneten Fenstern fahren würde, mit schmelzenden Slushies in den Becherhaltern und Pauline, die auf dem Beifahrersitz grölte.

Tana musste sich zwingen, aus ihrer Starre auszubrechen und den ersten Raum dieser Wabe aus hohen Zimmern zu betreten. In dem Raum mit violett tapezierten Wänden lag ein

Junge auf einem weiß gedeckten Tisch. Mehrere Vampire standen um ihn herum und leckten das Blut ab, das in dünnen Rinnsalen aus oberflächlichen Wunden an seinen Armen und Beinen quoll. Seine Haut glänzte schon von ihrem Speichel. Die Augen des Jungen waren geschlossen, doch hin und wieder flatterten sie wie in einem Traum.

»Siehst du sie?«, fragte Tana.

Valentina schüttelte den Kopf. Sie gab sich gleichgültig, doch auch sie konnte sich von dem Anblick des blutenden Jungen nicht losreißen. Tana nahm ihren Arm und schob sie weiter. Im Nebenzimmer waren Menschenmädchen und -jungen mit Latex bemalt, mit Metall geknebelt und mit Handschellen an die Wände gefesselt, die mit Metallplatten dekoriert waren. So sollte der Eindruck eines Guckkastens entstehen. Verblüfft sah Tana zu, wie ein Mann zu einem Mädchen ging, ihr Handgelenk packte und sich darin verbiss.

»Sie sind infiziert«, sagte eine Vampirin in einem langen Kleid aus dunkelrotem Satin, das vom Bauch aufwärts zu einem Korsett geschnürt und mit Jettstückchen verziert war. Sie hatte eine lange gezackte Narbe in Form eines Halbmonds auf der Schulter. Ihr kaffeebraunes Haar war zu einem strengen schlanken Chignon frisiert und ihr Lippenstift passte farblich zu ihren Augen. »Also kann man sie ruhig beißen. Sie können sich schließlich nicht noch mehr infizieren, nicht wahr?«

Tana hätte beinahe aufgeschrien, als sie die Frau sah. Sie war berühmt; sie hatte sie sofort erkannt, von den Clips aus Coldtown und Dutzenden von Tumblr-Gifs, in denen sie mit superstrenger Miene zu sehen war, mit der Überschrift

OMGWTF? oder ICH MEINE ES TODERNST oder NOMNOMNOM. Die Frau war Elisabet, Luciens Geliebte, die angeblich noch kaltschnäuziger und grausamer war als er. Sie sah jung aus, kaum älter als Tana, doch ihre Augen waren uralt und kalt wie Blei. Und da war noch etwas …

»Aber besser wird es ihnen auch nicht gehen«, flüsterte Valentina.

»Du bist mit meiner Trophäe abgehauen.« Als Elisabet einen Finger auf Tanas Kinn drückte, zuckte sie zusammen.

»Oh.« Das Grauen schnürte ihr die Kehle zu. Übelkeit schlug über ihr zusammen, als sie begriff, dass sie Elisabet schon einmal gesehen hatte – in Lances Haus, als ihr Gesicht vom Saugen bis zur Unkenntlichkeit aufgebläht war. Die blutverschmierten Wände fielen ihr wieder ein, es rauschte in ihren Ohren, als der Schock alle anderen Geräusche ausblendete.

»Wo ist er?«, wisperte Elisabet an ihrem Ohr, so ungeduldig, als hätte sie diese Frage schon oft gestellt.

Tana hatte keine Ahnung, was sie sagen sollte. Vor Angst konnte sie nicht mehr denken.

»Ich weiß nicht, wovon Sie reden«, erwiderte sie schließlich stockend und sichtlich verängstigt.

»Mein Fehler«, sagte Elisabet und streifte mit ihren kühlen Lippen über Tanas Haut. »Viel Spaß auf der Party, Süße.«

Mit diesen Worten wirbelte die Vampirin davon.

Tana zitterte immer noch, schloss die Augen und ließ sich von dem Partylärm überwältigen – von der Musik, den Gesprächen und dem Stöhnen. Sie ließ alle Gedanken fahren und hoffte, sie würden ihre Ängste mitnehmen.

»Was war das denn?«, fragte Valentina.

»Bitte sag jetzt nicht, dass *sie* Jamesons Freundin ist«, sagte Tana, atmete endlich wieder ein und öffnete die Augen.

»Natürlich nicht. Bist du verrückt?« Wie es aussah, würde Valentina sich nicht so schnell beruhigen. »Ich dachte, Elisabet würde dich vor meinen Augen umbringen und aussaugen! Bloß weg hier!«

Tana schüttelte heftig den Kopf, doch sie musste an Haie denken, die ihre Beute mehrmals anstupsten, bevor sie sie auffraßen. Vielleicht wäre es besser, wenn Valentina möglichst weit von ihr entfernt war, wenn Elisabet ihre Kreise zog. »Wir suchen zwei verschiedene Leute. Sollen wir nicht jeder für sich weitergehen und uns an der Treppe wiedertreffen? Sagen wir, in höchstens zehn Minuten? Und wenn eine von uns nicht auftaucht, geht die andere in deinen Laden und wartet?«

»Und wenn eine von uns *nie* wiederkommt?«, fragte Valentina und sah sie an, als wüsste sie genau, was sie gedacht hatte.

»Dann hätte die andere großes Glück gehabt, würde ich sagen.« Tana zuckte halbherzig die Achseln.

»Sei vorsichtig«, sagte Valentina.

»Du auch.« Tana atmete durch und ging, ohne sich noch einmal umzusehen. Am liebsten wäre sie umgekehrt und hätte Valentina gesagt, dass sie ihre Meinung geändert hätte. Sie wollte nicht allein sein. Doch so war es sicherer.

Du musst Aidan finden, spornte sie sich an. *Und dann weg, weg, weg.*

Als Nächstes kam sie in einen riesigen Ballsaal mit einer Decke aus schwarz gestrichenen Fenstern, der wie ein Pavillon wirkte. In den funkelnden Scheiben blitzte es wie von Prismen, da sich das Licht der drei drachenförmigen Kronleuchter darin spiegelte. Tagsüber fiel durch diese Decke sicher schräges graues Licht.

Hinter ihr ertönte eine raue Stimme, so brüchig wie ein welkes Blatt.

»Er ist hier.«

Sie erstarrte und fühlte sich wieder wie auf Lances Party, als sie das Echo der Vampire hinter der Tür gehört hatte. Es war einer von ihnen, ganz sicher. Das hieß, die anderen waren auch hier, nicht nur Elisabet. Vielleicht auch der, der sie gekratzt hatte. Sie musste sich lange an die Wand lehnen und ihre Atmung beruhigen. Aus dem Augenwinkel entdeckte sie den Vampir, der eben gesprochen hatte. Er hatte weißes Haar und lange schartige Fingernägel. Der andere sah jünger aus, mit braunen Haaren, einem spitzen Kinn und Sommersprossen, die auf seiner blassen Haut leuchteten. Die beiden Männer trugen schwarze Anzüge mit Mandarinkragen.

Tana erschauerte intuitiv und musste sich daran erinnern, dass die Vampire nicht sie suchten. Sie waren auf der Jagd nach Gavriel und wollten Spider den Dorn von Istra ausliefern und in sein Gefängnis zurückbringen, zur Strafe dafür, dass er Caspar Morales hatte laufen lassen. Sie wollten sichergehen, dass Gavriel dort unwiederbringlich eingesperrt blieb, verrückt wie eh und je, als hätte sich die Welt überhaupt nicht verändert, als wären die Vampire aus alter Zeit noch an der Macht, auch wenn sie heutzutage über eine Welt herrschten, die sie kaum noch verstanden. Und wenn Elisabet bei ihnen gewesen war, dann war Lucien Spider vielleicht behilflich – und hatte seine eigenen Leute damit beauftragt, Gavriel direkt wieder in einer Zelle unterzubringen.

Er ist hier, hatten sie gesagt.

Wenn sie tatsächlich Gavriel suchten, sollte das doch wohl bedeuten, dass er auf dieser Party war. Sie verrenkte sich den Hals, um ihn in der Menge zu entdecken.

Sie sah aber nur Lucien Moreau, der den Ballsaal betrat, unverkennbar mit seiner magnetischen Anziehungskraft. Die Gäste wandten sich ihm automatisch zu wie Blumen der Sonne. Elisabet hatte sich bei ihm eingehängt und wirkte so unnahbar wie auf den Videos aus Coldtown.

Wenn sie eine dunkle Schönheit war, erstrahlte Lucien in Helligkeit. Er war die elegante Lässigkeit in Person, sein blonder Wuschelkopf glänzte wie Gold, und er trug zu einem elfenbeinfarbenen Anzug ein weißes Hemd, dessen oberste zwei Knöpfe offen standen. Seine Gesichtszüge ließen ihn attraktiv und herb erscheinen, seine Adlernase, der fein geschwungene Mund und die leicht ausgemergelten Wangen verrieten ein höheres Alter oder eine Gebrechlichkeit, die man ihm sonst nicht ansah.

Hinter Lucien und Elisabet entdeckte Tana endlich Aidan. Er war unpassend gekleidet und lehnte in einem schwarzen Seidenhemd über einer schwarzen Jeans an einer Wand des Saals. Hatte Midnight diese Sachen für ihn ausgesucht oder hatte er sich etwas bei Rufus geliehen?

Tana riss sich zusammen, machte einen weiten Bogen um alle anderen Vampire und ging zu ihm.

»Tana!« Aidan war offenbar unglaublich froh, sie zu sehen, bis sie ihm eine reinhaute.

Als er rückwärts schwankte, sahen einige Gäste herüber und lachten in sich hinein. Tana wurde nervös, weil Elisabet wieder in ihre Richtung blickte, doch sie bereute die Ohrfeige nicht. Kein bisschen.

»Aua«, sagte er. »Ich glaube, ein Reißzahn hat sich in die Wange gebohrt. Das tut voll weh.«

Sie stemmte die Hände in die Hüften und sah ihn nur an. Sie wusste, dass er stärker war und tausend Mal tödlicher, doch er war immer noch Aidan, und der konnte es nicht ertragen, wenn jemand böse auf ihn war.

Er rieb sich das Kinn, wo ihre Faust ihn getroffen hatte. »Mensch, Tana, ich wollte ihn doch gar nicht behalten. Ich wollte nur, dass du noch ein bisschen hierbleibst. Du weißt, ich hasse es, allein irgendwo hinzugehen.«

»Du bist so ein Arschloch«, sagte Tana. »Wirklich. Der totale Riesenarsch.«

»Ich weiß«, sagte er und sah sie reumütig und lausbubenhaft zugleich an. »Aber du hast dich aufgebrezelt und bist auf eine Party gegangen, willst du dich nicht amüsieren? Ich meine, wo du schon mal da bist.«

»Party kannst du mit Midnight machen.« Tana streckte die Hand aus. »Gib her. Sofort.«

»Können wir hier nicht erst noch ein bisschen abhängen? Ich hätte da etwas zu erzählen, das dich bestimmt interessiert.«

»*Bitte.*« Ihre Wut verebbte, die Angst drängte sich wieder in den Vordergrund. Er hatte es in der Hand, ob sie für immer in Coldtown bleiben musste. Sie konnte ihn nicht zwingen, ihr den Chip zurückzugeben. Sie konnte ihn zu gar nichts zwingen.

Er seufzte, als er sah, wie ihr das Gesicht verrutschte, und holte etwas aus der Hosentasche. Ohne die Hand zu öffnen, legte er den Chip in ihre Hand. »Pass bloß auf, dass den keiner sieht.«

Tana atmete aus, sie war überrascht und unbeschreiblich erleichtert. Trotz seiner roten Augen, trotz allem war er anscheinend doch noch Aidan, war noch ihr Exfreund, noch ihr Freund, noch eine Persönlichkeit. Derselbe Junge, den sie im Kunstkurs kennengelernt hatte, derselbe Junge mit dem Wuschelkopf, der immer verliebt war und es immer ernst meinte, auch wenn er Witze machte. Sie steckte die runde Scheibe in ihre Löwenkopftasche, doch diesmal sah sie schnell nach, ob es auch wirklich der Chip war. »Danke.«

»Ich habe ihn dir nur deshalb nicht gegeben, weil ich noch mal mit dir reden wollte, an einem anderen, nicht so grässlichen Ort. Damit du mir alles vergibst, was ich dir angetan habe.«

Sie machte sich nicht die Mühe, ihn darauf hinzuweisen, dass die Chancen auf Vergebung nicht gerade stiegen, wenn er sie immer wütender machte. Das spielte jetzt keine Rolle mehr. »Es war nicht deine Schuld. Jedenfalls nicht alles.«

Aidan lächelte. »Wusstest du schon, dass Gavriel auf dieser Party ist? Das wollte ich dir auch sagen. Ich habe ihn schon gesehen, aber ich glaube, er mich nicht.«

Unwillkürlich drehte Tana den Kopf, doch sie blickte nur in fremde Gesichter. Sie sah, dass die grausigen Vampire in den schwarzen Anzügen mit Lucien und Elisabet sprachen, und hoffte trotz ihrer verqueren hoffnungslosen Sehnsucht, Gavriel noch einmal zu sehen, dass Aidan sich vertan hatte. Diese Vampire wollten ihn vernichten. Tana erinnerte sich an ihr Geflüster. Sie erinnerte sich an ihre scharfen Zähne auf ihrer Wade und die toten starrenden Augen ihrer Mitschüler. Gavriel mochte zu vielem in der Lage sein, sie wollte dennoch nicht, dass er es mit ihnen aufnehmen musste.

Aidan nickte. »Yeah. Also, ich wollte Hi sagen, aber als ich mich zu ihm durchgedrängt hatte, war er auf einmal weg. Ich habe nicht gesehen, wohin.«

Tana wollte nicht darüber nachdenken, was Aidan zu Gavriel über sie gesagt hätte.

»Lass uns gehen«, sagte sie. »Ist Midnight auch hier? Ich bin mir ziemlich sicher, dass es auf dieser Party gleich gefährlich wird.«

»Sie ist hier, weil wir woanders unterkommen müssen. Sie sucht eine Vampirfamilie für uns. Nestkumpel nennt sie das oder was anderes Bekloopptes.«

»Was ist denn mit Rufus und Christobel?«, fragte Tana.

Aidan schüttelte den Kopf. »Was soll mit denen sein? Sie bringt immer weiter Menschen um. Sie sagt, wenn ihre Herzen aufhören zu schlagen, ziehen ihre sterbenden Seelen sie den halben Weg in die Ewigkeit, und einen Augenblick lang ist man so was wie ein dunkler Gott, der auf die Welt hinuntersieht. Ich habe schreckliche Angst vor ihr, Tana. Ich will nicht, dass sie hier meine einzige Freundin ist.«

Dazu fiel Tana nichts ein. Aidan war nicht wie Lucien Moreau oder die Teenager, die absichtlich herkamen, um verwandelt zu werden. Er sollte nicht gegen seine Triebe ankämpfen müssen. Niemand hätte im Farmhaus sterben sollen. Ganze Stadtviertel sollten nicht wie Gefängnisse, die von Insassen betrieben wurden, mit Mauern abgeschottet werden. Kinder sollten nicht darin aufwachsen müssen, ohne jemals herauskommen zu dürfen. Das war alles schrecklich ungerecht, aber Tana hatte keine Idee, wie man das alles zum Guten regeln könnte, und diese Hilflosigkeit war schlimmer als alles andere.

»Aidan, du musst aber …«, setzte Tana an.

Von einem Ende des Saals hinter Elisabet und Lucien sauste plötzlich ein silbernes Messer durch die Luft.

Die Zuschauer stieben auseinander und rangen einstimmig nach Luft. Der sommersprossige Vampir, der im Farmhaus gewesen war, kreischte, als der gekrümmte Dolch in seine Brust fuhr. Er ergriff das Heft, doch dann schrumpfte er wie ein Luftballon, dem die Luft ausging, und seine Haut verdorrte und wurde schwarz und krümelig.

Sein weißhaariger Gefährte streckte eine Hand mit sehr langen Fingern nach ihm aus, als könnte er helfen. Als wäre es nicht längst zu spät.

Der Vampir im Anzug krümmte sich, die Hände zu vertrockneten Klauen erstarrt. Als er hinfiel, brachen Stücke von ihm ab wie Fasern von einem Hornissennest, und eine Flüssigkeit tropfte heraus, die Bernstein ähnlicher sah als Blut.

Alle Blicke waren auf dieses Schauspiel gerichtet. Auch Tana hatte so etwas noch nie gesehen, weder auf YouTube noch in Dokumentarfilmen oder auf dem Suicide Square. Noch nie war vor ihren Augen ein Vampir aus alter Zeit in seine sterblichen Überreste zerfallen. Sie waren vorsichtig und schlau und starben so gut wie nie, schon gar nicht so. Sie war wie vom Donner gerührt und hätte den unglaublich leisen Hauch unfassbar leiser Schritte beinahe nicht gehört.

Tana bemerkte Gavriel erst in der Sekunde, bevor er den Weißhaarigen erreicht hatte. In jeder Hand funkelte ein Dolch mit kurzer, grausam gekrümmter Klinge. Gavriel schlang von hinten die Arme um den Vampir und drückte ihn wie bei einer Umarmung fest an sich, doch fast im selben Augenblick riss er die Arme wieder auseinander und legte die Messer übereinander, um dem Vampir wie mit einer Schere den Kopf abzuschneiden.

Blut spritzte dunkel und zäh wie Sirup und dann welkte auch er dahin. Luciens heller Anzug war ruiniert, und die Gesichter und feinen Gewänder der Umstehenden waren gesprenkelt, als hätte es Blut geregnet wie in einem Sommersturm in einem Albtraum. Tana fühlte es nass und noch warm auf ihren Wangen, als hätte der Vampir gerade erst gesaugt.

Die Züge des Weißhaarigen waren in Schock oder Trauer erstarrt, seine letzte Miene blieb erhalten, als der Kopf von den Schultern sprang. Er fiel auf Luciens polierten Marmorboden und rollte in die Menge.

Gavriel drehte sich blitzschnell zu Lucien und Elisabet um. Erst jetzt begriff Tana, dass Lucien reagierte und den Dolch aus dem ersten getöteten Vampir zog.

Elisabet quiekte leise vor Überraschung.

»Ein guter Einstand, oder?«, fragte Gavriel und wandte sich ihr zu. »Welch eine Freude, dich hier mit ihm zu sehen.«

Er sah so gut aus wie zuvor, die Wut betonte seine scharfen Gesichtszüge. Doch es war unmöglich, ihn anzusehen, von oben bis unten blutbespritzt, und zu glauben, dass er je den Mund auf Tanas Lippen gedrückt hatte. Jetzt war er eine Erscheinung aus einer finsteren Halluzination, entsetzlich, unkenntlich, ein hochstapelnder Gott des Mordes.

»Wir haben uns schon gefragt, wie lange du brauchen würdest«, sagte Lucien und hielt den Dolch wie etwas, mit dem man nur gestikulierte. »Du hast einen Umweg gemacht.«

Gavriel zuckte die Achseln. »Ich habe mir Zeit gelassen.«

»Die kleine Schlemmerei gestern Nacht war nicht schlecht«, sagte Lucien. »Ist dir eigentlich klar, wie viel Chaos du damit angerichtet hast, als du diese Leute angesteckt hast?«

Gavriel zog einen Mundwinkel hoch. Seine Augen funkelten in irrem Entzücken. »Nein, keine Ahnung, aber ich freue mich schon darauf, es herauszufinden.«

Lucien musste lachen. Wahrscheinlich war es seine ganz natürliche Reaktion. »Du hast dich verändert.«

Gavriel bestätigte die Bemerkung mit einer leichten Verbeugung. »Wie sollte ich mich in einem Jahrzehnt nicht verändern? Und was für ein Jahrzehnt das war!«

Lucien zuckte zusammen. »Du bist sauer, weil wir dich verraten haben, das ist dein gutes Recht. Es war meine Schuld, ich habe versagt. Und ich habe es oft bereut.« Er machte eine ausladende Handbewegung. »Doch sieh nur, welche Welt du erschaffen hast. Wie schön und lebendig sie ist. Es war ein Fehler, uns an die Schatten zu klammern und durch die Nächte zu schleichen. Dein Scheitern hat uns alle befreit. Endlich kannst du dir ansehen, wovor die alten Vampire so viel Angst hatten.«

»Du hast mich in Ketten verfaulen lassen«, sagte Gavriel.

Die beiden Männer fixierten sich.

Gavriel fuhr mit sanfter Stimme fort. »Und du wolltest mich einfangen und Spider ein zweites Mal ausliefern. Oder willst du das abstreiten?«

»Meine Leute hatten Angst. Elisabet hatte Sorge, er hätte

deinen Geist gebrochen und dich auf uns angesetzt. Die Vampire aus alter Zeit hassen uns, hassen alle, die sich angepasst haben. Mich hassen sie am meisten, weil ich unsere Geheimnisse im Fernsehen ausposaune. Stimmt, wir wollten dich gefangen nehmen, aber aus anderen Gründen, als du denkst.«

»Um mich braucht ihr euch keine Sorgen zu machen«, sagte Gavriel. »Schon lange nicht mehr. Alle Stücke wurden an fast dieselben Stellen wieder angenäht.«

»Was dürfen wir dir anbieten, Gavriel?«, fragte Elisabet. »Wie können wir dir beweisen, wie leid es uns tut? Was auch immer du dir aussuchst, wir sind es dir schuldig. Das wissen wir.«

Gavriel leckte das Blut vom Messer und schlenzte die Zunge über die Spitze. »Ich möchte zusehen, wie eure Asche über das Gesicht eines blutroten Mondes weht.« Den Rest sang er mit von Wahnsinn erfüllter Stimme: »*By the light, by the light of the bloodred moon. I'll be killing you soon.* Kennt ihr den Song noch? Ich habe den Text ein wenig verändert.«

»Das heißt, nur der Tod stellt dich zufrieden?«, fragte Lucien, der sichtlich ins Schwimmen geriet, wie mit diesem neuen Gavriel zu reden war.

»Ich habe einen langen Weg hinter mir und würde ungern mit leeren Händen abziehen.« Er hörte sich wirklich total durchgeknallt an, fand Tana. Verrückt wie ein Dichter oder ein Prophet. Verrückt und tödlich. Gavriel zuckte die Achseln und grinste.

»Lass uns beweisen, dass es uns von ganzer Seele leidtut«, sagte Lucien mit dieser Stimme, die schon so viele Kinder verzaubert hatte, nach einem Grab zu verlangen, die Stimme, die

Zuschauer auf der ganzen Welt verzückte. Er legte Elisabet die Hand auf die Schulter und drückte sie nach unten. »Wir wollen uns offiziell bei dir entschuldigen. Wir knien nieder und flehen dich um Vergebung an. Kannst du dir irgendein anderes Wesen vorstellen, vor dem wir in die Knie gehen würden?«

Elisabet warf einen Blick über die Schulter, um in seinem Gesicht zu lesen, was er vorhatte, doch dann sank sie langsam auf die Knie. Ihr Kleid bauschte sich um sie. Sie wirkte wie eine schöne Bittstellerin an einer Pilgerstätte.

Sogar Gavriel starrte fasziniert auf sie herab. Er runzelte die Stirn und hob das Kinn, als müsste er sich mühsam ihrem Einfluss entziehen.

Lucien trat hinter sie und strich ihr das schwarze Haar aus der Stirn. »Sie hat dich mit meinen Männern aufgespürt. Sie wollten mich beschützen. Ist das nicht nett? Aber ich schwöre dir, ich hatte nichts damit zu tun.«

Elisabet sah zu ihm hoch und wollte aufstehen, doch Lucien packte ihr Haar und riss den Kopf zurück. Dann schlitzte er ihr mit Gavriels Messer die Kehle auf. Aus ihren durchgeschnittenen Adern strömte das Blut wie Wasser. Er metzelte weiter, bis er den Kopf in der Hand hielt.

Alle Anwesenden schrien auf, als Elisabet vornüberfiel – auch Tana. Lucien lächelte geheimnisvoll und verhalten, als ihr Körper sich krümmte und verschrumpelte und ihre honighelle Haut Runzeln bekam wie alte Rinde. Ihr sinnlicher Mund verdorrte, und die Löcher, wo ehemals ihre Augen leuchteten, sanken zu Mulden wie die klebrigen Kreise an Tanas Handtasche. Lucien ließ ihren Kopf fallen.

Eben war Elisabet noch eine der gefährlichsten Personen in diesem Ballsaal gewesen. Jetzt war sie tot. Mehrere Gäste knieten neben ihr, als könnte man noch etwas für sie tun oder als wäre sie nur kurz in Ohnmacht gefallen. Eine Frau mit Piercing in der Nase und aufwendiger Flechtfrisur streichelte die einst so glatte Wange der Vampirin. Ein Junge tunkte einen Finger in Elisabets Blut und steckte ihn in den Mund.

»Du liegst mir sehr viel mehr am Herzen als sie, Gavriel«, sagte Lucien und trat von ihrer Leiche zurück. »Jetzt, da ich sie stellvertretend für dich bestraft habe, verstehst du vielleicht, wie ernst ich das meine. Ich habe Elisabet auf meine Art geliebt, doch du bist wie ein Sohn für mich. Vergib einem Vater seine Sünden.«

Gavriel wich zurück, der Schock stand ihm ins Gesicht geschrieben. »Hat sie das wirklich verdient?«

»Dich dürstete nach Tod«, antwortete Lucien. »Ich habe dir ihren geschenkt. Bitte mich um etwas anderes, ich werde dir alles geben. Seit du aus dem Käfig unter dem Friedhof von Père Lachaise ausgebrochen bist, wusste ich, dass du herkommen würdest – entweder als mein Gefangener oder freiwillig.« Unvermittelt erhob Lucien die Stimme. »Schluss mit der Videoaufzeichnung aus diesem Saal! Ausmachen!«

Nacheinander schalteten die Lämpchen der Kameras, die an der Decke hingen, von Grün auf Rot.

Die Gäste wurden unruhig. Tana verstand nicht, warum Lucien die Aufzeichnung hatte weiterlaufen lassen, als er Elisabet den Kopf abgeschlagen hatte, und ausgerechnet jetzt befahl, sie zu unterbrechen. Was könnte schlimmer sein? Sie schlich langsam durch die Zuschauer zur Tür.

Gavriel glühte vor Zorn, er zitterte, er wollte unbedingt zuschlagen.

»Wir hätten dir nichts getan«, sagte Lucien. »Wir wussten, dass wir endlich Pläne schmieden könnten, sobald du uns ins Netz gegangen warst. Pläne für eine ruhmreiche Zukunft und eine weit bessere Rache, als du sie dir erträumt hast, mein teurer, verlorener Freund. Die alten Zeiten sind vorbei, und es wird Zeit, dass die Alten mit ihnen untergehen.«

»Fangen wir mit dir an?«, fragte Gavriel, doch sein Blick wanderte zwischen Lucien und Elisabet hin und her, als wundere er sich immer noch über ihren Tod.

»Du willst mich doch eigentlich gar nicht töten«, sagte Lucien. »Sieh dich doch an, es tut dir sogar um Elisabet leid! Du willst doch nur nach Hause kommen.«

»Ach ja?«, fragte Gavriel.

»Weißt du, warum in Filmen der Böse immer zögert, bevor er den Helden umbringt? Weißt du, warum er seinen heimtückischen Plan langatmig erklärt? Weißt du, warum du jetzt zögerst?«

Gavriel konnte sich ein Lächeln nicht verkneifen. »Allerdings. Aber ich wette, du würdest es nie erraten.«

Lucien ließ nicht locker. »Weil der Böse weiß, dass sein Leben keinen Sinn mehr hat, wenn er den Helden nicht mehr hassen kann. Sobald er seinen Gegner getötet hat, ist er allein.«

»Du bist also der Held?«, fragte Gavriel.

»Jeder Held ist in seiner eigenen Geschichte der Böse, findest du nicht auch?« Lucien sprach mit Gavriel, doch so laut, dass ihn alle Gäste hören konnten. Er wusste, wie er sie fesselte, bis sie an seinen Lippen hingen.

»Nein, finde ich nicht.« Gavriel wirkte belustigt, diese Art des Geplänkels war ihm offenbar vertraut. Es sah aus, als würde es ihm gefallen – nicht die Show, sondern die Erinnerung an Luciens großmäulige Art.

»Sind sich nicht alle Helden der schrecklichen Gründe für ihre guten Taten bewusst? Aller Fehler, die sie je begangen haben, aller guten Menschen, die aufgrund ihrer heldenhaften Entscheidungen verletzt wurden? Erinnern sie sich nicht genau an die Augenblicke, an denen sie so gar keine Helden waren? Und an die Momente, in denen sie durch ihr Heldentum mehr Menschen in den Tod gerissen haben, als es eine böse Tat vermocht hätte?«

Gavriel starrte Lucien an, als wäre er völlig fasziniert, als wäre es Lucien nun doch noch gelungen, seine Aufmerksamkeit zu erregen.

»Du warst zehn Jahre allein, vielleicht noch länger. Doch das ist jetzt vorbei. Ich kenne dich. Ich kenne dich besser als jeder andere, und wenn du mir vergibst, werde ich dir so viel Rache auf dem Silbertablett servieren, dass sogar du genug haben wirst. Gemeinsam töten wir Spider.«

Gavriel ließ die Hand mit dem Messer sinken.

Er würde es wirklich tun, begriff Tana. Er würde sich von dem Mann, der gerade seine Freundin ermordet hatte, zu einem Bündnis beschwatzen lassen, obwohl ihre Leiche noch vor ihnen auf dem Boden lag. Angewidert wandte sie sich ab und ging hinaus ins Freie.

Auf dem Rasen blieb sie stehen, weil ihr von der Mischung aus Räucherstäbchenduft und Blut schwindelig war. Sie hatte Kopfschmerzen und stützte sich neben Mülltonnen und

Gärtnergerätschaften mit der Hand an einer Mauer ab, um abzuwarten, ob sie sich erbrechen musste. Wenn alles gut ging, wollte sie vorne wieder hereingehen und nachsehen, ob Valentina noch da war.

»Tana?«, fragte eine Mädchenstimme. Als Tana den Blick hob, kam Midnight in einem glänzenden PVC-Kleid vom Eingang auf sie zu. Ihr blaues Haar schwang locker über ihre Schultern, und sie sah so niedlich und gelassen aus, als hätte es die vergangenen beiden Tage nie gegeben. »Bist du das?«

»Jep«, antwortete Tana und holte stockend Luft. »Geht schon. Gleich ist es besser.«

»Ich hatte gehofft, dass du zu der Party kommst«, sagte Midnight und kam noch näher. Sie stank nach Verwesung. »Ich wollte mich für alles bedanken, was du für mich getan hast.«

Tana wollte gerade *Keine Ursache* sagen, doch da ging Midnight ihr bereits an die Gurgel.

Achtundzwanzigstes Kapitel

Wie erschütternd muss
dein Ruf doch sein, oh Tod!
– Robert Blair

Wien zeigte sich im Jahr 1912 ganz anders als Paris knappe zwanzig Jahre zuvor. Tagsüber waren die Straßen voller Automobile und Fahrräder und nachts leuchtete die ganze Stadt im elektrischen Licht. Telefone klingelten, und Aufzüge beförderten die Bourgeoisie in den Palästen, die sie an der Ringstraße angemietet hatten, wo früher die Mauern der Altstadt gestanden hatten. Sigmund Freud hatte bereits *Drei Abhandlungen zur Sexualtheorie* veröffentlicht und bald würde auch Carl Gustav Jungs Beitrag *Wandlungen und Symbole der Libido* erscheinen. Die Moderne war in vollem Gange, und alle glaubten, es ginge vorwärts in eine bessere Zukunft. Doch noch immer gingen Prostituierte ihrem Gewerbe nach, wo früher die Galgen gestanden hatten, bereit, sich für den Preis einer Tageszeitung auf Gräber zu legen. Auch andere zwielichtige Wesen trieben sich herum. Wien war eine Stadt im Licht, doch niemand wollte wissen, was im Dunkeln geschah.

Lucien Moreau schlenderte in seinem zugeknöpften

schwarzen Sakko durch die Straßen; er war in Begleitung von Elisabet, die ein perlenbesetztes Spitzenkleid mit Stehkragen in den Farben Beige, Gold und Schwarz trug. Auf seiner anderen Seite ging Gavriel in einem rabenschwarzen Jackett, das Luciens aufs Haar glich.

Sie waren hinreißend, faszinierend und eindeutig kaputt, sinnierte Lucien unterwegs.

Außerdem würden sie wahrscheinlich vor Ende der Nacht hingerichtet werden, was allein seine Schuld war. Ein Vampir musste die Erlaubnis einholen, bevor er Nachkommen zeugte, und Lucien hatte gegen dieses Gebot verstoßen. Man hätte sie ihm ohnehin verweigert, für beide Nachkommen, da sie zu labil waren.

Gavriel war in den Tod verliebt. Er hatte seine Geliebte an ihn verloren und den eigenen Bruder ins Grab geschickt; insofern war es wahrscheinlich kein Wunder, dass er in den Straßen der Stadt Mörder verfolgte, seine Reißzähne in ihre Halsschlagadern schlug und gierig ihr Blut trank. Jede Nacht war es, als würde er seinen Bruder rächen, indem er einen Stellvertreter seiner selbst umbrachte.

Elisabet musste man nur ansehen, um den Wahnsinn in ihren funkelnden Augen zu erkennen. Lucien hatte sie in Portugal entdeckt, wo ihr wegen Mordes an ihrem Mann der Prozess gemacht wurde. Ihm hatte es gefallen, dass sie ausgespuckt und erklärt hatte, sie hätte es nicht nur getan, sondern würde es wieder tun, sollte Gott der Herr ihn in den Gerichtssaal zurückbringen. Lucien und Gavriel holten sie in jener Nacht aus dem Gefängnis, und sie war mitgegangen, ohne sich auch nur einmal umzusehen. Auf der Jagd benutzte sie ein Rasiermesser statt ihrer Zähne und fiel ihre Opfer mit einer Wildheit an, die einen schon sämtliche Nerven kosten würde, wenn dies ein Mann täte, der doppelt so groß wäre.

Und jetzt sollte Lucien die beiden betrauern. Er gab sich Mühe, sie auf dem Gang durch Wien zu belustigen, und gab vor, Spider würde sie, uralt und grausig wie eh und je, möglicherweise leben lassen, doch er wusste genau, dass seine Nachkommen höchstwahrscheinlich vernichtet werden würden. Die Vampire aus alter Zeit herrschten über ihren Teil der Welt wie Feudalherren und bevorzugten die gleichen Strafen. Vielleicht hätte Lucien ihnen die Flucht empfehlen sollen, doch er wusste ebenfalls, dass weder Istanbul noch Schanghai oder irgendein anderer Ort auf der Welt weit genug weg war, um sich vor einer Kreatur wie Spider zu verstecken, der sein barockes Verbindungsnetz nutzen konnte, um Banken in Luxemburg zu ruinieren oder eine Revolution in Spanien anzuzetteln. Er würde sie überall aufspüren.

Abgesehen davon, dass ihre Flucht Lucien in Teufels Küche brächte.

Elisabet warf ihm einen leidenschaftlichen Blick zu. »Wir sollten Spider abstechen«, sagte sie. »Töten und aussaugen. Sein Blut würde uns seine jahrhundertelange Herrschaft einverleiben. Selbst wenn wir teilen müssten, könnten wir die Regeln aufstellen, statt ihnen zu gehorchen.«

»Red nicht solchen Blödsinn«, fauchte Lucien, doch tatsächlich hatte er gehört, dass es bereits vor diesem Spider einen gegeben haben sollte, der auf die Art und Weise umgebracht worden war, die Elisabet gerade vorgeschlagen hatte. »Falls du auch nur den Versuch machst, dich ihm entgegenzustellen, sind wir alle tot. Du musst ihm beweisen, dass ich euch gelehrt habe, dem Alter Respekt zu erweisen.«

»Dann hättest du das vielleicht tun sollen«, sagte Gavriel mit seiner sanften, beherrschten Stimme.

Lucien sah ihn scharf an. Es hatte ihn immer schon fasziniert, dass Gavriel, der in seinem Morast aus Kummer versank, dennoch manchmal entnervend bei Verstand war. Und Lucien konnte es gar nicht leiden, wenn Gavriels Scharfsinn ihn persönlich aufs Korn nahm.

Er kannte sich gut und wusste, in welche Abgründe von Verderbnis und Brutalität er gesunken war und welcher Ehrgeiz ihn antrieb. Er war stolz auf diese Erkenntnis – doch das hieß noch lange nicht, dass andere zu dem gleichen Schluss kommen durften.

Sie gelangten zu einem alten Herrenhaus in der Altstadt, das von einer Mauer umgeben war und dessen Fassade mit Marmor- und Steinarbeiten verziert war. Das Tor stand einen Spaltbreit offen, und Lucien schlich an gewissenhaft gestutzten Hecken vorbei zu einer großen roten Flügeltür mit einem Türklopfer aus Messing, der das gequälte Gesicht einer Frau darstellte. Als Lucien ihn anhob, merkte er, dass das Scharnier für den Klopfmechanismus wie eine Trense zwischen ihren Zähnen steckte.

Als Gavriel Elisabet mit hochgezogenen Augenbrauen ansah, verdrehte sie die Augen.

Es hätte Lucien gefallen sollen, dass sie sich wie wahre Geschwister benahmen, doch es störte ihn, weil es ihm das Gefühl gab, sie würden kleine Geheimnisse vor ihm, ihrem Herrscher, bewahren. »So würde er euch sicher gerne sehen«, sagte Lucien, nur damit Gavriel verlegen den Blick abwandte und Elisabet schnaubte, nur um ihnen zu zeigen, dass alles sein Eigentum war, sogar ihre Witze. Auch wenn der Tod sie ihm bald entreißen könnte, gehörten sie bis dahin ihm.

Eine Frau mit hängenden Schultern öffnete die Tür. Sie trug ein dunkles Kleid und hatte das ergrauende Haar zu einem Dutt geflochten.

»Grüß Gott«, sagte die Frau, bat sie herein und führte sie durch eine Zimmerflucht mit Fresken an den Decken. Schlachten waren das einzige Motiv und die Toten und Sterbenden blickten aus goldgerahmten Nischen auf sie herab. Glühbirnen hingen wie reifes Obst an Kronleuchtern, deren Licht in den großen viereckigen Spiegeln reflektiert wurde. Die Gäste passierten rote Brokatsofas und Tische, deren Intarsien so fein gestaltet waren wie die Stuckverzierungen an den Wänden.

Die Frau führte sie in einen Innenhof, in dessen Mitte ein Weißdorn stand. Zwei aus Spiders Leibgarde, die sich recht anmaßend *Corps de Ténèbres* nannte, standen argwöhnisch in langen Roben Wache. Neben dem Baum wartete ein sehr großer, magerer Vampir in einem dunkelgrauen dreiteiligen Anzug. Eine Uhrkette hing aus der Westentasche und der rotgoldene Intaglienstein seines Siegelrings, an dem noch Wachs klebte, leuchtete im Schein der Gaslampen. Der Vampir hatte ein finsteres Gesicht mit verschleierten roten Augen, eine hohe Stirn und den Mund eines Giftmörders. Seine Stellung war trotz seines alltäglichen Aufzugs und der normalen Haltung unverkennbar. Er strahlte eine Macht aus, die mit der Schwerkraft vergleichbar war.

Die Faszination, mit der Elisabet ihn anstarrte, hatte etwas

Furchtbares. Und Gavriel schien sich Mühe zu geben, nirgends hinzusehen.

»Ah, Lucien«, sagte Spider. Er ging ihnen entgegen und nahm die Hände aus der Tasche, um sich mit einem glänzenden goldenen Feuerzeug eine Zigarette anzuzünden. Seine Fingerspitzen endeten in langen gelblichen Klauennägeln, die wie die Krallen eines großen Vogels aussahen. Lucien fragte sich, wie viele Jahrhunderte es noch brauchte, bis er mit solchen Händen aufwachte. »Welch netter Besuch.«

Die Dienerin zog sich mit einem verehrungsvollen Blick auf ihren Herrn zurück.

»Ich stehe Euch stets zur Verfügung«, entgegnete Lucien mit einer knappen Verbeugung. Er hasste diese antiquierten Vampire, ihre dämlichen Paläste, ihre Arroganz, mit der sie erwarteten, dass man sich verbeugte und seinen Kratzfuß machte. Umgeben von den Insignien des modernen Wien sollte man meinen, dass die Zeit der Monarchen unwiederbringlich vorbei wäre, doch mochten in der Welt überall Revolutionen ausbrechen, war dies im Schattenreich der Vampire wenig wahrscheinlich.

»Du bist und bleibst der Sohn eines Apfelbauern aus der Normandie«, schnaubte Spider. »Da kannst du noch so auftrumpfen.«

Oh, und hatte Lucien erwähnt, wie sehr er ihren lächerlichen Abstammungswahn hasste, als würde es eine Rolle spielen, welches Blut durch ihre Adern floss, wenn es ohnehin gestohlen war? Er biss sich auf die Zunge und schwieg.

Nun wandte Spider sich Gavriel zu, der zusammenzuckte, als er mit einer seiner Krallen auf ihn zeigte. »Da sie auf den ersten Blick nicht einer gewissen Würde entbehren, wüsste ich nicht, weshalb du sie vor mir hättest verbergen wollen, Lucien. Warum hast du sie nicht vorgestellt, wie es sich gehört? Gibt es Gründe, warum ich dir ihre Verwandlung nicht gewährt hätte?«

Höchstens, dass einer Psychopath ist und der andere das pflegt, was Freud als starke Todessehnsucht bezeichnen würde? Aber wer ist wer?

»Ich habe mich von meinen Gefühlen hinreißen lassen«, antwortete Lucien und bereitete sich darauf vor, eine reumütige Rede vom Stapel zu lassen. »Doch ich habe es nicht böse gemeint. Ich habe sie gelehrt, wie man jagt und tötet und möglichst geringe Spuren seines Daseins hinterlässt. Sie haben nichts verbrochen, außer geboren zu sein, selbstverständlich – doch auch daran trifft sie keine Schuld. Ich bin ihr Schöpfer. Das Verbrechen nehme ich auf mich.«

»Ja«, sagte Spider.

Lucien hatte noch mehr sagen wollen, hielt nach diesem einen Wort jedoch inne. Er hatte nicht damit gerechnet, dass er tatsächlich bestraft werden könnte. Er blickte sich verstohlen nach den beiden *Corps de Ténèbres* um, die sich nicht versteckten, und dachte noch einmal über Elisabets Plan nach. Nein, wenn es so weit war, hieß es immer noch, die Beine in die Hand zu nehmen.

»Lucien Moreau, ich nehme dein Geständnis an. Unsere Macht beruht auf unserer geringen Zahl, auf Geheimhaltung und darauf, dass wir uns den wenigen Regeln unterwerfen. Dein Tod ist gerechtfertigt, denn er wird andere davor warnen, sich ebenfalls von ihren Gefühlen hinreißen zu lassen.«

Der alte Vampir legte seine Klauenhand sanft auf Luciens Schulter. Lucien drehte sich um und sah Spider in die Augen. Einen Moment lang war er verwirrt, doch dann erschauerte er. Denn nun sah er, dass die elegante Kleidung und die wohlgesetzten Worte nur eine Maske waren, unter der etwas Steinaltes und Primitives lauerte, das vor nichts Angst hatte und nach allem *gierte*. Luciens Knie gaben nach, als drücke eine unsichtbare Kraft ihn nach unten. Stöhnend ging er zu Boden.

Gavriel keuchte.

»Nein«, kreischte Elisabet und warf sich in einem Meer aus Röcken neben Lucien. Dann kroch sie auf Spider zu. »Nein, bitte verschont ihn. Er ist unser Vater, unser Bruder, unser Herr. Er hat uns das ewige Leben geschenkt. Bitte!«

Als Spider eine Hand hob, verstummte sie. Zum ersten Mal seit hundert Jahren spürte Lucien echte Furcht. »Dann soll einer von euch seinen Platz einnehmen. Wollt ihr?«

Luciens Nachkommen schwiegen lange. Er schloss die Augen und verfluchte sie insgeheim.

»Es ist richtig und gut«, sagte Spider, »wenn Eltern vor ihren Kindern sterben. Es ist euer gutes Recht, ihn seinem Schicksal zu überlassen.«

»Nein«, sagte Gavriel. »Wartet. Ich nehme seinen Platz ein. Steh auf, Lucien.«

Lucien sah Gavriel an, dem die schwarzen Locken über die Wangen fielen, und dankte seiner eigenen Weisheit, dass er ausgerechnet einen Mann verwandelt hatte, der jede Gelegenheit ergriff, sein Leben fortzuwerfen. Dennoch hoffte er, dass er nicht gezwungen sein würde, der Hinrichtung beizuwohnen.

»Du bist sicher?«, fragte Spider und durchbohrte den Jungen mit seinem hungrigen Blick, zog ihn aus bis auf die Haut.

Gavriel nickte schnell, nahm seinen Mut zusammen und kniete sich hin.

Spider schüttelte lächelnd den Kopf. »Es sei dir erlaubt, stehen zu bleiben. Du bist treu ergeben und mutig, diese Eigenschaften findet man nicht oft bei unserer Art. Welche Verschwendung, ein solch seltenes Wesen zu fällen. Nein, mein Urteil lautet, dass du für mich jagen sollst – du wirst andere jagen, die wie wir sind. Du sollst einer meiner Dorne sein und mir dienen, solange dein gesetzeswidriges Leben währt.«

»Ich muss nicht sterben?«, fragte Gavriel, der nicht mehr wusste, wo ihm der Kopf stand. Er sah Lucien an, doch Lucien war sprachlos, so wild raste Besitzdenken durch seinen Geist. Gavriel gehörte *ihm*, er war aus seinem Blut geschaffen, lebte aus seiner Laune heraus, und er bestimmte, ob er ihn verspottete, anbetete oder vernichtete. Und wenn Gavriel ihm nicht gehören sollte, wäre es ihm entschieden lieber, wenn er auf dieser Erde nicht mehr existierte.

»Nein.« Als Spider genüsslich an der Zigarette zog, sah er wie ein sehr modernes Monster aus, dem Alter zum Trotz. Trotz allem, was Lucien in seinem Gesicht gelesen hatte. »Oh nein, du sollst mir all diese treue Ergebenheit schenken.«

In diesem Moment beschloss Lucien, dass er an den Vampiren am meisten hasste, dass sie sich so lange mit der Grausamkeit beschäftigt hatten und genau wussten, wo es am meisten wehtat.

Es wird nicht immer so laufen, schwor er sich.

Und das tat es auch nicht.

Neunundzwanzigstes Kapitel

Und die ganze Zeit, da ich dachte,
ich lernte zu leben, lernte ich zu sterben.
– Leonardo da Vinci

Midnight warf Tana zu Boden, die durch den plötzlichen Überfall das Gleichgewicht verlor. Sie fiel in die Mülleimer, überall stank es säuerlich nach Abfall. Tana sah in einem sonderbar klaren Moment zum Himmel hoch, über den sich wie ein Teppich die Sterne breiteten. Dann trat sie Midnight in den Bauch.

Verblüfft ließ die Vampirin los, sodass Tana rückwärts kriechen konnte. Doch sie war noch nicht wieder auf den Beinen, als Midnight zum zweiten Mal angriff, ihre Arme packte und sich auf ihre Beine setzte. Tana war festgenagelt und konnte höchstens noch versuchen, an ihren Holzpflock heranzukommen, der aber knapp außer Reichweite war.

»Spinnst du?«, fragte Tana und fuhr mit gespreizten Fingern durch den Schmutz. »Ich habe dir geholfen.«

»Geholfen? Du und deine verurteilenden Blicke hatten mir gerade noch gefehlt. Versuch bloß nicht noch mal, mir Winter wegzunehmen. Du willst ihn nur zum Verwesen in der Sonne braten. Er gehört mir. Ich beerdige ihn, wie ich es will.« Tana wusste nicht, ob Midnight immer schon einen Hang zur manischen Energie und Gewalt hatte, oder ob es an der Verwandlung lag, doch in diesem Augenblick hörte sie sich an wie ein kleines Mädchen, das vergessen hatte, ihre Rennmaus zu füttern, und nach deren Tod mehr damit beschäftigt war, den Sarg zu dekorieren, statt sich verantwortlich zu fühlen. »Und jetzt willst du mir auch noch Aidan wegnehmen. Das ist unfair.«

Endlich fand Tana den Pflock und stieß mit aller Kraft zu. Sie traf Midnight in die Schulter, was nicht ganz das war, was sie beabsichtigt hatte, doch immerhin schreckte sie mit gefletschten Zähnen zurück. Tana stieß noch mal zu und traf ihren Kopf. Midnight riss ihr den Holzpflock weg und brach ihn durch. Die gezackten Enden warf sie zu dem anderen Müll.

Tana nutzte den Moment, um sich zu befreien, und lief zur Villa zurück, doch Midnight holte sie ein und zog sie durch den Dreck zurück.

Tana wollte sich schnell umdrehen und stemmte sich gegen den Boden. Doch kaum hatte sie es geschafft, schlug Midnight ihre Zähne in Tanas Hals.

Der Schmerz verbrannte ihre Nerven. Es tat weh, schrecklich weh. Es war, als würde ihre Mutter erneut ihren Arm zerfleischen. Doch als sie aufschrie, breitete sich eine eisige Taubheit in ihren Adern aus, gefolgt von einer samtigen, verzehrenden Freude, die an ihren losen Gedanken nagte und sie drängte, tiefer in ihre Dunkelheit zu fallen. Tana fühlte noch Midnights Mund an ihrem Hals, sie spürte den Stich der

Zähne und wie ihr das Blut ausgesaugt wurde, doch diese Empfindungen wurden immer undeutlicher. Stattdessen fühlte sie sich von einer kalten Flamme verzehrt und jedes Lecken dieses schwarzen Feuers ließ sie in schwelgerischer Höllenqual erschauern.

Gleichzeitig trat sie mit den Beinen um sich und zerkratzte Midnight die Arme, ohne dass es etwas genützt hätte. Die Vampirin hielt Tana fest und drückte sie an sich. Ihre Löwenkopftasche war zwischen ihrem Bauch und der Erde eingeklemmt, doch diese kleine Unbequemlichkeit merkte sie kaum.

Es war ungeheuer schwer, die Gefühle hinter sich zu lassen und zu *denken*. Alles wurde unergründlich, die Schatten drangen auf sie ein. Als sie die Augen öffnete, sah sie nur noch das verschwommene Blau von Midnights Haaren.

Denk, ermahnte sie sich benommen. *Denk nach.*

Tana packte die Metallhülle ihrer Tasche und drückte das Schloss auf, sodass ihr Geld, der Chip und alles andere herausfielen. Sie kramte zwischen diesen Dingen nach etwas, doch sie wusste selbst nicht mehr, was sie eigentlich suchen wollte.

Selige Schwäche überrollte sie. Sie war so müde. Und das ferne Pochen in ihren Ohren wurde immer langsamer wie das Schlagzeug in einem Song, der bald zu Ende sein würde.

Dann strich sie mit den Fingern über etwas, das sie wiedererkannte. Das Fläschchen mit Rosenwasser, das sie von Lances Party mitgenommen hatte. Sie zog ungeschickt den Korken heraus und schüttete es Midnight ins Gesicht.

Die Vampirin kreischte.

Tana kehrte ruckartig in die Wirklichkeit zurück. Sie lag im Dreck, im Sterben. Panik erfasste sie. Sie rappelte sich auf, schwankte jedoch gefährlich. Dann bückte sie sich und hob auf, was sie in die Finger bekam. Noch als sie in die Mülltonnen fiel und an die Mauer schlug, hielt sie ihre lächerliche Waffe hoch.

Midnights linke Gesichtshälfte war knallrot, als hätte sie sich verbrüht. Sie fletschte die Zähne, fauchte wie ein Katze und stürzte sich erneut auf Tana.

Tana wurde von einer lebhaften Erinnerung überrascht, in der ihr Kunstlehrer erklärte, wie wichtig Anatomiekenntnisse für die Aktzeichnung waren. Er hatte sich damals ein Skelett aus dem Biologieraum besorgt und über Ulnae und Tibiae geredet, und Marcus Yates, der verlässlichste Marihuana-Dealer der Schule, hatte reingerufen, wie man jemanden stechen musste, um das Herz zu treffen. *Unter der fünften Rippe nach oben,* hatte der Lehrer gesagt.

Zum Zählen reichte die Zeit nicht, doch sie dachte an seine Worte, als sie den Stock, den sie gepackt hielt – einen abgebrochenen Rechenstiel –, in Midnights Flanke rammte und nach oben zu ihrem Herzen stieß.

Midnight schrie und schlug um sich, als Tana die Waffe wie einen Speer tiefer trieb. Dann wurde ihr Körper plötzlich schlaff. Ihre Augen waren geschlossen, doch ihr Mund stand offen, und eine grausige Grimasse verzerrte ihre Züge.

Tana sank rückwärts und wischte die blutige Hand am Kleid ab. Das war alles so schnell gegangen, dass sie es noch nicht begreifen konnte. Sie saß auf der Erde und zitterte vor Kälte und Entsetzen.

Steh auf, dachte sie. *Steh auf und verschwinde. Du hast den Chip. Hau ab.*

Ohne Midnights Leiche noch einmal anzusehen, stopfte Tana ihre Habe rasch in die Handtasche und stand auf. Sie musste sich an die Mauer von Lucien Moreaus Villa lehnen. Aus einem der schwarz gestrichenen Fenster drang schockierend helles Licht, das in ihrem Sichtfeld verschmierte.

Denk nicht dran. Geh. Geh ganz langsam zum Tor. Schlafen kannst du im Auto. Geh.

Nach vier taumelnden Schritten erkannte sie, dass ihr Plan so nicht funktionieren konnte.

Midnight hatte sie gebissen und angesteckt. Diesmal konnte ihr Körper sich nicht dagegen wehren. Er würde keinen Widerstand leisten, sie hatte keine Kontrolle mehr. Es würde ihr wie Aidan ergehen oder schlimmer. Tana fiel auf die Knie. Ein einziger Gedanke beherrschte sie: Nein, das darf nicht sein.

Dann wurde die Tür geöffnet und zwei Vampire kamen die Treppe hinunter. Sie trugen verlotterte schwarze Jeans und dunkle Jacketts. Der eine rauchte eine Zigarette, die er wegwarf, als er Tana sah.

»Steh auf«, sagte er.

Sie wollte lachen, doch es klang wie Würgen. »Ich kann nicht.«

»Du hast eine Vampirin ermordet«, erklärte er und zeigte auf eine Kamera hoch oben am Haus. »Lucien sieht alles, was hier draußen vorgeht. Und er hat etwas dagegen, wenn Menschen seine Gäste anfallen.«

»Alles okay«, sagte Tana, die nicht aufhören konnte,

dümmlich zu grinsen. »So war es nämlich nicht.« Da Lucien ein Vampir war, sah er das vielleicht anders. Aber es war schwer, darüber nachzudenken, wenn alles wehtat.

Als die Wachposten sie mitnahmen, hätte sie schreien, betteln, treten oder weinen sollen, schon klar, doch Tana hatte keine Kraft mehr. Sie ließ es zu, dass sie sie aufhoben und zur Party zurücktrugen. Die beiden Vampire nahmen einen Eingang, den Tana vorher nicht bemerkt hatte, und brachten sie in einen sechseckigen Raum, der rundum mit Einbau-Bücherregalen und einem Sofa möbliert war, auf dem sie Tana abluden.

Sie wusste nicht, wie lange sie dort saß, doch irgendwann kam Lucien Moreau herein. Er hatte sich umgezogen und trug nun ein blaues Hemd und eine lässige graue Hose und machte wie immer einen sehr entspannten Eindruck. Aus nächster Nähe merkte Tana jedoch, dass er übel nach verdorbenem Fleisch roch. Er ging in die Hocke, nahm mit drei Fingern ihr Kinn und drehte es nach links und rechts. Dann lächelte er und zeigte seine Fangzähne. Tana spürte die eiserne Kraft in seiner Hand und die furchtbare Gleichgültigkeit in seinem Blick, als wäre sie ein Tier, und er würde überlegen, wie er es am besten schlachten sollte.

»Du hast auf meiner Party eine Vampirin getötet«, warf Lucien ihr vor und schüttelte den Kopf, als wäre sie ein ungezogenes Mädchen, das in große Schwierigkeiten geraten war.

»Sie doch auch«, sagte Tana. Wenn sie schon sterben musste, dann wenigstens mit einem Hauch Ironie. Sie hatte viele alte Filme gesehen und so machte man seinen Abgang, nicht anders. Wie Humphrey Bogart oder Clark Gable, die nicht mit der Wimper zuckten. Pauline und Pearl und sogar ihr

Vater sollten stolz auf sie sein, wenn sie die Videoaufzeichnung sahen; wenn sie vorher noch ein bisschen lustig sein könnte, wäre es vielleicht nicht so schrecklich, sie sterben zu sehen.

Lucien Moreau zog einen Mundwinkel hoch, als gefiele es ihm, wenn seine Beute Widerworte gab. »Das ist *meine* Party.«

Tana musste mal wieder an die blutbesudelten Wände in Lances Farmhaus denken, an Imogen mit ihren pinkfarbenen Haaren und den blassen, starren Augen. »Sie sind an allem schuld«, sagte sie benommen. »Sie. Es liegt alles an Ihnen.«

Er sah sie von der Seite an. »Es gefällt mir, wenn ihr Menschen nichts bereut, aber ich finde es doch übertrieben, mir die Schuld in die Schuhe zu schieben.«

»Was passiert denn jetzt mit mir?« Die infizierten Mädchen und Jungen fielen ihr wieder ein, die mit Handschellen an die Wände des Salons gefesselt waren und von Vampiren ausgesaugt wurden. Möglicherweise kam sie gleich dazu. Oder er brachte sie einfach um. Vielleicht konnte sie ihrerseits versuchen, ihn zu töten, wenn es ihr nur gelänge aufzustehen.

Lucien sah sie an, als dächte er über ihre Frage nach.

Dann glitten seine Finger von ihrem Kinn zu ihrer Kehle und neigten ihren Kopf mit kühler Genauigkeit zur Seite. Tana holte tief Luft und wappnete sich für seinen Angriff, während sie in den Kissen verzweifelt nach etwas suchte, das als Waffe taugte. Gleich war es aus und vorbei, davon war sie überzeugt.

Doch dann schnipste er gegen die Granatkette und sah sie interessiert an. »Das steht deiner Kehle gut. Woher hast du das?«

Sie zögerte keine Sekunde. »Von Gavriel.«

Lucien riss ganz kurz überrascht die Augen auf und betrachtete sie, als hätte er sie vorher gar nicht richtig angesehen. Dann stand er auf und verließ türenknallend den Raum. Wieder einmal wurde Tana von Angst überwältigt, doch sie war so erschöpft und benommen vom Blutverlust, dass sie nichts dagegen tun konnte. Sie rappelte sich auf und fiel gleich wieder um.

Am Boden musste sie an Gavriel denken, wie er früher an diesem Abend mit Messern geworfen und sein verrücktes Lied gesungen hatte. Er sollte kommen und für sie singen.

Tana rollte sich auf dem Teppichboden zusammen und fiel in einen unruhigen Schlaf.

Als sie das Bewusstsein wiedererlangte, lag sie auf kaltem Stein, doch unter ihrem Kopf spürte sie etwas Weiches.

»Steh auf«, sagte Valentina und rüttelte ihre Schulter. »Tana, du musst aufstehen.«

Sie versuchte, die Augen zu öffnen, doch sie waren zugeklebt, es ging nicht. Ihr Körper fühlte sich so schwer an, dass sie durch den Boden fallen könnte.

»Sie hat zu viel Blut verloren«, sagte ein unbekanntes Mädchen. Ihre Stimme hallte durch den Raum. »Sie ist voller Blut. Die schafft es im Leben nicht.«

»Das ist nicht ihr Blut, glaube ich«, sagte ein Junge.

Tana streckte die Finger aus und berührte Eisenstangen, die sich eiskalt anfühlten. Sie wusste nicht, wo sie war. Es roch klamm und leicht mineralisch wie in alten Kellern. *Augen auf,* befahl sie sich selbst, doch es war unmöglich.

»Hilfe!«, rief Valentina. »Sie ist sehr krank. Hilfe!«

Als sie das nächste Mal erwachte, lag sie in einem großen Bett in einem schlecht beleuchteten Zimmer. Ihr Arm war mit Handschellen an die Bettpfosten gefesselt, und ein Infusionsschlauch verband ihre Armbeuge mit einem Beutel mit durchsichtiger Flüssigkeit, der über dem Nachttisch an einem Bilderhaken an der Wand hing. Jemand hatte das Gemälde abgenommen und den vergoldeten Rahmen gegen einen Stuhl gelehnt.

Ihr tat immer noch alles weh.

»Wenn man in Gefahr ist, wird alles viel klarer, findest du nicht?«, fragte Gavriel leise. Seine Stimme ließ sie erschauern. Er saß auf der Seite ohne Tropf in einem Ledersessel neben einem Schminktisch. Sein Gesicht lag im Schatten. »Alles andere ist plötzlich unwichtig. Gefahr kann zu einer furchtbaren Sucht werden, aber das gefällt mir daran – diese klare Sicht auf die Dinge, die damit einhergeht. Ist das bei dir auch so?«

Obwohl sie ihn erst seit einer Woche kannte und das meiste, was sie über ihn wusste, schlicht grauenhaft war, atmete sie ganz tief aus, als sie ihn sah. Sie ließ sich wieder auf das Kissen sinken, erleichtert bis auf die Knochen.

Klar, solche Gefühle waren angesichts eines Ungeheuers absolut unpassend, doch in diesem Moment wollte sie selbst nur noch ein Ungeheuer sein.

»Was passiert mit mir?«, fragte sie schließlich und wackelte mit dem Arm, um auf den Schlauch zu zeigen. Hatte sie Valentinas Stimme nur geträumt?

»Ach, flösse das Wasser der Lethe in deinen Adern.« Er beugte sich vor, bis das schwache Licht, das durch die verdunkelten Fenster fiel, auf seinen geschwungenen Mund und seine dunklen Wimpern schien, die über seine Wangen strichen, wenn er den Blick senkte. Er sah gleichzeitig sehr jung und sehr alt aus. Dann lächelte er dünn. »Doch leider ist es ganz anders, denn du hast viel Blut verloren, und wir verabreichen dir Kochsalzlösung.«

»Das Zeug, das Kontaktlinsenträger in die Augen tropfen?«, fragte sie, ehe ihr einfiel, dass er davon sicher keine Ahnung hatte.

Er hob ihre Handtasche vom Bett und schüttelte sie sanft. »Falls du dir Sorgen machst. Es ist alles noch da.«

Tana nickte. »Danke. Obwohl es anscheinend in den Sternen steht, wann ich diesen Chip endlich einlösen kann.«

»Du hättest mich nicht daran hindern sollen, sie auf dem Parkplatz zu fressen«, sagte Gavriel und zog die Augenbrauen hoch.

Das brachte sie zum Lachen. Was er gesagt hatte, war gar nicht so lustig, nur wie er es gesagt hatte, witzig, als würde er erwarten, dass sie den Witz kapierte und kapierte, dass er Witze machte. Jetzt kam es ihr nicht mehr ganz so bizarr vor, wie wohl sie sich in seiner Gegenwart fühlte, weil es ihm offenbar auch ein bisschen so ging.

»So schlimm ist es nicht«, sagte Gavriel und setzte sich ans Fußende. Er hatte wieder eine ernste Miene aufgesetzt und strich die Decke glatt. »Du bist jünger als ich, als ich verwandelt wurde, und sehr viel flexibler, als ich jemals gewesen bin. Du wirst fantastisch sein.«

Zunächst verstand Tana nicht, worauf er anspielte, doch dann begriff sie, dass er selbstverständlich von ihrer Infektion wusste. Lucien hatte den Kampf mit Midnight gesehen und Gavriel anscheinend auch, nach dem, was er gerade gesagt hatte. Natürlich sah er auch die Bisswunden an ihrem Hals.

»Ich werde kein Vampir werden«, sagte sie und versuchte, eine Sicherheit in ihre Stimme zu legen, die sie nicht empfand. Sie erinnerte sich an die Schreie ihrer Mutter aus dem Keller, ihr Verlangen nach Blut, ihre Bereitschaft, ihrer eigenen Tochter die Zähne ins Fleisch zu schlagen. Sie erinnerte sich daran, wie Aidan in Lances Gästezimmer auf sie losgegangen war, als sie ihm den Knebel abgenommen hatte. Wie würde Tana reagieren, wenn die Infektion sich tief in ihr Gehirn schlängelte, bis es nur noch das Bedürfnis nach Blut gab, wofür man alles, aber auch alles tun würde? Wenn sie erst mal Kalt war, durch und durch Kalt? Dann würde sie brüllen und drohen und um Blut betteln.

Sie blinzelte, als ihr die Tränen kamen. Seit der Tankstelle hatte sie nicht mehr geweint und jetzt würde sie auch nicht anfangen zu heulen.

»Tana«, sagte Gavriel hilflos.

»Wem gehört die Kette, die du mir gegeben hast?«, fragte sie. »Lucien hat sie erkannt.«

»Einst gehörte sie meiner Schwester«, sagte er so leise, dass sie dahinter noch eine ganz andere Geschichte vermutete. Dann lächelte er. »Aber Katya ist schon lange tot, und es hat keinen Sinn, dass ich sie ewig behalte. Ich trage sie ja doch fast nie.«

»Fast nie, was?«, sagte Tana. »Ich wette, Granat steht dir gut.«

Er lächelte gedankenverloren, als erinnerte er sich an alte

Zeiten. Woran er auch denken mochte, es ließ sein Gesicht sanfter, weicher und sehr viel jünger erscheinen. »Sie trug die Kette in Paris, als sie Lucien und Elisabet kennenlernte. Wir taten so, als würden wir mit ihr im Salon einer Mezzosopranistin in Montparnasse Champagner trinken. Ich kann mir gut vorstellen, dass Lucien sich an die Kette erinnert – er hat den ganzen Abend den Hals meiner Schwester angestarrt.«

So wie er das sagte, mit echter Zuneigung, glaubte sie, dass er damals wirklich mit Lucien – und wahrscheinlich auch mit Elisabet – befreundet gewesen war. Wie viel Spaß musste es vor langer, langer Zeit gemacht haben, ein Vampir zu sein und die Ewigkeit vor sich zu haben – ein endloser Karneval fröhlicher Nächte. Sie mussten sich allmächtig wie Engel gefühlt haben, die aus ihren Fenstern auf die Welt hinuntersahen und die Passanten verschonten.

Die Vorstellung gefiel Tana, obwohl ihr Körper vor Erschöpfung lahm und schwer war.

»Ich habe alles gehört, was Lucien zu dir gesagt hat.« Tana zwang sich, in die Gegenwart zurückzukehren. »Du glaubst ihm doch nicht etwa, oder? Ich meine, ein wenig Skepsis ist doch angebracht, oder?«

»Meinst du damit, ob ich auf die Idee gekommen bin, dass Lucien Elisabet umgebracht hat, damit sie nichts verrät? Ja, durchaus.« Er stand auf und ging zu ihr, um ihr einige Strähnen aus dem Gesicht zu streichen. »Aber Lucien und ich werden uns auseinandersetzen, nachdem die Sache mit Spider geklärt ist. Und bald werde ich auch meine Geschichte vor dir ausbreiten; Schluss mit dem Theater. Doch jetzt wird es

Nacht für dich. Wir haben morgen und morgen und dann wieder morgen.«

Tana richtete sich unter Schmerzen auf, während die Fessel ihr Handgelenk am Kopfende hielt. »Nein! Bald bin ich nicht mehr ich selbst!«

»Oh doch«, tröstete er sie leise und ging zur Tür. »Wir machen uns viele Illusionen über uns selbst, bis wir nackt und bloß sind. Doch wenn man sich angesteckt hat, und später auch als Vampir, ist man für immer man selbst. Möglicherweise mehr denn je. Du, in Reinform. Reduziert wie eine Soße. Aber im Innersten bleibst du immer du, wie du immer warst.«

Tana gab den Kampf auf. Entsetzen ergriff sie bei der Erinnerung an Midnights wutverzerrtes Gesicht und ihre Zähne, die sich in ihre Kehle verbissen. Mit Grauen dachte sie an die Stimme ihrer Mutter im Dunkeln. Die Vorstellung war unerträglich, dass sie auch so werden könnte, oder gar schlimmer, und dass sie immer noch sie wäre, die all diese Dinge tat. Doch Gavriel musste es wissen; er war ein Mensch gewesen, der infiziert und dann verwandelt worden war.

Außerdem hatte sie Midnight getötet. Sie hatte solche Dinge bereits getan, wusste, dass sie dazu in der Lage war.

»Ich weiß, du musst gehen, aber eins will ich noch wissen«, sagte sie. »Warum bist du so freundlich? Ich weiß, dass Lucien mich nur deinetwegen am Leben gelassen hat. Er hatte nicht vor, mir Kochsalzlösung zu geben oder mich in ein schickes Bett zu legen, bevor dein Name fiel. Ich bin nichts Besonderes. Das heißt nicht, ich wäre nicht schlau oder lieb und nett, aber ich bin nicht ...«

Er war schon fast an der Tür, als sie angefangen hatte, und

verharrte dort so, dass sie sein Gesicht nicht sehen konnte. Dann kehrte er noch einmal zum Fußende zurück und umklammerte die Messingstreben. Sein Gesicht war eine Maske. Schließlich unterbrach er sie. »Tana. In meinem ganzen langen Leben hat mich trotz aller Gebete nie jemand gerettet. Niemand, nur du.«

Er sah sie so leidenschaftlich an, dass sie den Blick abwenden musste. Ihr fiel keine Antwort ein. Die Frage kam ihr jetzt ein bisschen dumm vor und die Antwort machte sie verlegen. Vielleicht wäre es besser, wenn er nun ginge und später wiederkam; vielleicht wäre sie dann nicht mehr so fertig und müde und würde sich weniger verletzlich fühlen.

Gavriel ging um das Bett herum. Tana zuckte zusammen, plötzlich war sie nervös. Er war ihr wieder fremd. Im schwachen Licht wirkten seine Augen schwarz statt rot – hatte er so unter den Gaslaternen in einer Stadt überm Meer ausgesehen?

Gavriel nahm ihre freie Hand und hob sie an den Mund. Dann küsste er ihren Handrücken, als wäre er wieder ein Höfling.

»Schlaf, Tana«, sagte er und legte ihr die Hand auf den Bauch; seine Finger waren nur noch wenig kälter als ihre.

Es sah aus, als wollte er noch etwas sagen, doch dann stand er auf und ging zur Tür. Diesmal hielt sie ihn nicht auf. Sie hörte, wie der Schlüssel im Schloss gedreht wurde.

Super, dachte sie. *Perfekt*. Ans Bett gefesselt und eingeschlossen. Doch eine verschlossene Tür würde in Lucien Moreaus Haus wenigstens andere abhalten hereinzukommen. Und wenn sie hier nicht rauskonnte, würde sie auch niemandem schaden können, falls es ihr schlechter ginge.

Stöhnend ließ sie sich in die Kissen zurücksinken und versuchte, an nichts zu denken. Sie würde bald krank werden und was dann? Sie würde schreien und heulen und betteln. Entweder brachte Lucien sie aus lauter Genervtheit um oder Gavriel gäbe ihr Blut. Es dauerte achtundachtzig Tage, bis das Gift nicht mehr im Körper war. In der Zeit würde niemand sie vor sich selbst schützen. Wenn sie wirklich kein Vampir werden wollte, musste sie die Villa verlassen und sich irgendwo verbarrikadieren. Doch das ging nur, wenn sie nicht mehr so schwach und wund war. Gavriel hatte recht. Sie musste schlafen, auf die Kochsalzlösung vertrauen und gesund werden.

Es ging nicht. Jedes Mal wenn sie die Augen schloss, glaubte sie zu spüren, wie die Eiseskälte der Infektion über ihre Haut kroch. Die ganze Zeit grübelte sie, ob sie schon Kalt wurde, und befürchtete, dass sie, wenn sie einschlief, bereits beim Aufwachen durchdrehte und keine Pläne mehr schmieden konnte, die nicht darauf aus waren, den Erstbesten anzufallen, der hereinkam. Und wenn es ihr doch gelang, diese Ängste zu verdrängen, musste sie an Gavriel denken. Mittlerweile konnte sie es kaum noch fassen, dass er sie an die Wand gedrückt und geküsst hatte, dass er sich an sie geschmiegt und ihr Haar zerwühlt hatte, mit der Miene eines Mannes, der ihr ganz und gar verfallen war.

Um sich abzulenken, ließ Tana den Blick durch ihr Gefängnis schweifen. Für ein Gästezimmer war es zu vollgestellt. Auf den Beistelltischen lagen Bücherstapel und in einem gläsernen Kelch war der Rest einer dunklen Flüssigkeit getrocknet. Ein Schminktisch aus knorrigem Holz war mit offenen Tiegeln und Bürsten übersät. Lange glitzernde Ohrringe aus Gold und

Jade waren achtlos in eine Schublade geworfen worden, in der auch ein großes Amulett lag.

Der Kleiderschrank stand offen und enthüllte den Rock eines schwarzen Kleides. Tana drehte den Kopf, um das Gemälde besser betrachten zu können, das auf dem Boden stand, damit ihr Tropf am Bilderhaken hängen konnte. Wenn sie sich gegen die Handschellen stemmte, konnte sie mit Mühe die Gestalt eines gut aussehenden Heiligen sehen, der von Pfeilen getroffen worden war, die noch in seinem Körper steckten. Blut rann über seine blasse Haut und sein Gesicht war in einer Pose ekstatischen Leidens zum Himmel gewandt.

Also lag sie im Zimmer einer Frau, wahrscheinlich einer Vampirin. Jemand, der es benutzt hatte und nicht mehr benutzte. Elisabet. Klar, das musste Elisabets Zimmer sein, ihr Bild, ihr Schmuck und ihre Kleider. Lucien hatte Tana im Schlafzimmer der Vampirin angekettet, die er geliebt und ermordet hatte.

Das war eine unheimliche Entdeckung, die dadurch noch unheimlicher wurde, dass Tana sich wie ein Ersatz für Elisabet fühlte. Als wäre ein Mädchen, das ans Bett gefesselt war, ungefähr das Gleiche wie eine Frau, die darin schlief. Und ungeachtet ihrer Gefühle für Gavriel wäre sie schön blöd, wenn sie auf seine Freundlichkeit vertrauen würde – unabhängig davon, was er gesagt hatte.

Tana kniete sich mühsam hin und beachtete das Schwindelgefühl nicht. Dann zog sie an der Handschelle und quetschte den Daumen an die Handfläche, um eventuell durchflutschen zu können. Sie hoffte, dass derjenige, der sie gefesselt hatte, nicht genau aufgepasst hatte.

Pech, die Handschelle hielt.

Beim nächsten Versuch betastete sie mit der freien Hand die Kette und die eigentliche Handschelle, um zu prüfen, ob es einen Mechanismus gab, mit dem man sie wie bei Spielzeughandschellen selbst öffnen konnte. Wieder kein Glück. Das hatte sie sich schon gedacht, doch sie wäre sich noch dümmer vorgekommen, wenn es einen gegeben hätte und sie es nicht einmal probiert hätte.

Dann überlegte sie, ob mit dem Kopfende aus Messing etwas anzufangen war. Sie könnte vom Bett gleiten und auf den Füßen landen, vorausgesetzt, sie schob den Nachttisch weiter weg. Von da könnte sie dann mit ihrer freien Hand den einen Knauf abnehmen und die Handschelle über den Bettpfosten ziehen, wenn sie die schon nicht aufkriegte. Es war einen Versuch wert.

Der Nachttisch ließ sich leicht fortschieben, leider fielen ein paar Bücher herunter. Tana rutschte an die Bettkante und stellte die nackten Füße auf den Boden. Sie musste erst ihr Gleichgewicht finden, doch dann stützte sie sich schwer auf den Messingknauf und versuchte, ihn abzuschrauben. Metall knirschte auf Metall, bis der Knauf sich löste.

Tana sprang zurück aufs Bett und konnte die Handschelle über die hohe Messingstange ziehen. Jetzt hing sie nur noch mit dem Infusionsschlauch an dem Tropf am Bilderhaken fest. Nach einem prüfenden Blick fiel ihr nichts Besseres ein, als das Ding abzuschrauben, das den Schlauch mit ihrer Armbeuge verband. Kaum hatte sie es abgemacht, tropfte die Kochsalzlösung ins Bett und auf die Holzdielen.

Tana wankte zu der Löwenkopftasche und suchte und fand

den Chip. Sie tastete nach der Granatkette und drückte ihn in das Medaillon. So konnte sie ihn nicht mehr verlieren.

Als sie über ihre Tasche gebeugt war, entdeckte sie eine polierte Holzkiste unter dem Bett. Sie zog sie hervor und merkte, dass es keinen Deckel gab. Die Kiste war mit blauem Samt ausgeschlagen und enthielt eine Armbrust und Dolche mit Holzklingen. Genau genommen waren es Pflöcke. Pflöcke mit Griffen, die noch dazu nach Rosenöl dufteten. Elisabet hatte den Vampiren, mit denen sie zusammenlebte, so wenig vertraut, wie sie es verdient hatten. Es war verlockend, einen mitzunehmen, doch wenn sie mit einem Holzdolch in der Hand herumschlich, könnte sie das nur schwer erklären. Sie stand unbeholfen auf.

Vorsichtig ging sie zur Tür, um nicht in der Pfütze auszurutschen. Ihr war sehr schwindelig und ein Blick nach unten zeigte, dass ihr neues helles Kleid verdreckt und mit geronnenem Blut verschmiert war.

Es war fast schon komisch, dass sie einfach alle Kleider sofort versaute.

Es war fast schon komisch, aber eben doch nicht.

Nachdem sie die Klinke und das Schloss ausführlich betrachtet hatte, kam Tana zu dem überraschenden Schluss, dass Gavriel zwar von außen abgeschlossen hatte, der Schließmechanismus jedoch von innen betätigt werden konnte. Das war eigentlich logisch, schließlich war es Elisabets Zimmer. Sie hatte sich nachts vielleicht eingeschlossen, doch so konnte niemand sie jemals einsperren. Das bedeutete aber auch, dass Gavriel sie hier nicht hatte gefangen halten wollen; im Gegenteil, das Schloss sollte andere von ihr fernhalten.

Mit diesem Gedanken trat sie in den Flur hinaus.

Trübes Tageslicht strömte durch die dunkel gefärbten Fensterscheiben, die genauso aussahen wie die Decke des Ewigen Ballsaals. Das Licht wurde so gefiltert, dass es Vampiren nichts anhaben konnte. Die Party war fast zu Ende, nur einige wenige Menschen schliefen noch auf den Treppenstufen oder an eine Bank gelehnt. Tana ging an ihnen vorbei, und die, die wach waren, zuckten angesichts ihres blutbesudelten Kleides nicht einmal mit der Wimper.

Ihr Magen zog sich zusammen. Sie roch das dickflüssige, dunkle Blut, das unter der Haut der Menschen pumpte, spürte die Wärme, die sie ausstrahlten. Tana sog die Luft ein und zitterte vor Hunger.

Dreissigstes Kapitel

Auf dieser Seite des Grabes sind wir Vertriebene, auf der anderen Bürger.
– Henry Ward Beecher

Es war einmal ein kleines Mädchen, das dem Bruder ihrer Freundin eine Lüge auftischte, damit er sie zur Bushaltestelle fuhr.

Das Mädchen hatte eine Flasche Limonade, fünfzig Dollar (zur Hälfte in Kleingeld), Glitzerpantoffeln und ihr Handy dabei.

Er dachte, er würde ihr helfen.

Sie dachte das auch.

Einunddreissigstes Kapitel

Denn ich weiß, ein göttlicher Gast
wird der Tod mir sein. Er trinkt
mein Blut und ich trink seinen Wein.
– William Winter

Tana wurde auf scheußliche Weise an den Morgen nach Lances Party erinnert, als sie durch Lucien Moreaus Haus schlich. Wie damals war sie als Einzige unterwegs. Musik war noch überall zu hören, so wie dort das Fernsehen. Und der Anblick der vielen Schlafenden rief ihr die Leichen ihrer Mitschüler auf dem Fußboden im Farmhaus ins Gedächtnis. Doch die Jugendlichen hier waren nur nicht bei Bewusstsein und im Übrigen war sie jetzt das schleichende Ungeheuer.

Sie durchquerte den Ballsaal mit der hohen Kuppeldecke. Im abgedunkelten Sonnenlicht faulte Essen, das auf dem Tisch liegen geblieben war, Reste von Kuchen und eine halbe Torte mit glänzenden Obststücken. Fliegen summten über Fleischscheiben, würzigen Baguettes, halb geschälten Orangen und umgeworfenen Schüsseln mit verzuckerten Rosenblättern. Obwohl Tana seit vielen Stunden nichts gegessen hatte, wurde ihr bei dem Anblick übel.

Als sie sich an die Wand lehnte, zitterte sie. In ihrem Inneren bildeten sich Eiskristalle.

War Valentina noch da? Tana erinnerte sich daran, dass ihre Stimme sie geweckt hatte, erinnerte sich an kalten Beton unter ihrem Rücken und Metall an den Fingerspitzen. Ein Keller, dachte sie. Doch war die Erinnerung echt?

Tana stolperte weiter durch die Räume und Flure. In der Villa gab es mehrere Salons und Toiletten, eine Küche mit glänzenden Gerätschaften und eine Speisekammer mit altmodischen Waffen. Schließlich fand sie eine Nische mit einer Tür, hinter der eine Wendeltreppe nach unten führte.

Mit nackten Füßen tapste sie über die kalten Steinstufen. Die Kälte drang durch ihre Beine bis in den Bauch und hüllte ihre Kehle in Frost, der nie mehr schmelzen würde.

Tana landete in einem weitläufigen Kellergeschoss. Auf Holzregalen lagerten reihenweise Weinflaschen an der Wand. Gegenüber befanden sich zwölf Zellen. Sie waren geräumig und stanken nach Schweiß, Wärme und Blut. Die Gefangenen waren Jungen und Mädchen, alle niedlich und höchstens zwanzig Jahre alt.

Die meisten schliefen in Decken auf dem Steinboden und hatten Rucksäcke oder zusammengerollte Kleidung als Kopfkissen zweckentfremdet. Andere befanden sich mit Maulkorb in Einzelhaft, und wieder andere hingen an Infusionsschläuchen mit Kochsalzlösung in Beuteln wie dem, der zwei Stockwerke höher an einem Nagel in Elisabets Zimmer baumelte. Drei Mädchen waren wach, eins weinte leise neben einer provisorischen Toilette, die beiden anderen spielten mit Würfeln.

Tana musste an die Kalten Mädchen und Jungen denken, die sie am Abend in Handschellen an der Wand im Salon gesehen hatte. Ihr erster Gedanke angesichts dieser Gefangenen war, dass sie frische Beute waren und die anderen, toten ersetzten. Doch dann merkte sie, dass Lucien sie hier offenbar wochenlang festhielt, oder monatelang, so lang er konnte und wollte. Jede Art von Blutversorgung war zu kostbar, um sie zu verschwenden. Diejenigen mit Maulkorb waren wahrscheinlich infiziert und betäubt, damit sie die Tage in unruhigen rot getränkten Träumen verschliefen.

Sie merkte erst nach einer Weile, dass eins der schlafenden Mädchen Valentina war.

Tana ging näher heran. Die Wärme, die sie alle ausstrahlten, war förmlich sichtbar und schimmerte über ihnen, wie wenn gleißende Hitze das Licht über einer heißen Straße verbiegt. Die beiden Mädchen, die mit Würfeln spielten, kamen anscheinend von der Party und waren noch im Ballkleid. Doch ihr Haar war stumpf, die Augen lagen tief in den Höhlen. Sie hatten Shunts in den Armen und die Haut drumherum war dunkel und wund. Die eine hatte noch eine schwarz verschorfte Verletzung am Arm, mit einem gelben Punkt in der Mitte und einem grünen Kreis darum. In diesem Augenblick fand Tana sie alle atemberaubend schön. Unter ihrer Haut quoll der Duft ihres Blutes hervor und Tanas Adern sirrten vor Verlangen.

Das weinende Mädchen hob den Kopf und entdeckte sie. Sie riss die Augen auf, schniefte laut und wischte sich die Nase am Ärmel ab. Dann stand sie auf und ging zu den Gitterstäben. Tana sah, dass sie schwarze Haare und dunkle Haut hatte. »Wie hast du es geschafft, vor ihm zu flüchten?«, fragte das Mädchen. »Er hat doch überall Kameras.«

Ohne nachzudenken, ging Tana zu ihr, das Mädchen zog sie magisch an. Sie redete sich ein, dass sie nur Valentina befreien wollte. Sie redete sich ein, dass sie nie einer von ihnen wehtun würde, während sie die ganze Zeit Bilder von Beißen, Reißen und Zerfleischen vor Augen hatte.

»Ich war auch hier?«, fragte sie benommen.

Das Mädchen nickte und wischte die Tränen von den Wangen. »Du warst sehr blass, und dein Kleid triefte nur so von Blut, dass wir dachten, du stirbst. Dann hat dich ein Vampir geholt, und wir waren endgültig sicher, dass du nie wiederkommst.«

Welcher Vampir? War Gavriel hier unten gewesen? »Ist etwas passiert? Du weinst ja.«

»Ich habe *Angst*«, fauchte das Mädchen. »Die meisten sind gern hier, ich nicht. Er wirbt Kids auf der Straße an, bietet ihnen etwas zu essen und einen Schlafplatz und behauptet, sie könnten sich das ewige Leben verdienen. Meine Freundin Violet ist vor einem Monat mitgegangen, seitdem habe ich sie nicht mehr gesehen. Ich bin auf die Party, um mir die Videoaufzeichnungen anzusehen und sie darauf zu suchen, aber dann haben sie mich im Aufnahmeraum geschnappt.«

Daraus könnte man schließen, dass Lucien seine Partygäste weitgehend verschonte. Hatte er Valentina aus einem bestimmten Grund gefangen genommen – weil sie mit Tana gekommen war, die eine Vampirin ermordet hatte? Oder hatten sie sie irgendwo erwischt, wo sie nicht sein durfte, so wie dieses Mädchen? Tana hob den Kopf und sah direkt in die

Kamera. Dann wandte sie ihr den Rücken zu und lehnte sich ans Gitter.

»Gibt es einen Schlüssel?«, fragte sie lautlos. »Wie kann ich euch befreien?«

Das dunkelhaarige Mädchen kam näher. Eine Wange war schmutzig. Sie winkte Tana zu sich und flüsterte, damit man sie auf dem Video nicht hören konnte. »Es gibt zwei Schlüssel.« Ihr Atem wehte warm über Tanas eiskalte Wange. »Der eine ist für das Schloss am Käfig, der andere für das Scharnier, damit die Tür aufgeht. Aber du wirst sie nicht mehr rechtzeitig finden.«

Nichts wäre leichter, als das Handgelenk des Mädchens zu packen und durch die Gitterstäbe zu ziehen. Ihre stumpfen Zähne in das nachgiebige Fleisch zu schlagen. Tana klammerte sich an dem kalten Metall fest und zerrte daran, als wäre es das, was sie wollte.

»Verstehe.« Sie musste sich konzentrieren. Zwei Schlösser. Zwei Schlüssel. Acht Menschen, die in dem Käfig eingesperrt waren. Achtundachtzig Hungertage, die alle schlimmer wären als dieser. »Ich komme wieder. Ich hole euch hier raus, versprochen. Sag Valentina, dass ich es dir versprochen habe.«

Als ihr Name fiel, rührte sich Valentina und drehte sich im Schlaf um. Tana überlegte, wie sie reagieren würde, wenn sie aufwachte, ob sie sauer wäre, weil sie auf der einen Seite der Gitterstäbe gelandet war und Tana auf der anderen.

»Ich weiß nicht, wer sie hat«, fuhr das Mädchen flüsternd fort. »Außer Elisabet, meine ich. Sie kommt manchmal in den Keller und starrt die Gefangenen an, habe ich gehört. Unheimlich.«

Tana trat vom Käfig und dem Mädchen zurück und hoffte, dass sie nicht allzu sehr wie Elisabet aussah. Unheimlich. Hungrig.

»Ich sage es wirklich nicht gern«, wisperte das Mädchen mit den schwarzen Haaren. »Aber hau lieber ab, solange es noch geht.«

»Mach dir um mich keine Sorgen.« Tana hoffte, dass die Antwort ausreichte.

Sie erwog, wieder nach oben in Elisabets Zimmer zu gehen und die beiden Schlüssel zu suchen, doch vielleicht war das gar nicht nötig. Ein Bolzenschneider würde es auch tun. Möglicherweise lag irgendwo auch eine scharfe Axt herum, mit der man das Schloss einfach zerschlagen konnte. Tana schlich durch den Keller und fand eine Tür, die sich nicht öffnen ließ. Ein Schrank enthielt mottenzerfressene Decken, einen kaputten Stuhl und Werkzeug. Als sie sich bückte, um die Gerätschaften zu untersuchen, wurde sie von hinten am Arm gepackt. Sie konnte gerade noch einen langen Schraubenzieher aufheben, bevor sie hochgerissen wurde.

Vor ihr stand ein Vampir, seine roten Augen leuchteten trübe in der Düsternis. Er trug ein Smokinghemd, kein Jackett, und die Fliege hing schief und zerknittert am Hals. Doch obwohl er tot war, konnte sie über eine sonderbare Magie Blut in ihm riechen.

Sie musste an Midnight denken, draußen auf dem Rasen. *Bist du das, Tana?*

»Wie bist du in den Keller gekommen?« Er rümpfte die Nase und sah sie genauer an, vor allem ihren Hals. »Du bist infiziert – dann darfst du nicht …«

Tana wartete das Ende des Satzes nicht ab und gönnte ihm auch keine Antwort. Sie rammte ihm mit aller Kraft den Schraubenzieher in die Brust und klammerte sich an die unwirkliche Hoffnung, dass sie mit Glück sein Herz getroffen hatte. Als ihr wilder Überfall ihn an die Wand drückte, riss sie den Schraubenzieher wieder heraus. Er kratzte über seine Rippenknochen.

Beim nächsten Mal stach sie direkt in die Kehle; er machte ein ersticktes Geräusch und fuchtelte mit den Händen. Mit offenem Mund biss er in die Luft, doch das Licht schwand bereits aus seinen Augen. Sie hatte ihn erledigt. Tana stach mit dem Schraubenzieher zu wie mit einem Dolch, wieder und immer wieder, bis der Vampir sich nicht mehr rührte und sein Kopf schief vom zerfetzten Hals mit den zerschmetterten Knochen hing.

Als sein Blut hervorquoll, war sie trotz ihres panischen Zustands von seinem Duft entzückt. Da ihr Instinkt das Kommando übernommen hatte, dachte sie nicht mehr nach und ging neben ihm in die Knie, als wollte sie beten. Stattdessen leckte sie die rote Lache auf, die sich in der Mulde seiner Kehle sammelte, beziehungsweise in dem, was davon übrig war. Härchen kitzelten sie in der Nase, als sie zubiss. Sein Blut war kalt und dickflüssig und floss wie Honig durch ihre Speiseröhre, während der Geschmack auf ihrer Zunge explodierte, als würde sie Licht schlucken.

Ihre Haut fühlte sich an, als würde sie in Flammen stehen. Wie ein angezündetes Stück Papier, das sich krümmte und in schwarzem Rauch und Asche aufging.

Ihr Blut war schattige Nachmittage und Metallfeilen, die

sirrend durch die fetten Adernwurzeln sägten und langsam Sirup über Mund, Zähne, Kinn schoben.

Sie leckte seine Haut ab, biss ihn, zerfetzte ihn mit ihren stumpfen Zähnen und leckte weiter.

Die Zeit verging wie in einem Traum, alles verschwamm. Als Tana wieder zu sich kam, hörte sie als Erstes einen Aufschrei in ihrem Rücken. Sie drehte sich zu dem Käfig um. Die Gefangenen – Valentina, das dunkelhaarige Mädchen und fast alle anderen – drängten sich zusammen an die hinterste Zellenwand. Valentina machte einen Schritt auf sie zu und wich zugleich vor Angst wieder zurück.

Tana hob eine klebrige Hand und befühlte ihr Gesicht. Es war voller Blut, eine Maske.

Sie sah bestimmt grauenhaft aus. Ein Tier in Mädchengestalt.

Doch dann kam Valentina wieder ans Gitter, riss die Augen auf und zuckte mit dem Kinn nach links. Ein unauffälliges, doch klares Zeichen. *Guck dahin.*

Tana richtete den Blick in die dunkle Ecke und entdeckte glänzende Augen. Sie taumelte rückwärts und griff erneut nach dem glitschigen Schraubenzieher, ehe sie Gavriel erkannte. Er saß im Schneidersitz auf dem Boden. Tana hatte keine Ahnung, wie lange er schon da war, doch er zog beide Augenbrauen hoch, als sie ihn überrumpelt ansah, und lächelte amüsiert.

»Ich bin wirklich ein schlechter Gastgeber, wenn du gezwungen bist, dir dein Abendessen selbst zu besorgen«, sagte er schließlich. Er stand auf und streckte eine Hand aus, als wollte er ihr auf die Füße helfen – als wäre sie eine feine Dame, die aus der Kutsche in den Matsch gefallen war.

Mit der einen Hand hob Tana die Schlüssel des Wächters auf und reichte die andere Gavriel.

Ihre Finger waren blutnass, doch er schien nichts zu merken.

Sie hätte fast gelacht, aber es ging nicht so richtig. Sie fühlte sich nicht genügend wie sie selbst und wäre dabei möglicherweise in Tränen ausgebrochen.

»Hast du mich gesucht?«, fragte sie, um das Schweigen zu beenden.

»Ich habe die Bildschirme in einem von Luciens Videoräumen überwacht. So viel Kommen und Gehen und eine Zitadelle, die gestürmt werden musste. Und dann du.« Tana konnte nicht den Finger darauf legen, wieso seine Stimme anders klang, doch zum ersten Mal hatte sie den Verdacht, dass er sich absichtlich unklar ausdrückte. Sein Gesicht war die Ruhe selbst und verriet nichts.

»*Tana*«, flüsterte Valentina und schob die Finger durch das Gitter, um auf die Treppe zu zeigen. »Er ist …«

Tana hob den Kopf. Lucien Moreau war auf dem Weg in den Keller. Er war von Kopf bis Fuß in Beige gekleidet, sein elfenbeinfarbenes Jackett war vom Kragen bis zum Saum und an den Manschetten mit silbernen Knöpfen geschmückt. Die Schuhe liefen spitz zu. Er sah in ein und demselben Augenblick alterslos, steinalt und jung aus. So schön wie er hätte der Satan aussehen können, kurz vor seinem Fall.

Tana war sicher, dass er sie wie Gavriel auf einem Video im Keller entdeckt und gehört hatte, was sie dem Mädchen zugeflüstert hatte. Und er hatte gesehen, dass sie schon wieder einen Vampir getötet hatte. Ihr Herz raste.

»Was hast du getan?«, fragte er und zeigte schwungvoll auf die Leiche. Doch er sah gar nicht Tana an, sondern Gavriel, und er schimpfte in einem Ton, wie man einen Hund ausschimpfte, der am Teppich kaute. »Was ist hier genau passiert?«

»Oh, hallo«, sagte Gavriel. »Sei nicht böse. Sie hatte Hunger und hat jemanden umgelegt, na und? Die Stadt ist voller Menschen, die verwandelt werden wollen. Such dir einfach einen anderen.«

Tana war entsetzt, wie abgebrüht er sich anhörte, auch wenn er sie verteidigte.

Lucien schüttelte den Kopf. »Mach dich nicht lächerlich. Sie hat ihn nicht getötet. Du warst das.«

Als Gavriel grinste, glänzten seine Fangzähne.

»Du hast recht. Ich habe ihn getötet und versuche gerade, es ihr in die Schuhe zu schieben. Ich finde das lustig. Ist es doch auch, oder nicht?«

»Ein Käfig neben dem anderen mit Menschen und du bringst einen Vampir um.« Lucien war außer sich. »Nun, das ist dir vielleicht zur Gewohnheit geworden, aber es ist grausam, dem Mädchen kaltes Blut zu geben.« Er wandte sich an Tana. »Komm mit, meine Liebe. Du solltest dich erst mal waschen, und dann ist es an der Zeit, dass wir uns unterhalten.«

Er sah wieder Gavriel an. »Du hast doch sicher nichts dagegen, oder?«

Gavriel lächelte nicht mehr. »Wenn der Feind meines Feindes mein Freund ist, dann bist du doch sicher auch der Freund meiner Freundin.«

Das ergab keinen Sinn. Nicht einmal in seiner schrägen Art, wenn die Sätze wie Rätsel klangen. Tana runzelte die Stirn. Nein, da stimmte etwas nicht, als würde er eine übertriebene Ausgabe seiner selbst spielen.

»Er war nicht immer so.« Lucien rollte mit den Augen und bot ihr seinen Arm, als wäre sie höfische Gesten von Gavriel gewohnt. Das erinnerte Tana daran, dass sie früher Freunde gewesen waren und vielleicht trotz allem, was Lucien getan hatte, wieder Freunde werden könnten. Bei dem Gedanken an Elisabet und Lances Farmhaus kam sie erneut zu dem Schluss, dass Lucien an allem schuld war. Sie legte ihm die Hand auf den Arm und hatte ihren Spaß daran, klebriges, halb geronnenes Blut auf seinen Ärmel zu schmieren.

Lucien zog einen Mundwinkel hoch, als sie gemeinsam die Treppe hinaufgingen.

»Sie sind früh auf«, sagte Tana und zeigte auf die gläserne Decke des Ballsaals. Die abgedunkelten Scheiben färbten den blauen Himmel aschgrau, doch die Sonne strahlte so hell, dass Tana zusammenzuckte. Sie verstand nicht, wie Lucien es, ohne mit der Wimper zu zucken, ertragen konnte. Würde sie die Sonne immer mehr verabscheuen, je Kälter sie wurde?

»Ich habe schlecht geschlafen«, gestand Lucien überraschend vertraulich. »Ich habe nur von Elisabet geträumt.«

Dann winkte er eine junge Frau mit mahagonibraunem Haar zu sich, die auf der breiten Holztreppe in die zweite Etage auf sie gewartet hatte. Sie trug eine Lederhose und eine zusammengeflickte Kostümjacke, die stellenweise grob mit rotem Garn auf links genäht war. Ein Lederjabot schmückte ihre Kehle und statt Absätzen steckten Messer an ihren Stiefeln. In einem silbernen Ring an ihrer Rechten steckte ein Zahn. Als die Frau näher kam und mit der Hand über den Mund wischte, konnte Tana erkennen, dass es ein menschlicher Backenzahn war.

»Marisol«, sagte Lucien, und sie nickte ihm zu. »Sieh zu, dass das Mädchen wieder sauber wird. Danach bring sie in mein Wohnzimmer. Sie kann alles von *ihr* anziehen, Hauptsache, sie sieht nicht mehr so schaurig aus.«

Nach einem Blick auf Tana wies Marisol zur Treppe. Auf dem Weg zu Elisabets Zimmer ging Tana gehorsam neben Marisol her. Ihre Haut spannte und ihre Zähne taten weh. »Da drüben ist das Badezimmer. Lass das schmutzige Kleid einfach liegen, ich suche dir in der Zwischenzeit etwas aus dem Schrank.« Marisol ignorierte den fehlenden Knauf auf dem Kopfteil des Messingbettes ebenso wie die Pfütze aus Kochsalzlösung am Boden. Sie lächelte mit geschlossenem Mund, vielleicht wollte sie Tana keine Angst machen.

Tana senkte den Blick auf das lange Seidenkleid, das sie getragen hatte und das jetzt voller Gras- und Blutflecken war – so viel Blut. Seufzend nahm sie ihre Clutch und verschwand damit möglichst unauffällig im angrenzenden Badezimmer.

Der Spiegel über dem Waschbecken zeigte das Grauen bis ins letzte Detail. Dunkelrot geronnenes Blut hatte sich so dick auf ihr Gesicht gelegt und auch auf ihre Hände, dass es aussah, als trüge sie schmierige Opernhandschuhe. Sie unterdrückte ein Schluchzen. Menschlich sah sie nicht aus – eher wie eine Kreatur, die aus einem Grab stieg.

Sie dachte an die drei Vampire vom Suicide Square und an

Aidan, wie er allein in seinem Zimmer am Wormwood Court gesessen, seine Taten bereut und Angst vor dem bekommen hatte, wozu er noch fähig sein würde. Sahen Alkoholiker sich nach einem Exzess auch so im Spiegel, immer wieder von Neuem, nur um sich jedes Mal zu schwören, dass sie nie wieder dermaßen die Kontrolle verlieren wollten? Alkoholiker, die immer noch Durst hatten.

Als ihr wieder einfiel, wie sie mit dem Schraubenzieher auf den Vampir eingestochen hatte, zog sich ihr Magen zusammen. Sie war in einem Dunst aus Panik versunken, gefolgt von einer wahnsinnigen Gier, und jetzt fühlte es sich in der Erinnerung absolut so an, als hätte ein anderer ihre Hand geführt. Das konnte doch nicht ernstlich sie gewesen sein, die über der Leiche des Vampirs gekauert und seine zerfetzte Kehle mit den eigenen Zähnen immer weiter aufgerissen hatte. Das konnte sie nicht sein, hier im Spiegel, die gehetzten blauen Augen in der blutigen Maske.

Tana drehte den Wasserhahn in der Dusche so heiß auf, wie es nur ging. Dann trat sie zu dem kleinen verdunkelten Fenster, das mit der gleichen grauen Scheibe versehen war wie die Decke des Ballsaals. Doch als sie es ein wenig anhob, bewegte es sich nach oben und enthüllte ein Stück vom Dach. Etwas gelbes Licht strömte ins Bad. Tana legte die Schlüssel, die sie dem ermordeten Vampir abgenommen hatte, auf die Ablage über dem Waschtisch, platzierte ihr Solaraufladegerät auf einen Dachziegel und verband es mit ihrem Handy.

In der Duschkabine sah sie zu, wie das braune Wasser in Spiralen um den Abfluss floss. Sie schrubbte ihre Haut mit Elisabets Lavendelseife und zog die Seife sogar über ihre Zunge, um den berauschenden Geschmack loszuwerden, den sie immer noch im Mund hatte und der sie daran erinnerte, wonach sie sich bald wieder sehnen würde.

Als sie aus der Dusche kam und sich abtrocknete, leuchtete das Display ihres Handys. Sie hatte achtzig neue Nachrichten. Eine von Pearl, einige von Pauline und anderen Mitschülern und sehr viele von Nummern, die sie noch nie gesehen hatte.

Von Pearl, mit einem Foto von ihrem Dad, der am Küchentisch schlief: Hier alles ungut und langweilig. Mach gefälligst Party Party Party und mach mich neidisch, mit Fotos.

Von einem Mädchen, das die Schule vor einem Jahr verlassen hatte: Das ist doch deine Nr, oder? War mein Bruder auf der Party? Ist er bei dir? Hast du seine Leiche gesehen? Keiner will uns etwas sagen.

Von einer unbekannten Nummer: Wärst besser mit draufgegangen.

Und noch eine: Wir sind an einem Interview mit Ihnen und/oder Ihrem Freund Aidan interessiert. Kein Wort zur Konkurrenz und wir legen 5 Riesen auf den Tisch.

Tana drehte die Wasserhähne am Waschbecken auf, damit es laut rauschte. Zunächst probierte sie es bei Jameson. Als sich wieder die Mailbox meldete, dachte sie, er hätte es möglicherweise verloren. Sie legte die Finger auf die Augen und versuchte, vernünftig zu denken.

Dann drückte sie ein paar Tasten und rief Pauline an. Als es am anderen Ende klingelte, tat ihr das Herz weh.

Bitte hab dein Handy dabei, sagte sie lautlos. *Bitte.*

Es klickte, als jemand dranging.

»Ich bringe dich um, wenn du nicht schon untot bist«, sagte

Pauline. Sofort musste Tana grinsen, trotz allem. »Geht's? Sag, dass es dir gut geht.«

»Einigermaßen«, antwortete Tana leise. »Tut mir leid, dass ich nicht angerufen habe. Hier ist echt viel los und ich konnte mein Handy nicht aufladen.«

»*Viel los?*«, brüllte Pauline. »So kann man es auch nennen. Ich habe dich auf dem Video von gestern Nacht gesehen. Mit diesem Vampirmädchen, das dich gebissen hat und – oh mein Gott, Tana. Oh mein Gott. Ich fasse es nicht, dass du mich endlich anrufst und ich dich anschreie.«

»Ich habe es versaut.« Tana betrachtete ihr glänzendes sauberes Gesicht im Spiegel. Das war das Problem mit Ungeheuern. Manchmal sahen sie aus wie alle anderen. Doch ihre Haut fühlte sich nicht richtig an, gespannt wie nach einem Sonnenbrand. »Echt, ich hab's total verkackt und jetzt bin ich ...«

»Hast du nicht«, sagte Pauline. »Hör zu, du hast überlebt. Du musstest das tun, um zu überleben. Jetzt sag schon – bist du ein Vampir?«

»Nein.« Tana lehnte sich an den Schminktisch aus Marmor. »Also, noch nicht.«

»Heißt das, du bist Kalt? Du hörst dich gut an.«

»Noch. Ich sitze in einem eleganten Bad in Lucien Moreaus Villa, aber allein komme ich hier nicht raus. Darum habe ich auch angerufen. Du musst jemandem eine Nachricht von mir übermitteln.«

»Was?« Pauline kam nicht mehr mit.

»Der Typ heißt Jameson. Seine Freundin ist Vampirin und sie wohnt bei Lucien. Ich weiß nicht, wie sie heißt, aber ich brauche ihre Hilfe – und seine auch. Ich gebe dir jetzt eine Nummer. Rufst du da bitte an? Versuch's so lange, bis du ihn erreicht hast. Irgendwann muss er ja rangehen. Sag ihm, sie haben Valentina geschnappt und eingesperrt …«

»Moment«, sagte Pauline. »Ich hole einen Stift.«

Tana hielt den Atem an und lauschte dem Rascheln am anderen Ende. Es war so normal, so unglaublich normal, Pauline anzurufen, damit sie ihr einen albernen Gefallen tat, einen Jungen anrief oder ihr in den Hintern trat oder einen Rat gab. Doch Tana wurde das Gefühl nicht los, dass ihre Situation durch diese Vertrautheit noch bizarrer erschien.

Sie starrte ihr Spiegelbild an, doch diesmal war es wie im flackernden Zerrspiegel einer Geisterbahn, der ihr Gesicht verzerrte. Sie kapierte erst nicht, dass es an den Tränenschleiern lag.

»Ich habe einen gefunden«, sagte Pauline. »Sag an.«

Tana las Jamesons Nummer von ihrem Handy ab. »Das ist *Jameson*. Sag ihm, Valentina ist in Luciens Keller eingelocht, und ich versuche, sie heute Nacht zu befreien, direkt nach Einbruch der Dunkelheit. Er soll, wenn irgend möglich, Bolzenschneider an einer Seite des Zauns um Luciens Villa verstecken, damit wir durch den abhauen können. Wenn nicht, soll er sich auch keine Sorgen machen, dann lassen wir uns was anderes einfallen.«

»Er soll sich keine Sorgen machen?«, fragte Pauline.

Hinter der Badezimmertür rief Marisol: »Lucien wartet. Zieh dich an.«

»Ich muss aufhören«, sagte Tana. »Sag Pearl, ich liebe sie.«

»*Ich* liebe *dich*«, sagte Pauline. »Pass auf dich auf, ja?«

»Hey«, sagte Tana. »Und wie ist es mit dir und David?«, fragte sie.

»Ach, halt's Maul.« Pauline lachte und dann schwankte ihre Stimme. »Stirb gefälligst nicht, dann erzähle ich dir alles.«

Lächelnd drückte Tana auf die Beenden-Taste und legte das Handy wieder aufs Fenstersims. Dann warf sie noch einen flüchtigen Blick in den Spiegel. Entsetzt stellte sie fest, dass ihre Vorderzähne rot waren. Sie fuhr mit der Zunge über ihr Zahnfleisch und schmeckte ihr eigenes salziges Blut.

Hatte sie sich vielleicht auf die Zunge gebissen?

Tana beugte sich über das Becken und schöpfte Wasser aus den laufenden Wasserhähnen, nahm einen Schluck, spülte und spuckte es wieder aus. Es war rot. Sie fletschte vor dem Spiegel die Zähne. Jetzt, da sie das Blut ausgespuckt hatte, erkannte sie, dass ihr Zahnfleisch blutete, weil ihre Eckzähne gewachsen waren. Sie waren nicht so dünn und spitz wie bei Vampiren, doch wie Menschenzähne sahen sie auch nicht mehr aus.

»Marisol«, rief sie mit einer schrillen, ängstlichen Stimme, die sie auch nicht mehr wiedererkannte.

Als Aidan Gavriels Blut getrunken hatte, war nichts passiert. Was geschah mit ihr?

Die Vampirin kam ins Badezimmer und blähte die Nüstern, als sie Blut roch. Mit ihren roten Augen musterte sie Tanas Spiegelbild. »Was denn?«

»Guck mal, meine Zähne«, sagte Tana mit bebender Stimme und zog das Handtuch enger.

Die Vampirin nahm Tanas Kopf und legte ihn in den

Nacken. Dann drückte sie einen Finger an die Spitzen ihrer Zähne. Marisol trat einen Schritt zurück und schüttelte den Kopf. »Ich würde sagen, jemand hat dir den Bauch voll Vampirblut gepumpt. Dir passiert nichts. Früher, bevor die Welt unterging, haben sich die Vampire auf diese Art verwandelt. Sie wurden mit Vampirblut ernährt, bis sie bereit waren. Bei einigen dauerte es Wochen, bis sie dein Stadium erreicht hatten – du hast anscheinend sehr viel getrunken.«

Das stimmte.

»Aber was bedeutet das?«, fragte Tana und tastete unwillkürlich nach ihren Zähnen. »Muss ich sterben? Werde ich mich verwandeln?«

»Nein«, antwortete Marisol. »Es bedeutet nur, dass du bereit wärst zu sterben. Du wirst stärker sein, wenn du dich erst mal verwandelt hast.«

Tana nickte und versuchte, sich zu beruhigen. Es war nichts Schlimmes passiert. Sie würde nicht plötzlich als Vampirin aufwachen. Jedenfalls heute noch nicht. Es war nur ein Symptom der Infektion. Zwar ein Symptom, von dem sie noch nie etwas gehört hatte, aber trotzdem.

Mehr Gift, hatte die Rednerin in der Schule gesagt. *Eine Anhäufung von Giften.*

»Gut«, sagte Tana und atmete durch, bevor sie an Marisol vorbei ins Schlafzimmer ging. Schwäche konnte sie sich nicht leisten. »Vergiss es, mir geht's gut. Dann will ich Lucien Moreau mal meine neuen Zähne zeigen.«

Da Tana Marisols Kleiderauswahl nicht gefallen hatte, zog sie das Lässigste an, was sie finden konnte – ein ärmelloses

Lederkleid in Dunkelrot –, und folgte Marisol wenige Minuten später durch die Flure. Elisabets Schuhe passten überhaupt nicht, wofür sie sehr dankbar war. Es war unheimlich genug, dass ihre Kleider so gut saßen. Das Lederkleid war hauteng an den Hüften. Tana hatte ihre schwarzen Haare zu einem hohen Pferdeschwanz gebunden und Gavriels Kette funkelte wieder um ihr Schlüsselbein. Auf dem Weg zu Lucien tastete sie mit der Zunge immer wieder die Spitzen ihrer länger gewordenen Eckzähne ab.

Marisol drehte den Knauf einer schwarz lackierten Tür und wies Tana an, einzutreten, ohne Anstalten zu machen mitzukommen. Als Tana so leise, wie es mit nackten Füßen möglich war, das Zimmer betrat, wurde die Tür hinter ihr geschlossen. Schwere Vorhänge hingen vor den Fenstern. Lucien ging auf Tana zu, als könnte er perfekt sehen, obwohl es so dunkel war. Der Raum war mit zwei großen schwarzen Ledersesseln und einem Schreibtisch möbliert, dessen vier Ecken zu Greifen geschnitzt waren. Tana entdeckte einen beinernen Ring mit eingraviertem Bild auf dem Schreibtisch, das sie nicht deuten konnte. An dem Ring hingen drei Schlüssel.

Sie hatte von dem Vampir, den sie getötet hatte, nur zwei Schlüssel erbeutet. Hoffentlich waren es die richtigen.

»Du bist schön sauber«, sagte Lucien. »Aber du bist jünger, als ich dachte. Wie alt bist du genau?«

Sollte sie sich für das Kompliment bedanken? Nein, beschloss sie. »Siebzehn.«

»Ich habe dir erst nicht geglaubt«, sagte er. »Als du gesagt hast, Gavriel hätte dir die Granate gegeben. Ich konnte mir beim besten Willen nicht vorstellen, warum er die Kette einer

Sterblichen geben sollte. Hat er dir die Geschichte erzählt – was es mit dem Schmuck auf sich hat?«

»Er hat gesagt, sie hätte seiner Schwester gehört«, antwortete Tana. Sie ging zu einem Sessel, setzte sich jedoch nicht. Lucien machte ihr Angst, aber er strahlte auch eine gewisse Faszination aus. Sie war Gast in seinem Haus und gleichzeitig Gefangene.

»Ja, allerdings«, schnaubte Lucien. »Aber in dem Moment wusste ich es – als ich die Kette an deinem Hals gesehen habe. Er ist hergekommen, um zu sterben. Das kann nicht anders sein. Mir fällt kein anderer Grund ein, warum er die Granate sonst weggeben sollte, egal, an wen, und wenn er dich aus unerklärlichen Gründen noch so gernhat. Wusstest du, dass seine Schwester sie in der Nacht getragen hat, in der sie zu dem Schluss kam, ihr Bruder müsse tot sein? Sie glaubte, Gavriel wäre ein Dämon, ein Doppelgänger, der ihm das Gesicht gestohlen hatte. Sie wollte vor ihm weglaufen, und er wollte sie festhalten, erwischte aber nur die Kette. Sie riss und er hat seine Schwester nie wiedergesehen.«

»Traurig«, sagte Tana.

»Eigentlich war es ganz lustig«, sagte Lucien. »Ich meine, sie haben sich angeschrien wie zwei dumme Kinder, und dann kam ein Mann, um ihre Ehre zu verteidigen. Ich glaube, es war nur ein Kutscher, doch hinter ihm standen seine Freunde. Stell dir das mal vor, ein Vampir lässt sich von ein paar Männern auf einer Straße einschüchtern. Man hätte meinen können, Gavriel hätte komplett vergessen, wer er war.«

Wieder wusste Tana nicht, was sie sagen sollte. »Und er hat nie mehr versucht, sie wiederzufinden?«, fragte sie schließlich.

Lucien lächelte und zeigte Zähne. »Ich habe sie zuerst gefunden, weißt du. Es ist eine alte Geschichte, aber ich kann sie dir gerne erzählen. Ich dachte, ich könnte die Dinge zwischen ihnen geradebiegen, und wenn sie sich erst mal verwandelt hatte, müsste Gavriel überglücklich sein. Katya war klug und tüchtig – sie war ganz allein aus Russland herausgekommen. Wie auch immer, ich schickte einen meiner Lakaien, einsachtzig groß, gut anzusehen, perfekt für eine Dame. Er überreichte ihr meine Karte, und sie war bereit, mich zu empfangen. Sie war in Begleitung einer dieser mittellosen alten Jungfern, die sich als Anstandsdamen verdingten. Ich brachte sie auf der Stelle um.«

Tana atmete rasch ein und betont langsam wieder aus, um irgendwie damit klarzukommen, dass er so fröhlich berichtete, wie er vor hundert Jahren eine unschuldige Frau getötet hatte. Da ihr schwindelig wurde, setzte sie sich in den Sessel. Manieren waren ihr nicht mehr so wichtig.

Lucien stand grinsend über ihr. Anscheinend hatte er seinen Spaß, als könnte er seine Lieblingsgeschichte nicht oft genug erzählen.

»Katya erschrak natürlich und war umso entsetzter, als ich sie packte und die Zähne in ihren Hals schlug. Nachdem ich sie losgelassen hatte, schwafelte sie von Neuem etwas von Dämonen, und ich weiß zwar nicht, was sie erwartete, doch sicher nicht diesen Hunger, der sie nach einem halben Tag ereilte. Sie hätte wohl nie erwartet, dass sie meinem armen Lakaien einen Brieföffner an die Kehle setzen würde. Aber weißt du, was sie dann getan hat? Das dumme Ding ging direkt in die Sonne hinaus, nachdem sie von den Toten auferwacht war.«

»Sie hat sich umgebracht?« Gavriel hatte gelächelt, als er von der Zeit mit Katya in Paris erzählt hatte. Wenn er es gewusst hätte, hätte er doch sicher nicht gern in Erinnerungen geschwelgt, die ihren Tod zur Folge gehabt hatten. Doch wenn Gavriel nichts davon wusste, warum erzählte Lucien es dann ihr?

»Gavriel war ziemlich fassungslos, als er erfuhr, was ich getan hatte, obwohl ich das Ganze nur für ihn getan hatte – es sollte eine nette Überraschung werden, eine Wiedervereinigung der Familie.« Lucien schüttelte bedauernd den Kopf. »Sie war wirklich eine Kanone, seine Schwester. Genauso stur wie er, mit demselben Hang zum Melodrama.«

»Er hat keinen ...«, setzte Tana an, doch sie ließ den Satz verklingen. Manchmal hatte er wirklich einen Hang zum Melodrama, und es war schließlich nicht so, als würde Lucien ihn nicht lange genug kennen, um sich solche Bemerkungen erlauben zu können.

»Ach«, sagte er. »Wie niedlich. Ich sterbe vor Neugier – wie hast du es geschafft, ihn auf dich aufmerksam zu machen? Das haben vor dir schon andere versucht, doch er war immer so zerstreut, hatte immer so viel damit zu tun, die Ausbrüche niederzuschlagen und seine Messer zu wetzen. Die ewige Jagd hat ihm ganz schön zugesetzt, denke ich manchmal. Hat auch die meisten Damen abgeschreckt, man musste schon abgebrüht sein. Bist du abgebrüht, meine Liebe?«

Was sollte sie dazu sagen? »Weiß ich nicht.«

Es ist einfach nur ein böses Spiel, begriff sie. Er wollte, dass es ihr unter die Haut ging. Indem er ihr eine Geschichte erzählte, die vielleicht stimmte, vielleicht aber auch nicht. Er wollte, dass ihre Nerven blank lagen und sie ihr inneres Gleichgewicht verlor. Lucien war gern der stete Tropfen, der eines anderen Seele aushöhlte. Lucien sah gerne zu, wie andere zusammenbrachen.

»Spielt wahrscheinlich keine Rolle«, sagte er jetzt und setzte sich Tana gegenüber in den Sessel. »Wichtig ist nur, dass es dir gelungen ist, seine Zuneigung zu erringen. Und jetzt bekommst du alles, wovon du immer geträumt hast – du wirst zur Vampirin, wirst weltberühmt. Nicht schlecht. Für eine opportunistische kleine Schlampe hast du es gut getroffen.«

Tana zuckte zusammen, weil ihm die Beleidigung so locker von der Zunge ging.

»Oh nein, ich gratuliere. Ehrlich. Wenn ich einen Drink in der Hand hätte, würde ich einen Toast aussprechen.«

»Gut, dass ich keinen habe«, bemerkte Tana. »Den bekämen Sie direkt ins Gesicht.«

Lucien warf den Kopf in den Nacken und lachte. »Ich liebe die Menschen.«

»Klar.«

Er nickte anerkennend. »Es ist wirklich eine große Erleichterung, dass ich mich nicht mehr verstecken muss. Bevor sich die Infektion ausbreitete, hatten uns unsere Fehler bereits bekannt gemacht. *Vampyr* in den Niederlanden, *upir* in der Ukraine, *vrykolaka* im Balkan, *penangglan* auf der Malaiischen Halbinsel. Wären wir im Verborgenen geblieben, gäbe es auch keine Bezeichnung für uns. Aber ja, in allen Ecken der Welt gibt es ein Wort für *Vampir*.«

»Und keine schwarzen Mäntel mit rotem Futter – na ja, vielleicht schon, aber sicher nicht die mit Stehkragen.« Wahrscheinlich wäre es besser, wenn Tana nicht in diesem Stil weiterredete, doch sie musste ihnen beiden beweisen, dass sie keine Angst hatte, auch wenn es nicht stimmte.

Lucien beachtete sie gar nicht, er lächelte auch nicht mehr. Er hatte keine Lust, ihren Köder zu schlucken.

»Und jetzt zeigen wir der Welt unser wahres Gesicht. Wir haben sie in etwas Ruhmreiches verwandelt, in dem Menschen nach Unsterblichkeit streben. Mir gefällt diese Welt und im Gegensatz zu den Vampiren aus alter Zeit möchte ich sie voranbringen. Ihr Traum, so zu leben wie in der Vergangenheit, erinnert mich an den Traum der Romanows, wieder an die Macht zu kommen. Beides wird nicht passieren, da können sie in ihren Kapellen und Katakomben noch so lange schnattern. Doch mit Spider vor meinen Toren treffen sich unsere Interessen.«

»Was wollen Sie damit sagen?«, fragte Tana.

»Spider hat Gavriel etwas angetan, das ihn den Verstand gekostet hat. Früher nannte man das *manie sans délire* – Manie ohne Delirium. Er ist gebrochen, und wir haben nicht die Zeit, ihn wieder zusammenzuflicken. Wenn du mir hilfst, ihn unter Kontrolle zu behalten, helfe ich dir auch. Schluss damit, dir kaltes, totes Blut vor einem Käfig voller köstlicher Mädchen und Jungen einzutrichtern. Ich verwandele dich, Tana. Ich zeige dir, wie du eine Vampirin wirst, wie sie die Welt nur selten gesehen hat.«

»Das wollen Sie tun?«, fragte sie und dachte an ihre neuen spitzen Zähne und daran, dass ihr schwindelerregender Hunger gesättigt war, seit sie das Blut getrunken hatte. Lucien wusste sicher, wie es ihr erging und dass das Blut des Vampirs sie stärkte, doch aus einem unerfindlichen Grund gab er vor, nichts davon zu wissen. *Kaltes, totes Blut, trink's nicht mehr, es tut nicht gut!* Sabotage als Freundlichkeit verkleidet.

»In Paris gab es früher eine sagenhafte Delikatesse, die heutzutage verboten ist«, plauderte Lucien weiter. »Einen Vogel namens Ortolan, ein unauffälliges Tier mit einem graugrünen Kopf und gelbem Federkleid. Man fängt ihn lebendig und füttert ihn mit Hirse, bis er fett genug ist. Dann wird er in Armagnac ertränkt. Zum Schluss wird der Vogel gebraten und vollständig aufgegessen, mit Knochen und Schnabel und allem Drum und Dran. Der Speisende hat dabei die ganze Zeit eine Serviette über dem Kopf. Angeblich hält sich so das Aroma länger, andere sagen, es dient dazu, das Gesicht – und die Scham – des Speisenden vor dem Himmel zu verbergen.«

»Das ist grausam«, sagte Tana.

»Ja«, sagte Lucien. »Wirklich. Und doch kann es dem feinen Geschmack von Menschenblut nicht das Wasser reichen. Weißt du, wie es ist, es zu schlucken, heiß und metallisch, wenn es vom panischen Herzschlag eines zitternden Körpers in dich hineingepumpt wird? Es ist einerseits, als würde man Gott ins Gesicht spucken, und andererseits, als wäre man selbst Gott.«

Tana schüttelte den Kopf, doch gegen ihren Willen meldete sich ihr Hunger erneut. »Es hört sich gut an, wenn Sie es so beschreiben.«

»Tja«, sagte Lucien mit einem schmalen Lächeln. »Wenn man Gott mit irgendwas ins Gesicht spucken kann, bin ich normalerweise dabei.«

»Was soll ich genau tun?«, fragte Tana.

»Es reicht schon, wenn du dafür sorgst, dass Gavriel sich an den Plan hält – dass er ihn nicht *vergisst*. Dass er weiterleben will. Dass er sich erinnert, wie feindlich Spider uns gesonnen ist, und dass er und ich Verbündete sind. Verstehst du? Auch wenn du es nicht glaubst, auf meine Weise habe ich ihn geliebt. Es ist meine Schuld, was aus ihm geworden ist. Ich trage schwer an dieser Verantwortung, doch sie würde leichter, wenn Spider tot wäre. Und er könnte es besser ertragen, was ihm angetan wurde, wenn du bei ihm bist. Da ich möchte, dass er glücklich ist, muss ich mir auch wünschen, dass du es bist.«

Tana nickte. »Ich werde tun, was ich kann.«

Er stand näher bei ihr, als sie dachte; sie hatte nicht gehört, dass er sich bewegt hatte. Sie erschauerte, als er ihr eine Hand auf die Wange legte. Er drückte mit den Fingerspitzen auf den Knochen, bis es wehtat. »Schön, schön. Wir wissen nie, wozu wir fähig sind, es sei denn, wir probieren es aus.«

Zweiunddreissigstes Kapitel

Der Teufel führt nicht uns
in Versuchung, sondern wir ihn –
seinem Geschick bieten wir Gelegenheit.
– George Eliot

Acht Jahre zuvor war Gavriel in Stücke gerissen worden.

Als Erstes schnitt Spider ihm den Bauch auf.

Dann nahm er seine Eingeweide und band sie an die Gitterstäbe seines Käfigs. Klebrige blaue Girlanden.

Sie drückten ihm die Granatapfelkernaugen heraus.

Sie gaben ihm verdorbenes Blut zu trinken, Erbrochenes zu essen und seine eigene Haut.

Sie schnitten ihn mit Messern auf, peitschten ihn mit Ruten, die an den Enden mit Rasierklingen bewehrt waren, und hämmerten rostige Nägel in seine Fußsohlen.

Als alles verheilt war, fingen sie wieder von vorn an.

Bis alles bis in alle Ewigkeit wehtat.

Schmerzen, die so unermesslich und grauenhaft und endlos waren, dass er nicht mehr denken konnte. Als er dann wieder zu sich kam, hingen seine Erinnerungen nicht mehr richtig zusammen.

Er hatte jemandem die Kehle herausgerissen, doch er wusste nicht mehr, wem.

Überall war Blut gewesen; er war darin ausgerutscht, es klumpte wie saure Milch.

Auch Haare, ein Nest im Abfluss.

Ihm fiel wieder ein, wer seine Folterer angetrieben hatte, das Gesicht des Wesens, das auf ihn hinabgelächelt hatte.

Ich könnte es dir sagen, dachte Gavriel. *Ich könnte dir jemanden an meiner Stelle anbieten.*

Jemanden, den du lieber hast.

Jemanden, den du mehr verletzen würdest.

Aber nein. Sie hatten sich an ihm schadlos gehalten.

Er würde seine Rache vollenden.

Sie würde sein Märchen werden, sein Schlaflied, leise gesungen mit geschundenen Lippen.

Falsch und umnachtet.

Dreiunddreissigstes Kapitel

Eine denkende Frau schläft
mit Ungeheuern.
– Adrienne Rich

Tana folgte Lucien durch den Flur und betrachtete die Ölgemälde von französischen Landschaften, die sich mit schaurigen Drucken abwechselten. An einer schweren Eichentür blieben sie stehen. Lucien wollte die Hand auf den Knauf legen, als sie schwungvoll geöffnet wurde.

Gavriel stand auf der Schwelle. Er hatte wieder die schwarze Jeans und das T-Shirt an, das er auf der Fahrt nach Coldtown getragen hatte, obwohl sie so weich aussahen, dass Tana dachte, sie müssten zwischendurch in der Wäsche gewesen sein. Seine Füße waren nackt. Er trat einen Schritt zurück und bat sie herein.

»Da hast du sie zurück«, sagte Lucien und schubste Tana ins Zimmer. »Unversehrt. Unverdorben.«

Tana warf ihm einen bösen Blick zu. »Sie kommen wirklich aus einer anderen Zeit, was?«

Ohne sie zu beachten, trat Lucien über die Schwelle und schloss die Tür. »Wir müssen reden, mein Lieber.«

»Zu dritt?«, fragte Gavriel schelmisch.

»Sie ist unser Gast. Wir müssen ihr etwas bieten – und sie gleichzeitig im Auge behalten. Du behauptest schließlich, sie hätte an einem Tag zwei Vampire getötet. Also wirklich, man hätte mich nicht mit ihr allein lassen dürfen. Sie ist anscheinend sehr gefährlich.« Luciens kokettes Lächeln reichte nicht bis zu seinen Augen. Er zog ein Klappmesser mit beinernem Griff aus der Tasche, säuberte mit der Spitze seine Fingernägel und kratzte getrocknetes Blut und Hautfetzen darunter hervor. Sie bogen sich irgendwie nicht richtig, sondern verengten sich zu Krallen.

»Du hast recht. Das hätte ich nicht zulassen dürfen«, sagte Gavriel und drehte sich mit einem Lächeln zu Tana um.

Du bist gefährlicher als das Morgengrauen. Ob er noch wusste, dass er das gesagt hatte? Doch in diesem Augenblick fühlte sie sich kein bisschen gefährlich. Sie war angewidert und fürchtete sich sehr.

Um sich in den Griff zu bekommen, schaute sie sich in dem Zimmer um. Die Fensterscheiben waren wie üblich grau, und draußen brannte noch immer die Sonne, sodass sie leuchteten. Tana hatte jedes Zeitgefühl verloren. Es könnte spätnachmittags oder früh am Abend sein. Neben dem Bett lag eine Reisetasche aus Leder, aus der mehrere Messer gefallen waren. Tana fragte sich, wo Gavriel sie vor der Konfrontation mit Lucien versteckt hatte.

Es war ein großer Raum, groß genug für das Himmelbett in der Mitte und ein Sofa an einer Wand, das mit glänzendem schwarzem Leder bezogen war. Darüber hing ein Gemälde, eine genaue Studie eines Menschenherzens, das vor Maden wimmelnd auf einer Silberplatte lag. Das Bild erinnerte Tana an ihren Kunstlehrer, es könnte glatt von ihm sein. Sie sollte ein Foto machen und es Mr Olson schicken, dachte sie. Doch das würde sie nur zu der Idee inspirieren, dass Lucien und Gavriel sich rechts und links danebenstellen und böse anschauen sollten. Von diesem Moment an drohte Tana hysterisch zu werden, gleich würde sie anfangen zu kichern.

Das war das Schlimmste daran. Sie konnte planen, und sie schaffte es, immer weiterzumachen, aber ihr Gehirn, das vor Entsetzen überquoll, hatte sie nicht unter Kontrolle. Es drohte, sich in einem großen Showdown unter lautem hysterischem Gelächter zu verabschieden. Tana spürte, dass sie am Rande dessen stand, was sie ertragen konnte, und wenn sie jetzt anfinge zu lachen, würde sie nicht mehr aufhören können.

Lucien ging zur Wand, warf sich aufs Sofa und lümmelte sich lässig darauf herum, um zu demonstrieren, wie wohl er sich in Gavriels Zimmer fühlte. Das war nicht weit hergeholt, schließlich war er hier zu Hause. Er fuhr fort, die Unterseite seiner Fingernägel mit dem Messer zu bearbeiten, und löste die letzten Reste des dunklen Schmutzes. Je länger Tana ihn ansah, umso mehr hatte sie den Eindruck, dass auch sein blondes Haar teilweise mit Blut gefärbt war – am Hinterkopf, wo er es wahrscheinlich nicht sehen konnte. Auf Video würde man es nicht merken, es wäre nicht mehr als ein verschwommener Schatten.

Schon wieder war ihr zum Lachen zumute, was wirklich lächerlich war, weil nichts von alldem lustig war.

Tana hockte sich auf eine Ecke des Bettes. Als Gavriel zu ihr herübersah, hielt sie seinem Blick nicht lange stand. Sie erinnerte sich daran, dass er beobachtet hatte, was sie mit dem Vampir im Keller angestellt hatte. Er hatte ihren blutverschmierten Mund und ihre roten Zähne gesehen. Was dachte er jetzt von ihr? Sie war ganz schön heruntergekommen, seit sie ihm als nettes Mädchen angeboten hatte, ihn im Kofferraum mitzunehmen.

Nein, lustig war es wirklich nicht.

»Also«, sagte Lucien. »Spiders Vorhut – sein *Corps des Ténèbres* – wird zur Abenddämmerung hier sein. Spider kommt später am Abend, wenn alles für ihn vorbereitet ist. Wir haben nicht viel Zeit, uns darauf einzustellen, und nur eine einzige Chance, unseren Plan in die Tat umzusetzen.«

Es war erschreckend, wie locker er Spiders Besuch ankündigte, als könnten Vampire wie Spider, Lucien oder Elisabet ohne Weiteres nach Coldtown kommen und es auch ohne Probleme wieder verlassen. Tana hatte langsam das Gefühl, dass nur die Menschen wirklich innerhalb der Stadtmauern gefangen waren. Nein, die Menschen und die Vampire, die nach Caspar Morales erschaffen worden waren.

Als Gavriel sich mit den blassen Fingern durch seine zerzausten schwarzen Haare fuhr, wirkte es wie eine menschliche Geste. Er sah erst Tana und dann wieder Lucien an. »Hauptsache, du lässt mich nah genug an ihn heran, dann bringe ich ihn um. Mach dir keine Sorgen.«

»Aber die Ketten müssten echt sein«, sagte Lucien. »Er weiß besser als alle anderen, womit man dich in Schach halten kann und womit nicht. Ich muss schwere Eisen auffahren, aber wir können ein paar Glieder lockern. Das verstehst du doch, oder? Es muss unbedingt total echt aussehen.«

»Ja«, sagte Gavriel so leise, dass kaum ein Hauch aus seinem Mund kam. »Kampfspuren sind ebenfalls nötig. Verletzungen am Körper und im Gesicht, als wären wir wirklich aufeinander losgegangen.«

Lucien zog die Lippen von den Zähnen, halb lächelnd, halb fletschend.

»Wie sieht der Plan denn eigentlich genau aus?«, fragte Tana. Lucien sah sie verärgert an, ehe er eine betont undurchsichtige Miene aufsetzte. Möglicherweise hatte er begriffen, dass sie Gavriel nicht drängen konnte, sich an den Plan zu halten, wenn sie nicht eingeweiht war. Oder ihm war gerade noch eingefallen, dass er sich bei ihr einschmeicheln wollte.

»Ganz einfach«, sagte er und gestikulierte in Gavriels Richtung. »Spider will sich seine Beute holen. Wir verschnüren Gavriel, und wenn Spider nah genug dran ist – und er wird ganz nah an ihn ranwollen, weil er der Schadenfreude nicht wird widerstehen können –, reißt Gavriel sich die Ketten vom Leib und tötet ihn.«

Gavriel bestätigte mit einem Nicken sein Einverständnis. »Danach fallen Luciens Leute über sein *Corps* her.«

»Endlich wird die neue Welt den Sieg über die alte davontragen«, schloss Lucien.

»Schön«, sagte Tana, weil sie das Gefühl hatte, sie sollte einen Kommentar abgeben, aber auch, weil alles, was sie dachte, nicht genügte. Die Situation kam ihr zum wiederholten Mal absurd und surreal vor.

Vampire würden andere Vampire umbringen.

Lucien und Gavriel, die besten Vampirfreunde und -feinde, würden andere Vampire töten.

Sie legte die Hand vor den Mund, um ein Lächeln zu unterdrücken.

Vor langer Zeit hatte sie sich einmal heftig mit Pauline um eine Lederjacke gestritten, die Tana sich geliehen hatte und die ihre gemeinsame Freundin Ana vollgekotzt hatte. Nach einem schrillen Streit waren sie sich eine Woche aus dem Weg gegangen, hatten an unterschiedlichen Tischen zu Mittag gegessen und ihre gemeinsamen Freunde mit endlosen feindlichen Gesten genervt. Doch dann hatte Pauline eine Hauptrolle in einem Theaterstück bekommen und war zu Tana gefahren, um mit ihr den Text zu proben. Der Streit war vorbei, einfach so.

Doch konnte es wirklich sein, dass Gavriel das mit Lucien ähnlich sah? Konnte er dem Mann verzeihen, der seine Schwester auf dem Gewissen hatte, deren Kette er über ein Jahrhundert lang mit sich herumgetragen hatte? Konnte er jemandem verzeihen, der dafür verantwortlich war, dass er eingesperrt gewesen und verrückt geworden war?

Lucien stand auf und ging zur Tür.

»Ich wollte dir noch etwas sagen«, bemerkte Gavriel ganz ruhig, mit einem angedeuteten Lächeln.

Als Lucien sich umdrehte, strahlte Gavriel etwas aus, das ihn reglos verharren ließ.

»Du wirst mich nicht verraten«, sagte Gavriel. »Aber kannst du mir verraten, warum nicht?«

»Weil ich weiß, dass du ihn töten kannst. Und ich will ihn tot sehen.« Lucien hatte die Stirn gerunzelt und sprach sehr langsam wie zu einem kleinen Kind. »Du bist Experte darin, deine eigene Art umzubringen. Ich will, dass Spider vernichtet wird. Er hasst Vampire, die sich vor Menschen aufspielen,

Vampire wie mich, die prominent sind – das bedeutet, du hilfst mir sehr, und ich muss so gut wie nichts dafür bezahlen. Ganz davon abgesehen, dass ich auf keinen meiner Nachkommen so stolz bin wie auf dich.«

Gavriel lächelte. »Nein, du verrätst mich nicht, weil ich Spider sonst dein Geheimnis verrate. Ich weiß genau, warum du mich damals so zügig an ihn ausgeliefert hast. Erst hatte ich es nicht kapiert, aber wenn man ein Jahrzehnt in einem Käfig steckt, hat man viel Zeit zum Nachdenken.«

Luciens Blick wanderte an der Wand hoch, zuckte über ein Gemälde und wieder zurück. Es dauerte nur eine Sekunde, doch Tana entdeckte die winzige helle Linse der Kamera.

Selbstverständlich nahm er Gavriel auf. War doch klar.

Doch eine Liveübertragung konnte es nicht sein, sonst würde Lucien keine Geheimnisse diskutieren. Es sei denn, Lucien verriet Gavriel auf die Art und Weise, die am offensichtlichsten war – indem er ihren Plan buchstäblich an Spider sendete. Doch obwohl die Videoaufzeichnungen sicherlich in einem Tresor in einem geheimen Zimmer aufbewahrt wurden, wirkte Lucien nervös, als wollte er auf keinen Fall, dass das, was Gavriel anscheinend gleich sagen wollte, auf irgendeiner Aufnahme erschien.

Gavriel, der sich jetzt direkt an Tana richtete, klang furchterregend klar. »Vor langer Zeit konnten neue Vampire nur mit Zustimmung einer kleinen Gruppe sehr alter Vampire verwandelt werden, angeblich aus Sorge um die allzu weite Verbreitung des Vampirismus. In Wirklichkeit ging es viel mehr darum, dass einer ihrer eigenen Nachkommen ein Heer aufstellen und sich gegen sie auflehnen könnte. Als Dorn habe ich alle zur Strecke gebracht, die aus der Reihe tanzten. Doch vor allem war ich auf der Jagd nach neuen Vampiren, deren Verwandlung auf Fehlern beruhte.

Es gibt auch dumme und schlampige Vampire. Andere werden beim Saugen unterbrochen, vom Sonnenlicht überrascht, oder es gelingt der angegriffenen Person, sich erfolgreich zu wehren. Das Opfer wird Kalt, verwandelt sich und saugt aus Unwissenheit weiter, ohne zu töten. Wahrscheinlich *möchte* es auch lieber saugen, ohne zu töten. Doch dadurch entstehen noch mehr Vampire und nach kurzer Zeit handelt es sich um einen regelrechten Ausbruch von Vampirismus.«

Tana stellte sich gleich vor, wie Gavriel von einem hektischen Vampir unterbrochen wurde, der mit den Händen wedelte und versuchte, seine schlimmen Fehler zu rechtfertigen.

Und schon wieder hätte sie beinahe gelacht.

»Caspar Morales war anders«, sagte Gavriel. Als der Name fiel, verspannte sich Lucien. »Er wusste nicht mehr, wer ihn verwandelt hatte, nur noch, dass er sich verfolgt gefühlt hatte und in einer verlassenen Gasse überrumpelt worden war. Danach wachte er in seinem eigenen Haus auf und die Rollläden waren heruntergezogen. Jemand hatte mit Blut ›Grüße an den Tod‹ an die Wand geschrieben.

Als hätte ihn jemand verwandelt, nur um sich einen Spaß zu erlauben.«

Lucien stand reglos da. »Wer würde so etwas tun?«, fragte er tonlos.

Als Gavriel fortfuhr, begriff Tana auf einmal, dass sie die Rolle der Richterin übernehmen sollte.

»Im Monat davor hatte ich fünf schwarzhaarige Vampire mit dunklen Augen getötet, die irgendwie alle aus der Ferne aussahen, als könnten sie mit mir verwandt sein. Es waren drei Frauen und zwei Männer. Alle fünf tischten mir eine sonderbare Geschichte über ihre Verwandlung auf, alle mit Gesichtern, aus denen mein Bruder sprach. Oder meine Schwester. Und in unpassender altmodischer Kleidung, als hätte sie jemand extra für sie ausgesucht. Dasselbe gilt für den Schmuck. Frappierend. Einer der jungen Männer trug sogar eine Duellpistole bei sich.

Wer ewig lebt, hat keinen schlimmeren Feind als die Langeweile. Wir haben alle unsere eigene Vorstellung von Spaß. Und Luciens ist eben oft – wie soll ich sagen – *billig*.«

Tana zitterte. Die Kälte, die mit der Infektion einherging, nistete sich wieder unter ihrer Haut ein, doch noch konnte sie darüber hinwegsehen.

»Gut«, sagte Lucien. »Das reicht.«

»Es war ein Gefühl, als würde ich immer wieder alte Geister ermorden«, sagte Gavriel. »Und beim letzten Mal habe ich es nicht über mich gebracht.

Ich ließ Caspar laufen. Ich ließ ihn gehen, doch ich war es nicht, der ihn verwandelt hatte. Das warst du, Lucien. Du hast sie alle verwandelt, um zu sehen, wie ich reagieren würde. Weil du Grausamkeit lustig findest. Und du wirst mich nicht verraten, Lucien, weil ich Spider andernfalls meine kleine Geschichte erzählen würde, und dann würdest du das nächste Jahrzehnt in einem Käfig neben mir verbringen.«

Als Tana zwischen den beiden hin und her blickte, wurde ihr erst die Ungeheuerlichkeit dessen bewusst, was Gavriel gerade erzählt hatte. Er behauptete, das Ende der Welt wäre kein Versehen, sondern ein böser Streich.

»Das kannst du nicht beweisen«, sagte Lucien. »Reine Fantasie.«

Gavriel zuckte die Achseln.

»Wenn du das wirklich glaubst, hättest du das Geheimnis doch längst ausgeplaudert. Warum also nicht?« Luciens Körper vibrierte vor manisch unterdrückter Energie. Sein arroganter Mund bebte.

Er hatte Angst, das erkannte sie deutlich. Angst davor, was Spider ihm antun würde, wenn er es erführe, oder auch vor den anderen Vampiren aus alter Zeit, die er um ihre alte Welt betrogen hatte, Angst, dass sie sich zusammentun und ihn in Stücke reißen würden, wie sie es mit Caspar Morales getan hatten. Vielleicht hatte er sogar Angst vor den Menschen oder davor, dass eine menschliche Regierung endlich wüsste, wem sie die Schuld geben konnte.

Kein Wunder, dass Lucien Gavriel für die Verwandlung der Welt gepriesen hatte. Jedes Mal wenn er ihn rühmte, rühmte er eigentlich sich selbst.

Doch gerade weil er Angst hatte, war er so gefährlich. Sein Gesicht verriet, dass er sich gerade noch im Griff hatte, in seinen roten Augen flackerte neu entflammter Hass. Falls Gavriel dachte, sich Luciens treue Ergebenheit zu sichern, indem er ihm zeigte, wie sehr er ihn in seiner Gewalt hatte, irrte er gewaltig.

»Ich habe dein Geheimnis bewahrt, weil es mir gefiel, dass du frei herumläufst«, sagte Gavriel.

Lucien ging plötzlich quer durch den Raum zur Tür, als

könnte er es nicht eine Sekunde länger ertragen. Er öffnete die Tür. »Wenn die heutige Nacht vorüber ist, sind wir beide frei. Frei bis in alle Ewigkeit, es sei denn, du versaust das Ganze.«

Als er die Tür zuknallte, wackelten die Wände.

Gavriel sank aufs Sofa und vergrub das Gesicht in den Händen. Dann sah er Tana mit seinen eigentümlichen Augen an. »Bei Gott, du musst mich wirklich verabscheuen.«

Sie stand vom Bett auf und schüttelte den Kopf.

»Jetzt geht es mir besser«, sagte er. »Jedenfalls zeitweise. Vorher war es wie in einem Traum. Ich konnte keine Ordnung in die Dinge bringen. Alles war verschwommen und durcheinander, und jetzt – und jetzt sehe ich erst, wie entsetzlich es gewesen sein muss. Wie entsetzlich alles ist.«

»Das, was du neulich gesagt hast«, erwiderte Tana, *»nur Ströme von Blut könnten deine Wunden reinwaschen?* Ich habe ein Video von dem gesehen, was du vorgestern getan hast. Anscheinend hast du alle Medizin auf einmal genommen. Das hat offenbar geholfen. Ich bin froh darüber.« Sie musste daran denken, wie er sich über die junge Frau gebeugt, sein Knie auf den Stuhlrand gestützt und ihren Körper mit seinem verdeckt hatte. Als sie diesmal erschauerte, hatte es mit Angst nichts zu tun.

»Das habe ich gesagt?«, fragte er. »Hört sich ganz schön verrückt an.«

Tana lachte und ließ sich auf der Sofalehne nieder. Gavriel zog sie mit einer erstaunlich menschlichen Geste mit kalten Fingern zu sich herunter. Sie ließ es zu und legte den Kopf an seine Schulter.

»Wie geht es dir?«, fragte er sanft.

»Tja«, sagte Tana. »Immer wenn ich ein neues Kleid anziehe, ist es nach ein paar Stunden nicht mehr zu retten.«

Er grinste spontan, musterte ihr Kleid und sah wieder weg. »Leder kann man abwischen.«

Wie sie dasaßen, mit seinem Arm um ihre Schulter, fühlte es sich ein bisschen wie ein sehr gefährliches Date an. Tana musste daran denken, wie er sie geküsst hatte, mit dem vielen Blut in ihrem Mund und der aufgehenden Sonne im Rücken, und hätte gern gewusst, ob er Lust hatte, sie wieder zu küssen.

»Glaubst du denn wirklich, dass der Plan funktioniert?«, fragte sie aus dem dringenden Bedürfnis heraus, das Schweigen zu brechen. »Vertraust du Lucien?«

»Wie stellt man es an, dass eine Katze mit der Pfote auf eine Schnur haut?«, flüsterte Gavriel in ihr Haar.

»Weiß ich nicht«, antwortete sie zitternd. »Ganz langsam dran ziehen.«

»Richtig«, erwiderte er und strich mit kalten Fingern über ihre sanft geschwungene Wange. Fasziniert sah er seiner Hand dabei zu, als wäre er selbst überrascht. »Und wenn das nicht klappt, zieht man die Schnur *über* die Katze. Man darf ihr nicht zeigen, was man mit der Schnur wirklich tun kann. Man fängt nicht damit an, sie durch die Luft zucken zu lassen oder unglaublich schnell zu ziehen. Das kommt später. Erst darf die Katze die Schnur fangen. Und wenn die Katze sie einmal gefangen hat, will sie es immer wieder tun.«

»Du willst Spider im Glauben lassen, er könnte dich erwischen?« Tana keuchte.

Gavriel zuckte die Achseln. »Es macht Spaß, den Katzen zuzuschauen, wenn die Schnur in der Luft ist und sie daran hängen, alle Pfoten oben. Es ist lustig, wenn sie tanzen. Sie rennen gegen jede Wand, nur um die Schnur wiederzubekommen.«

Tana löste sich von ihm und musterte ihn ernst. Er war ganz sinnlicher Mund, Augen, in denen sie ertrinken wollte, einfach ein schönes Monster, das sich in den Lederkissen lümmelte, doch sie hatte ihn auch gesehen, kurz bevor Lucien gegangen war. »Er spielt schon eine reine Ewigkeit mit dir, Gavriel. Hast du keine Angst, dass er dich manipuliert?«

Sie hob den Blick zu der glänzenden Stelle, wo die Kamera filmte. Sie saßen direkt darunter und kamen vielleicht gar nicht aufs Bild, aber ihre Stimme wurde mit Sicherheit aufgezeichnet. Wenn Lucien sie hörte, würde er schnell merken, dass sie nie vorgehabt hatte, ihm zu helfen.

»Ich weiß nicht, ob das überhaupt noch eine Rolle spielt. Aber kannst du mir einen Gefallen tun? Schließ heute Nacht bitte deine Tür ab und komm erst am Morgen wieder aus dem Zimmer. Egal, was du hörst?«

Tana holte zitternd Luft. Genau das konnte sie ihm nun wirklich nicht versprechen, wenn sie Valentina befreien wollte. Und wenn sie Jameson um Hilfe bitten wollte. »Mach ich«, versprach sie dennoch.

Es gefiel ihr gar nicht, wie erleichtert er war. »Dann erzähle ich dir noch eine Geschichte, während wir auf die Abenddämmerung warten. Als ich ein kleiner Junge war, hatten mein Bruder und ich ein Kindermädchen, das uns Märchen von Feuervögeln und Hexen erzählt hat. Eins handelte von der Kriegerprinzessin Marya Morevna, die Prinz Iwan heiratete. Prinz Iwan war allein, weil er seinen Segen dazu gegeben hatte, dass seine erste Schwester einen Falken, die zweite einen Adler und die dritte einen Raben heiratete.«

»Sie haben Vögel geheiratet?«, wiederholte Tana, nicht unbedingt, weil es sie brennend interessierte, sondern weil sie zeigen wollte, dass sie zuhörte – und damit er lächelte.

»Vögel, die manchmal zu Männern wurden«, erklärte Gavriel. »Als Iwan sah, wie schön Marya Morevna war und wie kühn sie in der Schlacht kämpfte, verliebte er sich auf der Stelle in sie. Kurz danach wurde die Hochzeit gefeiert. Aber Kriegerprinzessinnen haben viel zu tun, und Marya Morevna musste bald irgendwo einmarschieren oder eine Armee zurückschlagen und überließ es Iwan, ihr Königreich zu regieren. Er hatte haufenweise Gold und hervorragenden Kaviar und alles andere, was er sich nur wünschen konnte. Nur eins war ihm nicht erlaubt – sie flehte ihn an, niemals eine der Kammern unter dem Palast zu betreten.«

Tana dachte an ihre Schritte auf den staubigen Stufen der Kellertreppe und an ihre Mutter, die im Dunkeln auf sie wartete. »Aber er hat es getan, stimmt's?« Sie schmiegte den Kopf an seine Brust und schloss die Augen.

»Er konnte der Versuchung nicht widerstehen.« Gavriels Akzent kam stärker durch, als er weitererzählte. »In dieser Kammer fand er Koschei, den Todlosen, der mit zwölf starken Ketten gefesselt war. Und Koschei sagte: ›Bitte, ich habe schrecklichen Durst. Hab Mitleid mit mir und gib mir zu trinken. Ich bin schon zehn Jahre hier eingesperrt und erleide unvorstellbare Qualen. Meine Kehle ist ausgetrocknet.‹«

»Ist das eine wahre Geschichte?«, fragte Tana, die sich an Gavriels eigenes Jahrzehnt der Schmerzen erinnert fühlte.

Der Vampir lachte nur. »Eine sehr berühmte Geschichte, das schwöre ich dir. Wie auch immer – Iwan ist eine freundliche Seele und gibt Koschei Wasser. Doch ein Eimer reicht nicht aus, um seinen Durst zu stillen, und auch der zweite nicht. Nachdem Iwan Koschei den dritten Wassereimer gebracht hatte, hatte Koschei seine alte Stärke zurückgewonnen und brach die Ketten entzwei.«

»Der Gnadenakt, den er bereuen wird«, sagte Tana.

Gavriel war es ein wenig peinlich, doch er freute sich auch, dass sie sich daran erinnerte. »Ja«, sagte er leise. Seine kalten Finger auf ihrer nackten Schulter lenkten sie ab. »Iwan war gnädig, und der Rest der Geschichte handelt nur noch davon, wie teuer er dafür bezahlt hat. Koschei entführte Marya Morevna und verschleppte sie in seinen eigenen Palast, sodass Iwan ihn verfolgen musste. Dreimal gelang es ihm, Marya Morevna zu finden und mit ihr zu fliehen, doch Koschei hatte ein Zauberpferd, das schneller war als der Wind. Als Koschei Iwan das erste Mal einholte, ließ er ihn aus Dankbarkeit für das Wasser mit der Warnung laufen, dass er ihn beim nächsten Mal in Stücke hauen würde. Als er ihn das zweite Mal schnappte, ließ Koschei ihn wieder mit dieser fürchterlichen Warnung frei.

Als Koschei Iwan zum dritten Mal gefangen nahm, machte er seine Drohung wahr. Er zerteilte Iwan mit seinem Schwert in dreizehn Stücke, steckte sie in ein geteertes Fass und warf das Fass ins Meer. Doch der Falke, der Adler und der Rabe, die mit Iwans Schwestern verheiratet waren, fischten ihn wieder heraus. Sie entnahmen dem Fass die dreizehn Körperteile und legten sie wie ein Puzzle auf den Boden. Sobald sie Iwan wieder zusammengesetzt hatten, spritzten sie Wassertropfen darüber, und er erwachte wie aus dem Tiefschlaf.«

»Heißt das, er war untot?«, fragte Tana. »Wie ein Vampir?«

»So ähnlich. Aus der Sache war er klug geworden, denn diesmal ging er zur Hexe Baba Yaga und bekam ein Pferd, das so herrlich und schnell war wie das von Koschei. Damit flohen er und Marya Morevna zum vierten und letzten Mal. Koschei jagte ihnen auf seinem Zauberpferd nach, doch als er sie diesmal einholte, versetzte Iwans Pferd Koschei einen harten Tritt und schlug ihm den Schädel ein. Dann bauten Iwan und Marya Morevna einen Scheiterhaufen und verbrannten Koschei zu Asche. Sie lebten glücklich bis an ihr Lebensende, besuchten Iwans Schwestern und ihre Vogelmänner, die allesamt erklärten, Iwan hätte recht daran getan, für eine so schöne und starke Frau wie Marya Morevna so viel zu riskieren.«

»Aber wenn sie so stark war, warum hat sie sich dann nicht selbst gerettet?«, fragte Tana.

»Das ist der interessante Punkt an der Geschichte, findest du nicht auch?«, fragte Gavriel so nachdrücklich, dass sie merkte, wie wichtig die Geschichte für ihn war. »Als ich klein war, mochte ich die Geschichte sehr gern, aber als ich älter wurde, stellten sich Fragen – war es denn gerecht von Marya Morevna, Koschei zehn Jahre lang ohne Wasser einzusperren? Und wenn sie das durfte, durfte er sie doch auch in seine Burg schleppen, oder nicht? Aber Iwan – der ist ein guter Mensch. Er ist freundlich. Er gibt einem Gefangenen zu trinken. Und auch wenn er nicht weiß, wie er seine Frau retten soll, erreicht er doch das Unmögliche, indem er nicht aufgibt. Er bringt Chaos in die Geschichte, weil er nicht tut, was alle von ihm erwarten.

Als ich klein war, sah ich mich selbst gern als Iwan, aber nein – du bist viel mehr Iwan als ich. Du hast erwartet, dass ich gut bin, und deinetwegen habe ich mir Mühe gegeben.« Gavriel schloss die Augen. »Aber wir wissen beide, dass ich in dieser Geschichte letztendlich doch Koschei sein werde. Und deshalb musst du dich möglichst weit von mir entfernen und nicht zurückblicken. Sogar meine Liebe hat etwas Monströses, Tana. Ich werde dir immer Angst machen und ...«

»Du bist doch keine Märchenfigur«, sagte sie, nahm sein Kinn und drehte sein Gesicht zu ihr. Als er seine jenseitigen Augen aufschlug, konnte sie ihn ansehen, ohne zusammenzuzucken. Auf diese Weise konnte sie ihm beweisen, dass es ihr Ernst war. »Und ich bin auch nicht ... ach, keine Ahnung, was ich bin. Aber ich kenne *dich*. Vielleicht habe ich im Gegensatz zu Lucien noch keine Jahrzehnte mit dir verbracht, aber wetten, ich bringe dich schneller zum Lachen als er?«

»Ach ja?« Als er den Kopf schief legte, musste Tana sich beherrschen, um nicht zu lange auf seinen Mund zu starren. Sie wollte mit ihrer Zunge dem Schwung seiner Lippen nachspüren.

Mit pochendem Herzen beugte sie sich vor und leckte rasch über seine Wange. Einen Augenblick sah er sie verwundert an, doch dann lachte er, wirklich und wehrlos, weil es so unfassbar albern war, was sie gerade gemacht hatte.

»Du bist einfach du«, sagte Tana grinsend. »Mehr du selbst als alle, die ich kenne. Und wenn du nicht mehr weißt, wer das ist, dann sieh dich mit meinen Augen.«

Gavriel schüttelte den Kopf. »Du kannst doch gar nicht wissen, was ich bin ...«

Sie unterbrach ihn und redete sehr schnell auf ihn ein. »Kurz vor meinem vierzehnten Geburtstag hat mein Dad mich in ein Ferienlager geschickt. Vielleicht weißt du gar nicht, was das ist, aber da fährt man normalerweise im Sommer hin und bleibt ein paar Wochen …«

Gavriel legte gespielt beleidigt die Hand aufs Herz. »Ich war zehn Jahre eingesperrt, nicht *zehntausend*.«

»Ja, dann okay«, sagte sie. »Ist ja auch egal. Ich hatte eine bestimmte Vorstellung von mir, als ich losfuhr. Auf meinem Bett saßen ungefähr hundert Stofftiere, die meine Großeltern mir über die Jahre geschenkt hatten. Ich hatte zwei beste Freundinnen, Nicole und Amber. Amber wohnte gegenüber und wir waren schon immer Freundinnen gewesen. Nicole war erst später in unsere Stadt gezogen und hatte sich mit Amber angefreundet, als ich im Krankenhaus lag. Seitdem haben wir drei immer alles zusammen gemacht, sind mit den Rädern durch die Stadt gefahren und haben mal bei der einen, mal bei der anderen Filme geguckt.

In Freundschaften spielt jeder eine Rolle. Ich war die, die sich in die Hose machte, als wir die Macy's-Toilette im Einkaufszentrum mit Textmarker verzierten oder ein Paar Federohrringe in Claire's Boutique klauten. Ich war die, die immer tat, was man ihr sagte. Die Schüchterne. Die Ängstliche. Das Musterkind. So bin ich mit neun gewesen und mit zehn, elf und mit zwölf. Praktisch war es immer gleich gewesen. Deshalb wusste ich mit dreizehn gar nicht, dass es nicht mehr stimmte.«

Gavriel streichelte die vernarbte Haut auf ihrem Arm und verzauberte sie so, dass sie nicht sofort fortfahren konnte.

»Ich würde sagen, du hattest Grund genug, dich zu fürchten«, sagte er.

»Kann schon sein. Aber weißt du, als ich ins Ferienlager fuhr, kannte mich da keiner. Und als ich nach Hause kam, hatte ich ein anderes Bild von mir. Im Lager war ich als Erste quer über den ganzen See geschwommen. Als das Waschbecken verstopft war, habe ich den Abfluss aufgeschraubt und repariert. Ich habe einen armen Kerl aus dem Jungszelt fast massakriert, als er sich als Vampir verkleidet hatte, um uns Mädchen zu erschrecken.«

»Kann ich mir gut vorstellen«, sagte Gavriel trocken.

»Lach ruhig«, erwiderte sie. »Was ich sagen will, ist, dass ich mich überhaupt nicht kannte, bevor ich weggefahren bin. Ich wusste, was Nicole und Amber von mir hielten. Und Lucien und Spider und die anderen – die haben Angst vor dir, deshalb meinen sie, du müsstest ein ganz Böser sein. Sie denken, du würdest nichts empfinden, weil sie selbst vergessen haben, wie das geht. Du bist sehr, sehr gefährlich, schon klar, und du neigst zu übertrieben schlechter Laune, aber hüte dich vor dem Fehlschluss, du wärst innerlich zerrüttet. Die sehen sich selbst in dir und sind blind für das, was du wirklich bist.«

Gavriel neigte sich zu ihr und sah ihr ins Gesicht, als würde in ihren Augen ein tiefes Geheimnis schwimmen. Dann zog er sie an sich heran und öffnete den Mund. Sie sah die Spitzen seiner Reißzähne, als er sich mit verschleiertem Blick über sie beugte. »Und was siehst du?«

Tana erschauerte wieder, weil die Kälte der Infektion durch ihre Adern rann.

Gavriel wich zurück, als hätte er sich verbrannt, und betrachtete sie mit einer Wildheit, als wäre er ein Tier im Käfig, das gleich ausgepeitscht wurde.

»Nein«, sagte sie. »Ich bin nur Kalt. Wegen der Krankheit.«

Er wollte ihr erst nicht glauben. »Du hast nicht genug Blut getrunken«, sagte er, hob die Hand zum Mund und biss hinein.

Seine Zähne und die Unterlippe färbten sich rot. Er hielt ihr sein Handgelenk hin.

»Ich kann nicht«, sagte Tana leise, weil ihr vom Duft seines Blutes schwindelig wurde. »Irgendwas stimmt jetzt schon nicht mit mir.«

Gavriel sah sie stirnrunzelnd an. Sie dagegen konnte den Blick nicht von seinem blutigen Arm lösen. Sie wollte die Wunde küssen und darüber lecken, wollte mit ihren scharfen Zähnen durch die Haut beißen. Andererseits schrie sie innerlich, das könnte sie nicht tun, so eine war sie nicht.

Dann öffnete sie den Mund und zeigte ihm die neuen Zahnspitzen.

»*Oh*«, sagte er überrascht, doch so überrascht nun auch wieder nicht.

»Bitte sag es mir, wenn es richtig schlimm ist. Marisol hat gesagt – ach vergiss es. Erkläre es mir einfach.«

»Ich kann es versuchen«, sagte Gavriel, ohne sich um sein blutendes Handgelenk zu kümmern. »Vor langer Zeit haben wir Menschen, die wir verwandeln wollten, Nacht für Nacht besucht und ihr Blut getrunken und ihnen im Gegenzug unser Blut gegeben. Wenn sie bereit waren – nachdem sie etwas nicht mehr Menschliches geworden waren –, ließen wir sie Menschenblut probieren und zu Vampiren werden. Du, äh, hast den Prozess beschleunigt, indem du gleich sehr viel Vampirblut getrunken hast.«

Seine Erklärung bestätigte, was Marisol gesagt hatte, außer dass er anscheinend gesehen hatte, wie man es machte. *Nein, du Dummi,* dachte sie plötzlich, *es wurde mit ihm gemacht.*

»Was nun?«, fragte Tana, der *etwas nicht mehr Menschliches* nicht aus dem Kopf ging.

Gavriel zuckte die Achseln. »Ein Vampir, der Vampirblut gesaugt hat, ist stärker, sonst nichts. Die meisten Vampire, die verwandelt wurden, nachdem alles Kalt wurde, sind schwach, mit schwachem Blut. Für uns waren das Bastarde, Unfälle, Versehen.«

Tana fuhr mit der Zunge über ihre spitzen Zähne. Gavriels Blut lief in drei Rinnsalen über seinen Arm, und sie konnte nicht wegsehen, weil es genau wie in ihrem Kindertraum wie Erdbeer-Blaubeer-Sirup aussah. »Aber ich bin doch immer noch nur Kalt, oder? Wenn ich nicht noch mehr trinke, geht es mir doch wieder gut – in achtundachtzig Tagen?«

Ein Blick in sein Gesicht sagte ihr mehr als seine Worte. »Ich habe noch nie erlebt, dass die körperliche Verwandlung rückgängig gemacht wurde, aber das heißt nichts.«

»Ich könnte also auch für immer Kalt bleiben?«, fragte sie mit klopfendem Herzen. »Hungrig bis in alle Ewigkeit?«

Als Gavriel kurz schwieg, war das Antwort genug. Dann band er sein Handgelenk mit einem Schal ab.

Wenn sie ewig Kalt bliebe, wäre sie ein lebendiger Vampir. Eine lebendige Vampirin, die nie bekäme, wonach sie sich sehnte.

Immer wenn man denkt, tiefer könnte man nicht sinken,

geht es doch noch weiter abwärts. Schlimmer geht immer, und man hört nicht auf, sich zu fürchten. Lautete so nicht eine Redensart? Oder eine Regel?

Ist mir egal, beschloss Tana. *Ich mache mir jetzt einfach mal keine Sorgen. Eine Zeit lang kann es mir egal sein.* Sie fasste Gavriel am Arm, doch als er sie fragend ansah, brachte sie die Antwort nicht über die Lippen. Sie wollte ihm ihre Leichtfertigkeit nicht erklären, die Lust auf miese Entscheidungen. Sie wollte es auskosten, ausnahmsweise den Weg in die Verdammnis selbst auszusuchen. Statt etwas zu sagen, beugte sie sich über sein verletztes Handgelenk und biss mit ihren neuen, scharfen Zähnen hinein, sodass er – sogar er – leise aufschrie.

Sie trank sein Blut, einen dunklen alten Tropfen aus einem vergessenen Keller. Tana fühlte sich wie Persephone im Hades, als Granatapfelkerne an ihren Zähnen platzten und der Saft über ihre Zunge rann. Je mehr sie schluckte, umso gieriger wurde sie. Ihre Haut fühlte sich wie von innen beleuchtet an und sie zitterte am ganzen Körper vor Lust. Gavriel murmelte leise etwas Unverständliches, bevor er die freie Hand auf den Mund legte, um sich selbst zum Schweigen zu bringen. Tana saugte stärker.

Schließlich riss sie sich widerwillig los und hob benommen den Blick. Sie fühlte sich betrunken. Auch Gavriel wirkte nicht mehr nüchtern, als er sie mit glasigen Augen ansah. Sein Mund war geöffnet, als er seine Hand wegzog, und er erschauerte wie unter einem Elektroschock.

Auf einmal fiel Tana wieder ein, dass Gavriel in wenigen Stunden zum Kampf gegen einen sehr alten Vampir antreten musste und dass es überhaupt nicht gut war, auch nur einen Bruchteil seiner Kraft zu vergeuden. Doch er sah nicht so aus, als würde ihm das Sorgen bereiten, so wie er den Kopf in den Nacken gelegt und die Augen halb geschlossen hatte. Hoffentlich hatte sie ihm nicht schon zu viel weggenommen.

»Gavriel«, sagte sie. Ihre Zunge bewegte sich nur schwerfällig.

»Ja?« Es fiel ihm schwer, sich zu konzentrieren, er blinzelte.

»Beiß mich ruhig«, sagte sie. »Wenn du willst.«

Das riss ihn aus seiner Benommenheit. Er schreckte mit aufgerissenen Augen vor ihr zurück.

Sie kroch zu ihm, kam auf die Knie und setzte sich rittlings auf eins seiner Beine, während sie sich mit einer Hand auf seiner Schulter abstützte. Ihr Herz raste. »Ich bin schon Kalt. Mein Schicksal ist bereits besiegelt. Es würde nichts ausmachen.«

»Tana …«, protestierte er verblüfft. Aber er würde es sehr gern tun, das war deutlich zu sehen. Er neigte sich zu ihrer Kehle, als würde ihr Puls in seinen Ohren schlagen, und atmete den Duft ihrer Haut ein.

Sie kniff die Augen zu und wappnete sich gegen den stechenden Schmerz durch seine Reißzähne.

»Tana«, sagte er noch mal sehr leise. »Tana.«

»Mach«, sagte sie. »Ich habe schon genug Angst. Sonst kneife ich noch und …«

Und wieder fühlte sie den kalten Druck seiner Lippen und dann seine Zähne auf ihrer Halsader.

Vor Angst musste sie kurz aufschluchzen. Gavriel hob sein Handgelenk an ihren Mund, und erst, als er ihre Zähne an der frischen Wunde spürte, biss er sie in den Hals. Es fühlte sich an, als würden zwei Eissplitter in ihre Kehle getrieben.

Tana stöhnte, so heftig toste der Schmerz über ihre Nerven hinweg. Sie fühlte den Sog seiner Zähne und wie die letzte Wärme aus ihr herausströmte. Sie fühlte ihr Herz rasen, das vor Angst immer schneller schlug. Auf der Zunge schmeckte sie sein Blut, doch ihre Lippen waren taub und sie hatte eine Gänsehaut.

Gavriel drückte eine Hand auf ihren Rücken und presste sie an sich, und plötzlich ballten sich Nerven, von denen sie bisher nichts geahnt hatte, zu herrlicher Euphorie. Freude breitete sich in ihr aus, finster und verführerisch. Sie wusste kaum noch, wie man atmete, oder dass es noch etwas anderes gab, außer sich in seinem Handgelenk zu verbeißen und in einem strudelnden Taumel der Glückseligkeit zu versinken.

Sie rieb sich an ihm, als könnte sie unter seine Haut kriechen.

Dann stieß er sie von sich und rutschte ans andere Ende des Sofas. Tanas Hals schmerzte, und sie schnappte wild nach Luft, während das Zimmer wieder in ihr Bewusstsein drang. Gavriels Augen waren geschlossen, schwarze Locken lagen über seinem Gesicht und der Mund war rot angemalt. Mit jeder Faser war er der liederliche Engel, vom Himmel weit entfernt.

Tana öffnete den Mund, gierte nach Geschmack, doch dann kam sie endgültig zu sich.

Vor dem Fenster war es dunkel. Sie kam schwankend hoch.

Gavriel schlug die roten Augen auf.

Sie hätte ihm gern von Valentina erzählt, dass sie gehen

musste, weil sie es versprochen hatte, und dass sie ihr Versprechen halten würde, obwohl sie im Moment überhaupt keine Lust hatte und ihn nur weiter küssen und vielleicht noch mal beißen wollte, aber doch vor allem küssen und all das, was nach dem Küssen kam.

Am liebsten hätte sie es ihm gesagt, doch dann würden ihre Worte auch von der Kamera über dem Bild aufgenommen, die bereits alles gefilmt hatte, was sie getan hatten.

Bei der Vorstellung, dass Lucien sich die Aufzeichnung ansah, flackerte ihr Blick unwillkürlich zu der Linse.

»Ich muss in mein Zimmer zurück«, sagte sie und mied Gavriels Blick. Sie wollte ihn, wollte bleiben und ihre Angst mit Lust verdrängen. Tana zwang sich zur Tür zu gehen.

Er sah aus, als wollte er etwas sagen, um sie aufzuhalten, doch er stand nur auf und stützte sich an der Wand ab. Dunkles bläuliches Blut tropfte von seinem Arm.

Adieu, dachte sie. *Adieu, adieu, adieu.*

»Es ist bald vorbei«, sagte Gavriel leise mit einem irren Lächeln. »Zeit, in den Eingeweiden des Tages zu lesen und uns eine ruhmreiche Zukunft vorherzusagen.«

Vierunddreissigstes Kapitel

Der Tod kam zu meiner Mutter
Nicht wie ein alter Freund.
– Josephine Miles

Als Tana klein war, hatte sie es nicht gern, wenn ihre Mutter zu einer Party ging.

Sie hatte Spaß daran zuzusehen, wie sie sich fertig machte, und liebte die Kleider aus Chiffon und Seide, die Samtblazer, ja sogar die raschelnden Kostüme, in denen noch die Sicherheitsnadeln steckten, nachdem sie frisch aus der Reinigung gekommen waren. Sie liebte die funkelnden Ohrringe, Ketten und Broschen; den Zauber des Schminkens, wenn ihre Mutter Rouge auftrug, die Lippen nachzog und ihre Augen mit Lidschatten, Eyeliner und Mascara in eine dunkle Aura hüllte. Sie liebte den feinen Parfümnebel, der wie eine süße Moschuswolke über allem hing, auf Haut und Haar ihrer Mutter haftete und ihr eine kühle, zurückhaltende Eleganz verlieh.

»Soll ich heute die Perlen tragen oder die goldenen Creolen?«, hatte ihre Mutter sie gefragt und den Schmuck hochgehalten.

Tana, die auf der Bettdecke ihrer Eltern lag, betrachtete

sorgfältig das Gesicht ihrer Mutter, bevor sie ihre Entscheidung verkündete. Pearl durfte man solche Fragen nicht stellen, da sie wegen ihres Namens immer die Perlen vorzog. Doch diesmal wählte Tana ebenfalls die Perlen aus. Sie passten gut zu dem Kleid.

Doch als ihre Mutter in ihren Plateauschuhen über das Holzparkett stolzierte, machte Tana sich langsam Sorgen um den bevorstehenden Abend. Es konnte gut sein, dass ihre Mutter nicht zurückkam, bevor sie und Pearl ins Bett gehen mussten, und ihr Vater verstand nicht, dass Tana noch eine halbe Stunde länger lesen durfte, wenn sie gerade ein spannendes Buch hatte. Außerdem weigerte er sich rundheraus, im Schrank nach Ungeheuern zu suchen. Der Tee mit Milch, den sie vorm Schlafengehen tranken, war dann nie süß genug, und wenn er Pearl etwas vorlas, wechselte er nie die Stimmen. Da er nicht wusste, wie das alles genau ging, lief an diesen Abenden immer alles schief.

Mit zehn Jahren sollte sie ein großes Mädchen sein. Dad behauptete, sie wäre zu alt für Nachtlichter und dürfte keine Angst mehr haben, ob sich unterm Bett Monster versteckten. Als sie versuchte, ihm zu erklären, dass es um den Schrank ging, lächelte er wie über einen Witz.

Wenn man aber nicht einmal an Ungeheuer glaubte – wie sollte man dann andere davor beschützen?

Deshalb blieb Tana wach und wartete auf ihre Mutter. Wenn sie sich eine Stunde im Dunkeln herumgewälzt hatte, ging sie oft nach unten und setzte sich an den Küchentisch, wo sie im Schein einer kleinen Lampe trockene Salzkräcker aß. Eine Zeit lang ging das gut, aber dann krochen die Schatten immer näher heran, und sie bekam Angst, zumal ihr Vater und Pearl oben schliefen. Das Holz im Haus knarrte leise und die Rohre rauschten. Wenn der Wind vor dem Fenster im Gebüsch raschelte, zuckte Tanas Blick dorthin, um nachzusehen, ob jemand dort war. Ständig musste sie an die Fernsehnachrichten denken, an all die Überfälle, von denen sie nichts erfahren durfte, wenn es nach ihren Eltern ging.

Wenn die Scheinwerfer des Wagens ihrer Mutter den Rasen in grelles Licht tauchten, war Tana vor Angst meist schon außer sich, doch sie schwor sich, es vor ihrer Mutter zu verheimlichen. Sie war ein großes Mädchen, genau wie Dad es gesagt hatte.

Doch sie hätte nicht erwartet, wie ihre Mutter aussah, als sie das Haus betrat: Ihr Gesicht war aschgrau und die Mascara verschmiert, als hätte sie sich die Augen gerieben oder geweint. Einen Augenblick lang starrte sie Tana gehetzt an. Dann zuckte ein misslungenes, grausiges Lächeln um ihre Mundwinkel.

»Oh, bist du aufgeblieben und hast auf mich gewartet, Mäuschen?«, hatte ihre Mutter gefragt.

»Mommy«, hatte Tana gesagt und sich in ihre Arme geworfen. Den Kosenamen hatte sie seit Jahren nicht mehr benutzt. »Mommy, was ist?«

»Nichts, mein Kleines, mein Schnuffelchen, Tanalein.« Sogar ihre Stimme klang anders. »Geh schön wieder ins Bett.«

Sie gingen die Treppe hinauf, Tana gähnte. Sie war froh, dass ihre Mutter endlich wieder zu Hause war, auch wenn etwas Schlimmes passiert war. Etwas, das sie nicht verstehen konnte.

Am Treppenabsatz ging ihre Mutter in die Hocke, legte Tana die Hände auf die Schultern und sah sie eindringlich an.

»Ich liebe dich«, hatte sie gesagt. »Dich und deine Schwester. Ich liebe euch beide so sehr und das wird sich niemals ändern.«

Tana fürchtete sich plötzlich und nickte.

»Ich würde alles tun, um euch zu beschützen«, sagte ihre Mutter, deren Augen in der trüben Beleuchtung funkelten. »Ich würde alles tun, um bei euch zu bleiben und zuzusehen, wie ihr groß werdet. Alles, hast du das verstanden?«

»Ja«, sagte Tana.

Doch als ihre Mutter sie ins Bett brachte und sich über sie beugte, um ihr mit kühlen Lippen einen Kuss auf die Wange zu geben, während ihr Parfüm sie beide einhüllte und die schwarzen Locken, die sich aus den Haarnadeln gelöst hatten, wie ein Vorhang herunterfielen, beschloss Tana, dass sie nicht erwachsen werden wollte. Sie wollte kein großes Mädchen sein, das zu dumm war, im Schrank nach Ungeheuern zu suchen, und sie wollte nicht zu Partys gehen, wo ihr fürchterliche Dinge zustoßen würden, die sie dann verheimlichen müsste, nicht einmal, wenn sie schöne Kleider und Glitzerschmuck tragen dürfte.

Sie wollte nicht erwachsen werden, doch sie konnte rein gar nichts dagegen tun.

Fünfunddreissigstes Kapitel

Den Lebenden schuldet man Respekt,
aber den Toten schuldet man
nichts als die Wahrheit.
– Voltaire

Benommen machte Tana sich auf den Weg durch den Flur. Ihr Herzschlag rauschte laut in ihren Ohren, in der Nase hatte sie den Duft ihres eigenen Blutes und im Mund einen metallischen Geschmack. Von unten hörte sie, wie der Haushalt geräuschvoll erwachte. Mit einem Mordshunger krochen sie aus ihren Zimmern in die Nacht, die sie mit einem glitzernden Sternenteppich willkommen hieß.

Tana wollte nicht allein durch den Flur schleichen, sie wollte Luciens grässliches Herrenhaus nicht verlassen, ohne sich endgültig von Gavriel zu verabschieden, doch nirgends konnte man etwas sagen, ohne belauscht zu werden. Lieber ließ sie ihn mit der Erinnerung an seine Zähne an ihrem Hals und an ihre Zähne an seinem Arm zurück, mit der Erinnerung an sie beide als ein Monsterpärchen, das sich in den Armen lag.

Und nach dieser Nacht – nach dieser Nacht musste sie sich irgendwo hinter einer massiven Tür anketten und das Beste hoffen. Die Quarantäne allein zu durchleiden, war gefährlich, und auch ohne die Extra-Belastung ihrer Adern durch eiskaltes Vampirblut waren ihre Überlebenschancen gering.

Du bist nicht einmal mehr ein richtiger Mensch, höhnte es in ihrem Inneren wie mit Winters Stimme. *Gib auf, stirb einfach. Es wird genauso sein wie in deinem Traum – Blut und Wälder und Schnee, Mädchen mit Haaren wie Rabenflügel und rosenroten Lippen und spitzen Zähnen so weiß wie Milch.*

Es machte sie nervös, dass sie sich immer schlechter daran erinnern konnte, wie ihr altes Leben sich angefühlt hatte, obwohl es doch erst wenige Tage her war. Ein Meer von Rot hatte ihr Gedächtnis überschwemmt.

Als Tana die Tür zu Elisabets Zimmer öffnete, wollte sie nur ihr Handy und Bargeld holen und gleich wieder verschwinden. Sie blieb wie angewurzelt stehen, denn Marisol wartete auf sie. Die Vampirin saß auf dem Bett, stemmte einen ihrer Stiefel mit den Dolchabsätzen gegen das Fußende und drehte sichtlich gelangweilt ihren silbernen Zahn-Ring zwischen den Fingern.

»Du warst aber lange weg«, sagte Marisol. Tana richtete den Blick hinter sie, wo in einer Ecke ein Vorhang flatterte. Das Fenster stand offen und die weiße Krähe saß auf der Fensterbank. Sie sah ins Zimmer zu Tana und krächzte einmal mit ihrem scharfen Krummschnabel. Sie hatte etwas am Bein – eine Art Klammer, in die man ein eng gerolltes Stück Papier schieben konnte.

»Was will Lucien denn jetzt schon wieder?«, fragte Tana und zwang sich, Marisol anzusehen. Die Vampirin hatte den Vogel mit Sicherheit bemerkt. *Wieso tut sie so, als wäre nichts?*

»Keine Angst«, sagte Marisol und glitt mit einem Seufzer vom Bett. »Diesmal hat mich nicht Lucien geschickt.«

Da sie nach wie vor Gavriels Blut schmeckte, fühlte Tana sich immer noch nicht richtig nüchtern. »Jameson.« Der Groschen war gefallen. »Du bist seine …«

»Mutter.« Marisol lächelte wie eine Katze, die sich zurückhält, mit einem Kanarienvogel zu spielen. »Er hat mich gebeten, dir zu helfen, ein Mädchen zu retten. Also bin ich hier und *helfe*.«

»Oh.« Jetzt begriff Tana, was er alles nicht erwähnt hatte, als sie über sein Leben in Coldtown gesprochen hatten. Von seiner Mutter oder seinen Eltern war nicht die Rede gewesen. Und schon musste sie wieder an ihre Mutter denken, dass ihre Mutter ganz ähnlich hätte sein können. »*Oh*.«

Das würde Valentina freuen. Vielleicht würde sie sich so sehr freuen, dass sie vergessen könnte, wie Tana direkt vor ihren Augen einem Vampir die Kehle mit einem Schraubenzieher und ihren damals noch stumpfen Zähnen aufgerissen hatte.

»Trödel nicht rum«, sagte Marisol. »Die Nachricht am Bein des Vogels ist für dich.«

Tana ging zu Gremlin. Der Vogel hielt still, ohne auf ihre Finger zu picken, und ließ es zu, dass sie das dünne Papierröllchen aus der Eisenklammer an seinem Fuß zog.

Vertrau ihr, stand da. *Vertrau mir.*

Tana seufzte.

»Noch was«, sagte Marisol und kam mit unnatürlicher Anmut auf Tana zu. Mit ihren granatroten Augen sah sie an ihr vorbei und ließ den Blick durch den Raum wandern, als suchte sie die Kameras. »Deine Freundin hat Jameson gebeten, dir eine Nachricht zu übermitteln. Ein Mädchen aus deiner Heimatstadt ist auf dem Weg hierher. Pearl. Sagt dir das etwas?«

Die Welt geriet ins Wanken. Tanas Sicht wurde schwarz an den Rändern, sie hatte das Gefühl zu fallen, immer weiter, immer tiefer, als würde sie nie aufhören zu fallen.

Nein, das konnte nicht sein. Nein.

»Doch, ich glaube, sie hieß Pearl. Oder Jewel? Eine deiner Freundinnen versucht ebenfalls, sie zu finden.« Marisol machte eine leicht entnervte Handbewegung. »Ich weiß nicht. Ich weiß sowieso nicht, warum irgendwer herkommt.«

»Sie ist meine kleine Schwester«, sagte Tana. Ein Teil ihrer Wut – auf das Universum, sich selbst und Pearl – floss in ihre Stimme. »Sie ist zwölf. Sie kommt …«

Sie kommt meinetwegen. Wegen der bescheuerten SMS.

Sie kommt, weil sie glaubt, Lucien wäre harmlos und gleichzeitig aufregend gefährlich.

Sie kommt her, weil sie bei der Show mitmachen will.

Marisol wirkte zunächst bestürzt, als sie hörte, wie jung Pearl war, und dann vorwurfsvoll, als hätte Tana ein unerwünschtes Gefühl in ihr ausgelöst.

Ohne die Vampirin zu beachten, ging Tana ins Bad und holte ihr Handy. Als sie ihre Nachrichten checkte, fand sie eine neue von Pauline: Oh Gott, deine Schwester ist nicht zu Hause. Sie hat deinem Dad vor 1 Std geschrieben, sie geht zu dir, will bei dir wohnen & ins Fernsehen kommen. Ich hab sie 16x angerufen, sie geht nicht dran. Hab alle deine Freunde angerufen. Weg

Hektisch und mit zitternden Fingern drückte Tana die Tasten, um ihre Schwester anzurufen. Es klingelte nicht einmal, die Mailbox sprang sofort an. Mit geschlossenen Augen zählte sie ihre Atemzüge und versuchte, sich zu beruhigen.

WO BIST DU JETZT????, schrieb sie Pearl, doch es kam keine direkte Antwort. Tana steckte das Handy in den geliehenen BH, wo sie bei einem Anruf oder einer Nachricht die Vibration spüren würde. Am liebsten hätte sie mit der Faust aufs Waschbecken geschlagen.

Wenn Mom am Leben und in Coldtown gewesen wäre, hätte ich vielleicht auch versucht, zu ihr zu kommen.

»Ich helfe nur dir und dieser Valentina, verstanden?«, rief Marisol. »Heute Nacht sind die Wachposten nicht an ihrem üblichen Platz und alle anderen auch nicht. Das heißt aber noch lange nicht, dass wir nicht vorsichtig sein müssten.«

»Wir befreien da unten alle Gefangenen, die mitkommen wollen.« Tana erkannte ihre Stimme selbst kaum. Eisige Eisenspäne. »Alle, die wir finden. Und wir müssen schnell sein.«

Schnell, schnell, damit sie hier rauskam und ihre Schwester retten konnte.

»Ich riskiere so schon genug«, sagte Marisol. »Du tust genau, was ich sage, sonst …«

»Du bist nicht *meine* Mutter«, schnitt Tana ihr das Wort ab und ging zum Bett, wo sie ihre Handtasche ausleerte. Das Bargeld steckte sie ebenfalls in den BH neben das Handy und ließ den Rest dort liegen. »Du musst uns auch nicht helfen, wenn es dir zu viel wird. Ich sage Jameson, dass du spitze warst. Er muss ja nicht wissen, wie egal es dir ist.«

Marisol warf ihr einen scharfen Blick zu. »Ich war nicht

immer … ich war keine gute Mutter. Wenn mein Sohn mich um etwas bittet, tue ich es deshalb, ganz egal, wie blöd ich es finde. Jameson sagt, ich soll behilflich sein, das Mädchen herauszuholen, das er gern hat. Also bin ich behilflich. Jameson sagt, wir treffen uns am Tor, also treffen wir uns am Tor. Wenn wir getrennt werden, schlägt er vor, wir treffen uns beim Ewigen Ball, und das sehe ich auch so. Er glaubt, wir können uns unauffällig unter die Gäste mischen und dass die Kameras Luciens Leute davon abhalten, allzu grausam zu reagieren.«

Es hörte sich nicht so an, als wäre sie seiner Meinung, doch Tana bekam ohnehin kaum etwas mit. In Gedanken war sie wieder bei Pearl und stellte sich vor, wie sie durch die nächtlichen Straßen wanderte. Einen ganz kurzen Moment lang erinnerte sie sich an einen Tag in der dritten Klasse, als sie mit ihren Mitschülern draußen auf dem Rasen direkt vor dem Klettergerüst gesessen hatte und Ms Lee Rachel zugeflüstert hatte: »Mittagessen können wir später.« Rachel hatte es an Lance weitergegeben, der es Courtney ins Ohr gesagt hatte, die es Pauline zugeflüstert hatte, die es Marcus gesagt hatte, bis er es schließlich Tana sagte. »Pizzas schießen in den Äther«, hatte Marcus mit seinem Pfefferminzatem gesagt, und Tana hatte stolz geglaubt, sie hätte es richtig weitergegeben. Doch als der Satz am anderen Ende angelangt war, hörte er sich noch verstümmelter an.

Vielleicht war so etwas passiert. Die Nachricht war falsch übermittelt worden. Marisol hatte etwas missverstanden und Pearl war nicht der richtige Name.

Doch im Herzen wusste Tana Bescheid.

Die weiße Krähe schrie und sah sie mit dunklen Augen an.

Such Pearl, hätte Tana ihr am liebsten befohlen, doch Gremlin konnte sie ja nicht verstehen, abgesehen davon, dass er nur auf Jameson hörte. Nein, erst musste sie weit genug von Lucien wegkommen, dann konnte sie weiter darüber nachdenken.

Was willst du denn tun?, schimpfte sie mit sich selbst. *Du willst sie finden, und was dann, hungrig, wie du bist? Schnell ihr Blut aussaugen, bevor es ein anderer tut?*

Tanas Augen brannten, als sie auf die Knie ging und Elisabets Kiste unter dem Bett hervorzog. Mit zwei Schnürsenkeln band sie ein Holzmesser an ihr Bein. Dann nahm sie den Schlüsselbund des toten Vampirwächters in die linke Faust und holte für Marisol eine Armbrust aus dem Versteck unter Elisabets Bett – jeder Pflock war aus poliertem Rosenholz mit Dornen. »Okay, du richtest das Teil auf mich, und dann denken hoffentlich alle, ich wäre eine Gefangene, die du irgendwohin bringst.«

Es sagte wirklich eine Menge über das Leben mit Lucien Moreau aus, wenn Elisabet nur Waffen besaß, die man gegen andere Vampire richtete. Hier ging es sicher ganz anders zu, sobald die Kameras abgestellt waren.

Aus irgendeinem Grund machte ihr genau das in entsetzlicher Klarheit deutlich, wohin Pearl sich wenden würde, sobald sie es nach Coldtown geschafft hätte. Sie würde direkt zu Lucien gehen. Er war schließlich Pearls Lieblings-Promi-Vampir, und sie hatte Dad geschrieben, dass sie ins Fernsehen wollte. Tana schloss die Augen. Zum ersten Mal, seit sie inmitten der Leichen in Lances Farmhaus aufgewacht war, zum ersten Mal, seit die Zähne ihr Bein aufgekratzt hatten, verlor sie die Hoffnung, es schaffen zu können. Vielleicht konnte sie Pearl rechtzeitig finden und ihr den Chip geben, doch Tana würde nicht mehr rauskommen.

Es ging nur noch um das, was sie tun konnte, bevor sie sterben musste.

Marisol sah sie anerkennend an, als hätte sich in Tanas Haltung etwas Grundlegendes geändert, und ging stirnrunzelnd zur Tür. Mit einer geschmeidigen Bewegung drehte sie den handgeschnitzten Knauf. Tana tapste barfuß mit Marisol die Treppe hinunter.

Es roch scharf nach Blut und Schweiß, und der Geruch verstärkte sich noch, als sie die Kellertür öffneten. Niemand schien sie zu bemerken, schon gar nicht, als Marisol mit eisernem Griff Tanas Oberarm packte. »Benimm dich wie eine Gefangene«, zischte die Vampirin und schleuderte sie herum wie ein Gepäckstück, während sie die Armbrust an ihren Rücken drückte. Tana kam das alles auf einmal viel zu realistisch vor.

Am Fuß der Kellertreppe konnte sie die Käfige erkennen, die nur von einer schwachen Glühbirne in der Mitte des Raumes beleuchtet wurden. Valentina saß hinten an der Wand neben einem Jungen in einer schmutzigen weißen Hose und schwarzen Hosenträgern über der nackten Brust und dem dunkelhaarigen Mädchen, mit dem Tana gesprochen hatte. Sie rappelten sich auf. Valentina streckte die Hände durch die Gitterstäbe und spähte mit zusammengekniffenen Augen in die Düsternis. Tana dagegen konnte hervorragend sehen. Sie hörte auch, wie die Herzen der Gefangenen schneller schlugen, hörte die warme Flut ihres Blutes an die Grenzen ihres Verstandes wogen. Die Menschenmenge fiel ihr ein, die im

Theater vor Gavriel gestanden hatte, all die Menschen, die er gebissen hatte, und sie fragte sich ängstlich, ob ihr Hunger jemals gestillt werden konnte.

»Tana, du hast sie gefunden!«, rief Valentina, als sie Marisol entdeckte. »Das ist sie! Wie hast du …«

»Das ist Jamesons *Mutter*«, antwortete Tana schnell, die mit Mühe ignorierte, dass sie fast nur noch rot sah und ihr eigenes Herz reagierte, das ebenfalls schneller schlug. »Sie hilft mir, euch zu befreien.«

Marisol zog die Stirn kraus, weil sie nicht verstand, warum Tana das Wort Mutter so sehr betont hatte.

Valentina starrte Marisol an und konnte den Blick nicht abwenden.

Tana ging in die Hocke, steckte einen Schlüssel in eins der Schlösser und drehte ein wenig. Mit einem schweren Klirren rastete er ein.

»Hey«, rief einer der Gefangenen, ein schmalbrüstiger Junge. »Was machst du da? Das darfst du nicht!«

Jemand kam die Treppe herunter, als Tana den zweiten Schlüssel ins Schloss fummelte.

»Wer ist da?«, rief ein Wachposten. »Was ist da los?«

»Die lassen uns raus«, rief eins der Mädchen, bevor Valentina sie packte und ihr den Mund zuhielt.

Tana lehnte sich an die Wand und ließ Elisabets Holzdolch in ihre Hand gleiten. Sie stellte sich vor, wie sie ihn in die Haut des Wachmanns stach, wenn er die Treppe herunterkäme, wie sie sein Herz damit durchbohrte. Es war schwer gewesen, Midnight zu töten, aber bei der Erinnerung an den anderen Vampir, den sie auch hier an Ort und Stelle erstochen hatte, fragte sie sich, ob es je wieder schwer sein würde. Schweigend fletschte sie die Zähne.

Marisol blickte die Treppe hoch, warf ihr Haar zurück und lächelte. »Ich hole einige Gefangene heraus und spritze sie ab. Man kann es Lucien nicht zumuten, dass sie ihm derart verschmutzt zu Diensten sind.«

Marisols Lächeln bewies Tana, dass sie erschreckend gut schauspielern konnte. Was war wohl passiert, dass Marisol ihren Sohn vor Jahren allein gelassen hatte? Hatte sie Angst gehabt, sie würde ihn aussaugen? Oder verwandeln? War es einfacher gewesen, sich mit Blut vollzusaufen und alles andere aufzugeben?

Eine Freundin von mir wohnt bei Lucien, hatte Jameson gesagt. Er hatte nicht gesagt, dass er damit seine Mutter meinte, nicht einmal auf der Mitteilung, sie könnte ihr vertrauen.

Sie sind keine Menschen, ermahnte sich Tana. *Ich bin selbst kein vollständiger Mensch mehr.*

Der Wachposten schluckte die Erklärung, doch er ging noch eine Stufe tiefer. »Brauchst du Hilfe?«, rief er Marisol zu.

Tana machte sich bereit, zuzustoßen, und konzentrierte sich auf die Stelle seitlich des Brustbeins, wo sein Herz war.

»Nein«, antwortete Marisol. »Aber du kannst überlegen, wo ich sie oben hintun soll. Sofas oder – keine Ahnung – ein Tisch, der so lang ist, dass ich sie nebeneinanderlegen kann.«

»Kann ich machen«, erwiderte der Wachposten. »Aber wir müssen weg sein, bevor Spider kommt. Lucien will nur eine Minimalbesetzung hierbehalten – Diener und ein, zwei Wachposten. Charles bedient als Einziger die Kameras. Wenn du die da unten fertig machen willst, hast du jedenfalls nicht mehr viel Zeit.«

»Zeit ist das Einzige, von dem wir alle genug haben«, sagte Marisol achselzuckend.

»Wie du meinst.« Die Schritte entfernten sich wieder. *Eine Minimalbesetzung?* Lucien hatte Gavriel versprochen, dass seine Leute da wären, um das *Corps des Ténèbres* zu unterwerfen. Dann hatte er nicht nur gelogen, sondern anscheinend wussten im Haus alle, dass er Gavriel in die Falle locken wollte. Sogar Marisol würde es wissen.

Tana hätte Lucien am liebsten ihren Holzdolch ins Herz gerammt und zugesehen, wie das dunkelblaue Blut hervorquoll. Was konnte sie tun, um Gavriel zu warnen?

Und was dachte sich Gavriel eigentlich dabei, Lucien zu erlauben, ihn in Ketten zu legen und dem Ungeheuer zum Fraß vorzuwerfen, das ihn ein Jahrzehnt lang eingesperrt hatte? Glaubte er, ihm könnte nichts mehr etwas anhaben? Glaubte er, er könnte kraft seines Wahnsinns alles überstehen? Oder war sein Gehirn von Gedichten und Plänen so benebelt, dass für Zweifel kein Raum mehr war?

Sie musste ihm das alles sagen, bevor Spider vor der Tür stand, bevor es zu spät war.

Marisol drehte den zweiten Schlüssel im Schloss, riss die Gittertür auf und betrachtete die Gefangenen mit einem Lächeln, das ihre Fangzähne zeigte. »Ihr kommt jetzt schön mit wie brave Mädchen und Jungen, nicht wahr?«

Die Menschen sahen einander verstohlen an.

»Kommt schon«, sagte Marisol. »Das war eine Geschichte, die ich dem großen, bösen Wächter aufgebunden habe. Und ist es nicht einfacher zu flüchten, wenn ihr erst mal aus diesem Keller seid? Wollt ihr etwa nicht mitkommen?«

»Nein«, antwortete der dünne Junge, dessen Rippen herausstachen und dessen schwimmende Augen die Farbe von Tee hatten. »Du lügst, das weiß ich. Bei Lucien sind wir in Sicherheit. Wir verdienen uns unseren Platz.«

Marisol zuckte mit den schlanken Schultern und lächelte in Tanas Richtung. »Wir haben es euch angeboten. Mehr kann man nicht verlangen.«

Tana drückte das kalte Fleisch an der Schulter der Vampirin. »Moment.« Sie wandte sich an den Jungen. »Bitte – bitte komm mit. Du weißt doch auch, dass das hier ein Gefängnis ist. Du musst doch wissen, dass er nie …«

»Schnauze.« Der Junge verschränkte die Arme.

»Lass sie doch«, sagte Marisol überheblich. »Sie haben sich entschieden.«

Doch einige schlurften mit schamroten Gesichtern aus ihren Zellen, während andere stur bei dem dünnen Jungen blieben.

Nur die Mädchen und Jungen mit Maulkorb rührten sich gar nicht. Sie verschliefen das Ganze, ohne auch nur zu zucken. Valentina rüttelte einen Jungen, doch seine Wimpern flatterten nur kurz. Er öffnete nicht die Augen.

»Ich glaube, man hat ihnen etwas gegeben«, sagte Valentina.

Marisol zog die Augenbrauen hoch. »Zufrieden?«

»Dagegen können wir nichts machen, Tana.« Valentina sah zur Treppe.

»Jep«, sagte die Schwarzhaarige. »Lass uns abhauen. Gott, ich hätte nie gedacht, dass wir überhaupt so weit kommen.«

Sie hatte recht. Tana konnte es sich nicht leisten, sich auch noch um diejenigen zu sorgen, die sie hier zurückließen. Jetzt nicht. Nicht solange Pearl irgendwo da draußen war. Nicht solange Gavriel gleich in die Falle tappte.

»Was hast du da am Mund?«, fragte der Junge mit den Hosenträgern. »Alles klar mit dir?«

Tana befühlte ihren Mund und begriff, dass ihre neuen spitzen Zähne in die Lippe stachen. Sie hatte nichts davon gemerkt.

Valentina stützte sich schwer auf Tanas Arm, als sie den Käfig verließ, so wund und steif waren ihre Glieder. Ihre warme Haut versetzte Tana einen wohligen Schauer.

Marisol führte sie die Treppe herauf und weiter durch eine erlesen möblierte Zimmerflucht. Auf dem Weg begegneten sie einigen Vampiren, die ins Gespräch vertieft waren. Sie sahen nicht so aus, als wollten sie es gleich mit den Schergen eines steinalten Vampirs aufnehmen. Nachdem Marisol und ihre Schützlinge den Bankettsaal mit der Glaskuppel fast durchquert hatten, hallte plötzlich das Echo einer Vampirstimme von den Wänden. »Ihr da! Halt! Auf der Stelle stehen bleiben!«

Daraufhin liefen die Gefangenen zur Tür, rissen sie auf und rannten im Mondschein über den Rasen, auf dem bereits der Morgentau waberte. Sie zerstreuten sich in alle Richtungen, gefolgt von Tana, Valentina und Marisol. Hell und voll wie eine überreife Frucht, die dem Ast zu schwer geworden war, hing der Mond hoch am Himmel.

Das Tor war nur mit einem Wachposten bemannt, der sofort losrannte, um den Jungen in Hosenträgern abzufangen. Er forderte ihn lauthals auf stehen zu bleiben. Marisol erschoss ihn mit der Armbrust und einem einzigen Pflock. Ohne einen Laut fiel der Mann ins Gras. Tana war so verblüfft, dass sie zu nichts mehr in der Lage war.

Du hast selbst zwei auf dem Gewissen!, brüllte sie sich innerlich an. *Der Tod dürfte dich nicht mehr schocken.*

Hinter ihr kam ein anderer Vampir aus dem Haus und lief ihnen nach. Marisol schwenkte die Armbrust herum.

»Los!«, schrie Valentina und schubste Tana zu einem Loch im Zaun, wo die eisernen Latten fehlten.

Jameson stand auf der anderen Seite des Zauns, richtete einen abgewrackten Flammenwerfer auf das Haus und scheuchte die Gefangenen durch die Lücke im Zaun.

Tana kroch hinterher, dann folgte Valentina.

Jameson packte Valentinas Schulter, sobald sie einen Meter vom Zaun entfernt war. Er hielt sie ganz fest und verschlang sie mit Blicken. »Ich wäre an deiner Stelle gegangen«, sagte er etwas zusammenhanglos. »Du hättest es mir sagen sollen, dann hätte ich es an deiner Stelle getan, egal, was.«

»So war es gar nicht«, sagte Valentina, die anscheinend auch nicht wusste, worauf er anspielte.

Einen Augenblick lang dachte Tana, Jameson würde Valentina küssen, doch er ließ die Hand sinken und wandte sich seiner Mutter zu, die durch die Lücke tauchte und den Flammenwerfer von seiner Schulter schob.

»Danke«, sagte er. »Lass mich raten – du gehst direkt wieder zurück zu Lucien.«

»Aber nicht heute Nacht«, sagte seine Mutter mit einem letzten Blick zur Villa, die von dunklem Licht erleuchtet war. »Heute Nacht bleibe ich bei dir, Kid.«

Über ihren Köpfen kreiste die weiße Krähe.

Tana dachte an Pearl, wie sie an einem Spätsommertag auf dem Rasen getanzt hatte, mit zerzaustem hellem Haar, an das sie unter Androhung von Tränen niemanden heranließ. Sie hatte sich gedreht und gedreht, bis ihr so schwindelig geworden war, dass sie in einem Wirbel aus nackten Füßen, Löwenzahn und Sommerkleid ins Gras gesunken war.

Pearl, die es eilig hatte, genau an den Ort zu kommen, den Tana unbedingt verlassen wollte. Falls Tana auf den Straßen nach ihr suchte und Pearls Namen rief, während Pearl gleichzeitig direkt zu Lucien ging, falls etwas Schlimmes passierte, würde Tana sich das nie verzeihen.

Das erinnerte sie an eine Folge aus einer dieser Late-Night-Shows auf dem History Channel, in der eine Gruppe von Professoren über Monster gesprochen hatte. Diese Erinnerung war untrennbar mit dem kratzigen Gefühl des Flokatis verbunden, den sie auf dem Sofa über ihre Beine gelegt hatte; mit dem Duft von Popcorn und dem Anblick von Pearl, die auf dem alten Teppich mit Legosteinen spielte. *Das Monster ist übermenschlich groß. Es repräsentiert die Fülle, ja das Übermaß,* hatte der weißhaarige Experte gesagt und die Brille hochgeschoben. *Es hat viele Augen, mehr Arme und zu viele Zähne. Alles an ihm ist zu viel.*

Genauso fühlte Tana sich in diesem Moment. Als gäbe es zu viel von ihr, als würde ihre Haut vor Fülle spannen. Sie war kurz vorm Platzen.

Und sie erinnerte sich daran, was Gavriel gesagt hatte, als sie ans Bett gefesselt erwacht war. *Doch wenn man sich angesteckt hat, und auch später als Vampir, ist man für immer man selbst. Möglicherweise mehr denn je. Im Innersten bleibst du immer du, wie du immer warst.*

Vielleicht war sie immer so wie jetzt. Und stopfte das, was zu viel war, tief in ihr Innerstes, wo es niemand zu sehen bekam.

Und wenn sie Pearl erst mal gefunden hatte, wie lange würde es dann dauern, bis sie so ein Ungeheuer wie ihre Mutter wurde? Wie lange würde es dauern, bis die Infektion sich in ihrem Blut so festgesetzt hatte, dass sie an nichts anderes mehr denken konnte, als wann ihr wieder warm sein würde? Wie lange, bis sie in Pearl nur noch weiche Haut und ein schlagendes Herz sah? Sie war vielleicht noch sie selbst, doch dieses Selbst hatte rasenden Hunger – es war eins, das sie selbst noch nicht kannte. Sie selbst mit durchgeschnittenen Bremsleitungen, der sie nichts anderes als das Töten zutraute.

»Gib mir die Armbrust«, sagte Tana so ruhig wie möglich. »Ich gehe wieder rein.«

»Was?« Valentina wirbelte zu ihr herum. »Nein!«

»Geht nicht anders.« Tana holte das Handy heraus, blätterte in ihren Fotos und wählte eins aus dem Vorjahr von ihrer kleinen Schwester, das sie mit Rattenschwänzchen zeigte. »Pearl ist auf dem Weg nach Coldtown; so sieht sie aus. Ich muss euch um einen letzten Gefallen bitten. Bitte sucht sie.«

Marisol wollte protestieren, doch Jameson nickte nur. »Klar, machen wir. Deine Freundin Pauline hat gesagt, Pearl würde es frühestens heute schaffen, hier reinzukommen. Vielleicht ist sie noch gar nicht durchs Tor gekommen. Wir kümmern uns drum. Streuner sind meine Spezialität.«

Tana gab ihm ihr Handy. »Bitte, bitte sorg für ihre Sicherheit.«

Jameson nickte nach einem Seitenblick auf seine Mutter. Dann holte er sein eigenes Handy aus der Hosentasche und reichte es Tana. »Hier, ich rufe an, sobald es etwas Neues gibt.«

Tana steckte es in ihren BH, überwältigt von Dankbarkeit.

Valentina warf einen Blick auf Luciens Herrenhaus. »Geh bloß kein Risiko ein«, sagte sie. »Der alte, irre Vampir braucht deine Hilfe nicht.«

Und wenn doch?

Nie wieder, hatte Tana sich geschworen. Egal, was passierte, nie wieder würde sie sich übers Ohr hauen lassen. Keine Fehler mehr.

»Ich glaube nicht mehr daran, dass alles von selbst wieder gut wird. Ich bringe Lucien Moreau persönlich um«, sagte Tana und nahm Marisol die Armbrust und Holzbolzen aus den Händen. Dann legte sie die Waffen auf den Boden, damit sie Gavriels Granatkette abnehmen konnte, in der die Garantie für die Ausreise aus Coldtown sicher verstaut war. »Gebt das meiner Schwester, wenn ihr sie findet.«

Valentina nahm die Kette und versprach es ihr.

Tana rüstete sich mit der Armbrust und strich mit dem Daumen über das glatte Holz und das kalte Metall, während die anderen fortgingen. Marisol verschmolz mit der Dunkelheit, als wäre sie selbst aus Schatten.

Ich bringe Lucien Moreau persönlich um, wiederholte Tana und erlaubte sich diesmal, den Gedanken zu Ende zu denken. *Ich bringe Lucien Moreau persönlich um, und wenn ich dabei draufgehe.*

Sechsunddreissigstes Kapitel

Tote beißen nicht.

– Theodotus

Pearl stieg aus dem Bus und nahm ein Taxi. Nachdem sie einen Kontrollpunkt mit einem unausstehlichen Wachposten passiert hatte und aus dem Auto gekrabbelt war, sah die Fahrerin sie lange an.

»Soll ich dich nicht lieber wieder zurückbringen, Mädchen?«, fragte sie und lehnte sich aus dem Fenster. Sie hatte ihre dicken, dunklen Haare zu einer Zopffrisur geflochten, die wie eine Krone aussah. »Ich berechne auch nichts. Jetzt hast du es doch gesehen, da muss man nicht hin. Was Kleines wie dich fressen sie zwischendurch und haben immer noch Hunger.«

»Nein danke«, sagte Pearl und ging in das Bürogebäude. Nachdem sie schon alle Anrufe von zu Hause ignoriert hatte, ließ sie sich von einer Fremden nicht aus dem Konzept bringen.

Sie wurde erst nervös, als sie auf einer Betonbank saß und Formulare ausfüllte, in denen Formulierungen wie *verzichte auf alle meine Rechte* und *nationale Bedrohung* vorkamen. Kaum hatte sie behauptet, sie wäre infiziert, hatten sie sie durch das Gebäude gescheucht, als wäre sie eine Bombe, die gleich hochgehen würde. Niemand versuchte mehr, sie von ihrer Entscheidung abzubringen, und keiner warf auch nur einen Blick auf die Wunden, die sie sich vorsichtshalber in der Armbeuge beigebracht hatte.

Doch erst als sie in einem Eisenkäfig über der Stadt hing, dachte Pearl ernsthaft darüber nach, ob sie vielleicht einen Fehler gemacht hatte.

Coldtown entsprach überhaupt nicht ihren Erwartungen. In den Videos hatte es nach einer endlosen Party ausgesehen, mit schönen, elegant gekleideten Leuten, doch jetzt waren die Straßen verlassen und mit Müll übersät. Außerdem war die Stadt sehr groß, unüberschaubar groß und die Häuser erstreckten sich bis zu der Mauer am anderen Ende. Pearl befürchtete, dass es möglicherweise doch nicht so einfach wäre, sich zurechtzufinden.

Nachdem sie gesehen hatte, wie Tana und das Mädchen mit den blauen Haaren bei Lucien Moreau gekämpft hatten und das Mädchen Tana mit ihren Fangzähnen gebissen hatte, hatte Pearl sich sofort in die Fanforen eingeloggt. Viele eklige Jungen chatteten dort perverse Sachen, zum Beispiel, wie sexy die Mädchen miteinander rangen. Sie schenkte ihnen keine Beachtung und postete die Frage, ob es ihrer Schwester gut ging. Eine Stunde lang bekam sie keine Antwort.

Als sie aufs Äußerste angespannt auf dem Bett saß und ihren Browser nochmals startete, musste sie immer daran denken, was ihre Großeltern gesagt hatten. Sie hatten gepredigt, sie müsse sich um Tana kümmern. Und das ging nun mal nicht, wenn sie nicht in derselben Stadt wohnten. Wäre sie mit Tana nach Coldtown gegangen, hätten sie in einem der alten Lagerhäuser am Fluss wohnen können. Sie hätten mit Aidan abgehangen und wären auf Partys gegangen statt zur Schule, und das mit Tana wäre nie passiert, weil Pearl ihr direkt gesagt hätte, dass sie sich von diesem Mädchen fernhalten sollte. Doch vielleicht war jetzt schon alles zu spät.

Schließlich bekam sie eine private Nachricht von dem Moderator eines Forums. Er hieß Nicholas und beruhigte sie, ihrer Schwester ginge es gut, aber wenn sie nach Coldtown käme, würde Lucien sie gerne treffen. *Das musst du für dich behalten*, schrieb er. *Stell dir vor, was für eine schöne Überraschung das für deine Schwester wird.*

Und das hatte sie die ganze Fahrt über aufrecht gehalten. Sie hatte gedacht, dass sie eigentlich nur das Haus von Lucien Moreau finden musste. Das wiederum hatte sie sich ganz leicht vorgestellt; sie würde einfach jemanden nach dem Weg fragen.

Doch als sie jetzt durch die Straßen ging, erschien niemand vertrauenswürdig genug. Eine Gruppe von dünnen, schmutzigen Männern stand um eine brennende Mülltonne herum. Sie brieten an langen, kahlen Ästen etwas, das sehr nach Käfern aussah. Die würden Pearl eher bestehlen, als ihr zu helfen.

Andererseits hatte sie wirklich viele Videoaufzeichnungen von Lucien gesehen, die nicht selten die Villa auch von außen aufgenommen hatten. Sie musste nur den Stadtteil von Springfield finden, in dem die großen, alten Herrenhäuser standen. Es munterte Pearl auf, dass sie die Villa auf jeden Fall erkennen würde, und sie ging in die Richtung, wo die Häuser am hellsten erleuchtet waren.

»Hey«, sagte jemand. Pearl drehte sich schnell um. An einer Backsteinmauer lehnte ein Mädchen mit blonden Locken und einem abgerissenen Sommerkleid. Sie hatte eine Tasche über der Schulter und rauchte eine Zigarette, die nach irgendeinem Gewürz roch. »Suchst du einen Schlafplatz?«

»Eigentlich nicht«, antwortete Pearl schüchtern. »Ich suche meine Schwester und …«

»Ein Freund von mir kennt super viele Leute«, sagte das Mädchen und löste sich von der Mauer. »Das ist eine gefährliche Gegend. Wir sind immer in einer großen Gruppe unterwegs. Ausreißer wie du, verstehst du? Komm lieber mit.«

Pearl sah sich gar nicht als Ausreißerin. Schließlich war es nicht etwa so, dass sie nicht wüsste, wohin sie ging. Sie hatte nicht vor, das allein durchzuziehen. Und irgendetwas an dem Mädchen war ihr unheimlich, irgendwie redete sie komisch, als hätte sie das alles auswendig gelernt.

»Danke«, sagte Pearl. »Aber ich suche meine Schwester.«

»Mein Freund würde dich bestimmt total nett finden«, sagte das Mädchen und lächelte zu sehr. »Iss doch mit uns zu Abend. Du hast bestimmt Hunger, oder nicht?«

»Nein, ich …«, setzte Pearl an, doch das blonde Mädchen packte sie am Arm und bohrte ihr die Finger in die Haut.

»Okay, das war's mit dem Nettsein.« Das Mädchen schleppte sie in eine Gasse. »Du kommst jetzt schön mit.«

Pearl wollte sich losreißen und zog an den Fingern des Mädchens, das in die Tasche griff und plötzlich ein Messer in der anderen Hand hielt. Es war ein ganz normales Küchenmesser zum Gemüseschneiden. »Ich hab doch gesagt, dass ich nicht mehr nett bin.«

Pearl schrie.

Die Männer an der Mülltonne hoben kurz den Blick, doch keiner rührte sich.

Als das Mädchen Pearl die Messerspitze auf die Brust setzte, war sie sofort still.

»Jetzt komm schon«, sagte das Mädchen. »Stell dich nicht so an.«

»Was hast du mit mir vor?«, fragte Pearl leise mit bebender Stimme.

Das blonde Mädchen gab keine Antwort. Mit großen Augen sah sie an Pearl vorbei. Dann ließ sie unvermittelt Pearls Arm los und lief davon.

Pearl hätte nicht gedacht, dass sie noch mehr Angst haben könnte, doch was diesem Mädchen einen Schrecken eingejagt hatte, musste ganz, ganz schlimm sein. Vor Angst war ihr schwindelig, und sie glaubte ernsthaft, dass sie in Ohnmacht fallen würde, wenn sie sich umdrehte.

Pearl kniff die Augen zusammen. Dann atmete sie tief durch, drehte sich blitzschnell um und riss sie wieder auf, willens, laut zu schreien, obwohl ihr schon der Hals wehtat.

Aidan lächelte sie an. Sein braunes Haar fiel unordentlich über seine rubinroten Augen, und er zeigte ihr die spitzen Zähne, als er über den rissigen Asphalt auf sie zukam.

»Ich habe dich überall gesucht«, sagte er.

Hinter ihm trat ein zweiter Vampir aus dem Schatten.

Siebenunddreissigstes Kapitel

Weder Kampf noch Hochzeit finden
statt in dieser Totenstadt.
In jener Stadt, in der sie die
Stunden verschlafen.
– Richard Eugene Burton

Tana drückte die Armbrust an sich und schlich über den Rasen zur Villa zurück. Ohne Partygäste wirkte das Haus leer und verlassen, doch hinter den verdunkelten Fenstern war alles hell erleuchtet. Als Tana die Stufen zur Seitentür an der Rundum-Veranda hochging, schwenkte eine Kamera langsam auf den leeren Hof. Das Lämpchen glühte rot, sie zeichnete nicht auf.

Tana duckte sich trotzdem. Dann hielt sie die Luft an, drehte vorsichtig den Knauf und schlich ins Haus.

So hatten sicher alle Vampirjäger einmal angefangen, nahezu unbewaffnet, aber stinksauer. Tana dachte an Pearl, die irgendwo in dieser öden, ummauerten Stadt umherirrte, und war entschlossen, so sauer zu bleiben wie alle anderen vor ihr.

Nach einer Zeit voller Albträume, aus denen sie schreiend

erwachte, hatte Pearl mit zehn Jahren angefangen, wie besessen die Vampirjäger-Shows zu sehen. Das mit Lucien kam erst später. Anscheinend hatte sie keine Angst vor ihm, weil er hinter den hohen Toren von Coldtown gefangen war und nur auf einem Computerbildschirm erschien. Wenn man Pause drückte, ging es nicht weiter. Wenn man auf Play drückte, lächelte er weiter. Wenn sie ihm auf dem Bildschirm zusah, könnte sie meinen, dass er direkt in ihre kleine verletzte Seele sah.

Es geht uns allen so, dass wir uns zu dem hingezogen fühlen, wovor wir Angst haben, dass wir uns irgendwie in Sicherheit bringen wollen, indem wir uns in das, was uns Angst macht, hineinversetzen, indem wir es lieben, indem wir es uns aneignen. Doch der echte Lucien hatte den Untergang der Welt ausgelöst, war für den Tod aller im Farmhaus verantwortlich und war jetzt kurz davor, Gavriel einer uralten und schrecklichen Kreatur auszuliefern. Vor Lucien war niemand sicher, es sei denn, jemand brachte ihn um.

Während Tana durch die leeren Räume schlich, bewegte sich absolut nichts außer den Kameras an den mit Seidentapeten bezogenen Zimmerdecken. Alle blinkten rot.

Schließlich hörte sie Stimmen, die durch die Flure hallten. Sie kamen aus dem großen Ballsaal mit der hohen Glaskuppel. Vor der Flügeltür kauerte Tana nieder und spähte in den Saal. Drei schwarz gekleidete Bedienstete stellten einen großen Tisch und zwei Stühle in die Mitte. Dahinter stand Gavriel mit bloßem Oberkörper. Silberstangen hielten Arme und Beine auseinander, die mit schweren Ketten gefesselt waren. Seine Brust war kreuzweise mit langen blauroten Wunden gezeichnet. Auf seinem Bauch war sein dunkles Blut in einem Muster getrocknet, das wie eine Landkarte aussah.

Es muss unbedingt total echt aussehen.

Lucien war wieder in Beige gekleidet und hatte sein weißgoldenes Haar aus der Stirn gekämmt. Er tigerte umher. »Was hat dich geritten, meine Gefangenen zu befreien?«, brüllte er wie aus dem Nichts.

Gavriel sah ihn an, seine Miene verriet nichts. »Ich habe niemanden befreit, so leid es mir tut. Selbst als ich mich selbst befreite, fand ich neue Ketten.«

»Ach ja, den Wachposten hast du ja auch nicht umgebracht. Wahrscheinlich war es wieder dein Mädchen, was? Und *wo ist sie jetzt?*« Lucien wischte eine blutige Hand an seiner Hose ab. Anscheinend störte ihn der Fleck nicht.

Gavriel schwieg.

»Spider hat seine Leute auf mich angesetzt, wusstest du das? Gedungene Mörder. Narren, frisch verwandelt, wahnsinnig vor Hunger, nicht mal ein Jahrzehnt alt. Wie kann man so was auf *mich* hetzen! Alles wegen der Show, weil er es peinlich findet, sich vor den Menschen zu produzieren, als wäre ein Vampir automatisch Bürger eines Landes und er der Propagandaminister. Super, jetzt zeige ich allen, wie ich seine kleine Schweinerei beseitige.«

»Das bin ich also?«, fragte Gavriel leise. »Seine Schweinerei?«

Lucien hob überrascht den Kopf, als hätte er Gavriel ganz vergessen. »Nein, du gehörst zu mir«, sagte Lucien nach einer kurzen Pause. »Ich habe dich erschaffen, du bist mein. Meine Schweinerei.«

Tana verstand das nicht so richtig, aber es war höllisch gruselig. Sie drückte die Schulter an den Türrahmen. Ihr Herz klopfte wild, und sie musste sich schwer zusammenreißen, um nicht die Nerven zu verlieren.

Jeder Plan ist ein Kartenhaus. Bei der kleinsten Änderung bricht alles zusammen. Angenommen, sie erschießt Lucien. Was dann? Luciens Schergen wollen sie schnappen, Gavriel kämpft mit seinen Ketten, und dann schaffen sie es entweder beide oder nur einer von ihnen oder eben keiner.

Es gibt keinen Ausweg, ermahnte sie sich. *Jetzt zählt nur, was du tust, bevor du stirbst.*

Tanas Finger zuckten am Abzug.

»Sie sind da«, sagte einer von Luciens Männern. »Das *Corps des Ténèbres* ist angekommen.«

Tanas Hand war ruhiger als erwartet, und die Armbrust fühlte sich leicht an, seit Vampirblut durch ihre Adern rann. Sie dachte an die endlosen Dartspiele mit Pauline im Bowlingcenter und daran, dass sie gelernt hatte, genau zu zielen.

»Kameras einschalten!«, brüllte Lucien und hob eine Hand, als wollte er ein Orchester dirigieren. Überall im Raum schalteten die roten Lämpchen auf Grün. »Die Welt soll zuschauen.«

Tana stellte sich vor, was der Pflock bewirken sollte, sie sah es direkt vor sich. Nun musste sie sich nur zur Ruhe rufen und die Armbrust herumschwenken. Und schießen. Dann schnell aufstehen und abhauen.

Nicht abwarten, ob er getroffen wurde. Nicht abwarten, bis er fällt, und schon gar nicht abwarten, bis der Holzpflock sein Herz durchbohrt und ihn getötet hat. Nicht abwarten, damit sie sich damit brüsten oder das Gefühl genießen konnte, die selbstgefällige Miene ausgelöscht zu haben. Aufstützen. Herumschwenken. Zielen. Schießen. Wegrennen.

Sie warf einen Blick auf Gavriel, an dessen Handgelenk sie das geronnene Blut sehen konnte, wo er sich ihretwegen gebissen hatte. Er hatte den Kopf zur Seite gedreht, sodass sie nur sein Profil erkennen konnte – die Wangenknochen, das zerzauste Haar und die niedergeschlagenen roten Augen. Er hing an silbernen Ketten, die um seine Glieder geschlungen waren. Vielleicht konnte sie ihn retten. Vielleicht.

Das war ihre Chance.

Tana holte tief Luft, hob die Armbrust und bog mit einem Satz um die Flügeltür. Dann sprang sie zwei Schritte auf Lucien zu, konzentrierte sich und schoss.

Der Holzpflock flog durch die Luft. In der nächsten Sekunde sah Tana gerade noch, wie Gavriel den Kopf hob und die Augen aufriss. Gleichzeitig sah sie, wie Lucien sich höhnisch lächelnd umdrehte. Während die Wachposten unmenschlich schnell auf sie zusausten, hatte Tana vergessen, was sie sich vorgenommen hatte. Sie erstarrte, holte scharf Luft und wartete, ob sie getroffen hatte.

Luciens Arm schoss in die Höhe, um den Pflock zu fangen, doch er war zu langsam. Der Pflock schnitt durch den Stoff seines Ärmels und traf ihn in die Brust. Lucien öffnete den Mund zu einem Schrei beinahe komischen Erstaunens. Er taumelte rückwärts und sank auf ein Knie. Dunkles Blut tränkte sein weißes Hemd.

Tana hätte beinahe laut gelacht.

Die drei schwarz gekleideten Schergen hatten sie fast erreicht.

Schließlich, entscheidende Sekunden zu spät, viel zu spät, lief sie los. Ihre nackten Füße klatschten auf den polierten Holzboden, ihr Puls raste. Sie hörte, dass die Vampire ihr direkt auf den Fersen waren, ihre Gewänder flatterten wie Vorhänge im Sturm. Tana raste zum Eingang und wollte sich schon mit der Schulter dagegen werfen, als eine Hand ihr Kleid am Rücken zu fassen bekam. Sie wurde zurückgerissen.

Tana drehte sich blitzschnell um und schlug mit der Armbrust wie mit einem Schläger auf den ersten Vampir ein. Sie traf das Gesicht einer Frau, doch die lachte mit langen spitzen Fangzähnen, die im Kontrast zu ihrem roten Lippenstift sehr weiß glänzten. Dann fuhr sie mit den Fingern durch Tanas Haar und bohrte ihr die Nägel in die Kopfhaut, bevor sie sie durch den Raum nach vorne schob und sie gegen einen Türrahmen schleuderte.

Die Welt verschwamm vor Tanas Augen.

Die zwei männlichen Vampire umkreisten sie wie Haie.

Aus dem anderen Raum rief eine Stimme den Befehl, sofort aufzuhören. Es klang nach Gavriel, doch es konnte eigentlich nur Lucien sein. Mit zitternden Fingern versuchte Tana, die Armbrust neu zu laden, doch dann wurde sie ihr aus der Hand gerissen. Das Metallholzmesser war in Reichweite an ihren Oberschenkel gebunden, doch sie wollte noch nicht so weit gehen, bevor sie nicht wieder klar denken konnte.

»Die übernehme ich«, sagte eine grau gekleidete Vampirin kaum verständlich mit einem harten deutschen Akzent. Eine aus dem *Corps* des Spider. Sie wimmelten nur so um Tana herum, alle trugen eine locker sitzende graue Uniform.

Luciens Diener ließ sie los und zwei aus dem *Corps* ergriffen sie. Ihre Finger fühlten sich kalt auf ihren nackten Armen an.

»Jetzt schlägt es dreizehn«, sagte Lucien, als sie in den Ballsaal mit der Glaskuppel zurückgeschleift wurde. »Du dummes, trauriges, schwachsinniges Gör.«

»Er will dich reinlegen!«, rief Tana Gavriel zu.

Gavriel beobachtete sie mit ausdruckslosen roten Augen und schwieg. Er hatte einen Arm aus den Ketten gezogen, als hätte er versucht, rechtzeitig bei ihr zu sein. Hoffentlich hatte sie ihn nicht noch tiefer hineingeritten. Dann wanderte sein Blick weiter zu der Frau mit dem deutschen Akzent, die Tana am Arm festhielt. Auf irgendeine Art und Weise funkte es zwischen ihnen, doch Tana verstand gar nichts mehr.

Lucien zog den Holzpfeil aus seiner Brust und warf ihn auf die Marmorplatten, die sich dunkelrot färbten. »Wahrlich entzückend. Lasst sie los.«

Als die Hände sich von Tana lösten, schwankte sie zu ihrem Entsetzen gefährlich, weil sie niemand mehr stützte.

»Komm her, du verblendetes Mädchen«, sagte Lucien. »Hat Gavriel dich dazu ermuntert? Vielleicht hat er dich doch nicht ganz so gern.«

»Dazu musste man mich nicht ermuntern«, sagte Tana und rührte sich nicht von der Stelle. »Ich bin von selbst drauf gekommen, Sie kaltzumachen.«

Lucien breitete die Arme aus und lachte schallend. »Ja dann, mach doch. Schieß. Oder warte lieber, bis Spider da ist, dann können wir Gladiatorenspiele für ihn abhalten. Was meinst du, gefällt ihm das? Wenn du wartest, hättest du die Chance, wieder zu Kräften zu kommen.«

Tana machte einen unsicheren Schritt auf ihn zu. Ihr war schrecklich schwindelig.

Die Wachposten folgten ihr.

Sie hatte mit eigenen Augen gesehen, dass Gavriel sich im Farmhaus von den Ketten befreit hatte. Auch aus ihrem Kofferraum war er mit eigenen Kräften in die Freiheit gelangt. Wenn Lucien sein Schöpfer war, hieß das natürlich, dass er noch älter und stärker war als Gavriel. Es war offensichtlich, dass sie ihn im Zweikampf nicht schlagen konnte. Es würde nicht einmal etwas nützen, ihr Messer zu werfen. Das Überraschungsmoment war vorbei, erst recht jetzt, da sie direkt vor ihm stand. Er hätte viel zu viel Zeit, sich zu ducken.

»Lucien«, sagte Gavriel. »Falls du ein Duell vorschlagen willst, dürfte sie die Waffe wählen, würde ich sagen. Ich hoffe, sie nimmt mich.«

Als Tana den Kopf hob, wurde ihr wieder bewusst, dass eine seiner Hände frei war. Obwohl sie nicht klar denken konnte und sich fürchtete wie noch nie, kam es ihr so vor, als würde irgendetwas nicht stimmen.

Die Ketten. Das war das Problem. Lucien hatte Elisabet *beauftragt*, Gavriel zu schnappen, er hatte sie mit den Ketten losgeschickt, mit denen sie ihn fesseln und gefangen nehmen sollte. Doch es hatte nicht funktioniert. Nach ihrer Flucht aus Lances Farmhaus war er geschwächt und von der Sonne verbrannt gewesen, er hatte großen Hunger gehabt. Dennoch hatte er die Eisenketten zerrissen und ihren Kofferraum verbogen, als wäre er aus Pappe statt aus Metall.

Lucien müsste wissen, wie stark Gavriel war, wenn er selbst viel stärker war.

An diesem Abend waren die Ketten gezinkt, doch damals im Farmhaus waren sie es nicht gewesen.

»Du wusstest wirklich nicht, dass sie kommt, was?«, fragte Lucien. »Um dich zu *retten?*« Er ging auf Gavriel los, griff in die Falten seines Jacketts und holte ein schmales Messer heraus, das wie Fischschuppen glänzte. »Hast du das gesehen? Sie hat um Haaresbreite mein Herz verfehlt.«

»Dir konnte nichts passieren«, sagte Gavriel. »Du hast doch gar keins.«

»Es hat wehgetan«, sagte Lucien gereizt und stieß Gavriel das Messer in den Bauch. Als er noch mal zustieß, kratzte es abscheulich über eine Rippe. »Na, tut doch weh, oder?«

Gavriel gab ein ersticktes Geräusch von sich. Blut schäumte aus seinem Mund. Lucien hatte sicher die Lunge getroffen.

»Aber nichts gefällt dir besser, als wenn es ein bisschen wehtut, nicht wahr?«, fragte Lucien.

Gavriel verzog seinen blutverschmierten Mund zu einem sinnlichen Lächeln. »Ganz falsch«, sagte er. »Ich mag es am liebsten, wenn es richtig wehtut.«

Und wieder stach Lucien auf ihn ein und drehte das Messer in seinen Eingeweiden. Gavriel stöhnte. »Das hast du davon, dass du hierher zurückgekommen bist. Du dachtest, du könntest dich an mir rächen? An mir, deinem *Schöpfer?*«

»Du nervst«, flüsterte Gavriel mit dem irren Funkeln in den Augen, das so typisch für ihn war. Blut tropfte aus einem Mundwinkel.

Tana verstand: Er lenkte von ihr ab. Lucien konzentrierte sich ganz auf Gavriel, der ihn mit voller Absicht reizte. Doch was tat er denn da? Lucien hatte behauptet, Spider hätte ihm

Mörder auf den Hals gehetzt. Konnte es sein, dass Spider Gavriel freigelassen hatte, damit er seine Schulden durch einen Mord an Lucien beglich? Doch warum sollte der Vampir aus alten Zeiten dann selbst noch herkommen? Warum blieb er nicht in Paris und ließ andere die Arbeit tun, ohne sich in Gefahr zu bringen?

Tana war völlig durcheinander. Irgendetwas Entscheidendes bekam sie nicht mit. Das spürte sie so, wie wenn man ein Wort auf der Zunge hat, das einem partout nicht einfallen will.

Lucien ließ das Messer bis zum Heft in Gavriels Bauch stecken und tigerte von Neuem über den Marmorboden. Vor Wut sah er geradezu durchsichtig aus, wie von innen erleuchtet.

Einer der Männer in Grau trat vor, ein Vampir mit dunkler Haut und breiten Wangenknochen. »Spider ist gleich da«, sagte er. »Ich schlage vor, ihr macht euch bereit.«

Lucien sah die Männer an, als hätte er das Publikum aus Wächtern und Schergen vergessen, als hätte er den Besuch des Vampirs aus alter Zeit vergessen und somit alle vereinbarten Machenschaften.

Gavriel packte das Messer am Heft und zog es aus seinem Bauch. Dann sah er Tana von der Seite an und grinste. Es war ein schräges, verschwörerisches Lächeln, als würden sie gemeinsame Sache machen. »Los, Tana.«

Wie aus dem Nichts setzte Tana das Puzzle zusammen. Sie lachte, endlich ließ sie das nervöse, wahnsinnige Gelächter los, das sie unterdrückt hatte, seit sie in der Badewanne in einem Haus voller Leichen erwacht war. Das irre Lachen eines Mädchens, das der Situation von Anfang an nicht gewachsen war.

Lucien musterte sie stirnrunzelnd. Da sie sich vor Lachen schier ausschüttete, lächelte er unbehaglich mit.

»Spider ist schon da«, japste sie schließlich, nachdem sie sich etwas beruhigt hatte. »Er ist längst da, oder? Er ist schon die ganze Zeit hier.«

Gavriel hob den linken Arm und streifte die schweren Ketten ab, sodass die Handschellen wie Armbänder an seinen Handgelenken lagen. Dann leckte er an der Klinge des Dolches, von dem sein eigenes Blut tropfte. »Sie ist viel schlauer als du.«

»Wie hast du …?«, fragte Lucien. »Was soll das Gerede, ›Spider ist längst da‹?«

»Spider ist tot«, sagte Gavriel und grinste breit und Furcht einflößend. »Schon eine Weile. Ein paar Wochen. Schon als ich aus Paris geflohen bin. So ist mir überhaupt die Flucht gelungen. Ich habe ihn getötet.«

Lucien schüttelte den Kopf und sah Gavriel verständnislos an. »Nein. Unmöglich. Er ist steinalt. Du kannst ihn nicht getötet haben. Du bist … du bist nur …«

»Ich bin jetzt Spider«, sagte Gavriel.

Die grau gekleideten *Corps*-Mitglieder schnappten sich Luciens drei Wachposten in ihren schwarzen Gewändern. Schnell und effizient trieben sie ihnen Holzklingen ins Herz. Nacheinander fielen sie mit einem scheußlich dumpfen Geräusch auf den Marmorboden.

»Zehn Jahre musste ich auf diese Gelegenheit warten. Und er hat mir ein großes Vermächtnis hinterlassen – seine Geheimnisse, die er mir persönlich verraten musste, seine Schatzkammern und Bankkonten, eben alles, was Spider ausmachte, der hinter den Kulissen die Strippen zog.

Doch sein größtes Erbe ist sein Blut. Ich bin sehr viel stärker, als du mich in Erinnerung hast. Viel, viel stärker.«

Lucien sah ihn immer noch an, als sich das volle Entsetzen in seiner Miene spiegelte. Er ließ hektisch den Blick durch den Ballsaal schweifen, in dem nur die feindlichen Wächter und die Kameras auf ihn heruntersahen. Die Videokameras, die all dies aufzeichneten.

»Seit wann weißt du es?«, fragte Gavriel Tana wie nebenbei.

»Ich hab's gerade erst kapiert«, antwortete sie.

»Habe ich dir eigentlich schon erzählt, wie ich sie kennengelernt habe?«, fragte Gavriel Lucien. Aus seiner Brust rann schwarzes Blut. Doch er schien seine Verletzungen gar nicht wahrzunehmen, denn er zuckte nicht einmal zusammen, als er über den Marmorflur auf die anderen zuging. Tana dachte an Jamesons Bemerkung, dass Krähen sich von Ameisen in die Flügel beißen ließen, weil sie süchtig nach dem Brennen ihrer Säure waren. Konnte man wirklich so oft verletzt werden, dass es einem fehlen könnte?

Lucien hatte nicht auf Gavriels Frage geantwortet, doch jegliche Arroganz war aus seinem Gesicht geschwunden.

Gavriel lächelte und schwang das Messer lässig durch die Luft, während er fortfuhr. »Nach Spiders Tod war ich lange nicht wieder ich selbst. Ich fühlte mich immer noch, als erwachte ich auf dem kalten Fußboden, umgeben von den Überresten meiner Wärter. Dann wurde mir klar, dass ich durch seinen Tod über alles verfügte, was Spider gehört hatte. Und dann bist du mir eingefallen, Lucien.

Als ich im Hafen von Boston gelandet bin, habe ich mir

keine Zeit gegeben, gesund zu werden. Ich war halb verhungert, stand kurz vor dem Wahnsinn. Ich glaube, ich sah wirklich so aus, als wäre ich auf der Flucht. Und du hast mir sofort Elisabet auf den Hals gehetzt, nachdem du von meiner Landung erfahren hast, nicht wahr? Ungefähr zur selben Zeit hast du Spider einen Brief geschrieben, in dem du geschworen hast, mich wieder einzufangen.

Elisabet und ihre Schläger haben mich am Ufer des Blackstone River eingeholt. Ich hatte vergessen, wie schön sie war.« Gavriel lächelte bei dieser Erinnerung. »Es war nicht schwer, mich in die Falle zu locken. Ich war erschöpft und hatte keinen triftigen Grund, mich lange zu wehren – schließlich wollte sie mich ja direkt zu dir schleppen. Im Gegenteil, nachdem sie mich in Eisenketten gelegt und in den Kofferraum ihrer Limousine mit den verdunkelten Scheiben geworfen hatte, habe ich besser geschlafen als in all den zehn Jahren zuvor.

Als ich aufwachte, hievten sie mich in das Farmhaus. Sie hatten so lange keinen Ausflug mehr aus Coldtown gemacht, dass sie beschlossen, sich ein Festmahl zu gönnen. Elisabet und die anderen waren trunken vom Blut, aufgeschwemmt und langsam. Sie lachten über ihre Taten und brachten mich in ein Hinterzimmer zu einem Jungen, den sie bereits gebissen hatten. Sie hatten ihn ans Bett gefesselt und haben mich daran gekettet, sodass er knapp außer Reichweite war. Elisabet sagte, wenn ich brav wäre, dürfte ich ihn am nächsten Morgen haben. Also saß ich da und sah zu, wie der Junge sich auf dem Bett wand.

›Bist du immer noch der, der du mal warst?‹, fragte mich Elisabet und klopfte mit den Knöcheln an meinen Kopf, bevor sie im Keller verschwand. ›Kannst du dich noch erinnern, wie viel Spaß wir hatten?‹

Ich gab ihr keine Antwort.

Sie verhängten die Fenster und ließen mich dort zurück. Der Geruch des Jungen beherrschte meine Gedanken. Ich beobachtete ihn und rief mir die Gründe ins Gedächtnis, warum ich den Einbruch der Dunkelheit abwarten musste, doch das ergab für meinen zerrütteten Verstand immer weniger Sinn, je mehr Zeit verstrich. Dann kam Tana ins Zimmer.« Er warf ihr einen Blick zu. »Sie hatte vor, den Jungen zu retten – und mich auch. Kannst du dir das vorstellen, Lucien? Wer in aller Welt sollte mich retten wollen?«

»Niemand, der alle Sinne beisammenhat«, antwortete Lucien. »Aber warum bist du mitgegangen? Elisabet hätte dich direkt hierhergebracht. Das war doch dein Plan, oder? Was sollte dieser Umweg mit zwei kleinen Kindern?«

Gavriel zuckte die Achseln und grinste wieder so grauenhaft wie zuvor. »Ich fand es nett, wie sie mich ansahen. Autofahren war auch schön. Und ich war gespannt, was passieren würde.«

»Du hast sie wirklich nicht mehr alle«, sagte Lucien. »Total verrückt.«

»Da hast du recht«, sagte Gavriel. »Und ich bin tatsächlich gekommen, um mich an dir zu rächen. Ich habe nur den weiteren Weg genommen.«

»Dann töte mich«, sagte Lucien, riss sein Hemd auf und warf sich in die blasse Brust. »Na los.«

Gavriel trat einen Schritt näher und zögerte.

Lucien war sein Schöpfer, sein Erinnerungsspeicher an

Menschen und Orte, die es schon lange nicht mehr gab. Er war das Ungeheuer, das in Gavriel Potenzial für Ungeheuerlichkeiten gesehen hatte. Tana fiel wieder ein, was Lucien gesagt hatte, als sie das letzte Mal mit gezogenen Waffen in diesem Saal gestanden hatten. *Jeder Held ist in seiner eigenen Geschichte der Böse.* Tana hatte das deutliche Gefühl, dass Gavriel sich ziemlich böse fühlte, als er nun kurz davor stand, seinen Schöpfer zu töten.

Doch Lucien nutzte diese halbe Sekunde des Zögerns und stürzte sich auf Tana. Er packte sie am Hals und hob sie hoch. Kurz vorm Ersticken schlug sie panisch mit den Armen, wie sie es schon hundert Mal im Film gesehen hatte. Sie hätte nie gedacht, dass es so wehtat. Tana konnte nicht mehr atmen, ihre Luftröhre wurde nach innen gedrückt. Lucien grinste.

»Wenn du jetzt das Messer wirfst, breche ich ihr das Genick«, verkündete Lucien genüsslich. »Wenn sich auch nur einer von deinen Leuten bewegt, breche ich ihr das Genick. Noch so ein schlauer Satz und ich breche ihr das Genick.«

Gavriel nickte und legte die Hände wie zum Gebet aneinander. »Was soll ich tun?«

Nein, dachte Tana, doch sie konnte es nicht hervorwürgen. *Du darfst ihn nicht laufen lassen. Meine Schwester! Meine Schwester ist in Gefahr.*

Sie spürte, wie ihr die Augen aus dem Kopf quollen, ihre Arme und Beine zappelten. Lucien hob sie noch höher und lächelte böse, während sie nach dem Messer an ihrem Oberschenkel griff und mit den Fingern das Heft zu fassen bekam.

Lucien betrachtete Gavriel mit großer Genugtuung. »Nimm deine Leute mit und verschwinde aus meinem Haus. Alle miteinander, wenn du dieses winselnde Wesen wiederhaben willst. Raus!«

»Wir gehen«, sagte Gavriel und wies die Diener des *Corps* an, ihm zu folgen. Sie rückten zur Flügeltür ab. »Aber du musst sie loslassen. Sie ist ein Mensch. Ihre Hälse sind zerbrechlich, und wenn sie stirbt, hast du kein Pfand mehr, mit dem sich schachern ließe.«

Lucien stellte Tanas Füße auf den Boden, ohne ihren Hals loszulassen. Das war ihre letzte Chance. Er konnte nicht wissen, wie viel Vampirblut bereits in ihren Adern floss. Er wusste nicht, wie schnell sie war, wie stark.

Tana schnappte nach dem bisschen Luft, das sie jetzt wieder bekam, und rammte ihm gleichzeitig das Messer in die Brust, unter die Rippen. Es klang, als würde Papier zerreißen, als der Dolch ihn durchbohrte.

Lucien riss die Augen auf. »Bitte«, hauchte er. »Stopp. Ich spüre die Spitze am Rand meines Herzens.« In diesem Augenblick hörte er sich ganz wie der junge Mann an, der er einmal gewesen sein musste – nur wenig älter als sie und voller Angst. »Bitte. Du kannst von mir verlangen, was immer du willst.«

»Sag ihnen, was du getan hast«, forderte Tana und zeigte mit dem Kinn auf die Kameras. »Erzähle der Welt, was du getan hast.«

Lucien schloss die Augen. »Caspar Morales. Das war ich. Ich habe ihn verwandelt.« Er öffnete die roten Augen wieder und fixierte Tana. Er sah sie an, als wäre sie das einzig Wichtige auf der Welt, als hätte er nie jemand anderen geliebt. »Verzeih mir. Dann lasse ich alle Träume in Erfüllung gehen, die du je gehabt hast. Du glaubst, keiner ahnt, was du dir ersehnst, aber ich weiß es längst. Du hast Angst um diejenigen, die du liebst. Doch diejenigen, die du liebst, haben es nicht verdient. Niemand hat erkannt, wie unglaublich besonders du bist, dass du strahlst wie eine helle Flamme.«

Tana fühlte sich, als läge ihre Hand auf der Klinke der Kellertür. Als würden ihre Füße gleich wieder die staubigen Stufen hinuntergehen. Sie dachte an Gavriel, als er ihr Auto durch die warme Sommernacht gesteuert hatte, wie seine Haare im Wind flogen und sie zu ihm gesagt hatte, Gnade könne niemals böse sein. *Das ist die Welt, die ich mit meiner grässlichen Gnade geschaffen habe,* hatte er gesagt. Tana dachte daran, wie ihr Vater den Spaten geschwungen hatte.

An all diese Dinge dachte sie, als sie mit dem Holzmesser Lucien Moreaus Herz durchbohrte.

Schwarze Risse zuckten in seinem Gesicht, breiteten sich aus, bis seine Haut platzte wie nasser Stein.

Achtunddreissigstes Kapitel

** Das ist der letzte Eintrag in Bill Storys Blogjournal. Nur Stunden nach dem Hochladen seines letzten (gleich folgenden) Beitrags wurde er von zwei neugeborenen Vampiren ausgesaugt. Für den Fall, dass er eines Tages nicht zurückkommen würde, hat Bill mir als seinem Freund sein Passwort anvertraut. Er hatte nie vorgehabt, Kriegsberichterstatter zu werden, doch er hat diese verantwortungsvolle Bürde mit Begeisterung und Engagement getragen, nachdem er in der Coldtown von Springfield gefangen war. Und obwohl sein Tod eine entsetzliche Tragödie ist, wäre er meiner Meinung nach froh, so gestorben zu sein, wie er gelebt hat – auf der Suche nach einer guten Story. Seine Freunde, die Gemeinde der Wahrheitssuchenden, zu der er gehörte, und der Rest der Welt, sie alle werden Bill schmerzlich vermissen. MG*

Ich denke, dass ich morgen etwas sehr Interessantes posten kann. Meine Nachbarin, eine junge Frau namens Christobel (vielleicht nach Coleridges Gedicht *Christabel*, obwohl das wegen der unterschiedlichen Schreibweise eher unwahrscheinlich ist), bat mich, ihr Teile meiner Ausrüstung zu leihen. Sie hat neue Gäste, darunter eine weitere junge Frau, die sich Midnight nennt und ihre eigene Verwandlung in eine Vampirin filmen möchte. Wenn ich ihr die Geräte borge und ihr zeige, wie alles funktioniert, darf ich ebenfalls dabei sein und sogar selbst filmen. Eine solche Gelegenheit bietet sich selten – und ich bin überrascht, dass sie mir so plötzlich in den Schoß fällt, nachdem ich seit Jahren auf der Suche nach jemandem bin, der mir erlaubt, genau das zu filmen.

Warum ich das tun möchte? Erstens, weil es nur wenig frei zugängliches Filmmaterial über die Verwandlung gibt – obwohl ich sicher bin, dass die Regierung ausführliche Aufzeichnungen in geheimen Laboratorien hortet. Zweitens wird es diesem Blog natürlich viele Treffer verschaffen. Aber eigentlich muss ich mir eingestehen (und euch auch, weil ich bekanntlich zu den offenherzigen Journalisten gehöre), dass ich mich vor allem dafür interessiere, den genauen Zeitpunkt der Verwandlung zu beobachten – den Funken, wenn man so will, der Transformation. Und ich bin begierig, diesen Moment mit eigenen Augen zu sehen.

Die große Frage bezüglich der Vampire, die Frage, die Regierungen und Bürger gleichermaßen umtreibt, die Frage, die mich allnächtlich quält, wenn ich sehe, wie sie mit roten Augen die Einwohner von Coldtown anglotzen wie Katzen Fische in einem Eimer, lautet: Was sind sie? Sind sie krank oder dämonisch? Sind sie Menschen, die krank geworden sind und Kliniken und Pflege verdient haben, wie hier und da gefordert wird? Oder sind sie die Körper geliebter Menschen, die von einer dunklen Macht animiert werden, die es zu zerstören gilt? Seit ich in Coldtown lebe, beobachte und dokumentiere ich unsere neue Welt, doch diese grundlegende Frage konnte ich bis heute nicht beantworten. Ich kann sie mir selbst nicht beantworten.

Möglicherweise ist es eine verrückte Hoffnung, dass ich etwas Bedeutsames zu erzählen hätte, nur weil ich zusehe, wie ein Menschenmädchen zur Vampirin wird. Es gibt genügend Experten, die den Vampirismus erforscht oder ihn gar selbst durchlebt haben. Doch ich möchte dieser Frau ins Auge sehen, wenn sie von den Toten aufersteht. Dafür möchte ich auf etwas zurückgreifen, das nichts mit Geräten und Monitoren zu tun hat - auf meinen Instinkt. Ich möchte sehen, ob ich glaube, noch derselben Person in die Augen zu schauen.

Es ist durchaus verlockend, den Vampirismus als eine Art Krankheit zu betrachten, denn dann können sie nichts dafür, dass sie uns anfallen, dass sie Morde und andere scheußliche Verbrechen begehen und sich nur selten im Griff haben. Noch einfacher ist es, an die Vorstellung einer dämonischen Invasion zu glauben, in deren Zuge geliebte Menschen gezwungenermaßen alle möglichen schlimmen Dinge tun. Dafür trifft sie noch immer keine Schuld, aber wir können sie vernichten. Doch die dritte Alternative, dass wir etwas Monströses in uns haben, das entfesselt werden kann, verstört uns am meisten. Vielleicht sind wir es ja tatsächlich, wir mit einem Mordshunger, wir, die wir aus Versehen Morde begehen. Die Menschheit, die ohne Stützräder einen Berg heruntersaust. Die Menschheit, die sich von allem Menschlichen fortentwickelt hat.

Deshalb, verehrte Leser, wird die Antwort, die ich morgen zu geben hoffe, nichts Wissenschaftliches haben. Ich hoffe, ich kann es selbst entscheiden - wenn wir uns verwandeln, bekommen wir dann etwas oder müssen wir aus unserem Inneren etwas loslassen?

Neununddreissigstes Kapitel

Der Tod ist eine trübselige Angelegenheit, und ich rate Ihnen, sich auf keinen Fall darauf einzulassen.
– W. Somerset Maugham

Tana verließ den Ballsaal und stürmte am *Corps des Ténèbres* vorbei zum Eingang. Als sie sich noch einmal umsah, stand Gavriel wie eine rot lackierte Marmorstatue mitten im Raum, doch Tana hatte Kopfschmerzen, und ihr Hals tat höllisch weh. Als sie den Mund öffnete, um etwas zu sagen, fiel ihr nichts ein. Es war zu viel. Sie hatte den Horror in sich reingefressen und konnte jetzt nur aus dem Haus stolpern und aus ihrem Lederkleid Jamesons Handy holen.

Kühle Luft strich über ihre Haut.

Pearl. Sie musste ihre Schwester finden, doch wenn ihre Schwester sie so sehen würde, würde sie gar nicht mehr aufhören zu schreien.

Blut war so klebrig.

Gavriel hatte sie nicht zurückgerufen, hatte sich nicht vom Fleck gerührt.

Doch schließlich hätte sie ihm beinahe seine Rache versaut,

bevor sie sie ihm gestohlen hatte; vielleicht war er froh, dass sie endlich weg war.

Komm zum Ewigen Ball, hatte Jameson gesimst. *Wir haben sie.* Als Tana durch die Straßen von Coldtown ging, fühlte sie rein gar nichts.

Obwohl sie die Orientierung verloren hatte, war der Ball leicht zu finden. Es machte niemandem etwas aus, wenn sie mit ihrem blutverschmierten Gesicht nach dem Weg fragte, und auch ihre blutroten Hände schienen keinen zu stören. Sie fand es grauenhaft, wie lässig damit umgegangen wurde, doch noch fürchterlicher war, wie leicht es ihr gefallen war, einem flehenden Vampir den Dolch ins Herz zu stoßen.

Tana fand die Kirche mit der großen Kuppel und den Buntglasfenstern, die auf den ersten Stockwerken dunkel gestrichen waren. Stroboskoplicht zuckte durch die Fenster der Kuppel; die mit Postern beklebte Tür war in dem gleichen Pechschwarz gestrichen. Von drinnen dröhnte ihr die Musik entgegen, ein paar Leute saßen auf den Stufen, rauchten und unterhielten sich. Ein Mädchen, das die grünen Haare zu zehn Zöpfen geflochten hatte, hielt eine Videokamera hoch und interviewte eine ältere Frau mit langen weißen Haaren und leuchtend roten Augen. Mit einem stumpfen Stich der Überraschung erkannte Tana die alte Dame von der Allerletzten Raststätte.

Der Türsteher schob das samtene Absperrungsseil beiseite und winkte Tana vor einer Schlange von Leuten herein, die noch Eintritt bezahlen mussten. Er fand es offenbar überflüssig, auch nur ihren Puls zu fühlen. Vielleicht galten für Mädchen, die als Accessoire für ihre roten Kleider blaurotes Blut wählten, andere Regeln.

Dann war sie drin und mischte sich unter die tanzende Menge. Es war voll, alle wirbelten zu der lauten Musik herum. Mädchen und Jungen tanzten in Käfigen, die achterbahnmäßig auf und ab sausten, sodass einem beinahe das Herz stehen blieb und alle kreischten. Und weit oben sendeten die Kameras wie am Suicide Square und in Lucien Moreaus Villa mit ihren mitleidslosen Linsen live vom Ewigen Ball.

Eine Bar, an der alkoholische Getränke aus kupfernen Destillierkolben ausgeschenkt wurden, nahm eine ganze Wand ein. Die Getränke wurden in unterschiedlichen Bechern serviert. Am Rand des Geschehens ließen Teenager Joints kreisen und der schwere Duft von Haschisch würzte mit einem Hauch von Fäulnis die Luft.

In einer Ecke stand ein alter Beichtstuhl, vor dem die Gäste Schlange standen. Man setzte sich hinein, zog den Vorhang zu und gestand einer Kamera anonym seine Geheimnisse. In der Schlange stand ein Mädchen, dem die Tränen über die Wangen liefen. Hinter ihr tobte die Tanzfläche, voll mit zuckenden, hüpfenden und wirbelnden Leibern. Der höhlenartige Ewige Ball erschien Tana seltsam vertraut, da sie die Bilder von den Computern ihrer Freunde und von Postern kannte, die in diversen Schließfächern hingen. Als sie sich jetzt treiben ließ, fühlte es sich unwirklich an, als würde gerade ein Film gedreht.

Pearl gefiel es wahrscheinlich über die Maßen, vermutete Tana.

Plötzlich erzitterte sie bis in die Zehenspitzen und dann noch mal. Auf der Suche nach ihrer Schwester ließ Tana den Blick über die Menge schweifen. Ihr Blick blieb an einer vertrauten Gestalt hängen, die mit dem Rücken an einem der Treppenstützpfeiler tanzte. Sie betrachtete die Marinejacke mit abgerissenen Ärmeln, den Strumpfgürtel mit blickdichten weißen Strümpfen zu schweren schwarzen Stiefeln und den blauen Eyeliner. An seinem Arm war etwas befestigt, das wie ein Shunt aussah. Schließlich erkannte sie Rufus, dem beim Tanzen der Schweiß in den Nacken lief. Soweit sie es beurteilen konnte, war er allein. Vor ihm knieten ein Junge mit roten Augen und ein blondes Mädchen, die abwechselnd aus dem Schlauch an seinem Arm tranken. Tana drehte sich fast der Magen um, vor Ekel, aber auch vor Hunger.

Taumelnd hielt sie sich am Geländer der rostigen Eisentreppe fest, die in die abgesperrte zweite Etage führte. Tana nahm sich Zeit, so lange durchzuatmen, bis sie sicher war, dass sie niemanden anfallen und dass ihr nicht gleich schlecht werden würde. Sie musste Pearl finden und sich zusammenreißen, zumindest bis sie ihre Schwester zum Tor zurückgebracht hatte.

Zu ihrem Entsetzen musste sie ausgerechnet jetzt daran denken, wie Gavriel sie angesehen hatte, als sie den verglasten Ballsaal verlassen hatte. Gavriel, der sich wie ein Wahnsinniger gebärdet und doch die ganze Zeit genau gewusst hatte, wie alles laufen sollte. Gavriel, der seine Rache vertagt hatte, um mit ihr ein Abenteuer zu erleben.

Sie schüttelte den Kopf, doch davon schmerzte er nur noch mehr.

»Tana«, sagte jemand, und dann war Valentina da, neben ihr, und drückte ihr einen Becher in die Hand. Sie hatte sich umgezogen, das Haar zurückgesteckt und sich vollständig abgeschminkt. »Zur Hölle, Tana, du bist heil und gesund. Und du bist zurückgekommen.«

Als Tana mechanisch einen Schluck trank, brannte der Alkohol in ihrer wunden Kehle.

»Sieh mal, wen wir gefunden haben«, sagte Valentina. Aidan warf sich schwungvoll in Pose und lächelte sein unschuldiges Lächeln, diesmal mit Fangzähnen. Pearl ritt auf seinen Schultern, als wäre sie viel jünger, als sie war, und ließ die schlaksigen Beine auf seine Brust baumeln. Sie trug die schwere Granatkette mit dem Medaillon und grinste Tana an. Doch das Lächeln verging ihr beim Anblick von Tanas blutverschmierten Gesicht und den dunklen Flecken auf ihrem roten Kleid.

»Hey, Perlchen«, sagte Tana sanft, genau wie ihre Mutter früher.

»Du sollst mich nicht so nennen.« Pearl schmollte, in ihrer Würde verletzt. Sie hatte eine glänzende schwarze Bluse, Jeans und ihre blauen Lieblings-Cowboystiefel angezogen. Ihre Augen waren schwarz geschminkt.

Tana wandte sich wieder Valentina zu und drückte ihre Hand. »Danke. Ich weiß gar nicht, wie ich dir danken …«

Das Mädchen schüttelte den Kopf. »Nein, warte. Aidan hat sie gefunden.«

»Aidan?« Tana sah ungläubig zu ihm hoch.

»Ich habe sie nicht weit vom Tor entdeckt«, sagte Aidan. »Sie war ziemlich fertig mit den Nerven.«

Pearl sah ihn vorwurfsvoll an. »Ich hatte einen Plan …«

»Aidan war der Einzige, der wusste, wie sie aussah«, übernahm Valentina. »Und der Einzige, den sie kannte.«

Tana nickte, streckte die Arme nach Pearl aus und starrte Aidan an. »Vielen Dank.«

»Als Pauline mich anrief, war ich der Meinung, dass ich dir einen Gefallen schulde«, sagte Aidan. »Vielleicht sogar zwei.« Aidan bückte sich, damit Pearl von seinen Schultern in Tanas Arme springen konnte. Sie hielt sie fest an sich gedrückt. Tana hörte den Vogelschlag ihres Herzens und roch ihr süßes Blut unter der Haut, doch wenn Aidan es aushielt, durfte sie sich nicht beschweren. Sie schmiegte ihr Gesicht an Pearls Haar und inhalierte ihren Duft, um ihn nie wieder zu vergessen.

»Ich wollte nur hier bei dir sein.« Pearls magere Schultern zuckten. »Ich wollte dir helfen. Ich wusste ja nicht ...«

»Ist ja gut«, flüsterte Tana und drückte sie noch fester an sich. »Alles wird gut.«

»Wir haben dich gesehen«, sagte Aidan und zeigte auf einen Bildschirm, der an einem Eisenträger hing. »Ich meine, wahrscheinlich nicht alles, aber ... das mit Lucien, das Ende.«

Sie sah zu ihnen herüber. »Ihr habt gesehen, was passiert ist?«

»Lucien Moreau ist tot.« Valentina übertönte die Musik. »*Das* haben wir jedenfalls gesehen. Wir konnten nicht alles hören, aber er sah aus, als würde er gleich durchdrehen.«

»Aber *du* hast spitzenmäßig ausgesehen«, sagte Aidan, und als er diesmal lächelte, wirkten seine roten Augen und die spitzen Zähne erstmals normal. »Schönes Kleid.«

»Es tut mir leid, Tana«, sagte Pearl und knetete mit den Fingern Tanas Arm. »Ich dachte, er ... also ich wusste es wirklich nicht.«

»Wie solltest du auch?« Tana trat mit Pearl ein wenig beiseite, damit sie in Ruhe reden konnten. »Ich wusste es doch auch nicht. Aber deshalb musst du aus Coldtown wieder abreisen. Ich kann dich rausbringen, aber du musst mir versprechen, nie wiederzukommen. Niemals.«

»Aber das darf man doch nicht«, erwiderte Pearl verwundert.

»Doch, du schon«, sagte Tana. »Und zwar sofort.«

Pearl sah sie lange an. »Aidan hat mir versprochen, dass wir heute Abend richtig Spaß haben. Wenn ich schon gehen muss, kann ich dann nicht erst morgen früh abreisen?«

Tana funkelte Aidan böse an. Er zuckte affektiert mit den Schultern.

»Was sollte ich denn machen?«, fragte er, als wäre er kein Furcht einflößender Vampir. »Aber findest du es denn nicht auch ungerecht, dass sie den weiten Weg gemacht hat und ihren kleinen Freundinnen nichts zu erzählen hat? Du weißt doch, süße Mädchen mit großen Bettelaugen kriegen mich immer rum.«

Pearl kicherte.

Da Tana ihrer Stimme nicht traute, betrachtete sie, statt zu antworten, die Schaukeln, auf denen grell geschminkte Mädchen und Jungen über der Menschenmenge schwangen, die Discolichter und das gesprungene Kuppeldach hoch über ihren Köpfen. Auf eine gewisse Art war das alles sehr schön.

»Meinetwegen«, sagte Tana. »Aber direkt vor Sonnenaufgang musst du zum Tor zurückgehen. Versprochen? Wir bringen dich hin.«

Pearl nickte. »Darf ich noch ein bisschen mit Aidan tanzen? Er beschützt mich vor den anderen Vampiren.«

Aidan lächelte sein charmantes Lächeln. Ein Gesicht wie ein böser Cherub, hatte sie schon vor seiner Verwandlung immer gedacht, und jetzt stimmte es mehr denn je. Auch wenn er ein Ungeheuer war, blieb er doch Aidan, und Aidan würde Pearl nichts tun. »Natürlich«, sagte sie. »Aber lass ihn zwischendurch Luft holen.«

»Ich bin hier der Untote«, sagte er. »Mich kriegt man nicht klein.«

Als Tana zusah, wie sie davonwirbelten, flog Pearls Haar wie ein schwarzes Banner hinter ihr her.

»Geht's?«, fragte Valentina.

Tana schüttelte den Kopf und wollte lächeln, damit es nicht so hart aussah, doch ihr Lächeln fühlte sich ein bisschen krank an. Sonderbar, dass jetzt alles vorbei sein sollte und genauso war wie vorher und gleichzeitig vollkommen anders.

Sonderbar zu wissen, dass dies nun ihr Zuhause war, ob sie wollte oder nicht.

»Ich gehe zur Bar«, sagte Tana. »Vielleicht kann ich mein Gesicht mit einer nassen Serviette abwischen. Dann fühle ich mich hoffentlich menschlicher.«

Valentina nickte und Tana drängte sich durch die Menge. Zweimal blieb jemand stehen und klatschte sie ab oder wollte ihr zu Ehren eine Runde ausgeben. Ein anderer bot ihr an, aus seinem Shunt zu trinken. Sie ging benommen weiter. Offenbar war Lucien in Coldtown bei Weitem nicht so beliebt wie im Fernsehen.

Als sie Jameson an einem Ende der Bar entdeckte, ging sie in seine Richtung. Er prostete ihr mit dem Becher zu, als sie sich an den Betontresen lehnte.

»Herzlichen Glückwunsch«, sagte er und gab der Frau hinter der Bar ein Zeichen. Kurz darauf hatte Tana wieder einen Becher in der Hand, den ihr die Frau mit liebesapfelroten Dreadlocks gereicht hatte, die mit Ausweisen nichts am Hut hatte.

Tana setzte sich auf einen Hocker.

Jameson stieß mit ihr an. »Du bist berühmt«, verkündete er. »Das ist dir doch hoffentlich klar, oder? Und nach dieser Nacht wirst du noch viel berühmter sein.«

Sie trank den Becher fast leer und zuckte zusammen. Dann kippte sie sich den Rest ins Gesicht. Es brannte, aber wahrscheinlich hieß das nur, dass der Alkohol seine desinfizierende Wirkung tat. »Hast du irgendwas zum Abwischen?«, fragte sie.

Jameson kramte in seinen Taschen und zog ein altmodisches, gefaltetes Herrentaschentuch hervor. Als sie es nahm und sich das Gesicht abputzte, färbte es sich dunkelrot. »Tut mir leid.«

»Dafür ist es doch da. Das mit der Berühmtheit meine ich übrigens ernst. Du bist eins von nur zwei Opfern, die die sogenannte Sonnenuntergangs-Tragödie überlebt haben«, sagte er und klang auch nicht mehr ganz nüchtern. »Das Mädchen, das seinen infizierten Freund und einen Vampir den weiten Weg nach Coldtown gefahren und dort abgeliefert hat. Das Mädchen, das bei laufender Kamera einen Vampir getötet hat. Oh, yeah, ein Video von dir läuft in allen Nachrichten und Blogs – besonders beliebt ist die Aufzeichnung von dir und diesem Mädchen, Midnight, wie ihr euch an den Mülltonnen prügelt. Und jetzt – hast du auch noch Lucien Moreau umgebracht. Du solltest dir die Interviews bezahlen lassen.«

»Ich hatte Angst, dass Pearl supersauer wird«, sagte Tana. »Sie stand total auf Luciens Show.«

Jameson lachte.

»Du musst mich wegsperren«, sagte sie. *Sperr mich ein und wirf den Schlüssel weg.*

»Und was wird aus deiner Schwester?«

»Die fährt wieder nach Hause, und wenn ich sie je wiedersehen will, weiß ich, was ich zu tun habe.«

Als er sie anerkennend ansah, fühlte sie sich erschreckend an seine Mutter erinnert. »Ich wüsste, wo. Wir können morgen früh hingehen.« Dann zögerte er. »Bist du sicher? Willst du wirklich kein Vampir werden? Du schwimmst hier in einem Meer von Menschen, die dir gerne ihr Blut schenken würden. Verdammt, ich würde dir meins geben, wenn du dich verwandeln möchtest.«

»Und du findest, ich sollte das tun?«, fragte sie und legte den Kopf auf den Tresen. Die heiße Luft war vom Dunst pumpender Herzen und strömenden Blutes erfüllt, der von der menschlichen Haut ausging. Tana wurde schon vom Einatmen schwindelig. Die Versuchung war groß. Sich geschlagen zu geben. Aufzugeben.

»In dieser Umgebung ist es hart, das nicht zu wollen. Vampire stehen an der Spitze der Nahrungskette. Sie sind die Raubtiere.«

»Warum verwandelst du dich denn dann nicht? Für deine Mom wäre es ein Leichtes.«

»Ich bin ein Querkopf«, knurrte Jameson und blickte auf die Tanzfläche. Als sie seinem Blick folgte, entdeckte sie Valentina, die sich mit einem Jungen in einem langen Ledermantel unterhielt. Aidan und Pearl wirbelten immer noch in wahnsinnigen Drehungen herum. »Manchmal weiß ich nicht, was ich will.«

Tana gefiel es, wie sich der kalte Beton an ihrer Wange anfühlte. Er war gleichzeitig rau und glatt, so wie sie sich Drachenschuppen vorstellte. »Sie ist hübsch.«

Jameson seufzte. »Jep.«

»Sie hat mir erzählt, wie toll du warst – dass du sie und ihren Freund gerettet hast.«

Jameson lächelte betrübt und schüttelte den Kopf. »Ah, jetzt kapiere ich, worauf du hinauswillst. Spar dir den Atem.«

»Magst du sie etwa nicht?«, fragte Tana und wünschte dann, sie hätte nicht gefragt, denn wenn er jetzt etwas Gemeines über Valentina sagen würde, könnte sie ihn nicht mehr leiden.

»Natürlich mag ich sie«, sagte er, als könnte er sich gar nicht vorstellen, dass jemand sie nicht mögen würde. »Aber wenn du ihr das sagst, werde ich dafür sorgen, dass es dir sehr leidtut, den Mund aufgemacht zu haben. Also, Valentina ist … ach, es ist schwer zu erklären. Sie hat einen Grund dafür, hier zu sein, und es gibt nur diesen einen Grund, denselben, warum die meisten Leute ihr sicheres, normales Leben aufgeben, um hierherzukommen – weil sie Vampire sein wollen. Valentina ist nicht auf der Suche nach jemandem wie mir. Kann schon sein, dass sie manchmal einen normalen Typen mitnimmt, wenn sie einsam ist, aber ernst ist ihr das nie. Sie ist eher auf der Suche nach jemandem wie deinem Freund.«

Jungs waren ja so blöd, dachte Tana. »Tanz doch mal mit ihr.«

Er zuckte zusammen, als hätte sie vorgeschlagen, dass er sich in den Fuß stechen sollte. »Ich tanze eigentlich nicht und sie war gerade noch *gefangen* – vielleicht hat sie gar keine Lust.«

Tana zuckte die Achseln und glitt von ihrem Barhocker. »Komm, wir fragen sie.«

»Auf keinen Fall«, sagte Jameson.

»Ach nee, dann bleib doch hier im Dunkeln sitzen und glotz sie an wie ein Stalker«, sagte Tana. »Achte schön darauf, dass sie nicht noch mehr Probleme bekommt.«

»Wenn doch, kann ich auch nicht viel machen, oder?« Jameson trank noch einen Schluck aus seinem Becher, der in der Mitte einen blauen Streifen und an der Seite einen Riss hatte, der anscheinend hastig geklebt worden war. Man konnte noch einen Strich von etwas Durchsichtigem sehen, das hart geworden war. Es sah aus wie eine schlecht verheilte Narbe.

»Sie dachte, deine Mom wäre deine Freundin«, sagte Tana. Sie machte eine vage Handbewegung zu Valentina, die alles oder nichts bedeuten konnte, und zeigte auf Jameson. Er sah sie erschrocken an. »Sie wollte sie retten, weil sie damit etwas für dich tun konnte. Deshalb ist sie überhaupt erst in Luciens Gefangenschaft geraten. Wetten, dass sie dir das nicht erzählt hat?«

»Was hast du vor?«, fragte er und packte sie so fest am Arm, dass es wehtat.

»Wenn du wüsstest, was für eine Woche ich hinter mir habe und welche Woche ich vor mir habe, dann wüsstest du, dass du dich mir lieber nicht in den Weg stellst.« Mit diesen Worten zog sie ihn von seinem Hocker und schleppte ihn hinter sich her auf die Tanzfläche.

Er warf ihr einen mörderischen Blick zu, doch er kam mit. Als Valentina sie kommen sah, wirkte sie womöglich noch erschrockener als Jameson. Pearl lief zu Tana, weil sie noch weitertanzen wollte, und winkte den Kameras über ihrem Kopf zu, als könnte sie ihren Freunden zu Hause zuwinken.

»Das ändert gar nichts«, sagte Jameson leise zu Tana.

Doch dann tanzten sie alle zusammen, zu fünft, mit schweißnassen Gliedern und zugedröhnt von der Musik. Sogar Jameson musste lächeln, als Valentina sich um ihn drehte. Er ließ die Hand ein wenig zu lange auf ihrer Hüfte liegen und senkte den Blick, während seine Wangen sich in einem Anfall von Schüchternheit röteten. Aidan wirbelte Pearl herum, hob sie in die Luft und brachte sie zum Lachen.

Tana tanzte, bis ihre Kopfschmerzen nachließen und ihre nackten Füße wehtaten, bis ihr Körper von oben bis unten herrlich erschöpft war und sie bei jeder Bewegung wusste, dass sie den Tag gewonnen hatte, weil sie ihn überlebt hatte. Irgendwie überzeugte Valentina Jameson, auf der Tanzfläche zu bleiben. Seine Hände schlossen sich um ihre Taille, und sie neigte den Kopf zu ihm, wie eine Blume sich zur Sonne neigt. Tana begriff schließlich auch, warum die Wildheit des Ewigen Balls die Wildheit der Trauer war, der berauschende Tanz im Karneval, wenn man sich selbst zu Hause ließ und für eine Nacht jemand anders wurde und dennoch hoffte, dass die alte Haut zu Hause noch passte, wenn man morgens zurückkam.

Sie verabredeten, dass Pauline sich im Camp freinahm, zum Tor fuhr und Pearl abholte. Tana und Aidan brachten Pearl dorthin, vorbei am Müll, den Leichen und Scharen von Kakerlaken. Die Morgendämmerung hatte ihr Feuer am Himmel noch nicht entfacht, doch die Luft schmeckte bereits anders, und der Wind wehte die warmen Düfte des Tages heran, bevor der Morgen sich blicken ließ.

Tana hielt die Hand ihrer Schwester. Pearl war sehr müde und stolperte über die schlechten Straßen, während ihre Augen nach der langen Nacht immer kleiner wurden.

»Ich bin schuld, dass du für immer hier festsitzt«, sagte Pearl gedämpft. »Ich habe alles versaut.«

Tana holte tief Luft und schüttelte den Kopf. »Vielleicht muss ich hierbleiben, aber nur, wenn ich nicht dagegen ankomme, Kalt zu werden. Und falls das passiert, werde ich mich auf jeden Fall noch persönlich von dir verabschieden. Und wenn es mir doch besser geht, lasse ich mir etwas einfallen. Okay?«

Pearl wirkte sehr skeptisch, doch sie nickte. »Okay.«

»Und du verabschiedest dich an meiner Stelle von Pauline. Drück sie und rede ihr ein, dass es mir gut geht.«

»Sie wird die Clips aus der Videoaufzeichnung auch sehen«, sagte Pearl geduldig wie jemand, der sich verpflichtet fühlt, auf das Offensichtliche hinzuweisen.

»Hm, stimmt.« Dagegen konnte Tana nichts mehr sagen. »Aber dann ist es umso wichtiger, ihr zu sagen, dass es mir gut geht. Sehe ich etwa nicht so aus?«

»Doch, doch«, sagte Pearl.

Als Tana sie auf die Schulter boxte, musste sie grinsen.

Schweigend gingen sie weiter. Als sie an dem handschriftlichen Schild für *A Shot of Depresso* vorbeikamen, hob Pearl den Kopf und blinzelte. »Auf dem Ewigen Ball hat ein Junge behauptet, er würde dich kennen.«

»Welcher Junge?«

Pearl schüttelte den Kopf und fasste an die Granatkette. »Er hat gesagt: ›Es ist mir eine Ehre und ein Vergnügen, dich kennenzulernen, und eine Tragödie, dass du überhaupt hier bist.‹ Er hat sich ziemlich merkwürdig ausgedrückt, aber irgendwie war er nett. Erst wollte er, dass ich dir etwas ausrichte, aber dann hat er seine Meinung geändert.«

Tana wollte sich einreden, es hätte nichts zu bedeuten, dass er ihr doch nichts hatte ausrichten lassen, doch da er nicht mit ihr selbst gesprochen hatte, war das wenig glaubhaft.

Aidan zog die Augenbrauen hoch und sah sie an, doch er hielt den Mund.

Und dann war es schon so weit. Tana bückte sich und schloss Pearl noch einmal in die Arme, um ihr zu sagen, wie lieb sie sie hatte, und um die Wärme ihrer Haut aufzusaugen und dem Donner ihres Herzens zu lauschen. Dann ließ sie sie endlich los.

Es war das Schlimmste in Tanas Leben zuzusehen, wie Pearl allein in einen der schwankenden Eisenkäfige stieg. Aber sie ertrug es und schwor sich etwas.

Tana war das Mädchen, das zurückgegangen war, um das Unmögliche zu vollbringen. Draußen vor Lances Farmhaus, als sie nur noch weglaufen wollte, hatte sie sich durch das kaputte Fenster zurück in das Zimmer gequetscht. Nachdem es ihr gelungen war, aus dem Raum mit dem Oberlicht zu flüchten, war sie trotzdem zu Aidan zurückgekehrt. Sie war sogar zurückgegangen, um Lucien Moreau zu töten. Und wenn sie zurückgehen und all diese durchgedrehten, unmöglichen Dinge schaffen konnte, dann war sie vielleicht auch verrückt genug, um vorwärtszugehen und sich selbst noch zu retten.

Am nächsten Morgen sperrte Jameson Tana im Rübenkeller eines verlassenen viktorianischen Hauses ein. Er stellte ihr Plastikbehälter mit abgekochtem Wasser hin, mehrere Dosen und versorgte sie mit einem Dosenöffner, Aspirin und vielen warmen Decken. Er hatte auch alles dabei, was sie nach Coldtown mitgebracht hatte. Sie hatte sich eine Handschelle angelegt und die andere durch eine Kette gefädelt, die sie um ein Abflussrohr gelegt hatte. Als sie Jameson den Schlüssel für die Handschellen reichte, war sie kurz davor zu sagen, er sollte das Ganze vergessen und sie wieder rauslassen, doch leider war sie ziemlich sicher, dass er sein Versprechen brechen und es ihr tatsächlich erlauben würde.

Achtundachtzig Tage. Drei Schlösser an der Tür. Dreiundfünfzig Kettenglieder. Eine nackte Glühbirne an der Decke.

Zunächst schlief sie eine Weile unruhig in ihrem Nest aus Decken. Dann aß sie kalte Bohnen mit einem Plastiklöffel. Schließlich wollte sie die Kamera installieren, bevor sie das eventuell nicht mehr schaffte. Ihre Hände zitterten bereits, als sie die erste Packung Batterien hinten in Midnights alte Videokamera schob. Als sie das Stativ aufgebaut und mit der Livebox verkabelt hatte, die sie einem Bekannten von Jameson abgekauft hatte, ritzte sie mit einem schartigen Dosenrand ihren Handballen auf und trank ihr eigenes Blut, um sich für das zu stärken, was ihr bevorstand. Sie schaltete die Kamera ein und setzte sich im Schneidersitz auf den Boden.

Tana hob den Blick zu der glänzenden schwarzen Linse und begann. »Hi, ich bin Tana Bach. Ich bin siebzehn und war vor ein paar Tagen auf einer Party – ach nein, lassen wir das, wenn ihr das seht, wisst ihr wahrscheinlich sowieso schon, was dort passiert ist. Also, ich möchte mich für die vielen netten E-Mails und Pinnwandeinträge und so bedanken. Danke auch an die geheimnisvolle und wahrscheinlich sogar rechtmäßig arbeitende Filmproduktionsgesellschaft, die mich dabei filmen wollte, wie ich Vampire töte. Doch in den nächsten zwölfeinhalb Wochen werde ich das hier tun, und wenn Sie unbedingt etwas senden wollen, dann senden Sie doch das.

Und, Dad, falls du zusiehst, sei bitte nicht böse auf Pearl, ja? Es ist schon ganz schön geil, Vampir zu sein, und man darf sich nicht wundern, dass alle so sein wollen. Lass sie also bitte in Ruhe, okay? Du hast nur noch diese eine Tochter. Und Pauline, danke, dass du mir den Arsch gerettet hast. Ich hätte dich viel eher anrufen sollen.

Und für alle anderen: Ich wollte euch das zeigen, was nicht so geil ist. Wie es ist, diese Infektion auszuschwitzen. Ich habe genug Wasser und Maisdosen, aber ich werde schreien und betteln und kotzen, bis nur noch Galle kommt. Die Ketten, mit denen ich gefesselt bin, sind ziemlich gut …«

Tana wollte gerade Luft holen, um weiterzureden, als sie das unmissverständliche Geräusch eines Riegels hörte, der an der Tür aufgeschoben wurde.

»Hey«, rief sie. »Wer ist da?«

Als das zweite Schloss aufgeschlossen wurde, hallte das Echo durch den verlassenen Keller.

»Jameson?«

Mit klopfendem Herzen stemmte Tana sich gegen die Ketten, als ihr klar wurde, wie wehrlos sie war.

»Tja«, sagte sie Richtung Kamera. »Ich bekomme Besuch in meinem Geheimversteck, in dem ich eigentlich eingesperrt bin, damit niemand zu Schaden kommt. Hoffentlich werden sie mich nicht …«

Die Tür schwang auf und Gavriel betrat den Kellerraum. Er ließ den Blick schweifen und sah sich alles genau an. Nun trug er wieder schwarze Jeans und ein schwarzes T-Shirt, fast genau das Gleiche wie an dem Tag, an dem sie sich kennengelernt hatten. Neu an seinem Outfit waren die schweren Silberringe mit Lapislazuli und Hämatit und der Lederbeutel, der quer über seiner Schulter hing. Gavriel sah so sonderbar schön aus wie immer, nur seine Züge erschienen ein wenig zu groß für sein Gesicht. Er ging ans andere Ende des Kellerraums und schaltete die Kamera aus.

»Hi.« Zu mehr war Tana nicht fähig.

Er schloss die Tür und setzte sich neben sie auf die Erde. »Wie ich hörte, hast du den Chip verschenkt.«

Sie zuckte die Achseln und wollte ganz lässig tun, als wäre sie nicht etwa an eine Mauer gekettet, als wäre er nicht der gefährlichste Typ in der ganzen Stadt und als hätte nicht ausgerechnet sie seinen Schöpfer getötet. »Ich dachte, ich muss meine Chancen realistisch sehen. Weißt du, wie viele Menschen überleben, wenn sie sich selbst in Quarantäne begeben? Ziemlich wenige. Es kann passieren, dass ich mich schwer verletze, um mein eigenes Blut zu trinken, dass sich die Wunden entzünden. Oder ich vergesse, regelmäßig etwas zu essen, und verhungere. Oder ich verschütte bei einem Anfall all mein

Wasser. Da war es doch wirklich besser, den Chip einem Kind zu schenken, findest du nicht?«

»Deiner Schwester«, sagte er.

Tana nickte. »Meiner Schwester.«

Als Gavriel die Augen schloss, strichen die rußschwarzen Wimpern über seine Wange. »Ich bleibe bei dir.«

»Was? Nein«, sagte Tana automatisch. »Nein! Das ist verrückt.«

»Ich bin verrückt«, erinnerte er sie.

Beinahe hätte sie gelacht, weil er das so ungerührt festgestellt hatte, doch sie holte Luft, um den Impuls zu unterdrücken. »Sag mal, ist dir eigentlich klar, wie das wird? Ich kotze und mach mir in die Hose, vom Kreischen ganz abgesehen.« Ihre Hände zitterten wieder. Sie drückte sie zwischen ihre Knie, weil er nicht sehen sollte, wie krank sie bereits war. »Ich will nicht, dass du mich so siehst.«

»Tana, als du gestern Abend gegangen bist, hatte ich das Gefühl, kein Recht zu haben, dir zu folgen, kein Recht, dich auch nur um Verzeihung zu bitten. Und das denke ich immer noch. Ich bin also nicht hier, damit du mir meine Arroganz und das, was passiert ist, vergibst, obwohl ich das alles für alle Zeiten zutiefst bereue. Aber lass mich diese lange Nacht an deiner Seite verbringen. Das kann ich doch wenigstens für dich tun.« Er griff in seine Ledertasche und holte eine interessante Mischung aus Mangas, zerlesenen Taschenbüchern, sowohl klassischer als auch zeitgenössischer Literatur, und einen kleinen Stapel zerknitterter Zeitschriften heraus. »Das habe ich mitgebracht, zum Vorlesen. Ich war mir nicht sicher, was du magst, deshalb gibt es von allem etwas.«

»*Wieso?*«, fragte sie, da es von all dem, was er tun könnte, am wenigsten Sinn ergab, hier zu sein. Lucien war tot, und sie wusste, dass einige Vampire die Möglichkeit hatten, in Coldtown ein- und auszugehen. Gavriel könnte auf dem Weg zu einem Château in den Alpen sein und das Blut von Mädchen saugen, die halb in Rotwein ertranken. »Ich dachte, du wärst vielleicht sauer. Schließlich hast du einiges auf dich genommen, um Lucien zu töten, und nur meinetwegen hat das nicht geklappt.«

»Nein, Tana. Ganz ehrlich, auch wenn es dich bekümmern muss, es getan zu haben, hat mich dieser Stich sicher nicht bekümmert.« Er machte eine Pause und stählte seinen Mut, bevor er sehr schnell fortfuhr. »Ich liebe dich, weißt du – und das kann ich, fürchte ich, immer nur auf eine schreckliche Art und Weise zeigen und beweisen – außer dass ich eben hierhergekommen bin. Für dich, wenn du es verlangen würdest, würde ich alle und jeden töten.« Als er sah, mit welcher Miene sie darauf reagierte, redete er noch schneller. »Oder eben nicht, wie man sieht. Aber ich dachte, es wäre dir vielleicht lieber, wenn ich dir etwas vorlese.« Er griff zu einer alten Ausgabe des *Rolling Stone* und hielt sie fragend hoch. »Und wenn ich bei dir bleibe, wie es ein normaler Mensch, der dich liebt, tun würde, wenn du eine ganz normale Krankheit hättest. Aber da das nicht so ist, bin ich der Richtige für das, was du hast.«

Diesmal konnte sie ein Kichern nicht mehr unterdrücken. Nie, wirklich nie sagte er das, was sie erwartete, auch diesmal nicht. Sie räusperte sich und suchte nach Worten. »Mir wäre es tatsächlich lieber, wenn du die Menschheit nicht ausrotten würdest. Und ich empfinde auch etwas für dich. Große, unheimliche, verrückte Gefühle. Es ist schwer genug, jemanden zu finden, der mich so sieht, wie ich bin, und der in die dunkleren Bereiche meines Herzens sieht, die ich selbst nicht sehen will. Das hast du getan und über meine Witze hast du auch gelacht. Das macht mir Angst, weil du nicht nur kein Mensch bist, sondern wie niemand sonst – niemand auf der ganzen Welt ist so wie du und ich will dich. Ich will dich, und ich hasse es, wenn ich etwas haben will, und noch mehr hasse ich es zuzugeben, dass ich es will.«

Gavriel lächelte glücklich und hoffnungsvoll. »Heißt das, ich darf hierbleiben?«

Tana bekam eine Panikattacke. »Nein, nein, nein, auf keinen Fall. Wenn du hierbleibst, lässt du mich frei. Ich werde betteln und flehen, und dann lässt du mich raus.«

»Das werde ich nicht tun«, sagte er und rückte näher. »Du hast mich nicht gebeten, dich zu befreien, als du an Elisabets Bett gefesselt warst. Stattdessen bist du ausgebrochen. Du hättest mich auch einfach fragen können, aber das hast du nicht getan, weißt du noch? Damals hast du mir das nicht zugetraut.«

»Das hier ist etwas anderes. Außerdem habe ich mich anscheinend geirrt.«

»Psst, Tana«, sagte er und streichelte ihr übers Haar. »Oh meine süße Tana. Denk dran, ich bin immer noch ein Ungeheuer. Ich kann zuhören, wie du schreist und heulst und bettelst, und dich trotzdem nicht rauslassen.«

Sie zitterte beim Klang seiner Stimme in einer köstlichen Mischung aus Nervosität und Ruhe. Plötzlich musste sie an den Film denken, den sie, lange bevor sie sich kennengelernt hatten, gesehen hatte. Unter einem Pariser Friedhof hatte man ihn gefangen gehalten, dem Wahnsinn nahe, von Blut durchtränkt und tausendfach zerschnitten. Wenn jemand wusste, wie es sich anfühlte, allein unerträgliche Schmerzen zu erleiden, dann er. Zum ersten Mal, seit er den Raum betreten hatte, spürte sie einen Funken Hoffnung, dass sie all das nicht allein durchmachen musste. »Du darfst mir nicht erlauben, dein Blut zu trinken. Du darfst mich nicht beißen. Auch nicht, wenn ich dich anflehe, wenn ich bettele und drohe und lüge. Das musst du mir versprechen. Sonst wird es mir nie wieder besser gehen.«

»Ich schwöre.« Seine roten Augen fixierten sie. »Ich schwöre feierlich.«

Tana entspannte sich endlich und lehnte sich an ihn und atmete den Geruch von Rauch und Bleichmittel und einen Hauch geronnenen Blutes ein. Seine Schulter war sehr fest unter ihrer Wange, das Streicheln seiner blauschwarzen Haare sehr zart. »Und du lässt mich wirklich nicht frei?«

»Ich darf dir kurz erklären, wie mich mein ganzes Leben auf diesen Augenblick vorbereitet hat. Ich bin an kreischende Mädchen gewöhnt und deine Schreie – dein Geschrei wird süßer sein als das Liebeskreischen aller anderen.«

Sie hätte beinahe wieder gelacht, weil man es perfekter nicht hätte sagen können und weil es so perfekt scheußlich war.

»Na gut«, sagte sie schläfrig. Ihr war kalt. Gleich würde sie wieder Schüttelfrost bekommen. »Du darfst hierbleiben. Ich möchte, dass du bleibst. Bitte bleib hier.« Tana schloss die Augen und rückte mit einer letzten Frage heraus, die sie schon die ganze Zeit stellen wollte. »Und wenn ich mich nicht wieder zurückverwandele? Wenn ich nicht mehr menschlich genug bin?«

Sie spürte sein Lächeln auf ihrer Haut. »Dann jagen wir zusammen Vampire und du trinkst ihr Blut.«

»Dame oder Tiger«, sagte sie in Erinnerung an das Trinkspiel, das sie im Farmhaus gespielt hatten, in Erinnerung an die Geschichte, die kein Ende fand, eine Münze, die immer weiter trudelte, ohne auf Kopf oder Zahl zu fallen.

»Meine Dame, der Tiger«, sagte Gavriel und stand auf, um die Kamera wieder einzuschalten.

Danksagung

Dieses Buch ist ein Liebesbrief an alle Autor*innen von Vampirbüchern, die ich im Laufe meiner Kindheit und Jugend immer wieder gelesen habe: An Les Daniels für seine *Don Sebastian de Villanueva*-Serie, Anne Rice für ihre *Chronik der Vampire,* Tanith Lee für *Sabella oder der letzte Vampir,* Poppy Z. Brite für *Verlorene Seelen,* Nancy A. Collins für *Der Todeskuss der Sonja Blue,* Sheridan Le Fanu für *Carmilla* und Suzy McKee Charnas für *Der Vampir-Baldachin.* Ich bedanke mich auch für Dudley Wrights *Vampires and Vampirism,* eins der ersten volkskundlichen Bücher, das ich gelesen habe und das ich in der Bibliothek ausgeliehen hatte.

Vielen Dank, Sarah Rees Brennan, Robin Wasserman und Cassie Clare, die den Anfang dieses Buches gelesen haben, als wir alle zusammen in Goult waren. Wenn man sich dekadent fühlen möchte, gibt es nichts Besseres, als in Südfrankreich mit einem neuen Buch zu beginnen.

Außerdem gilt mein Dank Holly Post, Jeffrey Rowland, Jeph Jacques, Cristi Jacques, Elka Cloke, Eric Churchill, Elias Churchill und Jonah Churchill, die mit mir zu Abend gegessen haben und eine hervorragende Wendung der Geschichte beigetragen und mich zum Essen eingeladen haben, obwohl ich zu spät ins Restaurant gekommen bin.

Vielen Dank, Chris Cotter, der das Internet in Coldtown angeschlossen hat.

Danke, Bill Willingham, für deine Großzügigkeit.

Mein Dank gilt auch der Clarion Class 2012 (Carmen, Christopher, Danica, Daniel, Deborah, Eliza, Emma, Eric, Jonathan, Joseph, Lara, Lisa, Luke, Pierre, Ruby, Sadie, Sam und Sarah), die sich damit abfinden mussten, dass ich die Geschichte zu Ende schreiben musste, während ich gleichzeitig in ihren letzten beiden Wochen die eine Hälfte ihres Moderatorenteams war. Danke auch für den Whiskey, Buzzer und die Octopus-Finger. Ich konnte sie in meinem eigenen Workshop gut gebrauchen.

Das ist der richtige Augenblick, mich bei den Teilnehmern der Workshops zu bedanken. Danke, Kelly Link, Gavin Grant, Ellen Kushner, Delia Sherman, Sarah Smith, Cassie Clare (ja, sie musste es noch mal lesen) und Josh Lewis, die mir das Selbstvertrauen gegeben haben, mein Werk der Welt zu zeigen.

Danke, Steve Berman, der *Coldtown* in einer Nacht durchgelesen hat, damit er am nächsten Morgen das Ende mit mir besprechen konnte.

Vielen Dank auch an meine fantastische Lektorin Alvina Ling und ihre fantastische Assistentin Bethany Strout, die alles gemerkt haben, wovon ich heimlich glaubte, damit davonzukommen, und für ihre wertvollen Beiträge zu Dingen, die ich überhaupt nicht bedacht hatte.

Ich bedanke mich bei meinem Agenten Barry Goldblatt, weil er an dieses Buch geglaubt hat.

Vielen Dank an eine Handvoll Teilnehmer an den Nevada

SCBWI Mentoren-Tagen, denen ich die ersten Kapitel vorlesen durfte.

Schließlich bedanke ich mich bei meinem Mann, dem ich das ganze lange Ding laut vorlesen durfte. Seit er mich kennengelernt hat, behauptet er, wäre er der Meinung gewesen, dass ich irgendwann ein Vampirbuch schreiben würde. Offenbar hatte er vollkommen recht.

Autorin

Holly Black hat zahlreiche Bestsellerromane im Kinder- und Jugendbuch veröffentlicht, u. a. »Elfentocher«, »Die Spiderwick-Geheimnisse« (mit Illustrator Tony DiTerlizzi), »Prinz der Elfen«, »Magisterium« (zusammen mit Cassandra Clare), »Coldtown« und die »Elfenkrone«-Trilogie. Sie hat diverse Auszeichnungen erhalten, u. a. den Andre-Norton-Preis, den Mythopoeic-Preis und den Newbery-Honor-Preis. Heute lebt sie mit ihrem Mann und ihrem Sohn in New England in einem Haus mit einer Geheimtür.

Von der Autorin sind ebenfalls bei cbj erschienen:

Die Puppenkönigin (31103)
Der Prinz der Elfen (31280)
Elfenkrone (31358, Band 1)
Elfenkönig (31399, Band 2)
Elfenthron (31421, Band 3)
Wie der König von Elfenheim lernte, Geschichten zu hassen (16618, Prequel zu Elfenkrone)
Die verlorenen Schwestern (24551, eBook, Elfenkrone-Novelle)

Übersetzerin

Anne Brauner studierte Romanistik, Germanistik und Geschichte. Sie übersetzt seit vielen Jahren Literatur aus dem Englischen, Französischen und Italienischen.

Mehr zu unseren Büchern auch auf Instagram

Holly Black

ELFENKRONE

Elfenkrone
Band 1, 448 Seiten,
ISBN 978-3-570-31358-9

Elfenkönig
Band 2, 384 Seiten,
ISBN 978-3-570-31399-2

Elfenthron
Band 3, 384 Seiten,
ISBN 978-3-570-31421-0

»Natürlich möchte ich wie sie sein. Sie sind unsterblich. Cardan ist der Schönste von allen. Und ich hasse ihn mehr als den Rest. Ich hasse ihn so sehr, dass ich manchmal kaum Luft bekomme, wenn ich ihn ansehe ...« Jude wird als Kind an den Hof des Elfenkönigs verschleppt und dort gemeinsam mit ihrer Zwillingsschwester vom Mörder ihrer Eltern aufgezogen. Mit siebzehn hat sie nur noch ein Ziel vor Augen – ihre Macht am Elfenhof auszubauen und von den Elfen als Ebenbürtige anerkannt zu werden. Doch ihr größter Widersacher ist Prinz Cardan, der schönste und gefährlichste aller Elfen ...
Magisch, fesselnd, unwiderstehlich: die Weltbestseller-Fantasy-Reihe von Holly Black!

30460_3

www.cbj-verlag.de

Holly Black

Wie der König von Elfenheim lernte, Geschichten zu hassen

208 Seiten, ISBN ISBN 978-3-570-16618-5

Die faszinierende Rückkehr in die magische Welt von Elfenheim

Bevor er Prinz und König wurde, war er ein Elfenkind mit einem Herzen aus Stein. New-York-Times-Bestsellerautorin Holly Black gibt den Blick frei auf das bewegte Leben des faszinierenden Elfenkönigs Cardan. Die Geschichten enthalten aufregende Einblicke in eine Zeit, die vor Elfenkrone spielt, ein Abenteuer, das nach Elfenthron stattfindet, und bekannte Szenen aus der Elfenkrone-Trilogie, allesamt aus Cardans Sicht erzählt.

20323

cbj

www.cbj-verlag.de

Holly Black

Der Prinz der Elfen

416 Seiten, ISBN 978-3-570-31280-3

Die Geschwister Hazel und Ben leben in dem Ort Fairfold, der an das magische Elfenreich grenzt. Seit Jahrzehnten steht dort ein gläserner Sarg, in dem ein Elfenprinz schläft. Seit Kindertagen fühlen sie sich zu dem schlafenden Jungen magisch hingezogen. Inzwischen ist Hazel 16 und küsst immer neue Jungs, um die Leere in ihrem Herzen zu füllen. Doch als der Elfenprinz erwacht, werden die Geschwister in einen Machtkampf gezogen. Und Hazel muss als Ritter gegen ein dunkles Monster kämpfen ...

30461

www.cbj-verlag.de